SARAH TURNER

Hinter den Wolken wartet die Sonne

Über die Autorin

Sarah Turner lebt mit ihrem Mann und ihren drei Söhnen in Devon, Großbritannien. Nach ihrem Philosophie-Studium arbeitete sie zunächst im Finanzsektor, später im Bildungsbereich, bevor sie anfing, in ihrem Elternblog über die Schwierigkeiten des Mutterseins zu schreiben. Sie hat seitdem mehrere Sachbücher veröffentlicht, die es alle auf die britischen Bestseller-Listen schafften. HINTER DEN WOLKEN WARTET DIE SONNE ist ihr erster Roman.

Sarah Turner

HINTER DEN WOLKEN WARTET DIE SONNE

Roman

Aus dem Englischen
von Angela Koonen

lübbe

Die Bastei Lübbe AG verfolgt eine nachhaltige Buchproduktion. Wir verwenden Papiere aus nachhaltiger Forstwirtschaft und verzichten darauf, Bücher einzeln in Folie zu verpacken. Wir stellen unsere Bücher in Deutschland und Europa (EU) her und arbeiten mit den Druckereien kontinuierlich an einer positiven Ökobilanz.

Dieser Titel ist auch als Hörbuch und E-Book erschienen.

Vollständige Taschenbuchausgabe

Deutsche Erstausgabe

Titel der englischen Originalausgabe: »Stepping Up«
Originalverlag: Bantam Press, an imprint of Transworld Publishers

Textredaktion: Dr. Ulrike Strerath-Bolz, Friedberg
Umschlaggestaltung: © SO YEAH DESIGN, Gabi Braun
unter Verwendung von Illustrationen von © shutterstock.com:
MURRIRA | Penpitcha Pensiri | Mr. Vaga Vaga
Satz: GGP Media GmbH, Pößneck
Gesetzt aus der Adobe Caslon
Druck und Verarbeitung: GGP Media GmbH, Pößneck
Printed in Germany
ISBN 978-3-404-18953-3

5 4 3 2 1

Sie finden uns im Internet unter luebbe.de
Bitte beachten Sie auch: lesejury.de

Für meinen Vater, der immer sagte, ich kann es.
Und für James, der mich daran erinnerte, bis ich es tat.

Sei getrost, liebe Seele!
Hinter den Wolken ist stets Licht.

LOUISA MAY ALCOTT,
LITTLE WOMEN

MÄRZ

1

Das Zündschloss klickt, ich stöhne. *Spring an!* Gestern kam nach dem Klicken wenigstens ein hoffnungsvolles Stottern. Heute nicht mal das, und ausgerechnet an dem Tag, da ich mein erstes Personalgespräch in der neuen Firma habe. Meiner *neuen* neuen Firma. Dad meint, ich leide im Job unter der Zehn-Wochen-Lust. Ich habe mich noch nicht getraut, ihm zu sagen, dass ich diesmal schon nach vier Wochen keine Lust mehr habe, denn ich weiß, er würde es Mum sagen, die mir dann wieder den Vortrag über Verlässlichkeit und Leistungsbereitschaft hält. *Du musst länger dabeibleiben, Beth. Dich ein bisschen bewähren.*

Das Radio schaltet sich mit den Staumeldungen ein – eine Stelle mit zähflüssigem Verkehr auf der A39 zwischen Kilkhampton und Stratton infolge eines liegen gebliebenen Viehtransporters. Ich rolle die Augen. Die Leute in meinem Dorf sagen immer, welches Glück wir haben, in diesem Teil der Welt zu leben, und wie schrecklich es wäre, bei dem Verkehr täglich in eine Großstadt zu pendeln, aber in der Großstadt müsste ich wenigstens nicht wegen einer Viehherde anhalten. Ich weiß, in der U-Bahn riecht es an heißen Tagen nach Achselschweiß und Käsefüßen, aber die Güllesaison in Nord-Cornwall ist für die Nase auch nicht beglückend.

Ich drehe den Zündschlüssel noch mal. Es klickt. Nichts.

In meiner Tasche habe ich eine Flasche Wasser. Ich schraube den Verschluss auf und leere sie mit großen Schlucken. Ärgerlich, dass ich vor dem Schlafengehen wieder zu wenig getrunken habe. Meine Schwester schwört darauf, einen halben Liter Wasser zu trinken, sobald sie von einem Ausgehabend nach Hause kommt (allerdings erkläre ich ihr immer wieder, dass ein Abendessen mit einem anderen Elternpaar, bei dem sie sich über Schlaferziehung und Grundschulanmeldung unterhalten, kein Ausgehabend ist). Sie steht auf Mottos, unsere Emmy, und *Tu deinem künftigen Ich einen Gefallen!* ist ihr jüngstes. Natürlich ziehe ich sie ständig damit auf, aber insgeheim denke ich, sie hat damit recht. Ich kann mir die künftige Emmy vorstellen, die permanent über die vorausschauende frühere Emmy entzückt ist. Die künftige Beth dagegen fühlt sich von der früheren Beth immerzu im Stich gelassen und hat viel zu bereuen, was sie anfangs für eine gute Idee hielt. So wird es wahrscheinlich mal auf meinem Grabstein stehen: *Hier ruht Beth, unsere geliebte Tochter, Schwester, Tante und Freundin. Sie hatte viele scheinbar gute Ideen.*

Das fünfte Glas Wein war ein Fehler. Ich überlege, Jory zu schreiben, dass mein Wagen nicht anspringt, und nachzuhören, ob er auch verkatert ist, aber er dürfte inzwischen vor seiner Klasse stehen. Unter der Woche kann man mit ihm keinen Spaß haben, und er geht selten auf meine Bürolangeweile-WhatsApps ein. Als ich mich mal darüber beschwerte, lachte er nur und sagte: »Aber ich arbeite. Wenn du irgendwann erwachsen bist, wirst du das verstehen.«

Ich lehne die Stirn aufs Lenkrad und wäge ab, was ich tun soll. Mum und Dad sind nicht zu Hause. Ich kann sie also nicht bitten, mich hinzubringen oder mir wieder ihr Auto zu leihen, bis ich meins in Reparatur gegeben habe (oder bis Dad es in Reparatur gegeben hat; ich will gar nicht daran denken, wie viel ich ihm noch für die letzte Werkstattrechnung schulde). Sie sind schon ganz früh aus dem Haus gegangen, um ihren Großelternpflichten nachzukommen und auf die Kinder aufzupassen, und das heißt, meine Schwester ist auch nicht da und kann mich nicht retten. Emmy hat ihrem künftigen Ich anscheinend einen Gefallen getan und keinen zehn Jahre alten, rostigen, schlecht gewarteten Vauxhall Astra gekauft. »Du weißt ja, Beth: Wer billig kauft, kauft zweimal.« Worauf ich immer entgegenhalte: »Ich kaufe billig, weil ich pleite bin.«

Doch wie immer hat sie recht. Ich sollte mal in ein zuverlässiges Auto investieren. Andererseits soll ich auch sparen, damit ich ausziehen oder wegziehen oder irgendwas tun kann, damit ich nicht mehr bei meinen Eltern wohnen muss. Was seit dem vergangenen Jahr, als ich dreißig wurde, ziemlich deprimierend ist. Als ich noch in den Zwanzigern war, erschien mir das nicht so schlimm. Doch das war kein stolzer Moment, als ich an meinem dreißigsten Geburtstag morgens in meinem alten Kinderzimmer aufwachte. Ich kaufte mir eine große Topfpflanze und einen senfgelben samtbezogenen Ohrensessel, damit der Raum schicker wirkt, aber als Jory mir beim Umgestalten half, vergaßen wir, die Decke zu streichen, und jetzt kann ich, wenn ich im Bett liege, die alten Klebestellen sehen, wo das Poster mit J von Five früher befestigt war. Zweimal habe ich fast einen Herzanfall bekommen, weil J nachts von der Decke auf mein Gesicht fiel, aber ich klebte ihn wieder an, und er guckte jahrelang mit seinem provokanten Brauenpiercing auf mich runter. Bei einer raschen Google-Suche erfahre ich, dass Jason Paul »J« Brown jetzt zweiundvierzig ist. Selbst Bradley von S Club 7 ist fast vierzig. Ich muss ausziehen.

Der fröhliche Radiomoderator sagt zwischen den Songs die Uhrzeit an und macht mir klar, dass ich sehr spät dran bin. Mir bleibt eigentlich nur noch, zu Fuß zur Arbeit zu gehen. Damit würde ich guten Willen beweisen, meinen Boss vielleicht sogar beeindrucken. *Beths Auto sprang nicht an, und trotzdem ist sie gekommen. Weiter so, Beth!* Das Problem ist, ich sitze hier schon seit einer halben Stunde, und inzwischen kommt mir eine andere Idee. Ich könnte einfach zu Hause bleiben. Ein bisschen flunkern. Statt die Autopanne anzugeben, könnte ich mich krankmelden. Das ist keine ideale Lösung, aber wenn ich den wirklichen Grund nenne, würde mein Boss mich kurzerhand abholen, und das will ich nicht mit diesem Kater. Es ist schlimm genug, dass ich Malcolm den ganzen Tag gegenübersitze und seine Finanzgeschäfte mache.

Das entscheidet die Sache. Da ich vor knapp zwei Wochen schon mal gelogen und wegen angeblicher »Frauenbeschwerden« einen Tag blaugemacht habe, kann ich die Ausrede nicht schon wieder benutzen, obwohl meine Periode eigentlich fällig ist. Daraus muss sich doch ein Motto machen lassen. *Tu dir für deine künftige Periode einen Gefallen.* Werde ich Emmy heute Abend erzählen.

Ich schicke meine Entschuldigungsmail an Malcolm und gehe wieder ins Haus. Ein herrlicher Tag mit Nichtstun liegt vor mir. Ich frage mich, ob wir Pizzen im Tiefkühler haben. Mum kauft sie, wenn sie im Angebot sind (der reguläre Preis ist offenbar Wucher). Ich sollte mein Handy abschalten für den Fall, dass das Büro anruft, aber erst mal lösche ich die Instagram-Stories von mir und Jory im Pub von gestern Abend. Ich glaube zwar nicht, dass mir die Kollegen auf Social Media folgen – habe mich in der kurzen Zeit noch mit keinem angefreundet –, aber mein Profil kann jeder sehen, und es wäre peinlich, wenn sie von meiner Migräne erfahren und dann über den Clip stolpern, in dem ich anzüglich mit einem Queue tanze. Als ich es mir ansehe, finde ich es extrem beschämend. Wieso drehe ich immer dermaßen auf, wenn ich getrunken habe? In dem Moment muss ich geglaubt haben, dass es attraktiv aussieht, und obendrein habe ich wohl den nicht ganz so betrunkenen Jory aufgefordert, mich dabei zu filmen. Sein Lachen am Ende des Clips bringt mich zum Lächeln, dann lösche ich ihn und hoffe, dass von den 237 Views, die er verbucht hat, keiner von Hexworthy Finance war.

Sowie ich das Handy abgeschaltet habe, fällt mir ein, dass ich Emmy schreiben wollte, um ihr und Doug viel Glück für das Finanzierungsgespräch zu wünschen. Scheiße. Deshalb müssen Mum und Dad auf Ted aufpassen und dafür sorgen, dass Polly rechtzeitig zum Bus geht (obwohl sie mit vierzehn alt genug ist, um das allein hinzukriegen). Ich sollte an ihrem Vorhaben wirklich mehr Interesse zeigen. Nachdem sie in ihrem Haus fünfzehn Jahre zur Miete gewohnt haben, wollen sie es jetzt kaufen. Tatsächlich interessiert es mich auch, denn das ist ein großer Moment für sie, und ich habe von Mum diese Woche schon viel darüber gehört. *Sie haben hart gearbeitet und haben sich gut gemacht. Findest du nicht, dass sich deine Schwester gut gemacht hat, Beth?*

Im Haus ist es still. Ich mache mir eine Tasse Tee und gehe damit ins Wohnzimmer, greife mir unterwegs den Laptop vom Esstisch. Das Festnetztelefon klingelt, aber ich ignoriere es und mache es mir auf dem Sofa mit untergeschlagenen Beinen und Dads karierter Wolldecke bequem. »Kornischer Tartan«, betont er mir gegenüber oft und ist jedes Mal wieder verblüfft, weil ich nicht sofort ein herzlicheres Verhältnis zu der Decke entwickle. Er ist sehr stolz auf sein kornisches Erbe.

Aus reiner Gewohnheit schaue ich mir ein paar Stellenanzeigen an, was immer eine heikle Übung ist, weil ich weder entscheiden kann, was ich arbeiten möchte, noch, wo ich wohnen möchte (nur, dass ich meine jetzige Arbeit nicht machen und nicht in St. Newth leben will, wo das Highlight des Jahres der Maitanz ist). Als im Radio *This Morning* anfängt, bin ich mit den Stellenangeboten durch und scrolle wieder durch Facebook, was sich immer ein bisschen nach

2006 anfühlt. Die Generation meiner Nichte, die jetzt in der Mittelstufe ist, wird nie verstehen, dass wir stundenlang hingebungsvoll ganze Fotoalben von Ausgehabenden auf den Laptop geladen haben, manchmal mehrere Alben von demselben Abend (wieso?), noch wie hastig wir uns auf den unschmeichelhaften Schnappschüssen enttaggen wollten.

Überrascht sehe ich, dass Jory mir eine Nachricht per Messenger geschickt hat. Ich öffne sie und bin enttäuscht, weil es kein Kater-GIF oder Alki-Spruch ist, stattdessen schreibt er in einem ziemlich autoritären Ton: *Beth, wo bist du? Schalte bitte dein Handy ein.*

Ausgerechnet er. Mit ist nicht ganz wohl dabei, aber ich beschließe, das Risiko eines Anrufs von Malcolm einzugehen. Sowie das Display aufleuchtet, summt und pingt es wie befürchtet. Oh Gott. Malcolm muss mir auf die Mailbox gesprochen haben. Ich checke die Nachrichten. Eine Voicemail mit unbekannter Nummer (vermutlich das Büro). Voicemail von Dad. Voicemail von Jory. *Jory?* Das macht er sonst nie. Wieso ruft er mich aus der Schule an?

Ich will sie gerade abhören, als mehrere Textnachrichten eingehen. Dad hat mich in der letzten halben Stunde siebenmal angerufen. Er hat auch zweimal geschrieben, einmal, um zu fragen, wo ich bin, und einmal mit der Bitte, ihn sofort anzurufen. Kein *Wie geht es dir?* und kein Küsschen. Vielleicht hat er aus irgendeinem Grund in meinem Büro angerufen und erfahren, dass ich Migräne habe. Nett von ihm, dass er sich nach mir erkundigen will, aber sieben Anrufe deswegen erscheinen mir übertrieben. Und auch nicht angenehm für jemanden, der tatsächlich Migräne hat. Ich tippe auf Anrufen und gehe in den Flur, wo der Empfang besser ist. Nach dem zweiten Klingeln nimmt er ab.

»Bist du das, Beth?« Seine Stimme klingt schwächer als sonst. Jetzt tut es mir leid, dass er sich meinetwegen Sorgen macht.

»Ja, Dad. Hast du bei mir im Büro angerufen? Entschuldige, ich hab mich wegen Kopfschmerzen …«

Er unterbricht mich und sagt dreimal hintereinander meinen Namen. Sein Tonfall hat etwas an sich, das mir die Nackenhaare aufrichtet.

Mein Herz schlägt schneller. »Dad, was ist los? Wo ist Mum?«

Er zögert. Meine Angst wächst, als er langsam antwortet. »Deine Mutter ist bei mir. Hast du jemanden bei dir? Du sitzt nicht gerade am Steuer?«

»Nein, ich bin zu Hause. Gott, Dad, was ist denn?« Ich zittere.

Er redet gedämpft mit Mum, die aufgeregt klingt. Im Hintergrund läuft *Peppa Pig.* Also sind sie bei Emmy, aber da redet außer den beiden noch jemand. Ein Mann. Es ist nicht Doug, mein Schwager.

»Bleib, wo du bist, Liebes. Ich komme rüber, sobald ich kann.« Dad weint.

Jetzt weine ich auch, ohne zu wissen, warum. »Nein, leg nicht auf. Sag es mir jetzt, Dad. Bitte.«

Er hat nicht siebenmal angerufen, weil ich mich krank gemeldet habe. Sondern wegen etwas anderem. Etwas, das er mir lieber persönlich sagen will, das ihn zum Weinen bringt. Es muss etwas wirklich Schlimmes sein.

Und dann sagt er es.

»Es tut mir furchtbar leid, Liebes. Deine Schwester und Doug, es hat einen Unfall gegeben.«

2

Ich erinnere mich nicht daran, wie Jory hereingekommen ist oder dass er mir vom Fußboden aufgeholfen hat, doch das muss er getan haben, denn ich sitze vorne in seinem Lieferwagen. Er hat die Hände an meine Wangen gelegt und spricht mit mir, aber ich höre nichts. Seine Lippen bewegen sich langsam, auf dieselbe übertriebene Art wie früher, wenn wir als Kinder im Schwimmbecken unter Wasser zu reden versuchten. Nach dem Auftauchen lachten wir und wiederholten, was wir glaubten, das der andere gesagt hatte. Wir waren über zwanzig Jahre befreundet, und ich hatte ihn noch nie so besorgt gesehen.

»Beth?« Ich höre wieder etwas, und mit einem Schreck fällt mir ein, warum ich zusammengekrümmt im Flur gehockt habe. Ich beginne am ganzen Leib zu zittern.

»Doug ist tot.« Ich spreche es aus, sehe Jory aber flehend an, damit er das korrigiert oder wenigstens abschwächt, doch das tut er nicht. »Emmy wird auch sterben?« Ich wünsche mir verzweifelt, dass das ein Irrtum ist, eine Verwechslung. Ich weiß, unwahrscheinlich, aber nicht unmöglich. Ich fange an zu schachern. Mit Gott oder wer immer mich da hört. *Mach, dass das nicht wahr ist, und ich werde alles tun, was du willst. Gib mir meinen Schwager zurück, lass meine Schwester nicht sterben, mach den Unfall ungeschehen, und ich werde mich nie wieder über mein Leben beschweren.* Mir klappern die Zähne.

»Das wissen wir nicht. Emmy ist zäh.« Jory lässt meine Wangen los und zieht sich das Jackett aus, um es mir umzuhängen. Das hat er auch damals getan, als mein erster Freund mit mir Schluss gemacht hat, nachdem ich betrunken mit ihm gestritten hatte. Jory kam und fand mich ebenfalls zitternd vor. Wir setzten uns vor dem Nachtklub auf den Bordstein, jeder mit einem Burger vom Imbisswagen, und er versprach mir, dass alles gut wird. Ich möchte, dass er das jetzt auch verspricht, doch das wird er nicht tun. Er startet den Motor. »Wir müssen jetzt wirklich zum Krankenhaus fahren. Ich wollte nur sichergehen, dass du keine Panikattacke bekommst.«

»Bitte, fahr einfach. Ich will nur zur ihr. Wie lange …«

»Knapp anderthalb Stunden«, sagt er und gibt mir einen Stoffbeutel. »Da ist eine Flasche Wasser und eine Plastiktüte für den Fall, dass dir schlecht wird. Du hast gesagt, das könnte passieren. Ich habe auch deine Brille eingepackt. Ich dachte, deine Kontaktlinsen werden heute vielleicht irgendwann wehtun. Ich wusste nicht, was ich noch einpacken sollte, du hast nur geweint …« Er sieht aus, als hätte er auch geweint. Ich habe ihn nur ein einziges Mal weinen sehen, als ich damals in der neunten Klasse bei ihm zu Hause war und Bramble, sein Springer Spaniel, gestorben war.

Ich halte den Beutel auf dem Schoß und schlucke an dem schmerzenden Kloß in meinem Hals. »Ich darf sie nicht verlieren, Jor. Polly und Ted brauchen sie. Ich brauche sie.«

Er dreht den Kopf zu mir, sagt aber nichts.

Ich kaue an den Nägeln. *Doug ist tot.* Den Gedanken höre ich in einem fort. Vor zwei Tagen habe ich ihn noch gesehen. Ich bin unangemeldet bei ihnen aufgekreuzt, nachdem ich gehört hatte, dass es zum Abendessen Lasagne gibt. Bei meiner Schwester schmeckt sie am besten. Sie lässt die oberste Schicht ein bisschen knusprig werden, wie ich es gernhabe. Ich machte mich den ganzen Abend über Dougs Dad Jeans und Emmys Gartenschuhe lustig. Jetzt steht jemand von der Polizei in ihrer Küche und sagt Dinge, die wir nicht hören wollen. Wie kann Doug einfach nicht mehr da sein?

Jory schaltet das Radio ein und hastig wieder aus, weil in den Nachrichten ein tödlicher Unfall auf der M5 erwähnt wird. Wir schweigen für den Rest der Fahrt, und mein Kloß im Hals schmerzt weiter.

Das Krankenhaus ist ein Labyrinth aus Gängen und Wartebereichen. Wir rennen zwar nicht, gehen aber so schnell wie irgend möglich. Einmal komme ich in den Laufschritt, und Jory bremst mich, weil ich beinahe mit einem Patienten zusammenstoße, der in seinem Bett aus dem Aufzug geschoben wird.

»Stockwerk zwei, Station K.« Jory wiederholt die Angaben, die man uns an der Pforte genannt hat. »Wir sind gleich da.«

Mum und Dad sind eine halbe Stunde hinter uns. Sie mussten Polly von der Schule abholen und ihr sagen, was passiert ist, bevor sie zusammen losfuhren. Ted weiß nicht, dass sein Dad tot ist, kommt aber mit, um seine Mum zu besuchen. Wir wissen noch nichts über Emmys Zustand, außer dass er ernst ist, und es wäre eine lange Rückfahrt, wenn sich herausstellt, dass er hier gebraucht wird. Ich kann im Moment nicht an die Kinder denken, denn das zerreißt mir das Herz. Es verblüfft mich, wie stark sich der Schmerz körperlich bemerkbar macht, als steckte ich mit der Brust im Schraubstock.

Wir klingeln an der Intensivstation, und ein Krankenpfleger kommt heraus und fragt, zu welchem Patienten wir gehören. Ich spähe an ihm vorbei in die Station. Sie sieht ganz anders aus als die, die ich von anderen Krankenbesuchen kenne. Da sitzen keine Patienten in ihrem Bett, mit Weintrauben und Weingummis in Reichweite, und gucken fern. Stattdessen sehe ich geschlossene Glaskabinen und höre nur Pieptöne von Geräten.

»Emmy. Emily Lander. Ich bin ihre Schwester Beth«, sage ich.

Er grüßt nickend, dann sieht er Jory an.

»Das ist Jory, mein Freund.« Das klingt in meinen Ohren unzureichend. »Er gehört zur Familie«, füge ich hinzu.

Wir werden hereingebeten und an den Kabinen vorbei zu einem langen Flur geleitet, in dem eine Reihe Stühle vor einem Büro steht. Der Pfleger weist Jory auf die nächste Kaffeestation hin. Ich will keinen Kaffee. Ich setze mich hin, stehe aber sofort wieder auf und gehe hin und her. Es dauert nicht lange, bis eine Ärztin zu uns kommt.

»Beth? Ich bin Dr. Hargreaves. Soviel ich weiß, sind Ihre Eltern auch auf dem Weg hierher.«

Ich nicke. »Darf ich zu meiner Schwester?«

Sie bedeutet mir, mich zu setzen, und ich tue es widerwillig, schließe die Fäuste und drücke mir die Fingernägel in die Handflächen. Ist etwas passiert, seit ich mit Dad telefoniert habe?

»Ihrer Schwester geht es wirklich sehr schlecht.« Sie spricht leise und gemessen. *Wirklich sehr schlecht.* Wirklich sehr schlecht heißt, sie ist am Leben. Ich fühle mich erst einmal erleichtert, obwohl die Ärztin besorgt aussieht. So hat Mum es immer ausgedrückt, wenn wir stark erkältet waren oder eine Halsentzündung hatten. Aber es klingt definitiv schlimmer, wenn das eine Klinikärztin über meine Schwester sagt.

Sie setzt sich neben mich. Hinter ihrem Ohr klemmt ein Stift. Ich muss mich sehr konzentrieren, um mitzukriegen, was sie sagt.

»Emmy hat bei dem Unfall ein Schädel-Hirn-Trauma erlitten. Als die Rettungskräfte am Unfallort eintrafen, war sie nicht ansprechbar und ihre Atmung verlangsamt.« Ich schluchze auf, mein Gehirn zeigt mir Unfallbilder. Jory drückt meine Schulter.

»Spricht sie? Weiß sie, wo sie ist? Oder was passiert ist?« *Weiß sie, dass ihr Mann umgekommen ist?*

Sie schüttelt den Kopf. »Ihre Schwester ist nicht bei Bewusstsein und muss beatmet werden. Das heißt, sie liegt im

Koma. Ein Schädel-Hirn-Trauma ist eine komplizierte Angelegenheit.«

»Wird sie sterben?« Ich sehe der Ärztin in die Augen, will es wissen und zugleich nicht wissen. Ich frage mich, ob sie weiß, wie wichtig es ist, dass sie Emmy wieder gesund macht. Vermutlich ja. Sie hatte sicher schon Hunderte Familien hier sitzen, auf dieser trostlosen Station, wo es allen Patienten wirklich sehr schlecht geht und die Besucher darauf hoffen, dass der geliebte Mensch gerettet wird. Aber diese anderen sind nicht meine Schwester.

»Es ist zu früh, als dass ich die Frage mit einiger Gewissheit beantworten könnte. Emmys Zustand bezeichnen wir als kritisch, aber stabil. Das heißt, er ist lebensbedrohlich, aber ihre Vitalzeichen liegen im Moment im Normalbereich.« Dr. Hargreaves legt eine Hand auf meinen Arm. »Ich werde für Ihre Schwester alles tun, was möglich ist. Wollen wir jetzt zu ihr gehen?«

Jory bietet mir seine Hand an, und ich halte mich daran fest. Ich trage noch sein Jackett, mit dem er jetzt eigentlich vor seiner Klasse stehen und Geschichte unterrichten sollte. Es ist, als hätte es mich in ein Paralleluniversum verschlagen und ich wollte nichts so sehr wie in das andere zurückkehren, in dem Jory in der Schule zu viel zu tun hat, um auf meine SMS zu antworten, und in dem ich unter Dads karierter Wolldecke einen Tag blaumache und überlege, was ich mir gegen den Kater zu Mittag kochen soll. Wie wunderbar das andere Leben war. Wie dumm ich war, das für selbstverständlich zu nehmen.

Wir gehen zurück zu den Glaskabinen. *Lander, Emily* steht auf einer Weißtafel neben der Tür. Zögernd treten wir ein, und ich wische mir die Augen, um einigermaßen klar zu sehen. Und als ich das kann, fasse ich mir unwillkürlich an den Mund. Ihr Kopf steckt vom Kinn an in einem Verband. Auf dem Scheitel sind ihre blonden Haare dunkel und verklebt, vermutlich von angetrocknetem Blut. Sie hat einen Schlauch im Mund und mehrere an den Armen. Ich strecke eine Hand nach ihr aus, sehe aber die Ärztin an, ob ich Emmy anfassen darf. Da Dr. Hargreaves nickt, sinke ich auf den Stuhl neben dem Bett und nehme Emmys Hand behutsam in meine. Ich denke an Doug, ihre erste und einzige Liebe, der Polly und Ted ein genialer Vater war und jetzt allein irgendwo liegt – ich weiß nicht mal, wo. Ich lege den Kopf auf den Rand ihres Kissens.

»Ich bin bei dir, Em. Jory ist auch hier.«

Jory verlagert sein Gewicht aufs andere Bein und räuspert sich. »Äh, hey, Emmy. Was machst du denn für Sachen, hm?«

Sie rührt sich nicht. Die Überwachungsgeräte neben dem Bett piepen. »Kann sie mich hören?«, frage ich.

Dr. Hargreaves breitet die Hände aus. »Das wissen wir nicht. Wir sind uns nicht sicher, wie tief die Bewusstseinsstörung geht, aber möglicherweise kann sie Sie hören, ja, und sie reagiert viel wahrscheinlicher auf eine vertraute Stimme als auf jemanden von uns.«

Ich nicke, unsicher, was ich sagen soll. Vom anderen Ende des Flurs sind Stimmen zu hören. Jory streckt den Kopf zur Tür raus. »Deine Eltern sind da. Und die Kinder auch.«

»Okay«, sage ich. Obwohl gar nichts okay ist. Ich wünschte, die Kinder müssten ihre Mutter so nicht sehen.

Die Ärztin geht mit uns in einen Raum mit bequemen Stühlen, wo meine Eltern schon sitzen. Auf den Stühlen liegen Kissen, und auf einem niedrigen Tisch in der Mitte steht eine Vase mit Strohblumen. Das ist ein Raum, in dem das gewohnte Leben vernichtet wird. Kissen und Blumen gibt es nicht, wo man gute Nachrichten empfängt.

Wir sind viele in dem kleinen Raum. Der Mann, den ich beim Telefonieren im Hintergrund gehört habe, ist der uns zugewiesene Opferschutzbeamte. Er spricht gerade mit Dad. Er nickt mir zu, während er sich verabschiedet und meinen Eltern sagt, dass er wiederkommt, wenn er mehr über den Unfallhergang weiß. Mein Vater breitet die Arme aus, und ich lasse mich hineinfallen. Seine Schultern beben, und ich halte ihn fest an mich gedrückt. Sein Wollpullover riecht nach ihm. Einunddreißig Jahre lang war er es, der mich drückte, gewöhnlich wenn ich etwas vermasselt hatte. Er konnte mich immer gut damit aufmuntern, dass am nächsten Morgen alles besser aussieht.

Er lässt mich los und räuspert sich. »Warst du schon bei ihr? Hat sie etwas gesagt?« Ich erzähle, dass wir gerade erst wenige Minuten bei ihr waren, sie aber nicht reagierte. Er nickt und nickt noch einige Male, bis es ein wenig zwanghaft erscheint.

Mum kommt mit Ted auf dem Arm zu mir und gibt mir einen Kuss auf den Kopf, dann winkt sie Jory, er soll nicht in der Tür stehen, sondern hereinkommen. Er wirkt bedrückt, und sie streicht ihm über die Wange. Sie hat ihn von Anfang an gemocht. »Danke, dass du Beth hergebracht hast.«

Er sieht ihr in die Augen. »Moira, es tut mir furchtbar leid, was passiert ist.«

Sie lächelt traurig. »Ich bin froh, dass du hier bist.«

Polly steht blass und verstört in einer Ecke am Fenster. Sie trägt noch den Pferdeschwanz vom Sportunterricht. Sie weiß über ihren Dad Bescheid, das sehe ich ihr an. Nach einem Blick auf Ted sehe ich meine Mutter an. Sie versteht meine stumme Frage und schüttelt den Kopf. Er weiß es noch nicht.

Dr. Hargreaves bittet uns alle, Platz zu nehmen, was nur Polly verweigert, und wiederholt, was sie mir und Jory schon mitgeteilt hat. Ich nehme es jetzt klarer auf. Wir sind alle erpicht darauf, zu Emmy zu gehen, aber die Ärztin erklärt, es sei eine strikte Regel, dass immer nur zwei Besucher gleichzeitig zu einem Patienten dürfen, und deshalb einigen wir uns darauf, dass Mum und Dad zusammen hineingehen und dann jeweils einer von uns mit Polly und Ted.

Mum spricht leise mit Polly. »Bist du damit einverstanden, Schatz? Wenn dein Grandad und ich zuerst zu deiner Mum gehen, dann du mit einem von uns?«

Polly sieht niemanden an und zuckt nur die Achseln.

Ted blickt auf, nachdem er es geschafft hat, Postman Pats Lieferauto unter dem niedrigen Tisch einzuklemmen. »Meine Mummy und Daddy sind hier.«

Alle erstarren, außer Jory, der in die Hocke geht, um das Auto hervorzuziehen. »Hey, Kumpel, willst du ein paar Rettungswagen sehen? Draußen stehen ganz viele. Wie wär's?« Er schaut meine Eltern an. »Nur, wenn ihr das gutheißt. Ich kann mit ihm vor die Tür gehen, damit ihr eine Weile unter euch seid.«

Sie nicken. Ted dreht eine Hand über dem Kopf hin und her und ahmt eine Sirene nach, während Jory ihn aus dem Raum lenkt. Mum und Dad gehen mit der Ärztin und lassen mich mit Polly allein.

Ich spiele an einem Kissen herum, während ich überlege, was ich zu meiner Nichte sagen, wie ich das Schweigen angemessen beenden könnte. Unser Verhältnis besteht hauptsächlich darin, uns gegenseitig aufzuziehen und gemeinsam ihre Eltern aufzuziehen. Bisher war meine Schwester immer dabei, wenn wir uns sahen. Ich bin keine Tante, die mit ihrer Nichte zum Shoppen oder in den Park geht oder sie auf einen heißen Kakao einlädt, und ich wurde nur wenige Male damit betraut, auf sie und Ted aufzupassen. Emmy betrachtete mich nicht mehr als geeigneten Babysitter, nachdem sie und Doug einmal früher von einem Dinnerabend heimkamen und mich in einer kompromittierenden Haltung mit meinem damaligen Freund antrafen. Sie waren wütend. Mehr als wütend: Sie waren enttäuscht. Leute sind häufig von mir enttäuscht, finde ich.

Ich gehe zu ihr ans Fenster und setze zu einer Bemerkung an, aber statt etwas zu sagen, reibe ich ihr über den Rücken. So stehen wir ein Weilchen da. Schließlich bricht sie das Schweigen. »Ich kann das nicht aushalten, Tante Beth.« Sie klingt schwach und hilflos.

»Ich weiß.« Ich überlege, womit ich sie trösten, sie ein bisschen aufmuntern könnte, aber sie hat gerade erfahren, dass ihr Vater ums Leben gekommen ist und ihre Mutter im Koma liegt. Da kann man nichts sagen, durch das es ihr besser gehen würden.

Ihre Augen sind groß. »Dad wäre heute besser zur Arbeit gefahren. Sie fahren sonst nie in der Woche irgendwohin, und jetzt haben sie es ein Mal getan, und dann passiert so etwas.«

»So darfst du nicht denken«, sage ich. »Ich wünsche mir nichts so sehr, wie dass sie nicht zu der Zeit auf dieser Straße unterwegs gewesen wären – doch das waren sie, und wir können nichts daran ändern.«

Polly schüttelt den Kopf. »Ich hätte sie davon abbringen müssen. Sie wird auch sterben, oder?«

»Nein.« Das sage ich sehr bestimmt, trotz meiner eigenen Befürchtung.

»Sieht sie schlimm aus?«

Ich bin versucht, es herunterzuspielen, obwohl ich bei ihrem Anblick geschockt war, aber Polly wird sie gleich selbst sehen, und da ist es vielleicht besser, sie auf die Tatsachen vorzubereiten. Ich drücke mich vorsichtig aus. »Nein, nicht besonders. Man erschrickt ein bisschen wegen des Kopfverbands und der Schläuche und Geräte. Ignorier das alles, und sieh in ihr Gesicht. Deine Mum braucht dich, Pol. Die Ärztin meint, sie kann uns vielleicht sogar hören.«

»Weiß sie es? Das von Dad?« Sie fängt an zu weinen, und es bricht mir von neuem das Herz.

»Nein, ich glaube nicht.«

»Haben sie gesagt, wohin sie fahren wollten? Die Polizei, meine ich. Wissen die, warum sie auf der M5 waren?«

Ich schüttelte den Kopf. »Nein, aber wir wissen es, oder? Sie waren wegen des Kredits bei der Bank, und deine Grandma vermutet, dass sie anschließend zu Ikea wollten und deshalb auf der Autobahn waren. Nach ihrem Termin lag das nicht allzu weit weg. Grandma fühlt sich schlecht, weil sie ihnen geraten hat, sich hinterher einen schönen Tag zu machen. Aber deshalb ist das nicht ihre Schuld. Genauso wenig wie deine. Du konntest nicht ahnen, dass das passiert.«

Polly quält sich weiter mit Gedanken über den Unfall, das sehe ich ihr an. Ich habe unterwegs zur Klinik dasselbe getan.

»Möchtest du etwas Heißes trinken? Ich gehe uns einen Tee holen.« Sie schüttelt den Kopf. »Ganz sicher? Ich muss sowieso zur Toilette. Willst du mitkommen?« Ich will sie nicht allein lassen. Sie schüttelt wieder den Kopf, und ich verspreche, mich zu beeilen und sofort zurückzukommen.

Sowie ich die Intensivstation verlasse, laufen mir die Tränen übers Gesicht. Große, dicke Tränen. Diesmal wische ich sie nicht weg. Diesmal lasse ich sie laufen, und meine Schultern beben so stark, dass mich die Leute anstarren.

Im Toilettenraum erschrecke ich über mein Spiegelbild. Meine Wangen sind nass. Ich ziehe ein Papierhandtuch aus dem Spender und wische sie ab. Aus meinem Knoten haben sich ein paar krause Strähnen gelöst, die ich mir hinter die Ohren streiche. Immer wieder überkommt mich schieres Entsetzen und im nächsten Moment eine lähmende Angst vor der nächsten schlechten Nachricht. Was wird noch passieren? Ich bin wie versteinert und zugleich in Panik, weil ich über die Situation null Kontrolle habe. In Krisen will ich instinktiv abhauen. In einer Kampf-oder-Flucht-Situation reiße ich zuverlässig aus. Doch hier gibt es gar kein Entkommen, hier kann ich mich nicht dünnemachen, bis es sicher ist, zurückzukehren. Es würde nichts nützen, mich zu verkriechen. Ich gebe mir einen Ruck und gehe zurück zur Intensivstation, zu meiner Familie, zurück in den Alptraum.

3

»Du hast das McChicken-Sandwich zweimal bestellt. Möchtest du zwei?«

Mum schaut stirnrunzelnd auf das Display. »Nein, ich will nur eins. Und ich wollte auch keine großen Pommes Frites. Das hat das Ding von selbst in den Warenkorb gepackt!« Sie ist frustriert, wie immer, wenn sie mit moderner Technik zu tun bekommt. Ich schiebe einen Arm über den Touchscreen und dränge sie sanft beiseite.

»Lass mich das machen. Nimmt Dad das Übliche? Was möchte Polly?« Ich schaue zu unserem Tisch. Dad sitzt mit hängenden Schultern da, starrt andere Gäste an, ohne etwas zu sehen. Ted guckt Zeichentrickvideos auf Jorys Handy und hält dabei Mr Trunky, den Stoffelefanten im Arm. Jory fängt meinen Blick auf und lächelt. Es ist ein verhaltenes, trauriges Lächeln. Ich lächle traurig zurück. Polly hat sich ganz ans Ende der Sitzbank geschoben und den Kopf über ihr Handy gebeugt. Sie will nichts, sagt Mum.

Ich bestelle ihr trotzdem einen Hamburger und greife nach dem Beleg mit unserer Bestellnummer, nehme Strohhalme und Servietten, pumpe Ketchup in zwei weiße Schälchen. Ich weiß kaum, was Ted an einem normalen Tag isst oder trinkt, aber Pommes Frites ohne Ketchup findet er bestimmt nicht gut. Ich schicke Mum mit den weißen Schälchen zum Tisch und warte neben der Kasse, bis ich das Tablett mit unserem Essen bekomme. Der fettig-würzige Geruch dreht mir fast den Magen um. Es kommt mir völlig absurd vor, jetzt in einem McDonald's zu stehen. Wären nur wir Erwachsenen oder wir und Polly zusammen, wäre uns dieser Boxenstopp bestimmt nicht in den Sinn gekommen. Aber wenn man einen kleinen Jungen in der Familie hat, muss der Alltag weitergehen, müssen die Bäuche gefüllt werden.

Es ist Freitagabend und folglich brechend voll. Ich konnte mich gerade so zusammenreißen, als ich Mum aus der Verwirrung am Touchscreen erlöste, aber jetzt da ich untätig herumstehe, fühle ich mich von den Menschenscharen bedrängt. Ich will hier nicht sein, umgeben von Leuten, die laut lachend an mir vorbeidrängen und sorglos ihre Milkshakes schlürfen. Ihre Fröhlichkeit kränkt mich, und ich will sie anschreien: *Was fällt euch ein, zu lachen? Wisst ihr nicht, was heute passiert ist?* Natürlich wissen sie es nicht, und selbst wenn, würden sie sagen: *Tut mir leid, wie schrecklich!* und ein paar Augenblicke danach weiter lachen und Milkshakes schlürfen. Das ist nicht ihre Tragödie, nicht wahr? Nicht ihr Problem.

Schweigend stochern wir in unserem Essen und gehen ab und zu auf Ted ein, der seine winzigen Ketchup-Portionen schon verputzt hat. Er bittet seine Grandma, ihm mehr zu holen. Mum holt ihm noch drei, und er sieht sie verwundert an, bevor er sich darüber hermacht. Ich frage mich, ob ihm klar ist, dass er von uns heute alles kriegen kann.

Polly hat ihren Burger nicht mal ausgewickelt und auch ihr Getränk kaum angerührt. Mum und Dad wirken in sich gekehrt und erschöpft, Polly dagegen nervös und gereizt. Ich weiß nicht, ob das eine normale Reaktion bei solch einem Schock und der Trauer ist. Vielleicht. Vielleicht ist sie die Einzige, die angemessen reagiert. Wir anderen haben auch keinen Appetit, essen aber widerwillig, damit es für Ted in möglichst normalen Bahnen läuft, zumal er noch nicht weiß, dass sein Vater tot ist, und glaubt, dass seine Mum nur ausgiebig schläft. Er war der Einzige von uns, der nicht entsetzt guckte, als er den Kopfverband und die Schläuche sah. »Mummy hat Aua!«, sagte er zu der Ärztin. »Und sie ist müde.«

»Was werden wir tun?«, frage ich leise. »Heute Abend, meine ich.« Ich weiß auch nicht, was wir auf längere Sicht tun werden, aber ein McDonald's ist vermutlich kein geeigneter Ort, um das zu besprechen.

»Ich meine, Polly und Ted sollten bei uns übernachten«, sagte Mum.

»Nein.« Pollys energischer Ton verblüfft uns.

»Nein?«, fragt Mum.

»Ich will nicht bei euch übernachten, Nan. Ich will nach Hause.«

Ich fummle an der Papierhülle von meinem Strohhalm herum. »Ich kann bei ihnen bleiben. Ich schlafe auf dem Sofa.« Eigentlich habe ich im Krankenhaus bleiben wollen, aber Dr. Hargreaves nahm meinen Vater beiseite und empfahl ihm dringend, nach Hause zu fahren. Sie weiß, dass wir über eine Stunde weit weg wohnen, und hat deshalb versprochen, uns anzurufen, wenn sich Emmys Befinden verändert. Dad nickt zu meinem Vorschlag. Mum ist nicht angetan. Das sehe ich an ihren Mundwinkeln. »Mum?«

Sie wackelt mit dem Kopf, zum Zeichen, dass sie zwischen Ja und Nein schwankt. »Für eine Nacht wird das wohl mal gehen«, sagt sie. »Ich würde selbst bleiben, aber ich werde auf dem Sofa kein Auge zutun, nicht mit meinen kaputten Gelenken, und es käme mir falsch vor, in … nun ja …« Ihrem Bett zu schlafen. Die Worte hängen zwischen uns, und wir richten den Blick auf Ted, der gerade die letzte Pomme frite in den Mund steckt und sich die Finger ableckt.

Mum spult einige Instruktionen für mich ab, so als würde ich die Kinder auf eine Expedition mitnehmen, anstatt sie zu Hause ins Bett zu bringen. Sie glaubt nicht, dass ich das reibungslos hinbekomme. Der Fairness halber muss ich sagen, dass ich sie noch nie über Nacht betreut habe, und auch wenn ich so tue, als ob ich die Gewohnheiten der Kinder kenne, hat sie mich schon verwirrt, weil sie eine Windel erwähnt, während ich dachte, Ted ginge schon aufs Töpfchen.

»Ich dachte, er braucht keine Windeln mehr.«

»Tagsüber nicht, Liebes, aber nachts durchaus.«

»Oh, in Ordnung, gut. Ich werde schon zurechtkommen.«

»Wir sind gleich morgen früh wieder bei euch und helfen«, sagt Mum. Nehmen die Dinge in die Hand, heißt das. Ich werde bestimmt froh sein.

Als wir hinaus und über den Parkplatz gehen, fragt Ted, ob er bei Jory mitfahren darf, und als Mum Nein sagt, wirft er sich auf den Boden und schreit. Überraschend laut für eine so kleine Person.

»Er ist übermüdet«, sagt Mum. Sie hebt ihn auf, während er strampelt und fuchtelt, sodass sie seinen Ärmchen ausweichen muss. »Kann er bei dir mitfahren, Jory?«

Jory nickt und geht mit Dad den Kindersitz holen. Ich rufe Polly zu, dass ich über Nacht bei ihnen bleibe. Sie sieht mich groß an, sagt aber nichts.

Bei Emmys Haus angekommen, schließen Mum und Dad die Tür auf und gehen mit Polly hinein. Ted ist eingeschlafen, und nachdem wir den kniffligen Verschluss des Sicherheitsgurts endlich gelöst haben, hebe ich den Jungen aus dem Sitz. Ich weiß nicht mehr, wann ich ihn zuletzt auf dem Arm hatte, jedenfalls ist er viel schwerer als erwartet.

Jory wendet seinen Wagen und hält noch mal neben uns an, um das Fenster herunterzulassen. »Meinst du wirklich, ich soll nicht bleiben? Ich finde, du solltest jetzt nicht allein sein.«

»Ich werde schon klarkommen, ehrlich. Außerdem würden wir unsere goldene Regel brechen, die wir nach dem Winter 2015 aufgestellt haben, nicht wahr?«

Er lacht. »Ich bin mir ziemlich sicher, dass das außergewöhnliche Umstände sind, aber ja, das wäre ein Verstoß. Ich melde mich später noch mal bei dir.«

Als ich Ted zur Haustür trage, bewegt sich etwas am Wohnzimmerfenster im Nachbarhaus, und kurz sehe ich

Albert, bevor er hinter dem Vorhang verschwindet. Emmy spricht viel über ihn. *Er ist über achtzig, weißt du, aber sein Verstand ist messerscharf.* Neulich ertappte ich mich noch bei dem Wunsch, sie möge überhaupt nichts von ihm erzählen, denn vor zwei Monaten habe ich einmal zu viel getrunken und in seinen Pflanztopf gebrochen. Daran will ich nicht gern erinnert werden. Emmy und Doug waren beschämt. Ich hätte mich am nächsten Tag bei Albert entschuldigen sollen, nachdem Doug die Bescherung beseitigt hatte, aber das habe ich nicht getan, weil es mir dreckig ging, und danach war es zu spät, fand ich. Ich bin mir sicher, dass Albert mich nicht mehr leiden kann, denn er starrt mich immer an, wenn ich besonders darauf bedacht bin, Blickkontakt zu vermeiden. Während ich warte, dass Mum die Tür aufschließt, wird mir bewusst, dass ich in meinem Leben solche Dinge wie das Unbehagen wegen Albert bisher für ein Problem gehalten habe.

Mum betritt das Haus und nimmt mir Ted sofort ab, um ihn ins Bett zu bringen. Windel, Schlafanzug und Zahnbürste in der Hand geht sie mit ihm ins Bad. Der Opferschutzbeamte ist da und spricht mit Dad im Wohnzimmer. Wir haben schon erfahren, dass der Lkw-Fahrer im Krankenhaus liegt und sich von einem Schlaganfall erholt, der höchstwahrscheinlich den Unfall verursachte. Ich will von der Ermittlung jetzt nichts wissen, darum setze ich mich auf die Treppe und starre auf die Familienfotos an der Wand.

Emmy hat ewig gebraucht, um sich zwischen verschiedenen Fotos zu entscheiden und dann die Rahmen anzuordnen. Sie wollte eine Galerie nachmachen, die sie auf Instagram gesehen hatte. Ich habe sie damit aufgezogen, wie immer, wenn sie sich begeistert mit etwas beschäftigt, das sie sich von einer Influencerin abgeguckt hat. Aber die Fotowand sieht großartig aus. Sie hat Rahmen in strahlenden Farben ausgesucht, und ich fühle mich immer zu dem orangefarbenen mit dem Schwarzweißfoto hingezogen, in dem sie alle vier am Strand zu sehen sind. Mir ist das Foto neu, und ich stehe auf, um es näher zu betrachten. Mir kommen sofort die Tränen. Ted sitzt auf Emmys Hüfte, und Polly steht vor ihrem Dad, er hat die Arme locker um ihre Schultern gelegt. Kurz vor der Aufnahme muss Ted etwas zum Lachen gebracht haben, denn er hat den Kopf in den Nacken geworfen und gackert ausgelassen, und die anderen drei blicken ihn an. Keiner schaut zum Fotografen – Polly kicherte hinter vorgehaltener Hand, Doug sagt gerade etwas, und Emmys lockige Haare fliegen im Wind und verdecken einen Teil ihres Gesichts. Wenn ich auf das Foto blicke, kann ich hören, wie sie lachen und Emmy mit gespieltem Ärger sagt: »Mummy will nur ein schönes Familienfoto. Ist das denn zu viel verlangt?«

»Das habe ich aufgenommen.« Dad ist aus dem Wohnzimmer gekommen und steht neben mir.

Ich lehne den Kopf auf seine Schulter. »Widemouth?« Ich versuche, im Hintergrund die Dünen zu erkennen.

»Ja«, sagt er traurig. »Das war letztes Jahr am Muttertag. Wir sind am Morgen spazieren gegangen und zum Sonntagsbraten hierhergefahren, weißt du noch?«

Ich erinnere mich an den Braten. Zum Strand bin ich nicht mitgefahren, weil ich am Abend mit Jory im Pub war. Deshalb bin im Bett geblieben und habe mir *Hills*-Wiederholung angesehen. Mir fällt die Textnachricht ein, die mein Schwager mir zwischendurch schickte, und ich lache, und Dad schaut mich verwirrt an. Ich deute auf das Foto. »Ich war nicht dabei, aber Doug hat mir ein Foto vom Strand geschickt, auf dem er einen Sternsprung macht, und darunter stand: So sieht es aus, wenn man keinen Kater hat. Als Antwort habe ich ihm das Mittelfinger-Emoji geschickt.«

Dad schnalzt missbilligend, lächelt dann aber. Polly kommt wütend aus dem Wohnzimmer gestürmt. »Wie könnt ihr dastehen und lachen?«

Dad und ich sehen uns mit offenem Mund an. Das war eine glückliche Erinnerung an Doug, und wir haben sie miteinander geteilt, um inmitten dieser Katastrophe einen schönen Moment zu haben. Ich fühle mich sofort schuldig, weil ich nicht trauriger aussehe. Mum zischt uns vom Treppenabsatz an, wir sollen leise sein, weil Ted gerade eingeschlafen ist.

»Polly, Liebes …« Dad ringt um eine Antwort. Er möchte sie ins Wohnzimmer mitnehmen, aber sie bleibt stur am Fuß der Treppe stehen.

Ich weiß auch nicht, was ich sagen soll. Um es zu erklären, zeige ich auf das Foto und hoffe, dass sie es mit uns zusammen ansieht. »Ich habe nur von der lustigen WhatsApp erzählt, die dein Dad mir an dem Tag geschickt hat. Er hat mich aufgezogen, weil …«

»Nein.«

Ich stocke. Polly schüttelt heftig den Kopf. Mit ihrem ungestümen Blick und den verspannten Schultern ist sie weit entfernt von dem sorglosen Mädchen auf dem Strandfoto. Sie strahlt so viel Zorn aus, dass es für uns alle reichen würde. Wir trauern zwar alle, aber mir wird gerade klar, dass es vor allem Pollys und Teds Leben ist, das auf den Kopf gestellt wird.

»Es tut mir leid, dass ich gelacht habe, Pol. Wir wollten dich nicht kränken. Können wir etwas für dich tun? Möchtest du reden?« Ich sehe Dad hilfesuchend an.

»Er war sehr stolz auf dich, Liebes«, sagt er zu ihr. Ich strecke die Hand nach ihr aus, vielleicht lässt sie sich in den Arm nehmen oder drückt wenigstens meine Hand, doch sie schüttelt weiter den Kopf. Was ihr Grandad gesagt hat, scheint sie noch mehr aufzuwühlen. »Nein, war er nicht.« Sie drängt sich an uns vorbei und rennt die Treppe hoch. Ich will ihr nachgehen, aber Dad rät mir, sie in Ruhe zu lassen. Wir zucken beide zusammen, als ihre Zimmertür knallt. Der Opferschutzbeamte kommt in den Flur und reicht mir eine Tasse Tee. Er sieht Dad entschuldigend an.

»Für Sie habe ich keinen gemacht, Jim, weil Moira sagt, dass Sie gleich nach Hause fahren.«

Dad sagt, er brauche keinen und sie würden gleich aufbrechen. Ich will das nicht. Der Gedanke jagt mir einen Schreck ein, und ich überlege, ob wir vielleicht doch lieber alle zusammen rüberfahren. Ich kann die Stellung nicht halten. Das konnte ich noch nie.

»Trauer zeigt sich nicht immer so, wie wir es erwarten«, sagt der Beamte und deutet mit dem Kopf die Treppe hoch.

»Sie ist furchtbar wütend. Ich weiß gar nicht, was ich zu ihr sagen soll.« Ich trinke von meinem Tee. »Wenn wir es Ted morgen sagen, das mit seinem Dad, wird er … das überhaupt verstehen?«

Dad legt eine Hand auf meine Schulter und drückt sie kurz. »Wir sind alle erschöpft, Beth. Es war ein sehr langer Tag. Mir wäre lieber, wir befassen uns morgen damit.«

»Okay«, sage ich, obwohl es mich jetzt schon beschäftigt.

Als er und Mum sich auf den Weg machen, will ich sie am liebsten festhalten und greife an ihre Mantelärmel. Ich weiß nicht, wie ich mit Polly umgehen soll, will ich sagen, oder was ich tun soll, wenn Ted mitten in der Nacht aufwacht, aber ich sage kein Wort. Als ich loslasse, schießt Mum Dad einen Blick zu, den ich nicht deuten kann.

»Ich kann an deiner Stelle hierbleiben, Liebes. Möchtest du mit Dad nach Hause fahren?«

»Nein, das klappt schon. Ihr kommt sowieso morgen früh wieder her.« Der Beamte verabschiedet sich ebenfalls und lässt uns allein.

Als ich die Haustür schließe, höre ich von oben gedämpftes Weinen. Ich folge dem Geräusch und finde Polly im Schlafzimmer ihrer Eltern mit dem Rücken an das Bett gelehnt und einem von Dougs Pullovern auf dem Schoß. Ich setze mich zu ihr auf den Boden.

»Ist er wirklich tot?« Sie dreht den Kopf zu mir und sieht mich aufmerksam an.

Ich nicke. »Es tut mir schrecklich leid, Pol.« Ich lege einen Arm um ihre Schultern, und sie drückt sich den Pullover ans Gesicht und sinkt weinend gegen mich.

Eine Weile bleiben wir so sitzen, bis sie sich ausgeweint hat. Als sie aufsteht, um ins Bett zu gehen, biete ich ihr an, bei ihr im Zimmer zu schlafen. »Das ist nicht nötig«, sagt sie. »Wir sehen uns morgen früh.« Bevor ich nach unten gehe, schaue ich bei Ted rein. Er schnarcht leise. Seine Traktorsteppdecke hat er bis ans Fußende getreten. Es schnürt mir die Brust zusammen, wenn ich daran denke, dass wir es ihm sagen müssen, und das Grauen überkommt mich wieder. Als ich die Decke über ihn breite und ihn warm einpacke, konzentriere ich mich auf seine friedlichen Atemzüge.

»Schlaf schön fest, Kumpel«, flüstere ich. »Es tut mir schrecklich leid für dich.«

4

Am Ende war es viel schlimmer als befürchtet. Was wir Ted sagten, verwirrte ihn nur, und je mehr es ihn verwirrte, desto deutlicher mussten wir werden. Schließlich erwies sich Mum in dem Moment als die Stärkste von uns. Sie kniete sich vor ihn, nahm seine Hände und sagte, dass sein Daddy nicht bei der Arbeit und auch nicht im Krankenhaus sei. »Er wird nicht mehr nach Hause kommen, mein Liebling, aber er wollte dich und deine Schwester nicht verlassen. Er hatte euch sehr lieb.« Ted saß einen Moment lang sehr still und fragte dann nach seiner Mutter, was das nächste schwierige Gespräch eröffnete. »Kommt sie gleich wieder?«, fragte er mehrmals. »Wenn sie nicht mehr müde ist?« Es kostete mich alle Kraft, die Tränen zurückzuhalten.

Wir sind zum Krankenhaus gefahren und haben Ted diesmal bei Emmys Freundin Kate gelassen. Mum meint, es sei besser für ihn, mit Kates Tochter zu spielen, die in seinem Alter ist, als stundenlang im Auto zu sitzen. Ich wollte zu bedenken geben, dass es ihm auch gut täte, seine Mum zu sehen, oder ihr gut täte, seine Stimme zu hören, aber meine

Mutter hatte die Verabredung schon getroffen. Sie kam kurz nach sieben, ein wenig überagil, weil sie die ganze Nacht kaum geschlafen hatte, und gab uns allen Anweisungen. Ich sollte als Erstes Kleidung zum Wechseln für Ted aus der Kommode holen, aber als wir aufbrachen, fiel mir auf, dass er etwas anderes trug als die Kleidungsstücke, die ich herausgesucht hatte. Warum delegiert sie überhaupt, dachte ich, wenn sie jede erledigte Aufgabe noch mal macht? Aber so war sie schon immer.

Polly hat noch kaum ein Wort gesprochen und ist müde und nervös. Anscheinend bin ich die Einzige, die geschlafen hat, vermutlich weil ich verkatert gewesen bin. Mein Kater war den Tag über in Vergessenheit geraten und holte mich in dem Moment ein, als ich mich auf dem Sofa austreckte und das Licht ausmachte. Ich bin mit steifem Nacken aufgewacht und wusste erst wieder, wo ich war und warum, als Ted von oben nach seinen Eltern rief.

Dr. Hargreaves hat uns wieder alle in den Besprechungsraum gebeten. Sie ist heute nervös, hat viel zu tun und nimmt sich trotzdem Zeit, sorgfältig zu erklären, was sich bei Emmy tut. Es gibt nichts Gutes mitzuteilen, sagt sie, aber es gibt auch keinen unmittelbaren Grund zur Besorgnis (abgesehen von der, die uns bereits beschäftigt). Von uns weiß keiner so recht, wie er dieses Update verarbeiten soll. Ich denke immer wieder, es könnte schlimmer sein, was grotesk ist, weil es in Wirklichkeit kaum schlimmer sein könnte. Allerdings ist Emmy am Leben, obwohl die Chancen gegen sie standen. Sie könnte jetzt tot sein, ist sie aber nicht. Wir klammern uns daran und sind zugleich tief enttäuscht, weil sie noch nicht zu sich gekommen ist und spricht.

»Haben Sie noch Fragen?« Dr. Hargreaves sieht uns der Reihe nach an.

»Ihr Zustand wird sich nicht mehr verbessern, oder?« Wir drehen uns alle zu Polly um, überrascht, ihre Stimme zu hören, nachdem sie so lange geschwiegen hat, und dann wieder zur Ärztin, die sich ihre Antwort gut zu überlegen scheint. Mit vierzehn ist Polly noch nicht erwachsen, aber alt genug, um nicht mehr wie ein Kind behandelt zu werden.

»Um ehrlich zu sein, wir wissen es nicht. Wir haben in den letzten vierundzwanzig Stunden viele Hirnscans und andere Untersuchungen gemacht, und es werden weitere folgen. Der Zustand deiner Mutter wird nach der Glasgow-Koma-Skala bewertet, durch die man erkennt, wie schwer eine Bewusstseinsstörung ist. Anhand derer stellen wir permanent fest, ob sich etwas verbessert oder ob es sich leider in die andere Richtung entwickelt und eine Verschlechterung stattfindet. Hirnverletzungen sind unwägbar, und deshalb liegt ein langer Weg ohne Gewissheiten vor uns. Ich kann dir nicht versprechen, dass deine Mum sich erholen oder sogar gesund wird, denn vielleicht kommt es nicht dazu. Aber ich hoffe es.«

Ich nicke und fasse Mut, weil sie hofft. Natürlich hoffen wir alle, aber sie weiß immerhin, wovon sie spricht, im Gegensatz zu uns. Die Hoffnung eines Arztes hat sicher mehr zu sagen als unsere, oder?

Da wir nur zu zweit zu Emmy hineindürfen, gehen zuerst Mum und Polly zu ihr und nach einer Stunde Dad und ich.

Keiner von uns hat Lust stillzusitzen, und als wir höflich gebeten werden, den Besprechungsraum für eine andere Familie freizumachen, der schlechte Nachrichten bevorstehen, beschließen wir, spazieren zu gehen.

Dad redet viel und schnell. Er hat dunkle Schatten unter den Augen und graue Bartstoppeln am Hals und am Kinn. Er lässt sonst nie eine Rasur aus, und ich habe ihn seit unseren Campingferien nicht mehr so ungepflegt gesehen. Jene Wochen in den Schulferien waren die glücklichsten meines Lebens, und trotzdem machte ich letzten Sommer Ausflüchte, als Emmy und Doug mich überreden wollten, für eine Woche nach Polzeath mitzukommen. Ich hätte mich ihnen anschließen sollen. Ich nahm es für selbstverständlich, dass noch viel Zeit für gemeinsame Reisen sein würde.

Wir fahren mit dem Aufzug zur Eingangshalle und gehen nach draußen an die frische Luft. Wir finden eine freie Bank, die feucht aussieht, und setzen uns trotzdem. Dad redet über Testamente und Erbscheine.

»Musst du dir jetzt schon darüber Gedanken machen?« Ich spüre die Kälte der Bank durch meine Jeans und ziehe mir den Mantel unter den Po.

Dad seufzt. »Leider muss ich mich ziemlich bald darum kümmern. Deine Schwester und Doug haben mich zum Testamentsvollstrecker ernannt. Und da es Emmy so schlecht geht, ist es meine Aufgabe, Dougs Angelegenheiten zu regeln. Er hatte dafür niemand anderen, nicht wahr?«

»Nein«, sage ich. »Daran habe ich noch gar nicht gedacht.« Doug hat seinen Vater nicht gekannt und hatte eine schwierige Beziehung zu seiner Mutter, mit der er kaum Kontakt hatte, seit sie nach Irland gezogen ist. Ich erinnere mich an ein unbehagliches Familientreffen vor vielen Jahren, bei dem sie und Mum sich darüber stritten, wer die kleine Polly auf dem Arm halten darf, und soweit ich weiß, hat sie Ted gar nicht kennengelernt. Mum und Dad waren praktisch Dougs Familie. Und ich wohl auch. Es ist, als hätte ich eine nervige kleine Schwester, hat er oft zu mir gesagt.

»Ich kann noch immer nicht glauben, dass er tot ist.« Meine Jeans hat am Knie ein Loch, und ich fummle an den Fransen herum.

Dad schüttelt den Kopf. »Ich auch nicht. Ich muss immer wieder an den Tag denken, als sie mir die Kopien ihrer Testamente gegeben haben. Ich hab sie abgeheftet und in dem alten Sekretär deiner Mutter in eine Schublade gelegt. Hoffen wir, dass ich sie nie brauchen werde, habe ich damals zu Emmy gesagt. Wir haben gelacht, weil uns das so unwahrscheinlich vorkam. Das war nur für den Fall der Fälle. Eine doppelte Absicherung, meinte sie. Sie kann besser schlafen, wenn das schriftlich vorliegt. Ich hätte nie gedacht …« Seine Stimme verebbt. Wir sind ein Weilchen still. Ich lege den Kopf auf seine Schulter und er eine Hand auf meinen Arm. »Sie haben dich ausgesucht, Liebes. In ihrem Testament. Dass du im Fall ihres gemeinsamen Todes Pollys und Teds Vormund wirst. Das weißt du, nicht wahr?«

Ich nicke. Ich wusste von den Testamenten, trotzdem ist es ein Schock, daran erinnert zu werden. Im Fall ihres gemeinsamen Todes, so haben sie es ausgedrückt. Emmy ist nicht tot.

»Deine Mutter ist deswegen schon aufgeregt.«

»Wie meinst du das? Wir sind alle aufgeregt.« Ich weiß genau, was er meint. Mum hält mich nicht für eine geeignete Betreuerin. Sie war nicht glücklich darüber, als Emmy das damals beim Abendessen aufbrachte. Nachdem sie eine Weile eingeschnappt geschwiegen hatte, sprach sie ihre Bedenken so beiläufig aus, wie sie Pudding serviert. »Und ihr seid sicher, dass Beth sich dann um eure Kinder kümmern soll? Was hältst du davon, Beth, Liebes? Du kannst nicht gerade gut für dich selbst sorgen, das musst du zugeben, nicht wahr? Wie sollst du dann für Kinder sorgen?« Ich zuckte die Achseln und aß meinen Käsekuchen, brachte nicht die Energie auf, mich mit ihrer Missbilligung zu befassen, da der Fall in meinen Augen sowieso nicht eintreten würde. Danach sprach sie auch noch meine häufigen Stellenwechsel an, meine desaströsen Männerbeziehungen und die sechs Strafpunkte in meinem Führerschein für zu schnelles Fahren, alles noch vor dem Kaffee, und schloss mit der Bemerkung: »Ich finde nur, ihr könntet jemanden ausgesucht haben, der verantwortungsvoller ist, Em, erwachsener.« Darauf erwiderte Emmy, dass ich schon älter sei, als sie bei Pollys Geburt war.

»Deine Mum macht sich Sorgen, wie du zurechtkommen wirst. Sie denkt, es ist zu viel für dich.« Dad tritt behutsam auf. »Du weißt, ich denke, dass du alles kannst, was du dir vornimmst. Aber Zuverlässigkeit ist nicht deine starke Seite. Das ist nun mal so.«

»Ich mache mir selbst auch Gedanken, wie ich klarkommen werde«, gestehe ich. »Aber vielleicht hatten Emmy und Doug größeres Zutrauen in mich.«

»Ja. Mag sein.«

»Verdammt, Dad. Du könntest wenigstens so tun, als wärst du zuversichtlicher.« Ein Wortwechsel zwischen uns beiden kommt selten vor, aber ich habe das Gefühl, dass er auf Mums Seite steht.

»Tut mir leid, Liebes.« Ich frage nicht, ob es ihm leid tut, weil er es nicht so gemeint hat oder weil er es nicht besser verbergen konnte. Wahrscheinlich Letzteres. Tatsächlich überrascht es mich von allen am meisten, dass Emmy und Doug sich für mich als Betreuer entschieden haben. Vor allem wegen Doug, der mir mal sagte, ich sei wie ein Teenager im Körper einer Erwachsenen, wie in *30 über Nacht.* Da muss ich mich fragen, ob er von der Betreuerentscheidung überhaupt je überzeugt war oder ob er das nur meiner Schwester zum Gefallen tat, die in den Monaten nach Teds Geburt in einem Anfall von Liebe und Nervosität plötzlich Angst bekam, früh und unerwartet zu sterben. Sie sprachen hypothetisch über etwas, das in seinen Augen nicht eintreten würde. Vielleicht hat Doug dem damals gar nicht so viele Gedanken gewidmet. Nur er und Emmy wissen, wie und warum sie sich darauf geeinigt haben, und keiner von ihnen kann es uns jetzt erzählen.

Wir sehen Leute vor dem Krankenhaus ankommen und aus Taxis steigen. Unter dem Schild, auf dem *Bitte nicht rauchen!* steht, zieht eine ältere Dame im Rollstuhl ihre Atemmaske herunter und zündet sich eine Zigarette an.

»Deine Mum meint, Polly und Ted sollten so lange bei uns bleiben. Sie möchte sich gern selbst um die beiden kümmern.« Nachdem er sich nicht sofort auf meine Seite gestellt hat, deutet sein Tonfall jetzt an, dass er es nicht gutheißen würde, wenn Mum die Kinder nimmt.

»Aber Polly will gar nicht bei euch wohnen, sie will bei sich zu Hause sein. Wir wissen nicht, wie lange das Arrangement dauern würde, und Mum, na ja, sie wird nicht jünger, nicht wahr? Ihre Arthritis wird schlimmer, Dad. Ich habe gesehen, wie schwierig manches für sie ist.« Mum beklagt sich nie über Schmerzen, aber ich sehe sie oft die Fäuste schließen und öffnen.

Dad dreht den Kopf zu mir. »Das darfst du in ihrem Beisein nicht erwähnen.«

»Warum?«

»Du weißt doch, wie sie ist. Übertrieben stolz. Gejammer kann sie nicht leiden, Sie will anderen nicht leid tun.«

Er hat recht. Sie hat immer heruntergespielt, wie sehr sie zu kämpfen hat, und wäre entsetzt, wenn sie wüsste, dass wir die Verschlimmerung ihrer Arthritis bemerkt haben. Ich verspreche ihm, kein Wort darüber zu verlieren, und schlage vor, dass er sie behutsam erinnert, wie anstrengend es für sie wäre, sich rund um die Uhr um die Kinder zu kümmern. Sie ist natürlich viel besser dafür geeignet als ich, aber das spreche ich nicht aus. Egal wie wir es handhaben, es gibt keine befriedigende Lösung. Die Kinder brauchen ihre Mum und ihren Dad.

Wir schauen dem Treiben vor der Klinik noch ein wenig zu, dann schlägt sich Dad auf die Oberschenkel und sagt:

»Also gut«, sein übliches Signal, aufzubrechen oder loszulegen. Ich mache jedoch keine Anstalten, aufzustehen. »Beth, Liebes? Alles in Ordnung?«

»Nein. Ich will hier nicht sein.«

»Ich weiß, mein Schatz, aber du musst. Deine große Schwester braucht dich. Polly und Ted brauchen dich auch.«

»Was, wenn ich dem nicht gewachsen bin, Dad?« *Was, wenn Mum recht hat?*

Er drückt meine Hand. »Wessen Meinung ist dir von allen am wichtigsten?« Als ich ihn ratlos angucke, sagt er: »Möglicherweise jemand, der zusammen mit Jory an erster Stelle steht.«

»Emmys.«

»Wie eh und je«, sagt er. »Und wer war bei dieser wichtigen Entscheidung der Meinung, dass du dem gewachsen bist?«

Ich wische mir die Nase am Mantelärmel. »Emmy.«

Dad sieht mich mit einem vertrauten Gesichtsausdruck an, sein klassisches *Na, da hast du's!* Dann steht er auf, hält mir die Hand hin und zieht mich hoch. Meine Schwester hat mir zugetraut, die Aufgabe zu bewältigen. Ich hoffe, ich kann ihr später mal recht geben.

Beim Nachbarn bewegt sich wieder der Vorhang. Nach einem emotionalen Tag und Baustellenstaus auf der Rückfahrt vom Krankenhaus habe ich gute Lust, die Nase an die Fensterscheibe zu drücken und zu schreien: Wollen Sie ein Foto machen? Doch ich sage mir, dass Albert über achtzig ist und ich nur furchtbar verlegen bin, weil ich in seinen Lavendel gekotzt habe.

Unterwegs haben wir bei Kate angehalten, um Ted abzuholen, und Mum trägt ihn zur Haustür. »Sollen wir noch mit reinkommen, Beth? Tee kochen und helfen, ihn ins Bett zu bringen?«

»Oh … meinetwegen, das liegt bei euch.« Ich hatte mit ihrer Hilfe gerechnet. Mir war gar nicht in den Sinn gekommen, dass sie sich vor der Haustür verabschieden würden.

Mum sieht erschöpft aus. Ich bin schon im Begriff, das zu sagen, als mir einfällt, was ich Dad auf der Bank versprochen habe. Es überrascht mich ein wenig, dass Mum fragte, ob ich das möchte. Dad muss ein Wörtchen mit ihr geredet haben.

Er legt eine Hand auf ihre Schulter. »Wir werden nach Hause fahren, ja, Liebes? Beth weiß, dass wir nur ein Stück die Straße rauf wohnen, wenn sie etwas braucht, und morgen früh sind wir wieder hier.«

Mum zögert einen Moment lang, dann nickt sie und übergibt mir Ted. »Er hat bei Kate gegessen, aber für dich und Polly ist eine Pizza im Eisfach und etwas Salat im Kühlschrank. Den habe ich heute Morgen hineingestellt. Ich dachte, so brauchst du dir keine Gedanken zu machen, was du für euch kochst. Ich rufe später noch mal an, um zu hören, ob alles in Ordnung ist.«

»Oh. Okay«, sage ich. Polly ist direkt nach oben in ihr Zimmer gegangen.

Als Mum und Dad zum Auto gehen, ruft Ted: »Du sollst hupen, Grandad!« Dad hebt den Daumen. Ich setze mir Ted höher auf die Hüfte, und wir sehen zu, wie sie einsteigen. Ted winkt lebhaft, und ich bin den Tränen nahe. Dad hupt, und Ted kichert.

»HUUP! Jetzt du, Tante Beth.«

Ich raffe mich zu einem »Huup« auf, und Teds mürrischer Blick verrät, dass es bestenfalls lustlos ausgefallen ist. Ich wiederhole es mit mehr Elan, worauf er jubelt und mich dann genauer ansieht. »Bist du traurig?«, fragt er. Mir war nicht bewusst, dass mir die Tränen herabliefen, aber jetzt da er darauf hinweist, weine ich umso stärker. Er legt die Arme um meinen Nacken und sagt: »Möchtest du ein Glas Saft?« Und das bringt mich zum Lachen, und dann weine ich weiter.

Ich schalte ihm den Fernseher ein und rufe zu Polly hinauf, ob sie etwas braucht. Eine gedämpfte Antwort ist zu hören, die ich als Nein deute. Ich rufe noch einmal hinauf, dass ich Ted ins Bett bringe und uns eine Pizza aufbacke und frage, ob das okay ist. Keine Reaktion. Ich laufe nach oben, um für Ted einen Schlafanzug zu holen, renne aber sofort wieder nach unten, weil es an der Tür klopft. Vielleicht Mum, die denkt, dass sie mich doch nicht unbeaufsichtigt lassen sollte?

»Oh. Hallo.« Es ist Albert von nebenan. Er trägt eine dicke, beige Strickjacke und fummelt an seinem Hörgerät herum, das ein Piepen von sich gibt. In der anderen Hand hält er einen Blumenstrauß.

»Ich bedaure die Störung, Beth – Sie heißen doch Beth, nicht wahr? Wir sind uns glaube ich noch nicht persönlich begegnet«, sagt er.

»Ja, oder vielmehr nein. Ja, ich heiße Beth, und nein, wir sind uns noch nicht begegnet.« Ich spüre, dass ich rot werde. »Freut mich, Sie kennenzulernen.« *Und es tut mir sehr leid, dass ich in Ihren Lavendel gekotzt habe.*

Ein unangenehmes Schweigen stellt sich ein, während ich höflich lächelnd darauf warte, was er sagen will und warum er angeklopft hat.

»Entschuldigen Sie, Sie sind sicher sehr beschäftigt. Ich wollte Ihnen nur die Blumen geben.« Er hält mir den Strauß hin.

»Klar. Ähm, danke.«

»Das sind Schneeglöckchen«, sagt er, als ob das alles erklärt.

»Hübsch«, sage ich. Ist das wirklich die Zeit dafür?

Er mustert mein Gesicht. »Ihre Schwester sagte einmal, das seien ihre Lieblingsblumen …«

»Oh, ja, natürlich.« Irgendwo klingelt da was. Möglicherweise. Ich höre nie so genau hin, wenn es um den Garten geht. Er wirkt verlegen, und ich habe ein schlechtes Gewissen. Emmy wäre dankbar für die freundliche Geste. »Danke, Albert. Das ist wirklich nett von Ihnen. Emmy spricht oft von Ihnen.«

Er lächelt. »Die blühen als Erste im Jahr, kündigen das Ende des Winters an. Ich reiche ihr im Februar immer ein Sträußchen über den Zaun, aber dieses Jahr sind sie ein wenig später dran, und daher …« Er hält inne. »Es tut mir wirklich leid wegen Douglas, er war einer von den Guten. Ein furchtbarer Schock für Sie alle. Ich hoffe, Emmy geht es bald besser.«

Als er sich schon abwendet, bringe ich es nicht über mich, ihm zu sagen, dass sie sich vielleicht gar nicht mehr erholt. Stattdessen verspreche ich, ihr die Schneeglöckchen morgen ins Krankenhaus zu bringen. Sein Gesicht hellt sich auf, und ich entscheide mich dagegen, die angenehme Begegnung zu ruinieren, indem ich mich für die Kotze im Lavendel entschuldige. Beim nächsten Mal.

Als ich ins Wohnzimmer zurückkehre, um Ted ins Bett zu bringen, und ihn vom Fernseher weghole, wird er maulig. Außerdem habe ich ihm die Nachtwindel falsch herum angezogen, wie Polly anmerkt, die heruntergekommen ist, um sich etwas zu trinken zu holen. Sie hat rote Flecken im Gesicht. Ich frage, ob es ihr gut geht, und sie bejaht das, obwohl es nicht stimmt.

Umständlich ziehe ich Ted die Windel aus und richtig herum wieder an, dann stecke ich ihn in einen Schlafanzug, der so groß ist, dass ich den Bund der Hose umschlagen muss.

»Nicht Teds«, teilt er mir mit sehr ernster Miene mit.

»Das muss aber deiner sein. Der lag in deiner Kommode.«

»Wenn er zu groß ist, lag er in der Schublade mit den nächsten Größen«, erklärt Polly auf dem Rückweg nach oben. »Mum kauft die nächste Größe immer im Schlussverkauf, damit sie alles dahat, wenn er aus den Sachen rausgewachsen ist.«

Ich starre auf ihren Rücken. Natürlich tat Emmy das. Es überrascht mich nicht im Geringsten, dass meine Schwester eigens eine Schublade dafür hat, denn schließlich vakuumiert sie auch ihre Sommergarderobe und sieht sich auf YouTube Videos mit Tipps zum Klamottenfalten an.

Ich lese mir die Anleitung auf dem Pizzakarton durch und brauche peinlich lange, um herauszufinden, welche Einstellung am Backofen die richtige ist. Ich überlege, Polly zu rufen und zu fragen, aber das käme mir jämmerlich vor. Der Ofen scheint sich aufzuheizen, also habe ich es hoffentlich richtig gemacht.

Abgesehen von den CBeebies-Gutenachtgeschichten ist es still im Haus. Ich muss Ted ins Bett bringen, stehe aber einen Moment lang da und betrachte Dinge, die an Emmy und Doug erinnern. Die sind überall. Handgeschriebene Zettel mit Zahnarztterminen und Pollys bevorstehendem Schwimmfest hängen am Kühlschrank. Eine kürzlich gewässerte Zimmerpflanze steht auf dem Abtropfbrett. Einer von Dougs Fleecepullis hängt über der Lehne eines Esszimmerstuhls. Mein Blick wandert über das Gewürzregal an der Wand, und mir fällt zum ersten Mal auf, dass die Gläschen alphabetisch geordnet sind. Wieso jetzt erst? Ich lache und wünsche mir verzweifelt, ich könnte Doug darauf ansprechen, mich mit ihm zusammen über Emmy lustig machen, weil sie die Angewohnheit hat, alles zu sortieren und mit Etiketten zu bekleben. Als wir sie zuletzt deswegen aufgezogen haben, ist sie beleidigt rausgestürmt und kam mit ihrem Etikettendrucker zurück, druckte zweimal »Arschloch« aus und klebte es auf unsere Teetassen. Ich sehne mich schmerzlich danach, auf dem Sofa zu sitzen und Tee aus der Arschloch-Tasse zu trinken, während sie mit viel Aufwand das Abendessen kocht und Ted bettfertig macht. Nicht ich sollte jetzt hier sein und diese Dinge tun, das ist völlig verkehrt.

Ich frage Ted, ob er warme Milch möchte, und er schaut mich verwirrt an, sagt aber Ja. Ich weiß nicht, ob er vor dem Schlafen überhaupt noch warme Milch trinkt. Zumindest hat er das mal getan. Es sollte mir nicht so fremd vorkommen, nach meiner Nichte und meinem Neffen zu schauen. Das tun Tanten schließlich, nicht wahr? Ich jedoch nicht. Ich bin eine Tante, der man besser keine Verantwortung überträgt. Oder zumindest war ich das bisher.

Als Teds Becher mit Milch gefüllt ist, gehen wir nach oben. Ich ziehe in seinem Zimmer das Fensterrollo herunter und schalte das Licht aus, worauf er schreit, bis ich es wieder einschalte. Er zeigt auf ein sternförmiges Nachtlicht, und ich schalte es ein, bevor ich das Deckenlicht ausschalte. Jetzt sieht er mich sonderbar an, als wüsste er nicht so recht, warum ich da bin. Ich decke ihn warm zu.

»Ich will Mummy«, sagt er. Damit habe ich gerechnet, trotzdem ist das wie ein Schlag in den Magen.

»Mummy ist nicht da, Ted. Sie liegt im Krankenhaus, weißt du noch? Wir haben sie gestern besucht.«

»Ich will Daddy.« Seine Unterlippe zittert, dann gleiten Tränen über seine Wangen und tropfen auf die Bauernhoftiere auf seinem Kopfkissen.

»Soll ich dir etwas vorlesen?«

Er nickt und schnieft. »Ted im Zoo mit der Schlangengeschichte.«

Er meint eine von Dougs ausgedachten Geschichten. Das ist so weit außerhalb meiner Komfortzone, dass ich nach einem Fluchtweg suche. Doch er hat schon Mr Trunky in den Arm genommen und ist bereit zuzuhören. Also lächle ich und hoffe, er kauft mir die geübte Geschichtenerzählerin ab.

»Es war einmal ein Junge namens Ted, und er ging in den Zoo.« Er steckt den Daumen in den Mund, was nur ein gutes Zeichen sein kann. Beim Erzählen denke ich mir die Handlung aus, und es scheint ganz gut zu gelingen, nicht so schwierig wie gedacht, bis ich die Geschichte beende.

»Feuerwehrmann Sam ist nicht gekommen!« Er fängt an zu weinen und schlägt mit den Fäusten auf die Bettdecke. Wenn sein Daddy die Geschichte erzählt, ruft Ted am Schluss nach Feuerwehrmann Sam. So endet sie immer. Ich habe es falsch gemacht. Es ruiniert. Er hat sich müde geweint, und kurz nachdem er den Daumen wieder in den Mund gesteckt hat, döst er ein. Ich sitze sehr still auf dem Bettrand. Einerseits bin ich mir sicher, dass ich nicht mehr sitzen bleiben muss, damit er schläft, und andererseits möchte ich ihn nicht allein lassen. Er atmete ruhig und gleichmäßig, und ich überlege, mich neben ihn zu legen. Der friedliche Moment wird gestört, als Polly aus ihrem Zimmer ruft.

»Tante Beth, was riecht hier?« Sie erscheint auf dem Treppenabsatz.

Ich haste zu Teds Zimmertür und lege den Zeigefinger an die Lippen. »Pst! Er ist gerade eingeschlafen.«

»Brennt hier etwas?«, flüstert sie.

»Oh, Scheiße.« Ich renne nach unten in die rauchgefüllte Küche und schalte den Backofen aus. Rauch wölkt heraus, als ich die Tür öffne, und auf dem Blech liegt unsere Pizza dunkelbraun und hart. Ich sehe Polly, die mir gefolgt ist, belämmert an. »Ich glaube, die Pizza ist hinüber.«

»Ohne Scheiß?«, erwidert sie. Wahrscheinlich sollte ich sie wegen ihrer Ausdrucksweise ermahnen, aber ich habe selbst gerade Scheiße gesagt.

»Die hab ich völlig vergessen. Tut mir leid. Ich mache uns etwas anderes zu essen.«

»Eigentlich habe ich gar keinen Hunger.«

»Ja, aber du musst etwas essen.« Ich krame in den Schränken. Ich will nicht, dass sie wieder in ihr Zimmer verschwindet, und Essen ist das Einzige, womit ich sie zum Bleiben bewegen kann. »Bohnen auf Toast? Ich passe auch auf, damit er nicht schwarz wird.«

Sie zuckt die Achseln und setzt sich an den Tisch, während ich neues Essen mache.

»Deine Grandma wird sich aufregen, weil ich die Pizza verkohlt habe.«

»Ja«, sagt sie. Sie starrt auf ihre Hände. Ich quassle weiter über das Pizzadesaster, aber sie brummt nur.

Wir essen unseren Toast, und das Schweigen ist wirklich unbehaglich. Das Besteck klirrt auf dem Teller unglaublich laut. Ich will diese unbehagliche Stimmung nicht, aber so ist es nun mal. Polly rührt ihren Toast kaum an, stochert in den Bohnen.

»Meine Güte, ist das still hier, hm?«, sage ich.

Sie schiebt ihren Teller weg. »Danke für das Essen.«

»Pol…« Ich stocke, und sie sieht mich an, wartet ab, dass ich sage, was immer ich sagen will, damit sie danach in ihr Zimmer gehen kann. »Ich weiß, dass es dir nicht gut geht. Deshalb frage ich gar nicht erst danach, aber ich mache mir wirklich Sorgen um dich. Möchtest du reden? Über das Ganze? Über irgendetwas?«

Sie sieht weg, und dann spricht sie sehr leise. »Ich kann das nicht aushalten.«

Ich schiebe meinen Teller neben ihren in die Mitte des Tisches. »Ich weiß.«

»Wäre es doch nur ein normaler Freitag gewesen«, sagt sie.

»Was meinst du damit?« Das Gleiche hat sie schon im Krankenhaus geäußert.

»Gestern. Ich wünschte, Dad wäre zur Arbeit gegangen und Mum wäre mit Ted zu Hause geblieben, wie an jedem anderen Freitag auch. Dann wäre das nicht passiert.« Ihr Entsetzen malt sich in ihrem Gesicht ab.

Ich lege eine Hand auf ihren Arm, rechne damit, dass sie ihn wegzieht, aber das tut sie nicht. »Glaub mir, ich habe dasselbe gedacht, als ich es erfahren habe. Was, wenn sie den Termin abgesagt hätten? Was, wenn er an einem anderen Tag gewesen wäre? Was, wenn sie an einer Tankstelle angehalten hätten oder wegen einer Baustelle langsamer gefahren wären, ein paar Minuten oder nur Sekunden später zu der Stelle gekommen wären, wo der Unfall passierte. Aber so darf man nicht denken, das darf man einfach nicht.«

Sie zittert, ich spüre es an ihrem Arm. »Sie hätten nicht da sein müssen«, sagt sie.

»Waren sie aber, Pol. Und wir können rein gar nichts dagegen tun.«

Sie wischt sich die Tränen weg. »Darf ich jetzt bitte aufstehen.«

Ich nicke. »Ich bin hier, wenn du reden willst. Ich kann es nicht besser machen, aber ich bin hier, wann immer du reden möchtest …«

Sie ist schon halb oben angekommen.

APRIL

5

Ted springt schon seit Stunden auf mir herum. Er benutzt meine Oberschenkel als Trampolin und hält sich an meinem Hals fest, um nicht umzukippen. Ab und zu ziehen seine Händchen an den kurzen Strähnen, die mir aus dem Haarband gerutscht sind. Je häufiger ich Au sage, desto lustiger findet er es. Ich weiche mit dem Kopf seinem Kopf aus.

»Ted, ich denke, das reicht jetzt.«

»Nur noch fünf Minuten!«, sagt er grinsend. Inzwischen ist das seine Antwort auf alles. Nach weiteren fünf Minuten bittet er noch einmal um fünf Minuten und so weiter.

Ich schlage mir an die Wangen, um ein bisschen munterer zu werden, und bereue es sofort, denn Ted ahmt es nach, schlägt sich ins Gesicht und lacht.

»Deine Tante Beth ist nur ein bisschen müde, Ted. Ich muss etwas wacher werden.«

»Wach werden!«, schreit er mir ins Ohr. »Jetzt besser?«

»Hmmm, viel besser.« Ich tätschle sein Bein. Wenn ich mich bisher todmüde oder abgeschlagen oder erschöpft fühlte, dann deshalb, weil ich die Nacht zum Tage machte, wie Mum es ausdrückt. Weil ich zu viel trank, nicht genug schlief, mich ungesund ernährte und die schreckliche Angewohnheit hatte, endlos Filme zu gucken und nie an die frische Luft zu gehen. In den sozialen Medien lassen sich die Leute endlos darüber aus, wie wichtig Selbstsorge ist, aber ein Ruhetag scheint nur für die trendy zu sein, die regelmäßig ins Fitnessstudio gehen oder auf die Schnelle zehntausend verdienen oder Mutter und Unternehmerin sind oder die, gleich nachdem sie sich aus dem Bett gepellt haben, vor dem Spiegel eine Affirmation sprechen. Emmy hat kurz vor dem Unfall angefangen, sich für Affirmationen zu begeistern. Auf Empfehlung ihrer bevorzugten Mum-Bloggerin hat sie sich einen Packen Motivationskarten bestellt und sie im ganzen Haus verteilt. Zu ihrem Pech und meinem Glück handelte es sich um weiße Karten mit schwarzer Schrift, sodass ich mit einem schwarzen Filzstift und weißem Tipp-Ex die Sprüche unauffällig verändern konnte. Doug lachte Tränen, als Emmy eines Tages die Treppe heruntergestampft kam und ihm erzählte, ich hätte »Erfolg ziehe ich an wie ein Magnet« so abgewandelt, dass aus dem Magneten eine Made wurde, und sie habe es erst laut lesen müssen, um es zu bemerken.

Ted und ich werden Emmy heute nicht besuchen. Mum nimmt an diesem Nachmittag Polly mit, und morgen werde ich mit Dad zu ihr gehen und vielleicht mit Ted. Ted findet es allmählich langweilig, stundenlang bei seiner »schlafenden« Mummy zu sitzen, und deshalb spielt er herum (das kann man ihm nicht vorwerfen, aber er ist gemessen am

Ernst der Situation zu laut und ausgelassen). Die Frau neben Emmy ist letzte Woche gestorben. Ihre Eltern mussten einwilligen, die lebenserhaltenden Geräte auszuschalten. Wir sind ihnen bei unseren Besuchen meistens begegnet und haben einander mitfühlend zugenickt, sodass es jetzt ernüchternd ist, das leere Bett zu sehen. Dad und ich haben danach auf der Rückfahrt kein Wort gesprochen.

In der Küche scheppert es, und ich drehe mich um und sehe Polly vor einem Schrank stehen.

»Geht es dir gut, Polly?«, frage ich.

»Jep«, sagt sie. Dieses Gespräch führen wir mehrmals am Tag. Ihr geht es überhaupt nicht gut, das weiß ich, und sie weiß, dass ich es weiß, und trotzdem tänzeln wir weiter umeinander herum.

»Soll ich uns einen Tee kochen?«

»Nein, danke.«

»Einen Kakao?«

»Wir haben keinen«, sagt sie.

»Oh. Okay. Ein Bacon-Sandwich?«

»Wir haben keinen Bacon.« Sie öffnet die Schranktüren und deutet auf die fast leeren Fächer. »Und kein Brot.«

»Es ist noch Brot eingefroren«, sage ich abwehrend.

»Nein. Das habe ich gestern rausgenommen. Neues Brot erscheint einfach nicht.«

»Okay, gut, dann muss ich wohl mal einkaufen. Ich habe das aufgeschoben, ehrlich gesagt. Ich wollte im Internet bestellen und einen Abholtermin buchen, es gab aber keinen mehr.« Ich fühle mich angegriffen.

Sie kneift die Augen zusammen. »Warum kannst du nicht einfach in den Laden gehen?«

Allmählich bereue ich, dass ich eine Unterhaltung angefangen habe. Jetzt herrscht miese Stimmung, weil kein Brot da ist. »Kann ich. Werde ich auch. Deine Großeltern sind bald hier. Ich guck mal, ob ich dann kurz wegkann, solange Dad auf Ted aufpasst und ihr beide im Krankenhaus seid.«

Polly murmelt etwas, was ich nicht verstehe.

»Wie war das?«

Sie knallt die Schranktür zu, dass ich zusammenzucke. »Ich sagte: Nimm Ted einfach mit. Das hat Mum immer getan.«

»Klar«, sage ich. »Du hast recht.« An den meisten Tagen bin ich kurz in den Laden gesprungen oder habe mich darauf verlassen, dass Mum für uns einkauft. Da ich dreißig Jahre bei meinen Eltern gelebt habe, musste ich noch nie einen Wocheneinkauf erledigen, weder mit noch ohne Kleinkind. Ich bin für all das ziemlich unterqualifiziert, nicht nur für das Einkaufen und die Kinderbetreuung, sondern ich kann auch nicht vorgeben, eine funktionale Erwachsene zu sein, die ihr Leben im Griff hat. Genau genommen habe ich gar nichts im Griff.

Ich nehme mir den Notizblock und den Stift, der am Kühlschrank hängt, und schreibe: Ketchup, Brot, Kakao.

»Ich meinte nicht, dass du sofort gehen musst.« Polly nimmt sich eine zerdrückte Tüte Chips aus dem Schrank.

»Tja, was du heute kannst besorgen, das verschiebe nicht auf morgen.« Ich schreibe Chips auf die Liste. »Was brauchen wir noch?«

»Nur das Übliche, nehme ich an.«

»Klar«, sage ich, obwohl ich keine Ahnung habe, was das Übliche ist. »Möchtest du mitkommen? Mal ein bisschen raus? Dann kannst du dir was Süßes aussuchen.«

»Ich bin keine fünf mehr.«

»Nein, natürlich nicht. Ich dachte nur, wir könnten das einfach zu dritt in Angriff nehmen.« Wie viele Gespräche entwickelt sich dieses zu einer Anstrengung.

»Nein, danke. Du kannst mich allein hierlassen. Mum und Dad haben das auch getan.«

Ich ziehe eine Braue hoch. Es ist wahr. Polly ist schon allein zu Hause geblieben, aber nur ab und zu, wenn es nicht lange dauerte. Ich sehe auf die Uhr. Meine Eltern werden jeden Moment kommen, und Polly wird sich sowieso in ihr Zimmer verziehen, also scheint es mir nicht allzu riskant.

Ich suche in den Unterschränken nach Einkaufstaschen. Die einzige Schublade, in der ich noch nicht nachgesehen habe, klemmt, und ich ruckle und ziehe daran, bis sie sich öffnen lässt. Dann muss ich lächeln. Eine Woche vor dem Unfall hat Emmy mich gezwungen, mit ihr ein YouTube-Video anzuschauen, in dem eine Frau ihre angesammelten Supermarktbeutel zu kleinen Dreiecken faltet, die sie dann ordentlich in einen weiteren Beutel steckte. Das Video hieß »So halten Sie Ordnung in der Küche«, und ich sagte zu Emmy, das sei das Tragischste, das ich je gesehen hätte.

Polly starrt auf die offene Schublade. Es sind die kleinen Dinge, die auch mir am meisten zusetzen. Alles, was im Haus daran erinnert, dass Emmy im Krankenhaus liegt und nicht bei uns ist. Wenigstens halten wir dadurch an der Hoffnung fest, dass sie eines Tages nach Hause kommt. Die Dinge, die an Doug erinnern, sind unerträglich. Ich habe seine Pantoffeln vorerst unter den Ohrensessel geschoben, bis mir jemand einen Anhaltspunkt gibt, was ich damit tun soll. Ich finde, Emmy sollte seine Sachen aussortieren, aber sie ist nicht hier. Und wenn sie es wäre, würde sie sich wünschen, er würde sie tragen. Sie würde nicht entscheiden wollen, ob sie in die Mülltonne oder in die Spendensammlung gehören.

Ich nehme drei gefaltete Einkaufsbeutel heraus und lege sie auf die Arbeitsfläche. Ich habe keine Ahnung, ob sie für einen Wocheneinkauf ausreichen, aber das wird sich herausstellen. Als ich die Schublade zuschiebe, klemmt sie fest und lässt sich nicht mehr bewegen. Ich greife an die Besteckschublade.

»Was machst du da?« Polly kommt einen Schritt auf mich zu.

»Vermutlich ist etwas hinter die Schublade gefallen. Sie hat schon beim Herausziehen geklemmt. Ich könnte eine Zange gebrauchen oder etwas anderes Langes«, sage ich und suche zwischen den Holzlöffeln und Spateln nach einem geeigneten Werkzeug.

»Lass mich das machen.« Polly greift sich ein Glasurmesser und schiebt es so weit wie möglich hinein und ruckelt damit hin und her. Die Schublade gibt nicht nach.

»Lass mich noch mal versuchen«, sage ich. Ich strecke die Hand aus, aber sie überlässt mir das Glasurmesser nicht. »Pol? Gibst du es mir bitte?«

Sie tut es widerwillig. Ich schiebe es ebenfalls möglichst weit hinein, ruckle aber nicht, sondern benutze es als Hebel. Das löst die Sperre, aber dabei gerät die Schublade aus den Führungsschienen und fällt in die untere. Polly stößt mich blitzschnell weg und langt mit der Hand in die Öffnung.

»Mensch, Pol, was ist in dich gefahren?!«

»Nichts.«

»Warum bist du wegen der Schublade denn so eifrig?«

»Ich will nur helfen.« Ihr Ton ist seltsam. Sie hält etwas hinter dem Rücken, das sie anscheinend herausgeholt hat. Es sieht wie ein Briefumschlag aus. Sie deutet mit dem Kinn auf die Schublade. »Du kannst sie wieder reinschieben.«

»Werde ich. Was hast du da?«

»Gar nichts.«

»Zeigst du es mir?« Ich trete auf sie zu und sehe etwas Handgeschriebenes. Ich würde die Handschrift meiner Schwester überall erkennen. Ich schnappe mir den Umschlag, obwohl Polly protestiert. Es scheint sich um ein amtliches Schreiben zu handeln, und der Umschlag wurde geöffnet. Auf der Rückseite ist der Absender aufgedruckt, und das Schreiben beginnt mit »Sehr geehrte Mr und Mrs Lander«, und ich falte es auseinander. Das Schreiben stammt von der Bank, bestätigt ihren Termin für das Kreditgespräch und listete Unterlagen auf, die sie mitbringen sollen. Nichts an dem Schreiben ist sonderbar oder interessant, und trotzdem ist Polly blass geworden.

»Warum wolltest du das Schreiben unbedingt an dich bringen?«, frage ich sie. »Oder ist noch etwas hinter der Schublade versteckt, das ich rausfischen muss?«

Polly schüttelt den Kopf, ohne die Terminbestätigung aus den Augen zu lassen. Ich schaue sie mir noch mal an und lese dann, was Emmy auf den Umschlag geschrieben hat. Ein Datum und eine Uhrzeit, geschrieben mit Kuli und eingekreist mit rosa Textmarker. Sonnabend, 23. März, 11 Uhr. Ich lese das Datum noch einmal und vergleiche es mit dem Datum in dem Schreiben, um zu prüfen, ob Emmy es richtig notiert hat. Hat sie. Aber das Datum verwirrt mich. Der 23. März war acht Tage nach dem Banktermin, nach dem sie auf der Rückfahrt den Unfall hatten. Das tatsächliche Datum der Besprechung, Freitag, der 15. März, würde mir immer im Gedächtnis bleiben. Es mochte alle möglichen Erklärungen für diese Diskrepanz geben. Ein Irrtum vonseiten der Bank, eine Terminverlegung. Doch wenn das zutraf, warum hatte jemand das Schreiben dann ganz hinten in einer Schublade versteckt?

»Polly, was ist hier los?«

»Nichts. Ich habe dir nur mit der Schublade geholfen, mehr nicht.« Sie schüttelt den Kopf, und ihre Augen sind groß.

»Ich bin verwirrt.« Ich lese noch einmal. Vergleiche die Daten. »Das Datum ist falsch, oder?«

»Ich weiß nichts über den Kredit«, sagt sie.

»Aber du wusstest, dass ein Schreiben dazu in der Schublade liegt?«

»Wieso ist es noch wichtig, welches Datum in dem blöden Brief steht? Es wird keinen Kredit geben, oder?« Ihre Lautstärke erregt Teds Aufmerksamkeit. Ich lächle ihn breit an, um ihm zu zeigen, dass alles in Ordnung ist und er weiterspielen kann. Polly stürmt die Treppe hoch, ohne dass wir das Gespräch zu Ende geführt haben. Oder vielleicht ist es damit beendet. Ich mache immer häufiger die Erfahrung, dass Polly entscheidet, wann ein Gespräch zwischen uns zu Ende ist.

Ich zerbreche mir den Kopf, um eine logische Erklärung zu finden, sowohl für die Termindiskrepanz als auch für Pollys Verhalten. Es ist nur ein Bestätigungsschreiben, keine große Sache. Und trotzdem. Ich setze die Schublade in die Führungsschienen, aber sie lässt sich nur mit Kraft bewegen. Emmy hat eindeutig gesagt, dass sie an dem Freitag wegen des Kredits zur Bank fahren. Deshalb hat Doug sich den Tag frei genommen, und deshalb haben Mum und Dad auf die Kinder aufgepasst, als mein Wagen nicht ansprang. Wenn Emmy und Doug tatsächlich bei der Bank waren, warum benimmt sich Polly dann so sonderbar, als mir der Brief mit dem falschen Datum in die Hände fällt? Und wenn sie nicht bei der Bank waren, warum haben sie dann gelogen?

Nachdem ich die Einkaufsbeutel von der Arbeitsfläche genommen habe, sage ich Ted, er soll noch mal Pipi machen und seine Schuhe suchen, bevor wir uns tapfer zum Supermarkt aufmachen. Er sieht mich mürrisch an, und ich verspreche, ihm etwas Süßes zu kaufen, Schokoladentaler oder was immer er möchte, und das genügt, damit er zur Tür rennt.

Polly lügt wegen etwas. Die Erkenntnis kommt mir, als ich meine Schuhe suche. Wie nervös sie in den letzten Wochen war, wie abgelenkt sie ständig wirkt, mit den Gedanken woanders ist. Ich kann das auf die Trauer um ihren Dad schieben und die Angst um ihre Mum, aber ihr Gesichtsausdruck deutet weder auf das eine noch auf das andere hin. Sie wirkt, als hätte ich sie ertappt.

6

Es sind mehr Leute als Sitzplätze da, und Dougs Freunde stehen ringsherum an der Wand. Ihre hellen Hemden und knalligen Krawatten passen nicht zu ihren ernsten Gesichtern. Mum bückt sich nach Mr Trunky und gibt ihn dem zappelnden Ted, der auf Dads Schoß sitzt. Polly schaut ausdruckslos und stur geradeaus. Sie sieht genauso aus wie Emmy in ihrem Alter, es ist verblüffend. Mir ist das bisher nie so aufgefallen, aber jetzt sehe ich nichts anderes, so als wäre es noch 1999 und ich blickte meine Schwester an, die sauer auf mich ist, weil ich mir ohne zu fragen eins ihrer Tops geborgt habe.

Jory nickt mir zu, als wolle er mir etwas zu verstehen geben. Dass ich eine lange Kunstpause einlege und mir die Tränen und die Nase am Ärmel meines Kleids abwische, lässt ihn vermutlich glauben, dass mir das doch zu viel ist. Ich nicke ihm ebenfalls zu und sage damit, dass ich klarkomme, dass ich das schaffe. Ich bin es Doug schuldig, weil er mir gegenüber in all den Jahren großzügig war und sich selten über seine nervige Schwägerin beklagte, die immer wieder ungebeten zum Essen kam oder sich an Wochenendpläne ranhängte, weil sie noch immer nicht damit vorangekommen war, sich ein eigenes Leben aufzubauen.

Alle Augen sind auf mich gerichtet, und ich versuche, mich an den Atemtrick zu erinnern, von dem Emmy ständig sprach, den sie übte, als sie mit Ted in den Wehen lag, wie sie sagte, und der sich als nützlich erwies, wann immer sie sich vom Leben insgesamt überfordert fühlte. Beim Einatmen bis vier zählen, beim Ausatmen bis acht, glaube ich. Oder war es umgekehrt? An dem Tag, als ich entdeckte, dass sie viel Geld für einen Kurs ausgegeben hatte, um atmen zu lernen, hätte ich mir vor Lachen fast in die Hose gemacht. »Diese Hippiebirthing-Typen haben dich kommen sehen«, spottete ich, und sie rollte die Augen und sagte: »Das heißt Hypnobirthing, du Blödi, und es funktioniert.« Und obwohl ich sie jahrelang dafür verspottet habe, greife ich auf ihren Rat zurück, als ich jetzt vor den Trauernden stehe, um nette Dinge über ihren verstorbenen Mann zu sagen, weil sie es selbst nicht kann.

Ich bin noch nie mit einer so wichtigen Aufgabe betraut worden, und die Verantwortung, die damit einhergeht, zusammen mit den anderen Pflichten, die ich in den vergangenen Wochen bekommen habe, lastet schwer auf mir. Ich habe all die Anekdoten aus Dougs Schulzeit schon gut hinter mich gebracht, aber jetzt ist der Moment gekommen, um zu erzählen, wie er meine Schwester kennenlernte und wie sie zusammengelebt haben, und ich merke, dass ich nahe daran bin, die Fassung zu verlieren.

Nach einem tiefen Atemzug lese ich laut von dem inzwischen verknitterten Zettel ab, was da über den unnachahmlichen Douglas Lander und meine Schwester steht, von ihrer Verliebtheit in der sechsten Klasse der Budehaven School bis zu den letzten paar Jahren, als sie zu viert waren. Ich erzähle, wie sehr sie sich freuten, als sie mit zwanzig Jahren erfuhren, dass Polly unterwegs war, eine glückliche Überraschung, und wie sie die nächsten elf Jahre glaubten, kein weiteres Kind bekommen zu können, bis das Wunder Reagenzglasbefruchtung ihnen Ted bescherte. Ich erzähle, wie zufrieden Doug mit seinem Leben war, dass er sich lediglich wünschte, mit Emmy ein Haus zu besitzen und eines Tages eine große Party zu geben, um angemessen ihre Hochzeit nachzufeiern, denn sie hatten, als Polly noch ein Baby war, in sehr kleinem Kreis geheiratet. Ich erzähle von seiner Rede, die er damals vor uns hielt, wie stolz er war, Emmy seine Frau zu nennen, und wie sie zu einem Bob-Dylan-Song tanzten, den ein Straßenmusiker auf der Treppe vor dem Standesamt spielte. Nachdem ich mir noch mal die Nase geputzt habe, lese ich den letzten Abschnitt ab. Die Tinte ist inzwischen zerlaufen, aber das macht nichts. Den Rest kenne ich auswendig.

»Doug hätte euch weisgemacht, dass an seinem Leben nichts außergewöhnlich war. Ich dagegen glaube, dass er sich in dem Punkt irrte. Dass er sich über Alltägliches freuen, seine Familie lieben und schätzen, die ereignislosen Tage zu Hause in seinen Pantoffeln – immer in seinen Pantoffeln – genießen konnte, und genau das macht ihn außergewöhnlich. Er schien sich nie zu langweilen, war nie etwas leid, wurde nie unruhig. Aber das Leben ist schön, Beth. Das Leben ist schön, sagte er oft zu mir, wenn ich bei ihnen aufkreuzte und über mein mieses Leben jammerte. Das prägte unsere Beziehung. Ich mit meinem halb leeren Glas, und Doug, der mir immer freundlich vor Augen führte, wie man es sich füllen kann. In den siebzehn Jahren, die ich ihn kannte, habe ich ihn oft damit aufgezogen, dass er schon in jungen Jahren alt ist. Und jetzt hat das Schicksal auf grausame Art«, ich schlucke an dem Kloß in meinem Hals und atme bis vier zählend ein, bis acht zählend aus, »auf grausame Art einen draufgesetzt und ihn überhaupt nicht alt werden lassen, und wir müssen lange vor der Zeit von ihm Abschied nehmen. Ich weiß, manche von euch sammeln Geld für eine Erinnerungsbank, um sie an einem der Strände aufzustellen, die er geliebt hat, und ich finde, das ist eine großartige Idee, ja, wirklich ... aber ich denke auch, wir können Doug die größte Anerkennung zollen, wenn wir das Schöne an den scheinbar ereignislosen Tagen genießen und unser Glas als halbvoll betrachten, wie er es tat, und immer dankbar sind für ein gemütliches Paar Pantoffeln. Andernfalls riskieren wir, die Schönheit des Lebens erst zu entdecken, wenn es schon zu spät ist.«

Als ich mich wieder hinsetze, drückt Dad meine Hand. Ich neige mich vor, um an Jory vorbei zu Polly zu sehen, aber sie weicht meinem Blick aus.

»Lass ihr Zeit«, flüstert Jory. Ich nicke, sehe sie aber weiter an. Ich weiß nicht, was ich erwartet habe. Es ist albern – wahrscheinlich egoistisch –, aber ich fühle mich gekränkt, weil sie mich völlig ignoriert. Dabei ärgere ich mich über meine Reaktion, denn sie ist mir nichts schuldig – aber wie sie sich in den letzten Wochen verhalten hat, macht mir Sorgen, und vielleicht habe ich einfach gehofft, bei ihr heute einen Durchbruch zu erleben.

Ich habe die Rede des Zelebranten weggeblendet und erschrecke, als laute E-Gitarren dröhnen. Mein erster Impuls ist, aufzuspringen und die Musik auszuschalten, während der Anfang von *Rock 'n' Roll Star* von Oasis erklingt und die Situation zu stören scheint. Ich verziehe das Gesicht und drehe mich nach hinten zu den übrigen Leuten um, überzeugt, dass Mum sich bestätigt sieht. Denn bei der Vorbereitung sagte sie: *Das ist eine Trauerfeier, Beth, keine Disco.* Aber wie Dougs älteste und beste Freunde nach und nach lächeln, sagt mir, dass wir nichts falsch gemacht haben. Sogar Mum gibt sich geschlagen und wippt mit dem Fuß. Ich sehe es vor mir, wie Doug durchs Wohnzimmer tanzte, wenn er aufräumte und Staub wischte und dabei trällerte, dass er heute Abend ein Rock-and-Roll-Star ist. Derselbe Doug, der eingestand, dass das Aufsässigste, was er je getan hat, ein doppelter Espresso nach einem Restaurantessen war und dass er danach mit Herzrasen im Bett lag. *Ich konnte mich überhaupt nicht beruhigen, Beth. Das war wie ein Adrenalinrausch.*

Ted klatscht zur Musik und strahlt, als wollte er sagen: *Das ist schon besser! Endlich ist das langweilige Erwachsenenzeug vorbei.* Als Mum heute morgen kam und ihn für die Beerdigung anzog, streckte er stolz die Brust raus und erzählte mir, er trage sein Feiertagshemd. Tatsächlich handelt es sich um ein kariertes Hemd mit passendem Schlips, das sie für besondere Anlässe gekauft hat, und in Teds Augen ist das heute so ein Anlass. Ihm wurde gesagt, dass sein Dad gestorben ist und heute beerdigt wird, aber ich glaube keine Sekunde lang, dass er den Zusammenhang versteht oder weiß, was der Tag heute bedeutet. Selbst als der Leichenwagen mit dem Sarg vorfährt und die Trauergemeinde sich still draußen versammelt, hört man Ted fröhlich mit seiner Grandma plaudern.

Der Song endet, und als der Sarg langsam hinter dem Vorhang verschwindet, sinkt Polly schluchzend in den Arm ihrer Grandma, und ich höre Dad sagen: »Auf Wiedersehen, mein Sohn«, und die Endgültigkeit erscheint mir unerträglich.

Nach der Trauerfeier füge ich mich den Gepflogenheiten, nicke, sage *Danke fürs Kommen* und *Schön, euch zu sehen,* während die Leute ihre Plätze verlassen und nach draußen in die sonnige Aprilkälte gehen. Da Emmy nicht da ist – und von Dougs Seite nur seine Mutter gekommen ist, die Abstand zu uns hält –, sind es hauptsächlich Mum, Dad, Polly und ich, denen man kondoliert. Mitfühlende Blicke richten sich auf Ted, der von Mum getragen wird und gerade laut gefragt hat, ob es gleich Kuchen gibt. Vor dem Ausgang staut es sich, und während wir warten, dass sich die Menge ausdünnt, fange ich an zu schwitzen, und der Raum wird mir zu eng. Ich fühle mich überhaupt nicht gut, ich muss hier raus.

Ted rettet mich, weil er sagt, dass er Pipi muss. Ich nehme ihn Mum aus dem Arm, woraufhin sie mich überrascht anguckt.

»Entschuldigt bitte, lasst mich mal durch, der Junge muss zur Toilette. Entschuldigung, danke.« Ich schiebe mich zwischen den Leuten durch und in die Behindertentoilette neben dem Ausgang.

»Musst du nur Pipi?« Ted nickt, und ich setze ihn auf die Toilette, um mich dann auf das Waschbecken zu stützen. Mein Herz schlägt zu schnell, und mein Nacken fühlt sich heiß an und kribbelt, als hätte ich erst jetzt begriffen, dass wir uns endgültig von Doug verabschieden und ich seine Kinder betreuen werde, solange meine Schwester sich von dem Schädel-Hirn-Trauma erholt oder vielleicht auch nicht. Nachdem ich Ted die Hosen hochgezogen habe, schlottern mir die Knie. Ich klappe den Klodeckel herunter und setze mich, um mich zu sammeln. Ted schaltet den Händetrockner ein und aus und wieder ein, und die heiße Luft bläst ihm die Haare aus dem Gesicht. Ich fürchte, dass ich kurz vor einer Panikattacke stehe. Ich möchte dringend nach Hause. Zu Mum und Dad, zurück in mein altes Kinderzimmer mit den Klebespuren an der Decke, wo ich mir bisher Sorgen machen konnte, die eigentlich keine waren. Möchte nicht in Emmys und Dougs Zuhause, wo die beiden jetzt fehlen.

Ich bin darauf konzentriert, mich zu beruhigen und die Panikattacke abzuwenden, und merke nicht, dass Ted den Händetrockner allmählich langweilig findet und die Tür entriegelt. Er öffnet sie, sodass mich die Nachzügler der Trauergemeinde auf der Toilette sitzen sehen können. Und natürlich spähen sie zu mir herein.

»Tante Beth macht angezogen Pipi«, erklärt Ted ihnen.

»Ted!«, zische ich und springe auf, um die Tür zu schließen. Mir zittern noch immer die Knie. Ich klatsche mir kaltes Wasser ins Gesicht, um mich abzukühlen, weil mir jetzt auch noch vor Peinlichkeit heiß ist. Ich streiche mit den Fingern die verschmierte Mascara unter den Augen weg. Dann öffne ich die Tür und hoffe, die paar Leute draußen haben nicht geglaubt, dass sie mich pinkeln sehen, sondern dass ich nur das Toilettenbedürfnis meines Neffen für eine Auszeit genutzt habe. Aber vermutlich haben sie seine Bemerkung gar nicht gehört.

Jorys Grinsen sagt mir was anderes. »Du machst also angezogen Pipi«, raunt er hinter vorgehaltener Hand. Er wird ernst, als er meinen Gesichtsausdruck bemerkt. »Hey, geht es dir nicht gut?«

»Eigentlich nicht.« Ich hake mich bei ihm unter, obwohl ich mich an der frischen Luft schon besser fühle. »Meinst du es fällt auf, wenn ich nicht beim Leichenschmaus dabei bin?«, frage ich scherzhaft, aber eigentlich ernst, weil ich mir unsicher bin, ob ich das durchstehen werde. Ted rennt voraus zu Mum und Dad, wo sich Leute weinend umarmen und man sich nicht entziehen kann.

»Hmm, wahrscheinlich ja. Aber die Sache wird im Nu vorbei sein«, sagt er. »Und ich werde bei dir sitzen und dir die Hand halten. Kratz dich am Ohr, wenn ich dich retten soll.«

Ich kratze mich sofort wie verrückt an beiden Ohren. »Mayday, Mayday.«

»Das wird schon gehen«, sagt er. »Na komm. Das Schwierigste hat du schon geschafft.«

»Okay«, sage ich, obwohl ich fürchte, dass das Schwierigste erst noch kommt.

»Tante Beth!«, ruft Ted wieder. Ich bin schon viermal bei ihm gewesen, seit ich ihn ins Bett gebracht habe, und nichts, was ich sage, scheint ihn zu beruhigen. Er war todmüde, als wir nach dem Leichenschmaus nach Hause kamen. Da dachte ich wirklich, er würde sofort einschlafen, doch immer, wenn er weggedöst ist, schreckt er nach ein paar Minuten wieder hoch und ruft nach mir, als hätte er schlecht geträumt. Vermutlich hat er das.

Ich eile die Treppe hoch und setze mich auf den Bettrand. »Ich bin hier.«

»Ich konnte dich nicht sehen«, sagt er und guckt mich misstrauisch an.

»Ich war nur kurz im Bad«, lüge ich. Dass es ihm wichtig ist, ob ich bei ihm am Bett sitze oder nicht, ist untypisch für ihn. Ich überlege, ob ich mir für diese Nacht ein Behelfsbett neben ihm zurechtmachen sollte, um nach dem aufwühlenden Tag bei ihm zu bleiben.

»Mummy soll mir Gute Nacht sagen«, verlangt er und setzt sich auf.

»Oh, Ted, deine Mummy ist noch …«

»Daddy soll Gute Nacht sagen.«

Ich beiße mir auf die Unterlippe. »Das können sie nicht, sie sind beide nicht hier.«

Frustriert über mich schüttelt er den Kopf. Wir hatten dieses Gespräch schon viele Male seit dem Unfalltag, aber heute Abend scheint er von mir etwas anderes zu brauchen. Ich versuche es noch mal. »Wir haben Daddy heute Auf Wiedersehen gesagt, nicht wahr?«

»Nacht, Mummy. Nacht, Daddy«, sagt er, als stünden sie vor seinem Bett oder als ob er mit ihnen telefonierte. »Jetzt du.«

»Nacht, Mummy, und Nacht, Daddy«, sage ich, und dabei kommt mir eine Idee. »Warte mal zwei Sekunden, Champ, bin gleich wieder da.«

Bei der Familiengalerie an der Treppenwand hängt ein Foto im gelben Rahmen, auf dem Emmy und Doug in Rom zu sehen sind. Ich laufe, um es zu holen, und entschuldige mich bei meiner Schwester, weil ich es mit den Klebestreifen von der grauen Wand abreißen muss. Sie ist mit Elephant's Breath von Farrow & Ball gestrichen. Emmy hat eine Ewigkeit gebraucht, um zu entscheiden, welche Farbe sie im Flur will, und ich war dabei, als sie die Farbe abholte, und habe sie auf dem Weg zum Auto geärgert, weil ich meinte, die Farbe sollte man statt Elefant's Breath lieber Rhinos Burp nennen. Ich vermisse ihre ärgerlichen Reaktionen.

Mit dem Bild in der Hand laufe ich zurück, stocke kurz auf der Türschwelle, weil ich zweifle, ob die Idee wirklich so gut ist wie gedacht. Nachdem ich die Klebestreifen mit der abgeplatzten Farbe von der Rückseite gezogen habe, gebe ich ihm das Bild.

»Das sind Mummy und Daddy!« Er zeigt auf ihre Gesichter und lächelt so breit, dass ich sofort beruhigt bin.

»Ich weiß! Ein schönes Foto, nicht wahr? Da haben sie das Kolosseum besucht.«

»Das Sseum?« Ted betrachtet das Foto genauer. Er nimmt Mr Trunky und drückte ihn mit dem Rüssel dagegen, damit er es auch sieht.

»Ja, das ist das riesige Ding, das du hinter ihnen sehen kannst, das ist das Kolosseum. Es ist ganz berühmt.«

»Wow.« Seine Augen werden groß, er ist beeindruckt.

»Möchtest du das Foto in deinem Zimmer haben? Dann kannst du Mummy und Daddy immer Gute Nacht sagen, wenn du schlafen gehst.«

Er nickt. »Und Nacht, Sseum.«

»Ja, und auch dem Kolosseum, wenn du willst.«

Er küsst die Gesichter auf dem Foto, und ich konzentriere mich auf die Teddys auf seiner Fensterbank und dränge die Tränen zurück. Will sie noch ein paar Augenblicke zurückhalten, um Ted nicht wieder aufzuwühlen, nachdem er sich endlich beruhigt hat. Er sagt ihnen abwechselnd Gute Nacht: Nacht, Mummy, Nacht, Daddy, Nacht Sseum, dann gibt er mir das Bild zurück. Ich stelle es vorsichtig neben seinen Peter-Rabbit-Wecker auf den Nachttisch, schräg, damit er es vom Kissen aus sehen kann und Emmys und Dougs sonnenbraune lächelnde Gesichter auf ihren Jungen blicken, wenn er sich unter die Decke kuschelt und die Augen zumacht.

7

Als Jory anruft und fragt, ob ich Lust habe, für ein, zwei Stunden rauszukommen, sage ich ihm, es geht nicht. Ein richtiges Gespräch unter Freunden ist längst überfällig, ich weiß, aber ständig ist jede Menge zu erledigen. Neben dem Haushalt und Kindern und den dreistündigen Fahrten zum Krankenhaus finde ich scheinbar keine Zeit mehr, und dabei arbeite ich noch nicht mal. Der Tag, an dem ich wieder zur Arbeit muss, rückt allerdings näher. Ich bin am Ende meiner Kräfte.

Mum und Dad sind schon zu Emmy gefahren. Wir werden am Nachmittag noch mal alle zusammen im Krankenhaus sein, um Dr. Hargreaves vierzehntäglichen Lagebericht zu hören, den keiner von uns verpassen will, obwohl wir wissen, dass sich seit dem vorigen Mal und seit dem vorvorigen Mal wenig verändert haben dürfte. Wir hoffen immer auf eine winzige Verbesserung und beten um ein Wunder. Unsere Familie hat weiß Gott eins verdient. Ich weiß zwar, so funktioniert das nicht, die Chancen werden nicht uns zuliebe erhöht, nur weil wir schon ein beschissenes Blatt bekommen haben, aber manchmal ist das der einzige Gedanke, der mich aufrechthält. Emmy wird weiterleben, weil Doug uns genommen wurde.

»War das Jory, Liebes?« Dad muss das Ende unseres Telefonats gehört haben, denn er kommt mit dem Geschirrtuch über der Schulter zu mir. »Du könntest es gut gebrauchen, mal an die frische Luft zu kommen. Ruf ihn einfach zurück.«

Von dem Jengaturm aus schmutzigem Geschirr, das sich neben der Spüle angesammelt hat, purzelt eine Tasse, und Mum murmelt etwas, das ich kaum hören kann, aber trotzdem verstehe. Was ich jetzt gebrauchen könnte, wäre eine heiße Dusche und ein langer tiefer Nachtschlaf, aber ich schreibe Jory, er soll mich doch noch abholen. Ich möchte ihn sehen, und bei dem Ausflug werde ich wenigstens mal Ruhe vor Mums ständigem Gemecker haben. Wahrscheinlich ist ihr das meistens nicht bewusst, aber für mich ist es, als würde ich rund um die Uhr bewertet. Jory hat mal beschrieben, wie es ihm ging, als jemand von der Schulaufsicht an seinem Geschichtsunterricht teilnahm, und denselben Vibe kriege ich von Mum, wenn sie hier ist. Sie braucht nicht mal ein Wort zu sagen, ich spüre es, dass sie alles im Stillen kommentiert. Zu meinen Schandtaten dieser Woche gehört, dass ich den Müll falsch getrennt habe und mir eine Geigenblattfeige vertrocknet ist. »Die hatte Emmy schon jahrelang, Beth. Jahrelang.« Ich finde es kaum überraschend, dass ich das Blumengießen vergessen habe, und auch nicht, dass ich mich mit der Mülltrennung nicht auskenne, da Mum immer darauf bestanden hat, sich zu Hause selbst darum zu kümmern. Wie soll ich also wissen, was die verschiedenen Farben der Müllbeutel bedeuten, die Emmy unter der Spüle hat? Abfalltrennung scheint mir ein Vollzeitjob zu sein, und ich hätte gute Lust, der Müll-Bürokratie meine Verachtung zu beweisen und den nächsten Haufen Recyclingabfall ungetrennt in die Tonne zu werfen, obwohl ich damit nicht durchkommen würde. Mum wird den Inhalt der Tonne wahrscheinlich kontrollieren. Meine Recyclingleistung wird zweifellos auch über die Probezeit entscheiden, auf die sie mich gesetzt hat, obwohl ich mich um diesen »Job« nicht beworben habe.

Es klingelt an der Tür, und als Jory sich zu mir beugt, um mich zu umarmen, flüstere ich: »Rette mich vor dem Moira-Regime.«

Er lacht. »Ich habe für alle Fälle zwei Surfanzüge im Auto. Kannst du ein Handtuch mitnehmen?«

Ich zeige zum Himmel, wo dunkle Wolken aufziehen.

Er rollt die Augen. »Hol einfach ein Handtuch und komm zum Auto.«

Wir parken neben der Rettungsstation, und Jory geht zum Ticketautomaten. Als ich aussteige, bereue ich sofort, dass ich mir keinen Pferdeschwanz gebunden habe, denn der Wind bläst mir die Haare ins Gesicht. Meine Haare sind dünn und glatter im Vergleich mit den dicken Locken meiner Schwester. Ich habe mir immer mehr Volumen gewünscht, aber nicht so.

»Im Handschuhfach liegt eins«, sagt Jory, als er den Parkschein an die Windschutzscheibe legt.

»Ein was?« Ich ziehe mir eine Strähne aus dem Mund.

»Ein Haargummi.«

»Oh, gut. Ja, danke. Moment. Wieso hast du ein Haargummi im Auto? Wem gehört es?«

»Ist die Frage ernst gemeint?« Er zieht sich den Reißverschluss der Jacke zu und reicht mir meinen Anorak zusammen mit dem Haargummi. Es ist eins von meinen.

Ich zucke die Achseln. »Ich weiß ja nicht, wen du in deinem Auto mitnimmst, oder? Aber ich hoffe, sie sind lebendig rausgekommen. Ich fand es schon immer ein bisschen zwielichtig, dass du einen Lieferwagen fährst statt eines Pkw wie normale Leute. Schließlich lieferst du nichts aus.«

»Wir sind in Bude, Beth. Den brauche ich für mein Surfboard. Sieh dich um.« Er deutet auf die vielen Lieferwagen auf dem Parkplatz.

»Stimmt, aber diese Leute gehen ständig surfen. Du wirfst dich bloß von Kopf bis Fuß in Zuma Jay und gehst paddeln.« Er hasst es, wenn ich ihn wegen der örtlichen Surfshop-Marke aufziehe. Ich stoße ihn mit dem Ellbogen an, zum Zeichen, dass ich bloß scherze. »Hast du auch Klebeband und Kabelbinder im Fonds?«

Er lacht. »Wenn du es unbedingt wissen willst: Das Haargummi gehört einer nervigen jungen Frau, die ich ab und zu im Wagen mitnehme, allerdings habe ich die in letzter Zeit selten zu Gesicht bekommen. Sie trägt die Dinger am Handgelenk, lässt sie aber gern flitschen, wenn sie alkoholisiert ist. Ich habe welche im Handschuhfach für windige Tage, damit sie nicht wie ein Yeti aussieht.«

»Klingt trotzdem ein bisschen nach Ted Bundy.«

Den Kopf in den Wind gebeugt gehen wir an der Rettungsstation vorbei und über die Dünen. Es herrscht Ebbe, und der Himmel ist noch dunkler geworden. Jory sieht mich lebhaft an, was gewöhnlich heißt, dass ich etwas Interessantes zu hören bekomme. Schaudernd schließe ich den Stehkragen bis zur Nase, und dahinter lächle ich, als er beginnt.

»Bundy fuhr während seiner Mordserie einen VW Käfer, keinen Lieferwagen. Sein Käfer war beige, aber später stahl er einen anderen, und der war orange. Da wusste man natürlich schon, dass er ein krummer Hund war.«

»Das ist milde ausgedrückt, finde ich. Der Richter bezeichnete ihn als extrem boshaft, schockierend schlecht und niederträchtig.« Jory sieht mich überrascht an, weil ich etwas darüber weiß, lacht aber, als ich meine Quelle nenne. »So heißt der neue Film mit Zac Efron, der bald ins Kino kommt. Hättest du Lust?«

Er zieht ein Gesicht. »Eigentlich nicht, aber wenn du fragst, ob ich ihn mit dir zusammen gucke, dann ja. Das ist das Mindeste, was ich für dich tun kann. Wie läuft es denn so? Kommen deine Eltern noch immer jeden Tag vorbei?«

»Ja.« Ich schiebe die Hände tief in die Taschen. »Als wir losgefahren sind, war Mum gerade dabei, neue Anweisungen für mich in ein Notizbuch zu schreiben, das sie wahrscheinlich eigens dafür gekauft hat. Vorne drauf steht *Beths Aufgabenbuch.* Da steht tatsächlich *Beths Aufgabenbuch.*«

»Ist nicht wahr«, sagt Jory, obwohl er nicht geschockt wirkt. Er kennt meine Mutter fast so lange wie ich. Ich setze ihn über die letzten Wochen ins Bild.

Ich erzähle, dass Polly kaum wiederzuerkennen ist und jetzt aus dem Schwimmteam aussteigen will, nachdem sie es immer toll fand, dazuzugehören. Ich berichte, dass ich noch nicht dahintergekommen bin, was es mit dem Schreiben von der Bank auf sich hat, und dass sich niemand außer mir an der Diskrepanz der beiden Daten zu stören scheint, auch nicht daran, dass das Schreiben ganz hinten in der Schublade versteckt war. Ich erzähle, dass mein Neffe seinen Eltern auf einem Foto jeden Abend Gute Nacht sagt und dass ich hinterher, wenn ich endlich nach unten ins Wohnzimmer gehe, übermüdet auf dem Sofa einschlafe und dass es zum Glück groß und bequem ist, weil ich mich nämlich noch immer nicht mit dem Gedanken anfreunden kann, in Emmys und Dougs Bett zu schlafen. Ich erzähle, dass ich mir letzte Woche fünf Tage lang die Haare nicht gewaschen habe, und er lacht und sagt: »Oh Beth.« Manchmal werde ich sauer, wenn Leute lachen und *Oh Beth* sagen, als wäre ich ein Jahr alt und nicht einunddreißig. Aber es macht mir nichts aus, wenn Jory das sagt, denn er ist mein bester Freund und steht zu mir.

Ich berichte in ziemlich nüchternem Ton, aber als er sagt: »Wie geht es dir? Ich meine, wie geht es dir wirklich?«, finde ich keine Worte. Ich möchte sagen, dass ich überlastet bin, sowohl mit meinen Aufgaben als auch emotional, dass ich völlig ratlos bin, und als ich schweige und über das Leben nachdenke, das ich jetzt führe, verglichen mit dem vor dem Unfall, kann ich kaum glauben, dass es dasselbe ist. Dieses neue kommt mir vorgetäuscht vor.

Ein paar Meter vor dem Meer bleiben wir stehen, und ich ziehe mir die Schuhe aus und stecke die Socken hinein. Ich deute auf Jorys Turnschuhe.

»Das kann nicht dein Ernst sein. Es ist viel zu kalt und nass zum Paddeln.« Er zeigt zum Himmel.

Ich zucke die Achseln. »Wir sind sowieso nass und frieren.«

Er murmelt, ich sei wohl irre, fängt aber widerstrebend an, sich die Schnürsenkel aufzubinden. Einen Moment lang stehen wir still da und bohren die Zehen in den Sand. Der monatealte Lack auf meinen Zehennägeln ist stark abgesplittert. Als ich noch bei Mum wohnte, habe ich mir angewöhnt, sonntagsabends Körperpflege zu betreiben, in der Badewanne eine Gesichtsmaske aufzulegen, dann Selbstbräuner aufzutragen und mir die Nägel zu lackieren, solange der Selbstbräuner trocknete. Ein oder zwei Stunden für so etwas übrig zu haben kommt mir jetzt völlig irre vor. Deshalb bin ich zurzeit wohl so blass wie Casper, der freundliche Geist. Mir ist egal, dass ich nicht braun bin und ungepflegte Nägel habe.

»Das mit Ted und dem Foto ist herzzerreißend. Der arme Junge.« Jory will sich die Hosenbeine hochkrempeln, gibt aber auf, weil die Jeans an den Knöcheln so eng ist, dass sie sich nicht über die Waden ziehen lassen.

»Das stimmt, aber seltsamerweise entspannt er sich, nachdem er ihnen Gute Nacht gewünscht hat, daher lasse ich ihn. Rituale sind ihm offenbar wichtig. Er will auch jeden Abend dieselbe Geschichte hören. Doug hat ihm immer eine mit einer Schlange und Feuerwehrmann Sam erzählt. Ich habe eine ganze Woche gebraucht, um die Handlung richtig hinzukriegen, und selbst jetzt ist er nicht beeindruckt von meinen Stimmen, obwohl ich mir wirklich Mühe gebe.«

Jory lacht. »Ich würde einiges dafür geben, deine Feuerwehrmann-Sam-Stimme zu hören. Los, sag mal ein, zwei Sätze.«

»Vergiss es!«, sage ich, tue ihm aber den Gefallen. »Ein guter Feuerwehrmann ist immer im Dienst«, sage ich mit walisischem Akzent, der laut Jory viel besser ist, als er dachte.

»Du solltest deiner Mum zeigen, dass du etwas Wichtiges dazugelernt hast. Das könnte deine fragwürdigen Koch- und Mülltrennungskünste wettmachen.« Er schießt mir einen Blick von der Seite zu, und ich seufze.

»Ehrlich, Jor. Es ist anstrengend. Das ist, als ob Mum nur darauf wartet, dass ich es vermassle, damit sie recht behält und Polly und Ted zu sich nach Hause nehmen kann, wo sie dann Gesünderes zu essen bekommen als meine Pestonudeln mit Würstchen.«

Jory fasst sich spöttisch überrascht an die Brust. »Du isst deine Pestonudeln jetzt mit Würstchen? Du hast dich mächtig verändert.«

»Mittlerweile kann ich auch ein Omelett machen. Und ich kann richtig gut Teds Leibgericht: Toaststreifen mit Käsesauce. Sogar mir schmeckt das mit ein bisschen Ketchup dabei.«

Wir gehen ein paar Schritte ans Wasser heran und lassen die Wellen über unsere Füße spülen. Es ist befreiend, mal mit jemand anderem über Mum zu reden und nicht immer mit

Dad (der verständlicherweise zwischen uns hin- und hergerissen ist). Bisher habe ich die schlimmsten Mum-Tiraden für Emmy aufgespart, die dann Dinge sagt wie: »Ihr beide seid nun mal grundverschieden, aber sie liebt dich.« Dann rollt sie die Augen, wenn ich erwidere: »Ja, und dich liebt sie mehr.«

Es regnet stärker, und ich lege den Kopf in den Nacken und lasse mir die Tropfen ins Gesicht fallen, genieße es, mich so munter zu fühlen. »Gestern hat sie mich tatsächlich mit diversen Fragen bombardiert wie bei einer Prüfung.«

»Was für Fragen?« Jory versucht, seine Belustigung zu verbergen, schafft es aber nicht.

»Zum Beispiel: Wo ist der Absperrhahn? Was tust du, wenn Ted einen Krampfanfall hat? So was hat er noch nie gehabt. Ehrlich, das macht mich wahnsinnig.«

»Mein lieber Schwan. Es war schon immer unmöglich, Moira Pascoes Ansprüche zu erfüllen, stimmt's? Und Emmy, na ja, sie kommt nach deiner Mum, zumindest ein bisschen, von wegen so ist es und nicht anders.«

Er hat recht. Aber obwohl Emmy viel entspannter ist als unsere Mutter, liegen Welten zwischen ihr und mir, was die Ordnungsliebe und Disziplin angeht. Und obwohl ich wünschte, es wäre nicht wahr, kann ich nicht bestreiten, dass Mum gute Gründe hat, besorgt zu sein, weil ich die Messlatte bei grundlegenden Dingen so tief hänge.

»Ich kann nicht kochen, Jor«, sage ich. »Ich weiß nicht, wie man ein kleines Kind umsorgt. Ich weiß nicht, wie ich erraten soll, was in Pollys Kopf vorgeht oder warum sie ein

Bankschreiben zu dem Kreditgespräch versteckt hat. Ich weiß nicht, wie man den Stromzähler abliest, und ich verstehe manche von den Rechnungen nicht, die mit der Post kommen. Zum Glück kümmert sich Dad um diese Dinge, sonst wäre ich völlig aufgeschmissen.«

Eine Welle klatscht gegen unsere Beine und überrascht uns völlig. Sie reichte mir bis an die Knie und hat die Krempelsäume nass gemacht. Jorys Jeans ist bis über die Waden nass, und ich weiß, wie sehr er das hasst. Er zuckt zusammen, gibt sich aber beeindruckend gelassen. »Ich kann jederzeit helfen, wenn du willst. Es fällt dir sehr schwer, um Hilfe zu bitten, schon immer. Ich denke, jetzt ist wahrscheinlich ein guter Zeitpunkt, um in die Erwachsenenhose zu schlüpfen.«

Ich schlage ihm auf den Arm. »Die trage ich schon lange. Es gibt nichts Schlimmeres, als wenn die Hose im Schritt kneift.« Er zieht die Brauen hoch. »Jedenfalls war Emmy meine Hilfe. Deshalb muss sie aus dem Krankenhaus wieder rauskommen, sie muss mir in den Ohren liegen, damit ich mir bei der Arbeit Mühe gebe, meine Kreditwürdigkeit verbessere und in ein Gesichtsserum mit Retinol investiere.«

»Ich sage ja nur, dass es Leute gibt, denen du am Herzen liegst.« Er schaut auf seine Jeans, die Nässe breitet sich über die Oberschenkel aus.

»Ich weiß. Obwohl ich mir nicht sicher bin, ob ich mich wegen Kosmetiktipps an dich wenden würde. Übrigens tut es mir leid, dass ich dir in letzter Zeit keine gute Freundin war. Wir haben es nicht mal in den Pub geschafft. Ist das unsere längste Trockenphase seit der Schule? Mum meint, ich muss dafür sorgen, dass Ted nachts bald trocken wird. Wobei trocken hier was anderes heißt.«

Jory sieht mich ernst an. Ich denke, das muss wohl sein Lehrerblick sein. »Beth, du hast gerade erst von deinem Schwager Abschied genommen. Deine Schwester liegt im Krankenhaus im Koma. Du wurdest ins kalte Wasser geworfen, das kälteste, das man sich vorstellen kann. Da ist es nicht verwunderlich, dass dir nicht danach ist, einen Abend im Black Horse zu verbringen, beim Billard haushoch zu verlieren und mit Farmer Tony zu flirten, der übrigens sehr verheiratet ist.«

»Oh, ist er sehr verheiratet? Wie ärgerlich, ich dachte, er ist nur ein bisschen verheiratet. Und außerdem flirte ich nicht mit ihm. Nicht wenn ich nüchtern bin.«

»Du bist nie nüchtern.«

»Jetzt bin ich es.« Wir stehen ein Weilchen stumm da. Nachdem ich wochenlang mit Pollys unbehaglichem Schweigen zurechtgekommen bin, ist es schön, mal mit jemandem schweigen zu können, bei dem es nicht unbehaglich ist. Es regnet noch, aber ich habe mich an die Kälte und den Wind gewöhnt – oder meine Beine sind taub geworden. Und plötzlich habe ich einen Impuls, der mir gar nicht ähnlich sieht. Ich renne zu meinen Schuhen und ziehe mir die Jeans aus.

Jory sieht mir mit offenem Mund zu. »Was hast du vor? Es ist eiskalt!«

»Lass uns reingehen!«, sage ich und zeige auf das kabbelige Meer.

»Aber ich habe unsere Neoprenanzüge im Auto gelassen, weil du keine Lust zu haben schienst. Soll ich sie holen gehen?« Er schaut den Strand entlang, der inzwischen im Nebel verschwindet.

Ich habe mir den Anorak schon ausgezogen und ziehe mir lächelnd den Pullover und das Unterhemd über den Kopf, kreische, als ich den Regen am Rücken spüre. »Tja, ich hatte vorhin keine Lust, aber jetzt. Kommen Sie, Mr Clarke, leben Sie ein bisschen.«

Er schüttelt den Kopf, zieht sich aber bis auf die Boxershorts aus und hält die Hand vor sich. »Es ist eiskalt, okay?«, sagt er, und ich lache. Mein Mut verlässt mich, als ich auf das dunkelgraue, kabbelige Wasser blicke. Jory hat recht, es ist eiskalt. Ich bin dankbar für die Wärme, die sein Körper abstrahlt, als er neben mich kommt. Wir zittern und verschränken die Arme vor der Brust.

Ich denke daran, wie oft Emmy und ich hier als Kinder mit dem Wellenbrett am Handgelenk ins Wasser gerannt sind. Und Mum stand am Wasser und passte auf, dass wir nicht ertranken. Als wir Teenager waren, versuchten wir die Bademeister mit unseren Bikinis und Strähnchen zu beeindrucken. Bei unseren letzten Fahrten ans Meer, vor dem Unfall, hatten wir Ted bei uns, und er kreischte vor Entzücken und klammerte sich an Emmys Hand, wenn sie zusammen über die Wellen sprangen. Ich habe meistens angeboten, auf unsere Sachen aufzupassen, und war froh, meine Ruhe zu haben und mich mit meinem Handy zu beschäftigen. Wie viele Stunden ich vergeudet habe, weil ich dabei gewesen bin, aber nichts mitgemacht habe!

»Auf drei?«, frage ich. Jory steht da mit hochgezogenen

Schultern und gesenktem Kopf, wie ein Häufchen Elend. Er murmelt etwas, das ich nicht verstehe, und ich erinnere ihn daran, dass der Ausflug seine Idee war.

Er streckt mir die Hand hin, damit wir zusammen ins Wasser rennen, doch ich laufe schon los, und er rennt fluchend hinterher und schreit, dass ich geschummelt habe, weil ich bei zwei gestartet bin. Er schimpft noch, wir hätten die Neoprenanzüge anziehen sollen, als ich ihm Wasser entgegenschlage, damit er kreischt, dann werfe ich mich hinein. Die Kälte verschlägt mir den Atem. Meine Augen brennen, und ich weine und lache zugleich.

Genau das habe ich gebraucht. Alles rauslassen, jemandem gestehen, dass ich Angst habe, die aufgestauten Sorgen und Tränen rauslassen, bevor ich wieder zu Emmy fahre. Und bevor ich meiner Mutter sage, dass ich nicht weiß, wo der Absperrhahn ist, und nicht recherchiert habe, was ich im Fall eines Krampfanfalls tun muss, dass ich aber gewillt bin, all das zu lernen, wenn sie mir nur die Chance dazu gibt. Heute Abend, wenn wir alle vom Krankenhaus zurückkommen, werde ich für Polly und Ted etwas kochen, und zwar keine Pestonudeln mit Würstchen. Damit meine Mum nicht recht behält.

Als Jory und ich durchs seichte Wasser an den Strand waten, überlege ich, welche Vorräte wir noch haben. Es könnte doch noch mal auf Pestonudeln und Würstchen hinauslaufen. Aber immer ein Schritt nach dem andern.

MAI

8

»Bügelst du deine Schuluniform, oder hat das deine Mum oder dein Dad immer gemacht?« Eigentlich kann ich es mir denken.

Polly antwortet vom Sofa, ohne vom Handy aufzublicken. »Dad.«

»Aha. Gut, dann werde ich das heute Abend für dich tun.« Ich werde sowieso etwas für meinen ersten Arbeitstag bügeln müssen. »Und du bist dir sicher, dass du wieder zum Unterricht willst? Ich könnte mit dem Stufenleiter sprechen, wenn du mehr Zeit brauchst.«

»Ich gehe morgen«, sagt Polly.

»Okay. Du bist der Boss.« Ich nage an einem abgekauten Daumennagel und schaue mir den Zustand des früher so ordentlichen Wohnzimmers an. Auf jeder erdenklichen Fläche liegt alles Mögliche herum, selbst auf Flächen, die mir als Ablageort nicht eingefallen wären. Wäsche hängt zum Trocknen über Stuhllehnen und auf den Heizkörpern, die halb getrockneten Handtücher riechen schlimmer als vor dem Waschen. An einem Ende des Esstisches kleben Marmelade und

Erdnussbutter (ich hoffe jedenfalls, dass es Erdnussbutter ist), und ein chaotischer Haufen aus Briefen und Zeitschriften liegt absturzgefährdet am anderen Ende. Abfall quillt aus dem Müllbeutel, den ich zwar aus dem Eimer genommen, aber noch nicht zugebunden habe. Ich weiß nicht, wohin damit, weil ich schon wieder vergessen hatte, dass Anfang der Woche Müllabfuhrtag war, und jetzt steckt draußen in der Tonne der Müll von drei anstatt von zwei Wochen.

Im Wohnzimmer hat sich rings um zwei ausgekippte Weidenkörbe, das Epizentrum des Chaos, allerhand Spielzeug ausgebreitet. Den kleineren Korb hat Ted auf dem Kopf, und als er aufsteht, tritt er direkt an den Kaminofen. Ich springe auf ihn zu, rechne mit zwei Sekunden Verzögerung, bevor auf den Schmerz das Geschrei einsetzt, doch zu meiner Überraschung schreit er überhaupt nicht, sondern lacht unter seinem Weidenkorbhelm. Als er sich wieder auf den Teppich setzt, schaufelt er mit den Händen das Spielzeug beiseite. Einiges gerät unter das Sofa, wo schon eine halb gegessene Banane liegt, an die man mit dem Arm nicht heranreicht. Mum wird triumphieren, wenn sie hereinkommt. Ich bin in Versuchung, alles unter das Sofa zu schieben und mir später darüber Gedanken zu machen, aber ich will nicht alles mit Banane vollgeschmiert haben.

Ich beschließe zu tun, was ich immer tue, wenn ich mich allein von der Anzahl meiner Aufgaben überwältigt fühle: gar nichts. Mum wird uns heute nehmen müssen, wie wir sind. Sie wird darüber bestimmt nicht glücklich sein, aber sicher auch nicht sonderlich überrascht. In letzter Zeit hat sie Dad oft vielsagende Blicke zugeworfen und mit der Zunge geschnalzt. Am Mittwoch, nachdem ich sie angesimst hatte, um zu fragen, ob Emmy Alu- oder Plastikfolie hat, weil ich etwas von dem Chili aufwärmen wollte, das sie für uns gekocht hatte, rief sie sofort panisch an und erklärte, dass man Reis höchstens ein Mal aufwärmen darf, weil man sonst daran sterben kann. »Du übertreibst doch«, sagte ich. Aber dann googelte ich *Tod durch Reisvergiftung* und erfuhr, dass sie diesmal mit ihrer Geschichte nicht komplett daneben lag. Ehrlich frage ich mich, woher ich so was wissen soll. Wie kann es sein, dass ich in der Schule Begriffe wie *Onomatopöie* lerne und *Frère Jacques* nach Noten singen kann, aber keine Ahnung habe, dass man an zweimal aufgewärmtem Reis sterben kann? Wo bleiben die Alltagsfähigkeiten? Eine breiter gefächerte, praktischere Schulbildung hätte viele meiner jetzigen Defizite sicher gar nicht erst aufkommen lassen. Natürlich hätte ich auch frühzeitig bei meinen Eltern ausziehen und meine Wäsche selbst waschen können. Aber nun ist es, wie es ist.

Wenigstens sind Ted und ich heute morgen schon fertig angezogen, was man von Polly nicht behaupten kann, die noch im Schlafanzug dasitzt und den Kopf über ihr Handy beugt, was ihre übliche Ruhehaltung zu sein scheint. Ich weiß, ich bin die Letzte, die sich über Smartphone-Abhängigkeit beschweren darf. Bis vor kurzem bin ich regelmäßig mit verkrampfter Hand und überanstrengten Augen eingeschlafen, weil ich bei sämtlichen Social-Media-Apps die neusten Posts gelesen habe. Aber seit dem Unfall habe ich beträchtlich weniger Zeit für sinnloses Scrollen. Allmählich vermisse ich es, obwohl das wirklich albern ist, da ich daraus immer nur erfahre, dass jemand, mit dem ich zur Schule gegangen bin, gerade einen geilen Brunch mit pochierten Eiern und Avocadomus auf Toast hatte, den sie aus unerfindlichen Gründen fotografieren und mit dem Hashtag #brunchgoals sofort hochladen mussten. Ich kann es nicht ausstehen, dass alles Mögliche geil genannt wird, das überhaupt nicht geil ist: ein geiles Bier, geile Kekse, geile Drinks. Jory hat mal gesagt, dass meine Wut über den unangemessenen Gebrauch des Wortes eine Überreaktion ist, und nimmt mich damit ständig auf den Arm. Es gibt mir einen Stich, wenn ich daran denke, wie viele Stunden wir zusammen verbracht haben, ohne groß über etwas zu reden. Vielleicht ist es gar nicht das sinnlose Scrollen, das ich vermisse, sondern mir fehlt es, Zeit vertrödeln zu können.

»Möchtest du eine Tasse Tee, Pol?«

Sie sagt Nein, ohne aufzublicken. Diese Antwort bekomme ich ständig. Nein, sie hat keinen Hunger, nein, sie will nicht reden, nein, ich kann nichts für sie tun. Ehrlich gesagt war mir schon klar, dass wir uns nicht gerade nahestehen, aber wir haben uns immer gut verstanden und waren gern zusammen. Seit ihre Eltern nicht mehr da sind, habe ich jedoch das Gefühl, dass sich zwischen uns ein Abgrund aufgetan hat. Sobald ich den Mund aufmache und mit ihr über etwas reden will, das über die Frage hinausgeht, was sie essen oder trinken möchte, zögere ich und sage dann doch nichts, weil ich fürchte, dass sich die Kluft zwischen uns dadurch nur vergrößert.

Ted hat auf dem Boden schön vor sich hin gespielt, aber jetzt merke ich, dass er allmählich böse wird. Er schiebt Plastikfiguren durch eine Tür in sein Feuerwehrauto, mehr als hineinpassen, und wird immer frustrierter, weil sie zur anderen Tür herauspurzeln. Er knallt das Fahrzeug auf den Boden, sodass die Türen abfallen, und ich sehe, wie sich sein Gesicht verfinstert. »Ich kann das«, sagt er und dehnt das letzte Wort, wie immer, wenn er quengelt. Er kommt mit dem Feuerwehrauto und den beiden Türen zu mir. »Tante Beth, ganzmachen«, sagt er und schlägt auf meine Hand, sodass ich mich mit Tee bekleckere. Mit dem Gedanken, die Teepfütze anschließend vom Sofatisch zu wischen, stelle ich die Tasse hin und nehme ihm das Auto ab. Nachdem ich die Türen eingehängt habe, gebe ich ihm das Auto zurück. Er reißt die Fahrertür auf, und sie fällt sofort ab. »Wieder kaputt.«

»Deshalb musst du behutsam damit umgehen. Schau, ich zeige es dir.« Ich knie mich vor ihn, hänge die Tür wieder ein und öffne und schließe sie mit wenig Kraft. Wütend schlägt er mir das Spielzeug aus der Hand und wirft sich verzweifelt auf die Knie. Ich glaube nicht, dass ich eine so unsinnige Reaktion schon mal gesehen habe.

Ich hole tief Luft. »Ted, sei nicht albern. Ich habe dir bloß gezeigt, wie man die Türen öffnet, ohne dass sie abgehen. Ich wollte dir helfen. Warum wirst du böse?«

»Mein Auto!« Plötzlich kreischt er mich an, dass es mir in den Ohren gellt. Ich habe mich noch immer nicht daran gewöhnt, wie plötzlich er auf achtzig sein kann. Wie kann ein so kleiner Mensch so wütend und so laut werden? Bei seinem Gekreische explodiere ich.

»Na, dann mach die verdammten Türen doch selber ganz!« Ich bereue meinen Ton sofort.

»Wow, es ist nicht nötig, ihn zu beschimpfen.« Polly sieht mich vom Sofa böse an. Nett von ihr, zu warten, bis der laute Moment vorbei ist, und sich dann erst einzubringen.

»Ich habe ihn nicht beschimpft.« Ich glaube nicht mal, dass *verdammt* heute noch als Schimpfwort gilt, und ich habe meinen Ärger gegen das Auto gerichtet, nicht gegen Ted. Na ja, vielleicht ein bisschen gegen Ted.

Weinend drückt er das Auto und die Türen an sich. So sind Kleinkinder. Sie weinen und schreien und machen einen wütend, dann ziehen sie plötzlich ein trauriges Schmollgesicht, stecken des größeren Effekts wegen den Daumen in den Mund, und dann kommt man sich vor wie ein Monster, weil man die Geduld verloren hat.

Ich hebe die Hände. »Du hast recht, das war unnötig. Es tut mir leid. Vielleicht lassen sich die Türen dauerhafter befestigen. Ich werde Grandad Jim darauf ansetzen. Wollen wir bis dahin etwas anderes für dich zum Spielen suchen?« Ich deute auf das überall verstreute Spielzeug. Ted zockelt hinüber und hebt ein anderes Auto mit klapprigen Türen auf. »Polly, könntest du dich vielleicht anziehen gehen? Deine Großeltern werden jede Minute hier sein.«

»Und …?« Der typische Tonfall eines motzigen Teenagers mit dem passenden Gesicht dazu. Sie rümpft die Nase, als hätte ich mit den Schuhen Hundekacke im Zimmer verteilt.

»Es ist fast Mittag, und du bist noch im Schlafanzug. Bitte geh dich ein bisschen frisch machen.« Letzteres klingt definitiv flehend, und das hört sie auch. Ich fühle mich jämmerlich.

»Ich soll mich nur frisch machen, weil du sonst schlecht dastehst. Keine Ahnung, wieso es dich sonst stört, dass ich noch im Schlafanzug bin – guck doch, wie es hier aussieht und in welchem Zustand du bist.« Sie lehnt sich zurück, um aus dem Fenster zu sehen. »Jetzt ist es sowieso zu spät.« Da erst dringt zu mir durch, was sie über meinen Zustand gesagt hat, und ich sehe an mir hinunter auf mein bekleckertes Shirt und meine Jogginghose und versuche, es nicht persönlich zu nehmen, obwohl es eindeutig persönlich gemeint war.

Nach dem Stakkato des Türklopfers höre ich den Haustürschlüssel. Mum klopft, um sich anzukündigen, nicht um zu bitten, dass man sie hereinlässt. Sie kommt so oder so herein. Ted rennt ihr entgegen, um sie zu begrüßen. Ich hoffe, er erzählt ihr nicht, dass seine Tante *verdammt* gesagt hat.

»Guten Morgen, ihr Lieben.« Mum drückt Polly und Ted an sich. Mich nimmt sie nicht in den Arm, sondern schaut stirnrunzelnd an mir vorbei. »Was stinkt hier so fürchterlich?«

»Das ist der Müll. Keine Sorge, ich wollte ihn gleich raustragen.«

Dad kommt hinter Mum mit einer Tasche herein, in der vermutlich unser Mittagessen ist. Er küsst mich auf die Wange. »Wie geht's dir, Liebes?« Ich sehe, dass er über meine Schulter hinweg das Chaos betrachtet. Mum hat die Mülltüte zugebunden und trägt sie zur Hintertür raus. Sie ist erst seit dreißig Sekunden da.

»Ich mach das gleich, Mum. Tee? Kaffee?« Ich ringe mir ein Lächeln ab.

»Ein Tee wäre wunderbar«, sagt sie mit dem Kopf unter der Spüle, wo sie eine Rolle Müllbeutel hervorholt. »Der Mülleimer könnte ein bisschen Spüli oder Desinfektionsmittel vertragen.«

»Ich sagte, das mache ich gleich.« Ich rede offenbar mit der Wand, denn sie zieht sich bereits die Putzhandschuhe an.

»Aber natürlich. Ich wollte nur erwähnen, dass Abfalleimer zu stinken anfangen, wenn man sie nicht ab und zu auswäscht.«

»Ist vermerkt«, sage ich. »Polly wollte sich gerade anziehen gehen, nichts wahr, Pol?« Polly sieht mich böse an, steht aber endlich vom Sofa auf.

Im Schrank stehen keine sauberen Tassen mehr, und ich habe die Spülmaschine noch nicht eingeschaltet. Deshalb nehme ich zwei schmutzige von der Arbeitsfläche und lasse Wasser hineinlaufen. Mum hört für einen Moment auf, den Mülleimer auszuwischen, und sieht mich besorgt an.

»Um das Geschirr wollte ich mich auch gleich kümmern«, sage ich und weiche ihrem Blick aus. »Wir haben uns einen faulen Vormittag gegönnt.«

»Das sehe ich«, sagt sie. Es herrscht ein unangenehmes Schweigen, während ich zwei Teebeutel mit einem Löffel ausdrücke, dann klatscht sie in die Hände und sagt: »Gut. Ich werde das Mittagessen aufsetzen. Das meiste ist schon gegart, also sollte es gegen zwei fertig sein. So haben wir noch Zeit, nach unserem Tee hier alles ein bisschen auf Vordermann zu bringen.«

»Blendend.« Ich stelle ihre beiden Teetassen auf den Esstisch zu meiner und recke ironisch beide Daumen.

Dad stellt ein Crumble in den Kühlschrank und legt einen Arm um mich. Er geht absichtlich über den Zustand der Zimmer hinweg und gibt mir damit das Gefühl, auf meiner Seite zu stehen. »Wie geht es dir? Bist du für morgen für die Arbeit gerüstet?«

Ich lehne den Kopf an seine Schulter. »Ja. Mir geht's gut.«

»Gut oder wirklich gut? Wenn deine Mutter sagt, mir geht's gut, weiß ich, dass es ihr gar nicht gut geht.« Er schaut zu Mum, aber sie kann ihn nicht hören, weil sie den Staubsauger eingeschaltet hat und über die kleinen Spielzeuge meckert, die sie im Staubbehälter sieht. Sie betrachtet die Haar- und Flusen-Gewölle näher. »Das sieht aus wie Glassplitter! Bitte sag mir, dass du damit nichts aufgesaugt hast, das du zerbrochen hast.« *Das ich zerbrochen habe.* Weil ja nur ich etwas zerbreche.

Da Dad mich dabei ansieht, ist mir plötzlich zum Heulen. Es geht mir nicht gut, aber das will ich ihm nicht sagen, weil ich dann auf jeden Fall weine. Und wenn ich geweint habe, bin ich hinterher ausgelaugt, als könnte ich eine Woche lang durchschlafen, und das kann ich gerade definitiv nicht. Ich kann nicht mal eine Nacht durchschlafen. Kurz nach Mitternacht hatte Ted einen Alptraum. »Lass den Zug nicht rein!«, rief er immer wieder, während ich ihm den Schweiß von der Stirn wischte und keine Ahnung hatte, wie ich ihn beruhigen sollte. Erst nachdem er eine Stunde lang wegen offener Türen gequengelt hatte, begriff ich das Missverständnis. Er hatte Zugluft gemeint, aber nur Zug gesagt. Wenn das heute Nacht wieder so geht, weiß ich nicht, wie ich morgen funktionieren soll.

Polly kommt umgezogen herunter und trägt praktisch eine saubere Version des vorigen Outfits. Emmy hat mir vor einiger Zeit ein Video geschickt, in dem Polly und zwei Freundinnen in bauchfreien Tops und Trainingshosen einen TikTok-Tanz aufführen, wobei sie alle aussehen wie Sporty Spice, nur mit dickeren Augenbrauen. Als ich das sagte, wusste Polly nicht mal, wer Mel C ist, und gab mir das Gefühl, siebenundneunzig zu sein.

Sie kommt zu mir und Grandad. »Tante Beth, kann ich nächsten Freitag bei Rosie übernachten?«

Ich kneife die Augen zusammen. Obwohl es möglich ist, dass sie erst in den vergangenen fünf Minuten dazu eingeladen wurde, als sie oben in ihrem Zimmer war, vermute ich, dass sie absichtlich mit der Frage gewartet hat, bis ihre Großeltern da sind. Vielleicht ist das auch ein Test, durch den ich mich bewähren muss. Wie verhält man sich am besten, wenn Teenager bei einer Freundin übernachten wollen? Wenn sie erst vierzehn sind, denke ich, ist es noch unproblematisch, aber da mir das Handbuch Kinderbetreuung fehlt, kann ich nicht nachschlagen, ob meine Antwort richtig ist.

»Oh. Ich weiß nicht.«

»Michaela darf auch. Und Sam. Also Sam*antha*.« Sie lacht. Ihr Gesicht hellt sich auf, und das löst bei mir sofort den Impuls aus, Ja zu sagen, egal, worum sie bittet. Ich frage mich, ob sie weiß, dass das glückliche Gesicht viel wirkungsvoller ist als das zornige Schweigen.

»Ach so, na ja, wenn du mir die Telefonnummer von Rosies Mum gibst, kann ich das schnell mit ihr besprechen. Aber ich wüsste nicht, warum das nicht gehen sollte.«

Sie stößt triumphierend die Faust in die Luft. »Aber kannst du ihrer Mum schreiben anstatt anzurufen? Das soll keine Riesensache sein. Ich übernachte da bloß.«

»Ich weiß«, sage ich. »Ich will nur, na ja, meiner Verantwortung gerecht werden und mit einem Elternteil sprechen.« Das sage ich wegen Mum. Das verantwortungsvolle Auftreten fällt mir nicht leicht, und ich frage mich, ob man das vor dem Spiegel üben muss.

Polly lässt nicht locker. »Aber kannst du beim nächsten Mal deiner Verantwortung gerecht werden? Ich habe dir gerade die Handynummer von Rosies Mum gewhatsappt. Sie heißt Suzy. Kannst du heute noch schreiben?«

»Jep.«

»Jetzt gleich?«

»Oh mein Gott, schon gut. Ich mach's ja gleich.« Ich nehme mein Handy und frage per WhatsApp nach, ob es nicht zu viele Umstände macht, wenn Polly bei Rosie übernachtet. Die Antwort kommt sofort: *Das ist überhaupt kein Problem. Ich werde dafür sorgen, dass sie nicht die ganze Nacht aufbleiben! Suzy x*

Ich zeige Polly die Nachricht. Mum hat mit Staubsaugen aufgehört, um die Bratensauce zu machen, und kommt zu uns. Sie streicht Polly zwei Strähnen aus der Stirn. »Ich weiß nicht, wie du das aushältst mit den Haaren vor dem Gesicht. Mich würde das wahnsinnig machen. Bei einer Freundin übernachten ist schön, Liebes. Es wird dir guttun, mal rauszukommen und mit Freundinnen Spaß zu haben.«

»Übernachten!« Ted kommt mit großen Augen angerannt.

Ich hebe ihn hoch. Er riecht nach Kartoffelchips und Orangenlimo. »Deine Schwester schläft nächstes Wochenende bei einer Freundin. Vielleicht können wir auch etwas Schönes machen, nur wir beide?« Was das sein könnte, weiß ich allerdings nicht.

Er schüttelt den Kopf. »Ted übernachtet auch.« Großartig. Wieder eine Enttäuschung für ihn, an der ich nichts ändern kann.

Mum reicht mir einen Schwamm und deutet mit dem Kopf zur Spüle. Ich folge mit den Füßen. Es ist bemerkenswert, wie sie das schafft. Sie kommt her und übernimmt sofort die Führung. Sie hat die Spülmaschine unterbrochen, das Geschirr darin umgeräumt – egal wie ich sie belade, es ist falsch – und hat Wasser in die Schüssel gelassen, um alles andere mit der Hand abzuwaschen. Die ersten Gläser stehen schon mit Seifenschaum zum Abtropfen auf dem Gestell. Ich möchte ihr böse sein, weil sie so bestimmend ist, doch ich bin in erster Linie erleichtert. Ich störe mich selten an Unordnung, aber der Zustand der Zimmer hat mich doch nervös gemacht.

»Ted kann nächsten Freitag bei uns übernachten«, sagt Mum. Sie fragt nicht, sondern legt es fest.

»Oh klar. Ja, in Ordnung.« Ich kann mir schon gar nicht mehr vorstellen, was ich an einem Abend allein mit mir anfangen soll. Dad sagt etwas, das ich nicht hören kann. »Wie bitte, Dad?«

Er hockt auf der Kante von Dougs Ohrensessel und sieht Ted beim Spielen zu, ohne zu ahnen, dass ihm die heikle Erfahrung mit den Türen des Feuerwehrautos gleich bevorsteht. »Ich sagte, du solltest etwas mit Jory unternehmen. Deine Mum und ich unterhielten uns auf dem Weg hierher darüber, wie schade es ist, dass du ihn in letzter Zeit so selten gesehen hast.«

»Es dürfte niemanden überraschen, dass ich kaum noch Zeit hatte, in den Pub zu gehen. Bei den tiefen Erschütterungen.« Ich deute auf Ted.

Es ist schwer zu glauben, dass ich früher reingeschneit bin, sowie Emmy ihren Sonntagsbraten auf den Tisch stellte. Der und eine Dose Cola waren das beste Katermittel der Welt, ausnahmslos, während Doug mich zu meinem desaströsen Liebesleben befragte und sich über die Instagram-Posts lustig machte, die ich in der Nacht getaggt hatte. Glückliche Zeiten waren das, und aus Gründen, an die ich nie gedacht hätte.

Mum schnalzt mit der Zunge und streckt den Kopf zu uns herein. »Ich gebe deinem Dad recht: Du solltest mehr Zeit mit Jory verbringen, aber es ist keine schlechte Sache, dass du nicht mehr ständig in den Pub gehst. Allerdings kann ich sehen, dass du das hier wieder wettmachst. Hast du die Glasabfuhr auch verpasst?«

»Nein.«

»Die sind alle von dieser Woche?«

Lügen wäre sinnlos. »Ja, Mutter. Herrgott noch, wenn ich gewusst hätte, dass eine Inspektion kommt, hätte ich hier klar Schiff gemacht.« Es sind drei Weinflaschen, höchstens, und ich habe immer erst eine aufgemacht, wenn Ted im Bett war. Na ja, außer an dem Abend, als er die Geschichte mit Feuerwehrmann Sam und der Schlange zweimal hören wollte. Ich werde ihr nicht verraten, dass ich mir ein Glas Rotwein nach oben mitgenommen habe. Dann hat sie gleich Angst um den Teppich.

»Ein bisschen Aufräumen wäre nicht verkehrt, Liebes«, redet sie weiter. »Und dein Dad hat dich gerade ermahnt, deine Freundschaft zu pflegen.« Sie betont das Wort Freundschaft auf eine merkwürdige Art. »Es gibt nicht viele Jungen wie Jory, weißt du.« Sie spricht von ihm, als wäre er ein Sechstklässler und kein Geschichtslehrer, der Sechstklässler unterrichtet.

»Ja, ja, okay. Ist angekommen. Ich werde sehen, ob er am Freitag Zeit hat, wenn Ted bei euch ist, nur damit ihr Ruhe gebt.«

Dad lächelt. »Das ist gut, Liebes. Ich habe viel übrig für ihn. Er hat immer dafür gesorgt, dass du wohlbehalten nach Hause kamst, wenn du sternhagelvoll warst. Ich muss sagen, es überrascht mich, dass ihn nicht längst eine nette junge Frau weggeschnappt hat. Oder ein Mann. Was immer er vorzieht. Vielleicht beide. Das ist ja neuerdings Mode, nicht wahr?«

Ich gehe nicht darauf ein, weil mir sonst wieder eine Erörterung darüber bevorsteht, ob Jory schwul ist oder eine heimliche Freundin hat oder – was sie ab und zu vermuten – auf mich wartet. Was Blödsinn ist, wie ich ihnen seit zwanzig Jahren immer wieder sage. Ich werde ihnen nie auf die Nase binden, dass wir einmal fast so weit gewesen wären, denn das würde nur Öl ins Feuer gießen, obwohl von einem Feuer keine Rede sein kann. Außerdem haben Jory und ich fest vereinbart, es nie wieder (fast) passieren zu lassen, damit es zwischen uns nicht seltsam wird. Damals bekämpften wir die anfängliche Verlegenheit mit Humor, und inzwischen wird der Winter 2015 nur sporadisch erwähnt, gewöhnlich wenn einer von uns (ich) zu viel getrunken hat. Ich denke durchaus manchmal daran zurück. An eine einzelne Szene von einer ansonsten verschwommenen Nacht, die mir aber so lebhaft vor Augen steht, dass ich mich manchmal frage, ob ich das geträumt habe.

»Soll ich den Tisch decken?«, frage ich in der Hoffnung, dass Mum Nein sagt.

Sie schüttelt den Kopf. »Ich denke, ich werde die Teller vorher anwärmen, aber du könntest dich um die Wäsche kümmern. Ist die Maschine gelaufen?«

»Jep.« Ich behalte für mich, dass sie schon vor zwei Tagen gelaufen ist und die nasse Wäsche seitdem in der Trommel liegt.

»Wollen wir sie dann auf die Leine hängen? Im Moment trocknet es draußen gut.«

»Okay.« Ich öffne die Maschine und häufe mir die Wäsche auf den Arm.

»Wo ist der Korb?«, fragt Mum.

»Keine Ahnung.«

»Wie willst du dann die Wäsche nach draußen bringen und später reinholen?« Sie sagt das, als hätte sie so etwas Verrücktes noch nie gehört.

»So«, antworte ich. Den Wäschehaufen an die Brust gedrückt, gehe ich vorsichtig zur Hintertür und beschwöre die kleinen Socken, die aus dem Haufen herausgucken, drin zu bleiben, damit ich eine unsinnige Behauptung beweisen kann.

Hinter mir höre ich Mum schnauben. »Ehrlich, du machst dir wirklich das Leben schwer. Stimmt's nicht, Jim? Sie trägt die nasse Wäsche ohne Korb nach draußen. Was kommt als Nächstes?«

»Ich bin mir sicher, sie wird trotzdem trocken, Liebes«, sagt Dad. »Lass sie in Ruhe.«

9

Nach dem ersten Meter auf dem Gartenweg fällt mir eine von Teds Hosen herunter, und als ich mich nach der anderen bücke, eine weitere. Ich fluche laut und hoffe inständig, dass Mum mich nicht beobachtet.

»Oh je, manchmal geht alles schief, nicht wahr?«

Bei der lauten Stimme neben mir zucke ich zusammen. Albert steht am Gartenzaun. »Herrgott, Albert, Sie haben mich erschreckt.«

»Entschuldigung, war ich laut? Mein Hörgerät ist leise gestellt.« Er fummelt daran herum, und es piept. »Es ist höchst seltsam. Ich habe keine Schwierigkeiten, gewisse Dinge zu hören, zum Beispiel den Fernseher, aber Stimmen verstehe ich schlecht. Ich weiß nie, ob ich schreie.«

Ich kann nicht behaupten, dass mich das überrascht, denn ich habe auch keine Schwierigkeiten, seinen Fernseher zu hören.

Ich hebe die Hose auf und lade den Wäschehaufen auf der Gartenbank ab, um dann die Wäschespinne auf dem Rasen auseinanderzuklappen. Ein paar Socken und Hosen fallen durch die Lücken der Bank, und ich muss zugeben, dass Mum gewonnen hat. Ich brauche den Wäschekorb.

Albert macht zum ersten Mal Smalltalk mit mir, und ich möchte gern etwas Nettes sagen, weiß aber nicht, was. Er sieht mich über den Brillenrand an und kommt mir zuvor. »Wie kommen Sie denn zurecht?«

»Ach, ganz gut, danke«, sage ich. »Und wie geht es Ihnen?« Eine Wäscheklammer zerbricht mir zwischen Daumen und Zeigefinger, und das Plastikteil schnellt über den Rasen.

Er zuckt die Achseln. »Mir geht es gut. Ehrlich gesagt hatte ich diese Woche Probleme mit der Verdauung, aber eine junge Dame möchte nicht gern hören, wie gut oder schlecht ein greiser Verdauungstrakt funktioniert.«

Ich lache und bedeute ihm mit einer Geste, dass das schon in Ordnung ist. Es ist ganz schön, als junge Dame bezeichnet zu werden. Außerdem plaudere ich lieber über einen greisen Verdauungstrakt, als mich von Mum wegen meiner häuslichen Defizite anmeckern zu lassen. »Na, das tut mir leid. Können Sie etwas einnehmen, damit es, äh, weggeht?«

»Oh, ganz bestimmt«, sagt er. »Aber angeblich liegt das an meiner Ernährung, wissen Sie. Die vielen Fertigmahlzeiten, die mir jeden Mittwoch geliefert werden, stören die Verdauung. Mein Knie macht mir auch zu schaffen. Letztes Jahr war es das andere. Es wird höchste Zeit, dass ich unter die Erde komme.«

»Unsinn. Ich muss sagen, eine Wochenration Fertigmahlzeiten geliefert zu kriegen, das klingt für mich wunderbar. Die könnte ich auch für Polly und Ted gebrauchen.«

»Sie schmecken sogar ganz gut. Nur einmal musste ich anrufen und fragen, ob sie mich an ihren fleischfreien Montagen vergiften wollen, aber davon abgesehen bin ich zufrieden. Wenigstens ist das Essen schnell und unkompliziert fertig. Ich kann mir vorstellen, dass es mühsam ist, sich jeden Tag zu überlegen, was man zum Abendessen kocht.«

Ich nicke, obwohl ich erst eine Handvoll Abendessen »gekocht« habe. Die zweite Wäscheklammer zerbricht mir in den Fingern. Albert blickt auf das Stück Plastik, ohne es zu erwähnen. »Wie geht es den Kindern? Sicher leiden sie noch unter dem furchtbaren Schock. Gibt es etwas Neues über Emmy? Entschuldigung, Sie müssen nichts erzählen. Wahrscheinlich haben Sie gar nicht die Zeit, um sich von einem alten Knacker wie mir ausfragen zu lassen.«

Ich fummle an der kaputten Wäscheklammer herum. Die Spitze der Springfeder, die jetzt unter dem hellrosa Plastik hervorlugt, sticht mir in die Handfläche. Bei unserem letzten Besuch im Krankenhaus haben Mum und ich uns riesig gefreut, weil Emmy die Augen bewegte, mussten dann aber von Dr. Hargreaves hören, dass das höchstwahrscheinlich eine unwillkürliche und keine bewusste Bewegung war, mit der sie uns vielleicht etwas mitteilen wollte. Sie liegt noch im untersten Bereich der Koma-Skala. Ich schüttle den Kopf. »Da hat sich eigentlich nichts verändert. Ted kommt so gut klar, wie man es unter den Umständen erwarten kann, denke ich. Natürlich vermisst er seine Mum und seinen Dad, aber kleine Kinder sind außerordentlich resilient. Das lässt sich von seiner großen Schwester nicht behaupten. Teenager, Sie wissen schon.«

Albert schaut für einen Moment zu den Rosensträuchern am Ende des Gartens. »Ich fürchte, ich kenne mich mit Teenagern nicht aus. Meine Frau Mavis und ich hatten keine Kinder.«

»Oh.« Ich suche nach einer passenden Bemerkung. »Ich weiß nicht, ob ich das bedauern soll oder nicht, Albert. Hätten Sie gern Kinder gehabt?«

Er nickt. »Wir hatten eins. Wir haben unser Baby im Sommer '56 verloren. Unseren kleinen Jungen. Wir wollten ihn Thomas nennen. Mavis konnte danach nicht mehr schwanger werden.«

»Na, dann tut es mir definitiv leid. Das ist sehr traurig«, sage ich.

»Wohl wahr, aber wir hatten zusammen ein langes, glückliches Leben. Seit Mavis tot ist, bin ich natürlich ein mürrischer alter Knacker geworden, aber das ist nichts, wenn ich an den armen Douglas und Ihre Schwester denke. Neuerdings bete ich für Emmy, obwohl ich nicht religiös bin.«

Nachdem er Mavis erwähnt hat, meine ich mich vage zu erinnern, dass Emmy mal erzählte, die Frau von nebenan sei gestorben und Albert nun ganz allein. Hatte sie mir auch von dem verlorenen Baby erzählt? Möglich. Ich muss beschämt zugeben, dass es mich damals nicht groß interessierte, wenn meine Schwester vom Tod einer alten Frau berichtete, die ich nicht kannte, oder von der Verfassung des Witwers. Albert war für mich bisher der Vorhangspaltgucker von nebenan, der nach meinem betrunkenen Missgeschick auf seiner Haustürstufe schlecht über mich dachte. Bevor er mir die Schneeglöckchen gab, habe ich nie mit ihm gesprochen. Es ist Zeit, in den sauren Apfel zu beißen.

»Albert, es tut mir sehr leid wegen damals, als ich in Ihren Pflanztopf gebrochen habe.«

Er lacht. Es ist ein tiefes Lachen aus dem Bauch, das sein Gesicht aufhellt und die Falten an seinen Augenwinkeln hervorbringt. Er lacht so laut, dass Mum den Kopf zur Tür herausstreckt, um zu sehen, was los ist. Sie winkt Albert zu, der zurückwinkt und sich eine Träne wegwischt. Mum bleibt auf der Terrasse stehen.

»Wie kommst du mit der Wäsche voran, Beth? Das Essen ist gleich fertig.«

»Okay, ich bin fast so weit«, sage ich und nehme eine Jeans von der Bank, um sie aufzuhängen. Ich wende mich wieder zum Gartenzaun. »Das ist nicht lustig, Albert. Ich schäme mich dafür«, sage ich, muss inzwischen aber auch lächeln.

»Sie müssen sich nicht entschuldigen, meine Liebe. Ich lache nur, weil Sie es seitdem vermieden haben, mich anzusehen. Ich habe mich schon gefragt, ob sie es je erwähnen werden.«

»Oh Gott. Das wollte ich, aber ich wusste nicht, was ich sagen sollte. Emmy und Doug waren fuchsteufelswild. Meinten, ich wäre eine Schande. Zu meiner Verteidigung muss ich sagen, dass ich ein sehr mieses Date hatte, das eine größere Menge Wein in einem bedenklich kleinen Zeitfenster nach sich zog. Ich bin aus Versehen über Ihren Pflanztopf gefallen, und dabei, na ja, passierte es wie von selbst.«

»Ich glaube, mein Lavendel hat sich nie so ganz davon erholt«, sagt er. Seine Augen funkeln, und er schmunzelt, was einen ganz anderen Mann aus ihm macht, einen, den ich hinter dem Vorhang nicht vermutet hätte.

Ich stöhne. »Ehrlich, ich wollte am nächsten Morgen bei Ihnen klopfen und mich entschuldigen, aber ich war so verkatert und beschämt, ich konnte es einfach nicht, und danach dachte ich, der passende Moment ist vorbei. Ehrlich gesagt wollte ich Ihnen für immer aus dem Weg gehen.«

Er mustert mich amüsiert.

»Was?«, frage ich.

»Sie sind ganz anders als Ihre Schwester und ihr trotzdem sehr ähnlich. Das ist faszinierend.«

Ich nicke. »Das höre ich oft. *Wie Tag und Nacht*, heißt es. Und offensichtlich ist sie die bessere Hälfte von uns beiden.«

»Nun, sie spricht von Ihnen nur in den höchsten Tönen, wissen Sie.«

»Das mussten Sie jetzt sagen. Ich wette, sie beschwert sich andauernd über mich.«

Er schüttelt den Kopf. »Überhaupt nicht. Ich weiß zwar noch, dass sie nicht sonderlich erbaut war, als Sie sich auf meine Türstufe übergeben haben, aber davon abgesehen sagt sie nur nette Dinge über Sie. Sie meint, wenn Sie mit einem netten jungen Mann eine Familie gründen, wäre das nur zu Ihrem Vorteil.«

»Oh, tja, wie auch immer. Im Moment stehen die Chancen mäßig.« Ich hänge das letzte Wäschestück auf und fluche leise, weil eine dritte Klammer zerbricht. »Ich gehe jetzt besser ins Haus, bevor ich einen Rüffel bekomme.«

Er lächelt. »Ja, ich sollte Sie nicht länger aufhalten. Es war sehr nett, endlich mal mit Ihnen zu plaudern.«

»Mit Ihnen auch. Es tut mir wirklich leid um Ihren Lavendel.«

»Sie brauchen einen Klammerbeutel«, sagt er.

»Wie bitte?«

»Einen Klammerbeutel. Am besten einen wetterfesten, dann können Sie ihn draußen an der Leine hängen lassen. Dadurch wird das Plastik nicht spröde und bricht nicht. Mavis hat mir das mal erklärt.« Er ist stolz über den Tipp, das sehe ich ihm an.

»Oh, klar. Ein Klammerbeutel. Danke. Bekommen Sie sonntags tiefgekühlten Braten?« Ich frage nur scherzhaft, aber er nickt.

»Heute Rinderbraten. Der ist nicht schlecht. Mit grauen Röstkartoffeln. Und nach fünf Minuten in der Mikrowelle ist er fertig.«

»Ah, ja ... dann guten Appetit. Bis bald.« Ich gehe ins Haus und finde die anderen schon am Esstisch. Ich setze mich neben Ted, der sein Gemüse vom Teller genommen und unter der Tischdecke versteckt hat. Wo kommt auf einmal die Tischdecke her? Mum muss sie herausgesucht haben. Ich greife nach den Möhren. Tischdecken halte ich für überflüssig. Es ist viel einfacher, nach dem Essen den Tisch abzuwischen, als eine so große Decke zu waschen, die unvermeidlich Soßenflecke bekommt. Andererseits bin ich als jemand, der eine Schüssel Coco Pops auf dem Sofa für ein ordentliches Abendessen hält, vielleicht nicht die Zielgruppe für den Tischdeckenmarkt.

Mum hat Polly überredet, beim Mittagessen das Handy wegzulegen. Polly scheint sich nicht zu beschweren, wenn ihre Grandma etwas von ihr verlangt.

»Das sieht lecker aus, Mum«, sage ich. Dad und Polly pflichten murmelnd bei.

Wie immer weist Mum das Lob bescheiden zurück. »Ich habe wieder viel zu viel gemacht. Es ist schwierig, die Menge anzupassen … ihr wisst schon.«

Ich weiß es genau. Sie ist es gewohnt, für sieben Personen zu kochen. Emmy hat einen ausziehbaren Tisch gekauft, an dem acht Leute Platz haben, wenn man in der Mitte eine Platte einlegt. Doug witzelte immer, dass sie nur für die verkaterte Tante gebraucht wird, weil wir mit mir zusammen sieben waren. Nun brauchen wir die Einlegeplatte gar nicht mehr. Wir sind nur noch fünf. Selbst wenn Emmy zurückkommt, woran wir entschlossen festhalten, werden wir an den Tisch passen, ohne ihn auszuziehen.

Mum gibt uns einen Nachschlag, obwohl die Teller noch halb voll sind. Ich hebe die Hand, zum Zeichen, dass ich genug habe, trotzdem landet ein großer Löffel voll Blumenkohl in Käsesauce auf meinem Teller.

»Es ist schön zu sehen, dass Ted eine ordentliche Mahlzeit isst, mit vielen Vitaminen«, sagt sie.

Das leuchtet kaum ein, denke ich, da er lediglich von dem Yorkshire Pudding isst. Doch dass sein Teller anfangs mit Erbsen und Möhren gefüllt war (bevor er sie unter die Tischdecke schob), scheint sie glücklich zu machen.

»Hast du es geschafft, die Bank anzurufen, Dad?«, frage

ich. Die Stimmung am Tisch ist plötzlich angespannt, und ich bereue, das Thema angeschnitten zu haben.

Mum sieht mich an und schüttelt den Kopf: *Nicht jetzt.* »Das ist unnötig, Liebes. Es ist alles geklärt. Noch jemand Bratensoße?« Sie hebt die Sauciere.

»Aber was ist mit dem Terminbestätigungsschreiben?«

Dad zuckt die Achseln. Er weiß es nicht. »Nein, ich habe nicht noch mal angerufen. Ich sehe keinen Sinn darin. Ich hatte wegen des Kreditantrags schon mal angerufen und wurde vertröstet. Ob der Brief überholt war oder versehentlich ein falsches Datum enthielt, spielt jetzt eigentlich keine Rolle mehr, nicht wahr?«

»Ja, nein, aber er …«

Mum schneidet mir das Wort ab. »Wir wissen, wohin sie wollten, weil sie es uns gesagt haben.« Sie sieht Polly an. »Dein Dad hat sich extra einen Tag frei genommen, nicht wahr? Also muss es wichtig gewesen sein.«

Polly nickt, bleibt aber still und stochert in ihrem Essen.

»Ich weiß, dass sie das gesagt haben. Das erklärt aber nicht, warum der überholte oder irrtümliche Brief in der Schublade versteckt war«, sage ich.

»Er war nicht versteckt, Liebes. Mach kein Drama daraus. Er ist wahrscheinlich da hineingeraten, als Emmy die Einkaufsbeutel weggepackt hat. Wirklich, du siehst ein Rätsel, wo keins ist.«

»Tatsächlich?«

Polly steht auf. »Ich glaube, ich esse meinen Nachtisch später, Nan. Ich bin ziemlich müde.«

Mum blickt besorgt auf. »Du siehst tatsächlich ein bisschen blass aus. Geh dich hinlegen. Ich werde dir eine schöne große Portion aufheben.«

»Für Ted auch!« Ted hat zwar nur Yorkshire Pudding gegessen, wird aber trotzdem eine große Portion Crumble bekommen, da bin ich mir sicher. Ich beobachte Polly, die ihr Handy nimmt und die Treppe hochgeht. Wieso denke nur ich, dass sie sich seltsam verhält? Immer wenn ich das Schreiben erwähne, findet sie einen Vorwand, zu gehen.

Dad beobachtet mich dabei. Er legt eine Hand auf meine Schulter und reicht Mum mit der anderen die benutzen Teller an, um für den Nachtisch Platz zu machen. »Vielleicht erinnert sie das Schreiben daran, dass ihre Eltern wegen des Banktermins verunglückt sind, und daran will sie nicht denken müssen. Das ist doch verständlich, meinst du nicht?«

»Natürlich, aber warum … ach, vergiss es.«

»Genau, lass uns die Angelegenheit vergessen. Ich habe mich durch Dougs Papierkram gewühlt, so gut es ging, und ich muss sagen, das war keine angenehme Aufgabe. Lass uns nicht nach zusätzlichen Dingen suchen, die uns beschäftigen. Und jetzt essen wir unseren Nachtisch.«

Ted schlägt mit seinem Löffel auf den Tisch. »Mein Dad heißt Doug.« Er sagt das, als hätten wir zufällig über einen anderen Doug gesprochen. »Und er ist storben.«

Mum erstarrt, als sie die ersten beiden Schälchen mit Crumble an den Tisch bringt. Ted hat in letzter Zeit viele seltsame Dinge geäußert, da er versucht, den Tod seines Vaters zu begreifen, aber gewöhnlich sagt er, dass er ihn vermisst oder dass sein Dad im Himmel ist. *Storben* ist das Schonungsloseste, das wir bisher von ihm gehört haben.

»Möchtest du Vanillesauce oder Schlagsahne, Schätzchen?«, fragt Mum ihn.

Ted runzelt die Stirn.

»Was für eine dumme Frage, nicht wahr?«, sagt sie.

»Dumme Nan!«, sagte er, und wir lachen alle, erleichtert über seine Unbeschwertheit. Das ist in der Tat eine dumme Frage. Ted will beides haben, weil sein Dad auch immer beides genommen hat und weil er sein will wie sein Dad.

Mum sagt mir, dass sie für Polly eine ordentliche Portion beiseitegestellt hat, aber noch reichlich Crumble übrig ist, den wir vielleicht morgen zum Nachtisch essen können oder den ich zu meinem ersten Arbeitstag ins Büro mitnehmen kann. Es liegt mir auf der Zunge zu fragen, ob zweimal aufgewärmter Crumble uns auch umbringen kann, aber da fällt mir etwas anderes ein.

»Sind Kartoffeln übrig geblieben?«, frage ich.

»Ja, aber was willst du morgen damit anfangen?«

Ich verzichte auf meinen Crumble und halte die Hand über die Röstkartoffeln. Noch heiß. Schön. »Die esse ich morgen so.«

Mum sieht mich verwirrt an, wendet aber nichts ein. Ich fülle Crumble in eine Schale und decke sie und die Kartoffeln mit Plastikfolie ab, um beides neben die Haustür zu stellen. Niemand soll sich mit grauen Röstkartoffeln abfinden müssen.

10

»Wie läuft der erste Arbeitstag?«, fragt Jory.

»Fantastisch. Wie ich mir je erträumt habe, sogar besser.«

Er lacht. Ich mache früher Mittagspause, damit ich in seiner Mittagspause mit ihm telefonieren kann. Als ich meinen Schreibtisch verlasse, senke ich die Stimme, damit Malcolm, der plötzlich sehr angestrengt auf seinen Monitor starrt, nicht lauschen kann. Malcolm findet die Idee einer platonischen Beziehung zwischen Mann und Frau abwegig. Als ich mal erwähnte, dass ich mit Jory in den Pub gehe, sagte er sogar, es sei ein Wunder, dass heute überhaupt noch einer weiß, wo er steht. Ich habe ihn mal hundert Meter von der Straße entfernt parken sehen, wo Bev, die Rezeptionistin aus dem Büro nebenan, zu ihm ins Auto stieg. Aber das behalte ich für mich und frage ihn auch nicht, ob seine dreißigjährige Frau weiß, wo sie steht. Das geht mich nichts an.

Es ist viel wärmer als noch heute Morgen, und ich klemme mir das Telefon zwischen Schulter und Ohr, um meine Strickjacke auszuziehen. Normalerweise nimmt Jory meine Anrufe erst nach Schulschluss an, aber ich habe ihm heute früh gleich nach dem Aufwachen getextet und gedroht, unsere Freundschaft platzen zu lassen, wenn er mich bei meiner Rückkehr zur Arbeit nach dem Trauerfall in der Familie nicht unterstützt, zumal meine einzige andere Stütze im Leben noch im Koma liegt. Dagegen konnte er kaum etwas vorbringen.

»Ich bin sehr froh zu hören, dass dir das Arbeitsleben wieder gefällt«, sagt er. »Wollte Malcolm eine herzliche Umarmung von dir?«

Ich rümpfe die Nase. »Puh, bloß nicht. Ehrlich gesagt glaube ich nicht, dass er mich leiden kann. Zuletzt hat er sich über Frauen beschwert, die die Welt übernehmen wollen, angefangen bei den Moderatorinnen bei Sky Sports News. Wenn er sie noch einmal als PC-Brigade bezeichnet, dann schieb ich ihm seinen PC …« Ich huste, weil mir eine Kollegin entgegenkommt. »Wie läuft es bei dir in der Schule? Irgendwelche Skandale?«

»Nichts Interessantes, fürchte ich.« Er klingt abgelenkt, als wäre er unterwegs. »Ich komme in zehn Minuten. Entschuldige, Beth. Was hast du gesagt?«

Ich ziehe eine Braue hoch. »Oh, lass dich nicht aufhalten. Das ist ja nur unser erstes richtiges Gespräch diese Woche.«

Auf der Bank vor dem Bürogebäude ist es schattig, darum laufe ich hinters Haus und hocke mich auf eine niedrige Mauer, die das »ländliche Gewerbegebiet« (das aus drei Gebäuden besteht) von einer bewirtschafteten Farm trennt. Jory winselt um Gnade, und ich öffne lächelnd eine Tüte Kartoffelchips mit Steak-Zwiebel-Geschmack. Genüsslich höre ich ihm noch einen Moment zu, wie er versucht, bei mir gut Wetter zu machen.

»Ich weiß, tut mir leid, ich bin ganz Ohr … ich wünschte nur, wir könnten am Abend oder am Wochenende darüber reden. Es wäre schön, dich zu sehen. Aber ich gehe nicht noch mal in Jeans ins Meer. Ich habe drei Tage gebraucht, um wieder warm zu werden.«

»Ich muss sagen, es überrascht mich doch, das von einem gestählten Surfer wie dir zu hören. Aber ich fand es auch toll, das weißt du. Wir fahren bald wieder an den Strand oder woandershin, versprochen. Du fehlst mir wirklich. Es war nur furchtbar viel los zu Hause.«

»Ich weiß. Wie ging es Polly heute Morgen?«

»Wieso?« In meiner Brust zieht sich etwas zusammen.

Er senkt die Stimme. »Weil ihr Dad gestorben ist, ihre Mum im Krankenhaus liegt, weil sie ihren ersten Schultag hat und obendrein ihre leicht verrückte Tante fürs Abendessen zuständig ist …«

Ich stoße den Atem aus. »Tut mir leid. Es ist nur, dass die Frage von dir als Lehrer unheilverkündend klingt. Du würdest es mir doch sagen, wenn du etwas über sie gehört hast, oder?«

»Nein. Aber nur, weil mir das nicht zusteht. Das habe ich dir schon mal erklärt. Ihre Klassenlehrerin Mrs Sandford oder der Stufenleiter würden Probleme mit dir besprechen, wenn es welche gäbe. Du musst dich auf das System verlassen.«

Ich schmolle, obwohl er es nicht sehen kann. »Ich sehe nicht ein, warum du im Lehrerzimmer nicht ein bisschen die Ohren spitzen und etwas an mich weitergeben kannst. Ich werde dich schon nicht verpfeifen.« Ich meine das todernst. Ich verlasse mich auf kein System.

»Beth, wenn du dir wegen Pollys Verhalten Sorgen machst, ruf in der Schule an. Vereinbare ein Gespräch. Ich unterrichte sie nicht, und ich werde ganz sicher nicht für dich spionieren – das wäre unethisch und unprofessionell.«

»Zur Hölle mit deiner Professionalität«, brumme ich.

»Seine Arbeit ernst zu nehmen ist nichts Falsches. Das solltest du auch mal ausprobieren.«

»Der war gut. Ich gehe bereits wieder arbeiten, oder nicht?«

»Das ist wahr. Ich muss zugeben, ich war überrascht, als du das angekündigt hast. Niemand hätte dir einen Vorwurf gemacht, wenn du die Auszeit verlängert hättest.« Jetzt klingt er fast wie mein Dad.

»Klar, na ja, ich hielt es für das Richtige. Es ist anstrengend, rund um die Uhr bei Emmy und Doug zu Hause zu sein. Außerdem arbeite ich nur Teilzeit. Jedenfalls vorerst.« Ich erkläre, dass ich mit Malcolm vereinbart habe, anfangs nur drei Tage in der Woche zu kommen, solange Ted sich im Kindergarten wieder eingewöhnt, und wie wir uns mit den Besuchen bei Emmy abwechseln. Jeder Tag beginnt damit, dass Mum festlegt, wer hinfährt, und er endet damit, dass derjenige die anderen über Emmy auf den neusten Stand bringt und wir uns alle in unserer Hoffnung bestärken. Wir halten uns gegenseitig damit aufrecht, dass keine Nachricht eine gute Nachricht ist. Allerdings werde ich allmählich unruhiger, weil keine Nachricht vielleicht keine Genesung bedeutet.

»Wie lief es heute Morgen, als du Ted im Kindergarten abgegeben hast? Wart ihr pünktlich?« Jory weiß, dass ich nie pünktlich bin.

»Natürlich nicht. Ehrlich, Jor, uns beide heute fertig zu machen war eine schwierige Mission. Vielleicht sollte ich mir die Haare abends waschen anstatt morgens. Ich verstehe überhaupt nicht mehr, wieso ich früher damit zu kämpfen hatte, nur mich allein fertig zu machen. Ich hatte nix zu tun morgens, und trotzdem wurde die Zeit immer knapp. Was ist los mit mir?«

»Ich nehme an, das kam daher, dass du zu den seltsamen Leuten gehörst, die den Wecker vorzeitig ausschalten.«

Mit dieser Debatte kommen wir auf vertrautes Gelände. »Normale Leute wachen nicht auf und springen aus dem Bett wie Grandpa Joe auf dem Weg zur Schokoladenfabrik. Wir schieben den Kopf unter das Kissen und wünschen uns, es wäre Wochenende.« Mir wird klar, dass ich gerade über mein früheres Ich rede, da ich seit Wochen den Wecker nicht mehr vorzeitig ausgeschaltet habe.

»Was genau hat heute Morgen so lange gedauert?«

Alles!, denke ich, aber ich kann nicht von ihm erwarten, dass er versteht, was es heißt, ein Kind für den Kindergarten fertig zu machen und dabei eine Teenagerin zur Eile anzutreiben, die permanent sauer ist, weil sie sich die Luft im

Raum mit mir teilen muss. Nichts davon klingt für einen Außenstehenden einleuchtend. Ich habe nie verstanden, wieso der Morgen plötzlich den Bach runtergehen kann, weil die Marmelade falsch auf Teds Toast gestrichen wurde oder weil er seine Hosen nicht anziehen will oder weil die Sonne zu hell scheint.

Ich antworte, er würde das nicht verstehen, und er erwidert: »Wetten, dass?« Aber ich habe nicht die Energie dazu. Stattdessen frage ich ihn, was er zu Mittag isst, während ich lustlos in meine armselige Schokowaffel beiße. Für Teds Mittagessen wird wenigstens im Kindergarten gesorgt, was mich ein kleines bisschen entlastet, nachdem ich ihm gefühlte hundert Tage Toaststreifen mit Käsesauce vorgesetzt habe. Es ist mal was anderes, die Zeit im Büro als Entlastung zu empfinden, nachdem ich immer mein Bestes getan habe, um nicht zur Arbeit gehen zu müssen. Es ist beinahe meditativ, vor mich hin zu arbeiten, die Checklisten durchzugehen, die mit Büroklammern an Finanzangebote geheftet sind, und dafür zu sorgen, dass alle nötigen Berechnungen angehängt sind. Heute Morgen konnte ich ein paar Stunden lang etwas anderes tun, als mir um meine Schwester Sorgen zu machen und mich panisch zu fragen, ob mit Pollys jüngstem Benehmen zu rechnen war oder ob es ein Alarmzeichen ist. Ich erzähle Jory, dass sie den ganzen Tag am Handy verbringt.

»Also, das ist für sich genommen noch kein Alarmzeichen. Eine unserer Zwölftklässlerinnen ist letzte Woche gegen die Glastür gelaufen, weil sie beim Gehen ein YouTube-

Video geguckt hat. Bist du dahintergekommen, was es mit dem Bankschreiben auf sich hat?«

»Nein!«, sage ich. »Und niemand hört mir zu. Als ich Dad gebeten habe, noch mal dort anzurufen, ging Mum dazwischen, was ihre größte Stärke ist, und meinte, ich rede Unsinn und schaffe Probleme, wo keine sind. Emmy hat Mum und Dad und auch mir gesagt, dass sie an dem Freitag mit Doug wegen des Kredits zur Bank fährt und deshalb einen Babysitter braucht. Deshalb gibt es an der Sache angeblich nichts zu rätseln.«

»Vielleicht stimmt das ja.«

Ich vermute, dass er im Lehrerzimmer angekommen ist, weil ich im Hintergrund eine andere Stimme höre.

»Hm, mag sein. Ich weiß nicht.« Jory muss das Mikro des Telefons abgedeckt haben oder es vom Ohr weghalten, denn ich höre ihn gedämpft reden. Ich verstehe nur, dass er in einer Sekunde bei jemandem sein wird.

»Klingt, als wäre einiges los. Musst du Schluss machen?«

»Ja, tut mir leid, Beth. Ich habe noch nicht gegessen. Aber ich freue mich, dass dein erster Tag ganz gut läuft.«

»Okay. Höre ich da jemanden drängen, der mit dir sein Sandwich essen will? Wer ist es?«

»Jep. Also gut.«

»Also gut was? Wer ist es?«, frage ich noch mal. Sein Ton hat sich geändert, und das kann nur heißen, dass jemand seinem Gespräch zuhört. Also ist er deshalb so seltsam. Bei mir fällt der Groschen. Als wir zuletzt im Pub waren, erwähnte er – bevor ich benebelt war –, dass sich eine Lehrerin für ihn zu interessieren scheint. Der Verdacht wurde von Polly untermauert, die ganz nebenbei bemerkte, Miss Greenaway stünde auf Mr Clarke und alle wüssten es.

»Es ist Sadie Greenaway, stimmt's? Esst ihr euer Sandwich zusammen? Das ist süß.« Ich weiß, ich sollte ihn nicht damit necken, weil er schnell rot wird. Ihm kriechen rote Flecke den Hals rauf ins Gesicht. Aber ich kann nicht anders. »Lass dich nicht aufhalten, wir reden später. Pass nur auf, dass du keinen Rukola zwischen den Zähnen und für danach ein Tic Tac in der Tasche hast.«

»Mach's gut, Beth.« Er legt auf, und mir ist ein bisschen flau. *Miss Greenaway steht auf Mr Clarke.* Wenigstens hat er jemanden, mit dem er sein Pausenbrot isst. Ich könnte nach oben in die Personalküche gehen und mich unters Volk mischen. Mir Mühe geben. Das Problem ist, ich will das nicht. Vor allem nicht heute an meinem ersten Arbeitstag, wenn die Kollegen nicht wissen, was sie sagen sollen. Sie entscheiden sich entweder für ein knappes »Tut mir sehr leid für Sie« (ohne Blickkontakt) oder sie sagen gar nichts, obwohl sie wahrscheinlich vorher, solange ich weg war, über nichts anderes geredet haben. Der Unfall war Ortsgespräch, und die Leute scheinen sich an der Tragödie hochzuziehen. Ich kann es ihnen nicht verübeln. Wäre das einem anderen Kollegen passiert, hätte ich mich auch in den Klatsch reinziehen lassen.

Ich lege mein halb gegessenes Wagon Wheel in die Packung zurück und drehe mich zu dem Feld hinter mir um. Dort waren wir mal als Kinder und haben beim Lammen zugesehen. Mum hat davon ein Foto in einem Album: Emmy mit neun oder zehn Jahren in Latzhosen hält ein winziges, noch glitschiges Lamm auf dem Arm und strahlt. Ich stehe hinter ihr mit verschränkten Armen und gucke mürrisch, weil ich mit meinen sechs oder sieben Jahren entschieden habe, dass Lämmer kriegen blöd ist. Ich wollte lieber einen Urban- oder Street-Dance-Kurs machen, damit ich ein paar Moves zu TLC-Songs lerne, aber solche Tanzgruppen gab es damals (und heute) in St. Newth noch nicht. Darum musste ich in einer Scheune stehen und zusehen, wie Lämmer geboren werden.

Ich sehe aufs Handy und frage mich, ob Jory seinen Mittagspausenflirt mit Sadie genießt. Ich tippe eine dementsprechende Nachricht, und als ich sie durchlese, klingt sie, als wäre ich eifersüchtig. Darum lösche ich sie (denn ich bin nicht eifersüchtig). Ich werde ihn später fragen. Oder vielleicht auch nicht. Es ist mir sowieso egal.

Der Nachmittag verfliegt mit vielen Telefonaten, Tabellen und Kaffee. Auf dem Weg in den Feierabend werde ich von Malcolm aufgehalten, der meint, fünf Uhr nachmittags sei der geeignete Zeitpunkt, um mir den hohen Restwert von Traktoren zu erklären. »Da ist das Risiko geringer, verstehen Sie, Beth. Wenn alles in die Hose geht, haben wir einen Aktivposten, der einiges wert ist.« Ich erwidere nicht, dass ich das alles bei dem Fortbildungskurs gelernt habe, den ich samt Prüfung machen musste, denn ich setze darauf, dass ich eher wegkomme, wenn ich ihn denken lasse, dass er mir etwas

Neues beibringt. Trotzdem werde ich wegen seiner faszinierenden Einsichten zu spät kommen.

Als ich endlich am Kindergarten ankomme, ist der Parkplatz voll, und ich muss Emmys Wagen mit gefühlten fünfzig Zügen in die letzte Parklücke zwängen, zwischen einem Minivan und einem Schuppen mit dem Schild: Achtung! Freilaufende Kinder!

Nervös und verschwitzt klingle ich am Eingang. Ein Aushang an der Tür informiert mich, dass diese Woche Kostüm-Freitag ist. Zum Glück geht Ted freitags nicht in den Kindergarten. Es fällt mir schon schwer zu entscheiden, was ich ihm an normalen Klamotten anziehen soll, da wäre ich mit der Auswahl eines Kostüms erst recht überfordert. Ich habe mir neulich keinen Gefallen getan, als ich seine Sachen mit denen der nächsten Größe durcheinandergebracht habe. Jetzt ist jeder Morgen ein Griff in den Glückstopf, und Mum sagt, sie wird vorbeikommen und die Sachen sortieren müssen.

Eine Erzieherin in einem gelben Happy-Chicks-T-Shirt öffnet mir.

»Hallo. Wen möchten Sie abholen?«

»Ted Lander.« Ich tue mein Bestes, um von der Hetzerei nicht zu keuchen.

»Und das Losungswort?«

Verdammt. »Ich kann mich nicht erinnern.« Ich trete zur Seite, um eine Schlange von Eltern und Kleinkindern vorbeizulassen.

Sie schaut panisch hinter sich. »Ich darf Sie ohne Losungswort nicht reinlassen. Tut mir sehr leid. Das ist meine erste Woche hier, und ich lerne die Eltern gerade erst kennen.«

Ich lächle verständnisvoll. Wenn es um Kinder und Sicherheit geht, ist Vorsicht besser als Nachsicht. Also kann ich nicht ungehalten werden, nur weil sie sich an die Vorschriften hält. Ich überlege fieberhaft, ob mir ein Losungswort genannt wurde. »Ich verstehe das vollkommen. Keine Sorge. Möchten Sie gehen und jemanden fragen? Die anderen werden mich kennen, da ich Ted heute Morgen hergebracht habe.«

Gerade als sie sich nach einer Kollegin umdreht, kommt eine, mit der ich mich am Morgen kurz unterhalten habe. Sie blickt zwischen uns beiden hin und her. »Alles in Ordnung, Lauren?«

Lauren deutet mit dem Kopf auf mich. »Teds Mum ist da, aber sie kann sich an das Losungswort nicht erinnern.«

Die Kollegin schaut mich betreten an und wird rot. Lauren kapiert sofort, dass sie die Situation missverstanden haben muss und tritt gleich ins nächste Fettnäpfchen. »Entschuldigen Sie, ich dachte – sind Sie seine Stiefmutter?«

Ich überlege, einfach Ja zu sagen, um das peinliche Gespräch zu beenden. Doch vielleicht werde ich ihr in den folgenden Wochen wieder begegnen, darum entscheide ich mich für die kurze, schmerzhafte Lösung. »Nein, ich bin Teds Tante, aber ich betreue ihn seit März, seit sein Dad tot ist. Seine Mum liegt noch im Krankenhaus.« Ich betrete zögernd den Flur, da ich die Sicherheitsprüfung bestanden habe.

»Oh mein Gott, das tut mir so leid.« Sie reißt die Augen auf, und ich sehe ihr an, wie peinlich ihr das ist und wie sehr sie sich wünscht, im Boden zu versinken. Ich möchte ihr die Situation erleichtern. Es gibt nichts Schlimmeres als den Schrecken, wenn man in ein Fettnäpfchen getreten ist. Ich erinnere mich noch, wie ich mal einen Sehtest durchstehen musste, nachdem ich die Optikerin gefragt hatte, ob sie weiß, was sie bekommt. Es war ein Junge, sagte sie, und sie wusste das, weil sie ihn vor dreizehn Monaten bekommen hatte. Das ist mir noch immer zutiefst peinlich.

Ich mache eine beruhigende Geste. »Ehrlich, ist schon gut – Sie konnten das nicht wissen. Außerdem sieht Ted seiner Mum sehr ähnlich, und ich sehe ihr auch ein bisschen ähnlich, daher lag die Vermutung nahe. Bitte, machen Sie sich keine Gedanken.«

Sie lächelt schwach, noch sichtlich verlegen. Das betretene Schweigen wird unterbrochen, weil ein blonder Lockenkopf aus dem Regenbogenraum angestürmt kommt: Ted, und gleich hinter ihm Natalie, seine Betreuerin. Natalie hat uns mit dem Eingewöhnungsplan geholfen.

»Schön, Sie zu sehen, Beth. Ted ist aufgesprungen und zur Tür gerannt und hat unterwegs die Eisenbahnschienen umgerannt. Das kam für mich überraschend.« Sie lacht und wird sofort ernst, als sie die betretene Stimmung bemerkt.

Ted schaut an mir vorbei zur Tür und strahlt. »Mummy ist hier!« Er schaut freudig erregt zu Natalie hoch.

»Oh, Ted. Ich …« Sie stockt und wartet darauf, dass ich etwas sage.

Ich gehe neben ihm in die Hocke. »Hey, Ted. Tante Beth ist gekommen, um dich abzuholen.« Ich halte ihm die Hand hin, aber er nimmt sie nicht. Er sieht weiter zur Tür.

»Meine Mummy ist hier«, sagt er mit zusammengezogenen Brauen. Seine Freude ist in Verwirrung umgeschlagen.

»Deine Mummy ist nicht hier, Ted«, sage ich.

Er ist still, seine Unterlippe zittert. »Teds Mummy ist hier«, wispert er.

Das hat er in dem Regenbogenraum gehört, als er mit der Eisenbahn spielte. Er hat nicht gesehen, wie sich das Missverständnis zwischen ein paar Erwachsenen im Flur ergab, sondern hörte nur, *Teds Mum ist hier,* und glaubte einen kurzen, wunderbaren Moment lang, Emmy sei wieder zu Hause. Er ließ alles stehen und liegen und rannte zu seiner Mummy, doch statt Emmy fand er mich vor. Er ist böse auf mich, das sehe ich. Ich bin nicht die, die er will.

Ich lege die Hände auf seine Schultern und ziehe ihn sanft zur Seite, weil wieder ein Schwarm Eltern und Kinder an uns vorbei will. Natalie, Lauren und die andere Kollegin stehen in ihren gelben T-Shirts da, sichtlich bestürzt über das Missgeschick. Alle Augen sind auf mich gerichtet, damit ich die Situation behebe, was ich natürlich nicht kann. Ted weint. Anders als bei den lauten Wutanfällen, die ich inzwischen von ihm kenne, weint er diesmal still, und das ist viel schrecklicher.

»Könnte jemand seine Tasche und seine Jacke holen, bitte?« Natalie eilt, um mir beides zu bringen. »Und vielleicht ein Papiertaschentuch?«, rufe ich ihr nach.

Ted läuft die Nase, und er wischt sie am Ärmel seines Dampflok-Pullovers ab. Ich breite die Arme aus, und er tritt mit hängendem Kopf und bebenden Schultern hinein. Als Natalie zurückkommt, stehe ich auf, lasse mir Teds Tasche und Jacke geben und nehme ihn auf den Arm. Es ist am besten, wenn wir sofort verschwinden.

»Sagst du noch Auf Wiedersehen, Kumpel?« Er antwortet nicht, sondern birgt das Gesicht an meiner Schulter. Ich gehe zur Tür, drehe mich aber noch mal zu den drei Erzieherinnen um, die uns nachschauen, mir aber nicht in die Augen sehen wollen. »Wir kommen am Dienstag wieder. Könnte mir jemand eine Nachricht mit dem Losungswort schicken oder schreiben, wie ich ein neues bekomme? Ich muss es auch seiner Grandma mitteilen …«

Das wird mir unter vielem Nicken versprochen, alle wollen vermeiden, dass solch eine Irritation noch einmal vorkommt.

Ich trage Ted zum Auto und schnalle ihn im Kindersitz an. Er hat aufgehört zu weinen und starrt geradeaus. Der Daumen steckt im Mund, der Zeigefinger streichelt die Nase.

»Willst du Mr Trunky haben, Ted? Ich glaube, er hat dich vermisst.« Ich nehme den Stoffelefanten vom Vordersitz und lasse ihn mit dem Rüssel über die Rückenlehne gucken. »Ich habe dich vermisst, Ted«, sage ich mit tiefer Stimme. Ted streckt die Arme aus und nimmt Mr Trunky mit tiefernstem Gesicht an sich.

Es hat angefangen zu regnen, und ich sehe einen Moment lang den Tropfen auf der Windschutzscheibe zu, dann schalte ich den Scheibenwischer ein und starte den Motor. Ich nehme eines der Taschentücher, die Natalie für Ted geholt hat, und putze mir die Nase. Bei einem Blick in den Rückspiegel wische ich mir die zerlaufene Mascara weg. Teds liebste CBeebies-CD schaltet sich ein, und ich lasse sie laufen, obwohl er sicher nicht mitsingen wird.

»Also los, Champ, fahren wir nach Hause.«

Nach Hause, denke ich, als ich über den Parkplatz fahre. Aber es ist nicht mein Zuhause, und Teds ist es auch nicht mehr, seit ihm seine Eltern fehlen.

11

Am späten Freitagnachmittag ruft Mum an und berichtet aufgeregt, dass Dr. Hargreaves sich wegen einer Neuigkeit gemeldet hat. Zwei Krankenschwestern haben beobachtet, wie sich Emmys rechter kleiner Finger bewegte. »Sie bewegt sich, Beth! Der Finger hat nicht gezuckt, sondern gewackelt, haben die Schwestern gesagt. *Gewackelt!*« Dr. Hargreaves hat Mum aber auch erklärt, wie wichtig es ist, dass wir unsere Freude noch dämpfen, aber natürlich freuen wir uns wie die Schneekönige und haben beschlossen, sofort alle zur Klinik zu fahren, um das Wunder mit eigenen Augen zu sehen.

Kurz darauf steht Dad schon mit dem Auto vor dem Haus, gerade als Polly von der Schule heimkommt. Sie saust herein, weil sie es eilig hat, sich umzuziehen, damit sie zu Rosie zum Übernachten gehen kann, aber sowie sie von dem Fingerwackeln hört, schreibt sie Rosie, dass sie später kommt, weil sie zuerst ihre Mum besuchen will. Ich schreibe Jory, dass ich etwas später in den Pub komme und ihn auf dem Laufenden halte.

Unterwegs, als wir das Dorf hinter uns lassen, sind wir so lebhaft wie schon lange nicht mehr.

»Das heißt nicht, dass es ihr bald besser geht«, sagt Dad. »Das ist uns allen klar, nicht wahr?«

»Ja, aber es ist doch ein gutes Zeichen, Jim?« Mum dreht sich zu ihm.

»Ein verdammt gutes Zeichen.« Dad hält ihr seine Hand hin, und sie drückt sie. »Wer will einen Song aussuchen?«

»Iiiiiich!« Ted reißt die Arme hoch und trifft mich beinahe im Gesicht. Er rasselt alle Songs herunter, die er kennt. Ich sitze zwischen ihm und Polly eingezwängt auf der Rückbank, und sogar Polly äußert einen Musikwunsch. Allerding muss ich sie bitten, einen anderen zu wählen, weil dieser von Verbrechen mit Schusswaffen, Drogen und Prostitution handelt.

Mum starrt verständnislos auf das Autoradio. »Wie kann ich die Songs abspielen, Jim?«

Dad zeigt auf das Handschuhfach. »Du musst Spotify einschalten. Da drinnen liegt ein Kabel.«

Mum sieht ihn neugierig an. »Woher kennst du dich mit Kabeln und Spotify aus?«

»Beth spielt manchmal Songs für mich ab, wenn wir die Fahrt zusammen machen. Alles über ihr Handy. Das ist wie Magie.« Er sieht mich über den Rückspiegel an. »Kannst du das mit der Setlist machen, Liebes.«

»Es heißt Playlist, wie ich dir jede Woche sage, aber okay.« Ich lasse mir das Kabel von Mum geben und drücke bei dem ersten von Ted genannten Song auf Play. Justin Fletcher, den

Ted gern im Fernsehen sieht, singt zur Melodie von *Macarena* über Hamburger und Cheeseburger. Einen schlimmeren Song habe ich zwar noch nie gehört, aber ich singe mit.

Dad lässt uns vor dem Eingang aussteigen, damit wir schneller bei Emmy sein können, und sucht sich dann einen Parkplatz. Wir rasen auf die Station, und sobald wir uns beschwingt und lächelnd der Schwesternstation nähern, wird klar, dass sich die freudige Erregung des Pflegepersonals in Grenzen hält. Sofie, eine der beiden, die Emmys Fingerbewegung beobachtet hat, kommt heraus, um mit uns zu sprechen, und beeilt sich, weil sie ihre Pause antreten möchte, die zweifellos längst überfällig ist.

»Was für eine Bewegung war es, meine Liebe? Können Sie es uns vormachen?« Mum starrt auf ihren kleinen Finger.

»Äh, ja sicher.« Sie hält die Hand ruhig vor sich, hebt kurz den kleinen Finger an und senkt ihn ab, als tippte sie auf eine Laptoptaste.

»Und das hat außer Ihnen noch jemand gesehen?«

»Ja. Janine, und zwar kurz nach mir.«

»Unglaublich«, sagt Mum. »Eine wunderbare Neuigkeit. Wir können es kaum glauben!«

Sofie lächelt, aber verhalten, und blickt Mum besorgt an. Ich sehe ihr an, was sie denkt: *Keine vorschnellen Schlüsse. Das war nur eine Fingerbewegung. Bitte freuen sich nicht zu früh.*

Mum geht zuerst mit Ted zu Emmy, während ich und Polly im Flur auf den Stühlen vor dem Besprechungsraum warten. Verglichen mit ihrer Stimmung bei unserem Singalong im

Auto ist Polly jetzt gedämpft. Sie sagt es zwar nicht, aber sie hat die Reaktion der Schwester auf unsere Freude begriffen. Ich bin froh, als Dad zu uns stößt, obwohl ich ihn auf dem Gang zu jemandem sagen höre: »Fantastische Neuigkeit, das mit dem Fingerwackeln, hm?«

Als Ted herauskommt, verkündet er seufzend, dass seine Mummy wieder tief schläft und nicht mehr wackelt.

»Es war nur ein Finger, der sich bewegt hat«, erklärt ihm seine Grandma. »Und zwei Krankenschwestern haben es gesehen, also wissen wir, dass es tatsächlich passiert ist. Das ist eine gute Entwicklung.«

»Wackel-wackel.« Ted krümmt und streckt den Finger, wie sich eine Raupe fortbewegt, und lacht. »Du auch, Tante Beth.«

»Wackel-wackel.« Ich mache es mit dem Zeigefinger nach, worauf er ihn mit der Fingerspitze anstupst. Als Polly und ich zu Emmys Glaskabine gehen, höre ich ihn mit Mum böse werden, weil seine Raupe jetzt niemanden zum Spielen hat. Mum spricht gerade in ernstem Ton mit Dad und kann sich mit seinen Raupensorgen nicht befassen.

Obwohl uns niemand Grund gegeben hat, etwas anderes zu erwarten, bin ich enttäuscht, Emmy genau so vorzufinden wie vor zwei Tagen und bei jedem Besuch davor. Es ist erstaunlich, wie sehr die Ausstrahlung einer Person auf ihrer Gestik und Mimik basiert. Meine Schwester schiebt die Zungenspitze hervor, wenn sie sich konzentriert. Zum Beispiel, wenn sie etwas mit der Schere ausschneidet oder einen Riss an Mr Trunky näht. Sie schiebt sich ständig die Haare hinter die Ohren, und wenn sie verlegen ist, lacht sie ein bisschen zu laut. Die Emmy in dem Klinikbett tut nichts dergleichen.

Polly und ich setzen uns jeder an eine Seite des Bettes. Als ich Emmys Hand nehme, halte ich den Atem an und traue mich einen Moment lang zu hoffen, dass sie für mich mit dem Finger wackelt. Polly küsst sie auf die Wange. Dann lehnen wir uns im Stuhl an und achten unauffällig, aber gespannt darauf, ob sich etwas an ihr bewegt. Dr. Hargreaves hat betont, wie wichtig es ist, mit Komapatienten zu sprechen, aber Polly macht nicht den Eindruck, als hätte sie ihr viel zu sagen. Also bleibt es mir überlassen, das Schweigen zu brechen. Seit neustem erzähle ich ihr bei den Besuchen zuerst die erfreulichen Neuigkeiten, dann die weniger erfreulichen und dann den normalen Alltagskram. Das gibt mir das Gefühl, etwas zu tun.

»Die gute Nachricht für heute – abgesehen von der, dass du mit dem Finger wackelst, was wir übrigens liebend gern sehen würden, aber wir wollen nicht drängen –, die gute Nachricht ist, dass deine Magnolie prächtig blüht. Das ist ein Zitat von Albert, der sie bewundert hat, als wir uns gestern am Gartenzaun unterhielten. Ich wusste natürlich nicht mal, dass das eine Magnolie ist, aber ich dachte, du freust dich über ihre Pracht, und ich konnte wenigstens Alberts typische Ausdrucksweise wiederholen. Hast du deiner Mum auch etwas Schönes mitzuteilen, Pol?«

Sie zuckt die Achseln, aber als ich mit dem Kopf auf Emmy deute, sagt sie: »Ich gehe wieder zum Unterricht.«

Ich warte auf mehr. »Und … wie war es?«

»Gut.«

Na klar. »Tja, die schlechte Neuigkeit ist wohl, dass Mary vom Frauenverein uns schon wieder eine gigantische Ladung Leber mit Zwiebeln gebracht hat, nachdem die erste im Müll gelandet ist. Ich hatte gehofft, das war eine einmalige Essensspende, aber als ich sie in der Post sah, fragte sie, ob es uns geschmeckt hat, und weil ich mich unter Druck fühlte, sagte ich, es war wirklich lecker. Aus der Sache kommen wir nur raus, wenn wir alle sofort Vegetarier werden.« Ich kichere über meinen Witz und verstumme, als ich Pollys Tränen sehe. »Hey, was hast du? Ich werde dich nicht zwingen, sie zu essen, versprochen. Obwohl sie wahrscheinlich besser schmeckt als alles, was ich koche.«

»Kann ich einen Moment mit Mum reden?« Polly schnieft und schaut auf ihre Hand. »Allein?«

»Oh. Ja. Natürlich. Äh, gut … ich warte draußen.« Ich gebe Emmy einen Kuss auf den Kopf, dann ziehe ich mich zurück und schließe die Tür. Dr. Hargreaves ist gerade bei Mum, Dad und Ted vor dem Besprechungszimmer. Von Freude ist nichts mehr zu sehen.

»Hey.« Ich nicke der Ärztin zu und sehe, dass Mum hinter mich schaut. »Polly möchte mal mit ihrer Mum allein sein. Was gibt es Neues? Wir haben uns zu früh gefreut, nicht wahr?«

Dr. Hargreaves lächelt mitfühlend. »Ja und nein. Ich erzählte gerade, dass sich das ganze Team über die Fingerbewegung gefreut hat. Das ist eine kleine, aber signifikante Entwicklung, und deshalb haben wir Sie eigens angerufen.«

»Es gibt ein Aber, nicht wahr?«

Sie breitet die Hände aus. »Wir wollen keinen falschen Eindruck erwecken. Wenn Patienten aus dem Koma aufwachen, dann läuft das selten so ab, wie man es aus Filmen kennt, wo zuerst die Hände zucken, dann der Patient die Augen öffnet und seine Lieben erkennt, die an seinem Bett sitzen. Möglicherweise wird Emmy erst noch viele Male mit dem Finger wackeln, jedes Mal ein wenig stärker, so dass wir eine konstante Verbesserung haben. In vielen Fällen kommt es aber auch zu Rückschlägen. Und in diesem Fall verhält es sich so, dass Emmy noch nicht auf Reize reagiert. Wir haben schon über die Glasgow-Skala gesprochen, und um von einer Verbesserung zu sprechen, müssten wir klare Anzeichen für willkürliche Bewegungen sehen, etwa als Reaktion auf eine Anweisung.«

»Sie klangen am Telefon so positiv, Doktor. Daran habe ich mich wohl geklammert.« Mum lässt sichtlich enttäuscht die Schultern hängen.

»Ich verstehe. Glauben Sie mir, es sind diese Hoffnungsschimmer, die auch uns in Schwung halten, und durch die Fingerbewegung sind wir optimistisch. Wir müssen aber immer ehrlich darauf hinweisen, wie schwierig die Genesung ist, die sich vielleicht einstellt oder auch nicht.«

Nachdem die Ärztin gegangen ist, klagt Ted, dass er Durst hat, und ich greife nach meiner Tasche, bevor mir einfällt, dass ich seine Safttüte im Auto gelassen habe.

»Ich gehe sie holen.« Mum steht auf, aber ich sehe sie dabei zusammenzucken und fasse ihr an den Arm, um sie aufzuhalten.

»Mum, was hast du? Was ist los?«

»Nichts ist los, Liebes. Nur meine vertrackten Gelenke, wie immer.« Sie hält ihr Handgelenk auf seltsame Art, und ich sehe Dad an, der unauffällig den Kopf schüttelt, damit ich kein Aufhebens darum mache.

»Gut, dann bleib du sitzen, und ich gehe mit Ted nach unten und kaufe ihm etwas zu trinken. Komm mit, Champ.« Ted lässt sich das nicht zweimal sagen und hüpft vor mir her den Flur hinunter und bis nach unten in den Laden neben dem Haupteingang, wo ich ein Saftpäckchen für ihn und eine Dose Cola für mich kaufe. Wir nehmen sie mit nach draußen, und da keine Bank frei ist, setzen wir uns auf den Rasen.

»Ist Polly größer als ich?« Ted wartet darauf, dass ich den Strohhalm in sein Trinkpäckchen stecke.

»Ja, Polly ist größer als du. Bitte sehr, mit beiden Händen halten und nicht drücken.«

»Warum ist sie größer?«

»Weil sie älter ist als du.«

»Warum?« Er schiebt die Unterlippe vor.

»Warum sie älter ist? Nun, weil sie als Erste geboren wurde. Mit beiden Händen, Ted.«

»Das ist unfair!« Vor Wut drückt er das Trinkpäckchen, und der Saft spritzt über sein T-Shirt. Er fängt an zu weinen, weil es jetzt nass ist und weil er es unfair findet, dass Polly älter ist. Bis Mum, Dad und Polly zu uns kommen, habe ich es gerade geschafft, ihn zu beruhigen.

»Was ist los?« Mum schaut zwischen uns hin und her.

»Ted ist ein bisschen sauer, weil er nicht als Erster geboren wurde.« Ich nehme den geleerten Saftbehälter und meine Coladose vom Rasen. »Die übliche Ungerechtigkeit.«

Auf dem Weg zum Auto gesellt sich Polly zu Dad. »Kannst du mich am Freizeitzentrum absetzen, Grandad? Ich treffe mich da mit Rosie und Michaela, bevor wir zu Rosie gehen.«

»Aber gerne.« Er legt einen Arm um sie. »Ich kann euch auch alle zu Rosie bringen, wenn ihr wollt.«

»Nein, ist schon okay. Rosies Mum holt uns ab, das haben wir schon verabredet. Aber danke.« Sie nimmt ihr Handy aus der Tasche und steckt sich die Ohrhörer rein.

Dad lässt den Motor an. »Es hat sich trotzdem gelohnt, herzukommen, nicht wahr? Jeder Besuch lohnt sich. Es geht voran für unser Mädchen.«

Mum und ich sagen dazu nichts. Ted quengelt, weil er den Song noch mal hören möchte, und ich starte die Playlist. Nachdem er eingeschlafen ist, schaltet Mum das Radio aus, und ich starre aus dem Fenster und denke, die Stimmung bei der Rückfahrt wäre ganz anders, wenn wir das Fingerwackeln auch gesehen hätten.

12

Im Pub ist es voll, und der fröhliche Stimmenlärm, von dem ich dachte, dass er mich nerven würde, lenkt mich auf angenehme Art von meinen sorgenvollen Gedanken ab. Jory spielt mit einem Bierdeckel herum und dreht stirnrunzelnd den Kopf zu mir. »Aber sie sind optimistisch? Ärzte wählen solche Wörter nicht leichtfertig, hm?«

»Nein. Keine Ahnung. Wahrscheinlich nicht.« Ein paar Dreißigjährige gehen an unserem Tisch vorbei, und Jory nickt einem von ihnen zu. Ich neige den Kopf zur Seite und sehe ihn fragend an. »George Barratt«, sagt er lachend. »Chemielehrer. Du bist *so* neugierig, weißt du das?«

»Ich möchte nur gern wissen, wen du grüßt, das ist alles. Wenn du mich deshalb neugierig findest, will ich überhaupt nicht unneugierig sein. Das Wort gibt es nicht, oder?«

»Nein, da sagt man wohl, jemand kümmert sich um seinen eigenen Kram. Die Frau hinter George ist Danni Parsons. Erinnerst du dich an sie? Sie war in unserem Jahrgang.«

»Das kann unmöglich Danni sein.« Ich recke den Kopf, um sie besser zu sehen, als sich die Gruppe an einen Tisch setzt. »Doch, sie ist es. Ich habe mal mit ihrem Bruder rumgemacht bei einer Party im Rugbyclub.«

»War ja klar.«

Ich rolle die Augen. »Man konnte praktisch nichts anderes tun. Das waren furchtbar öde Partys, aber wir waren immer total heiß darauf, nicht wahr? Ich habe stundenlang überlegt, was ich anziehe, wie ich die Haare tragen will, wer von uns alt genug aussieht, damit er am Ausschank bedient wird und wir uns besaufen können.«

Jory nickt. »Deshalb waren wir wahrscheinlich heiß auf die Partys. Deine Schwester kaufte uns zwei Bacardi Breezer, und dann sollten wir gefälligst Leine ziehen, weißt du noch?«

»Und ob.« Die Erinnerung an meine Schwester in einer rosa Lederjacke (die definitiv nicht aus echtem Leder war) und wie sie immer tat, als würde sie mich nicht kennen, bringt mich zum Lachen. »Wir haben uns eigentlich nie richtig verzogen.« Ich fahre mit der Fingerspitze den Rand meines Weinglases entlang. »Wir sind heute Nachmittag wie die Idioten auf die Station gerannt, Jor. Wir haben uns wahnsinnig gefreut.«

»Ihr seid keine Idioten. Jeder hätte sich gefreut – ihr hattet allen Grund dazu. Mach dich nicht runter, weil du hoffst.« Er trinkt sein Bier aus und deutet auf mein Glas. »Noch mal das Gleiche?«

»Ja, warum nicht?«

Während er an der Theke auf unsere Getränke wartet, schaut er auf sein Handy. Das hat er schon getan, als ich die vorige Runde holte. Ich sah ihn lächelnd tippen. Als er meinen Wein vor mir abstellt, blicke ich zu ihm hoch, und anscheinend wirke ich wieder neugierig, dann er zieht die Brauen zusammen. »Was?«

»Nichts.« Ich trinke einen großen Schluck und genieße die leichte Verschwommenheit, die sich bei mir einstellt. Es ist, als sähe ich den Pub und die Leute durch eine verschmierte Brille. »Wem hast du geschrieben?«

Er schiebt sein Handy zur Seite. »Oh, das war Sadie. Sie hatte mich etwas gefragt.«

Seit ich sein Lehrerzimmer-Pausenbrot-Date mitbekommen habe, hat er kaum über Sadie gesprochen, aber ich weiß, dass sie sich inzwischen zweimal getroffen haben. »Wie läuft es denn mit euch beiden?«

»Na ja, es ist schön. Sie ist unglaublich. Du würdest sie mögen.«

Unglaublich. Ich nicke. »Bestimmt.«

Jory zieht eine Braue hoch.

»Was denn?«

»Ich weiß nun mal, dass Frauenfreundschaften meist außerhalb deiner Komfortzone liegen.«

»Nicht dass ich es nicht probiert hätte, das weißt du, also kannst du die Augenbraue wieder senken.« Ich habe es wirklich versucht, aber es endete immer gleich. Ich fühlte mich unbehaglich, sagte die falschen Dinge und konnte mich nie richtig einfügen. Was ich an Freunden brauche, habe ich in meiner Schwester und Jory. Aber ihm zuliebe werde ich mich nicht querlegen, sondern mir bei Sadie Mühe geben. »Wenn du sie magst, dann ich bestimmt auch. Und? Werdet ihr es demnächst offiziell machen? Das junge Traumpaar im Lehrerzimmer?«

Er sieht mich zerknirscht an. »Das haben wir schon.«

»Oh. Wow!« Meine Stimme klettert eine Oktave höher, als wäre ich superaufgeregt, obwohl ich das nicht bin. »Das ist schön. Gratuliere.«

Jorys Hals ist rot geworden. »Danke. Ich wollte es dir lieber persönlich sagen, anstatt es zu schreiben. Ich habe sie gefragt, ob sie … du weißt schon … meine Freundin sein will. Am Mittwoch.«

Seine Freundin sein will. Jory hat eine Freundin. Kam das plötzlich? Ich habe den Eindruck. Aber das ist schön für ihn. Ich lächle, dann trinke ich noch einen großen Schluck Wein. »Na, ich freue mich für dich. Es wurde aber auch Zeit, dass dich mal eine wegschnappt. Meine Mum sagt das seit Jahren.«

Er lächelt. »Ich mag deine Mum.«

»Sie mag dich auch.«

Er räuspert sich. »Es würde mir viel bedeuten, wenn ihr beide gut miteinander auskommt. Ich rede viel über dich, da hat sie wahrscheinlich schon das Gefühl, dich zu kennen.« Ich recke beide Daumen, und er lacht. »Es macht Spaß mit ihr, ehrlich.«

»Okay.« Da jetzt klar ist, dass es mit ihr ehrlich Spaß macht und sie unglaublich ist, kann ich definitiv nicht mehr ablehnen.

»Gut.« Jory lehnt sich zurück und gibt einen langen Atemstoß von sich, als hätte er sich lange dafür gewappnet, mir die

Neuigkeit beizubringen, und fühlte sich jetzt leichter. Ich fühle mich auch leichter, aber auf andere Art, so als hätte ich mich von meinem Körper gelöst und hörte meinem besten Freund zu, wie er über seine neue Freundin plaudert, ohne dass ich wirklich dabei bin. So ist das wahrscheinlich, wenn man drei große Gläser Sauvignon getrunken hat.

Jory bringt mich nach Hause, obwohl ich ihm versichere, dass das nicht nötig ist, da man Emmys und Dougs Haus vom Pub aus praktisch schon sehen kann. Es ist stockdunkel draußen, und er schaltet seine Handy-Taschenlampe ein. Als wir am Park entlang über den Rasenstreifen gehen, stolpere ich, und er fängt mich ab. »Vorsicht.«

»Das Gras ist schon rutschig vom Tau, was?«

»Hmhm.«

Ich kann sein Gesicht nicht erkennen, höre aber, dass er lächelt. Ich greife nach seiner Hand, wie immer, wenn er mich nachts nach Hause begleitet, aber diesmal zieht er sie weg und hakt sich stattdessen bei mir unter.

»Oh, verstehe. So ist das jetzt also?« Ich schlage einen unbeschwerten Ton an und klinge trotzdem gekränkt.

»Beth …«

»War nur Spaß. Natürlich willst du mit mir nicht mehr Händchen halten, nachdem du dich an der Händchenhalten-Front verbessert hast.« Da spricht der Alkohol aus mir. Zum Glück sind es bis zu Emmys Haustür nur noch ein paar Schritte.

»Es ist nur … wenn uns jemand sieht …« Jory seufzt. »Andere Leute verstehen oft nicht, was dich und mich verbindet. Du weißt, wie die Leute sind. Und wenn Sadie oder jemand, den sie kennt, uns Hand in Hand gehen sieht, dann entsteht vielleicht der Eindruck, wir wären mehr als Freunde, und das wäre ihr gegenüber nicht fair.«

»Aber wir sind nicht mehr als Freunde«, erwidere ich und angle in der Tasche nach dem Schlüssel. »Willst du noch einen Absacker trinken? Im Barschrank steht eine Flasche Whiskey. Gott weiß, wieso. Ich habe Doug noch nie welchen trinken sehen.«

»Nein. Ich sollte besser gehen.«

»Oh. Okey-dokey. Du bist jetzt nicht komisch, weil ich deine Hand halten wollte, oder?« Ich schließe die Haustür auf. »Brauchst du nicht zu sein, Jor. Sadie hat nichts zu befürchten. Ich bin für dich wie eine Schwester, weißt du noch?«

»Du bist jedenfalls anstrengend wie eine Schwester. Wirst du klarkommen so allein im Haus? Ich fühle mich ein bisschen schuldig, dich allein zu lassen.«

»Ich werde klarkommen. Jetzt hau ab.«

»Okay.« Er haucht mir ein Küsschen auf die Wange. »Dann gute Nacht.«

»Du könntest aber auch bleiben, und wir machen noch mal den Winter …«

»Gute Nacht, Beth«, sagt er schnell, und im Schein der Haustürlampe sehe ich sein Kopfschütteln.

»War ein Scherz«, rufe ich ihm nach. »Weißt du noch, was das ist?«

»Geh schlafen«, ruft er, und das tue ich.

Gegen zehn am folgenden Morgen bin ich mir nicht sicher, was ich mit mir anfangen soll. Polly ist noch bei Rosie, und Ted hätte eigentlich schon da sein sollen, aber Mum hat mir geschrieben, dass sie mit ihm am Kanal spazieren gehen und ihn später bringen wird. Sie schickt ein PS hinterher, dass sie neuen Badreiniger unter die Spüle gestellt hat, was so viel heißt wie: Du musst das Bad putzen. Aus reiner Langeweile tue ich es sogar. Ich fotografiere das Bad, suche ein paar Putz-Emojis heraus und schreibe an Jory: *Bin froh, dass wir nicht zum Whiskey übergegangen sind. So sieht mein Vormittag aus! (Befehl von Mum!) Glückwunsch noch mal, freue mich für euch.* Ich lösche »euch« und schreibe »dich«, weil ich Sadie nicht kenne und es ein bisschen schräg wäre, mich auch für sie zu freuen. Oder vielleicht auch nicht? Aber ich kann es nicht mehr ändern, weil ich schon auf Senden getippt habe.

Als das Bad sauber ist – jedenfalls in meinen Augen, nicht nach Mums Maßstäben –, räume ich schnell Teds Zimmer auf. Ich höre es klopfen und beuge mich aus seinem Fenster. Polly steht mit ihrer Übernachtungstasche vor der Haustür. Sie schaut zu mir herauf und beschirmt sich die Augen, weil die Sonne übers Dach scheint. »Bin in zwei Sekunden bei dir, okay?«, rufe ich, bekomme aber keine Reaktion.

Sie wird nicht gesprächiger, nachdem ich sie hereingelassen habe. Als sie ihre Tasche am Fuß der Treppe fallen lässt, sehe ich ihr aufmerksamer ins Gesicht. Todmüde wäre noch untertrieben. »Oh, Pol, du siehst völlig fertig aus. Auf die Gefahr hin, wie deine Nan zu klingen: Hast du heute Nacht überhaupt ein Auge zugetan?«

»Kaum.« Sie hat dunkle Schatten unter den Augen und sieht fast grau aus. Am Ende ihrer ersten Schulwoche eine Nacht durchzumachen, und das zu all den Belastungen, ist wohl ein bisschen zu viel für sie. Ich folge ihr ins Wohnzimmer.

»Möchtest du etwas trinken?«

»Haben wir Chicken Nuggets?«

»Chicken Nuggets?« Ich lache und sehe auf die Uhr. »Es ist erst elf.«

»Ich habe nicht gefrühstückt.«

»Oh. Hast du bei Rosies Eltern nichts bekommen?« Ich bin mir sicher, Emmy hätte einen Riesenaufwand betrieben, wenn Pollys Freundinnen bei ihnen übernachtet hätten.

»Da hatte ich keinen Hunger.«

»Aber jetzt willst du Chicken Nuggets.«

»Ich sterbe vor Hunger.«

»Meinetwegen. Willst du Pommes Frites oder Baked Beans oder was anderes dazu oder willst du sie pur?« Sie hat zu mir noch nie gesagt, dass sie vor Hunger stirbt, also lasse ich mich darauf ein.

»Nur Chicken Nuggets. Und Ketchup.« Sie wirft sich auf das Sofa und scrollt durch ihr Handy.

»War es denn schön bei Rosie?«

»Nicht übel.«

Mehr werde ich nicht erfahren, und deshalb schalte ich das Radio ein und räume die Spülmaschine aus, während die Nuggets im Backofen heiß werden. Ich habe auch für mich eine Portion aufs Blech geschüttet, und nachdem sie fertig sind, essen wir sie auf dem Sofa, jeder mit einer Schüssel auf dem Schoß und der Ketchup-Flasche zwischen uns. Polly schlingt ihre hinunter, als hätte sie tagelang nichts gegessen, sie inhaliert sie praktisch. Sie mag zwar schweigsam und übernächtigt sein, aber da sie ihren Appetit wiedergefunden hat, war die Übernachtung bei Rosie wohl genau das Richtige.

JUNI

13

»Morgen, Albert!«, sage ich noch mal ein bisschen lauter, weil er mich beim ersten Mal nicht gehört hat.

Mit der Rosenschere in der Hand stemmt er sich langsam aus dem Kniestand hoch und winkt Ted und mir über die Vorgartenhecke zu.

»Hallo, meine Liebe. Schöner Tag heute«, ruft er. »Habt ihr beide etwas Schönes vor?«

Bei seiner Lautstärke zucke ich zusammen. »Wir wollen nur in den Park. Und danach habe ich Ted Schokoladentaler versprochen.« Ted zieht an meiner Hand, damit wir uns auf den Weg machen.

»Ausgezeichnet. Denken Sie daran: Morgen wird die Recyclingtonne geleert.«

»Mach ich«, sage ich und hätte es tatsächlich vergessen.

»Um diese Jahreszeit kommt die Müllabfuhr früh, also stellen Sie die Tonne am besten heute Abend noch raus, wenn Sie können. Und ich hoffe, Sie finden mich nicht aufdringlich, aber ich habe den schwarzen Sack, den sie letzte Woche auf dem Bürgersteig gelassen haben, in meine Tonne gepackt.«

Ich schüttle den Kopf. »Das brauchen Sie nicht für mich zu tun, Albert, nur weil mein Müllmanagement miserabel ist. Ich vergesse es leider ständig. Aber vielen Dank.« Es beschämt mich, dass er meinen prall gefüllten Müllsack bei Dunkelheit in seine Tonne gestopft hat.

»Nun ja, die Leute von Nummer fünf haben eine Katze, die die Säcke bei jeder Gelegenheit aufreißt, und Sie wissen es vielleicht nicht, aber ...« Er zögert, als hätte er vielleicht schon zu viel gesagt.

»Was weiß ich nicht?«, frage ich und flüstere Ted zu, dass wir in einer Minute gehen können.

»Als Ihre Tonne zuletzt voll war, ist der Sack, der daneben lag, aufgerissen worden – vermutlich war es die Katze von Nummer fünf, aber gesehen habe ich das nicht. Ein Hähnchengerippe und anderer Müll lagen auf der Straße verteilt. Fotos davon sind auf der Dorf-Facebook-Seite aufgetaucht.«

Na großartig. Jetzt schäme ich mich noch mehr, zum einen wegen der Müllgeschichte und zum anderen, weil Emmys achtzigjähriger Nachbar über die Facebook-Dramen des Dorfes informiert ist, ich dagegen nicht. Ich bin verblüfft, weil meine Mutter das gar nicht angesprochen hat, nachdem ich wieder Schande über die Familie gebracht habe. Wenn sich unsere Familie für etwas schämen muss, dann ist das immer meine Schuld.

»Ich habe mich dazu bekannt«, sagt er.

»Moment. Was? Wieso?«

»Auf Facebook. Als ich im Senioren-Café war und die mir die Fotos gezeigt haben. Ich habe eine Nachricht dazu geschrieben – Sie wissen schon, man kann unter einem Bild was schreiben?«

»Einen Kommentar«, sagte ich.

»Genau. Ich habe in dem Kommentar geschrieben, dass das mein Müllsack war und dass es mir leid tut, aber ich hätte ihn nicht heben können, weil ich ein Problem mit der Schulter habe. Ich wollte nicht, dass Sie Ärger bekommen. Ich dachte, Sie haben schon genug um die Ohren. Die Dörfler haben ihre Mistgabeln wieder weggestellt, als sie begriffen, dass es ein seniler alter Mann gewesen ist.«

»Albert, das ist unheimlich nett von Ihnen.« Es geht zwar nur um einen Müllsack, aber ich bin gerührt, weil er den Kopf für mich hingehalten und mir eine Standpauke von meiner Mum erspart hat. »Und Sie sind bestimmt kein seniler alter Mann.«

»Sind Sie hundert?«, fragt Ted. Das kommt völlig überraschend.

»Ted!«, sage ich, aber es bringt mich zum Lachen.

»Noch nicht ganz, nein. Ich bin dreiundachtzig«, sagt Albert.

»Und danach bist du storben?«, fragt Ted.

Ich schlage mir die Hände vors Gesicht. »Es tut mir furchtbar leid«, sage ich, doch Albert lacht inzwischen auch.

»Ich weiß es nicht, aber vielleicht«, antwortet er.

»Wollen wir jetzt zum Park gehen? Lassen wir den armen Albert in Ruhe.« Ich lenke Ted auf den Gartenweg zum Bürgersteig.

»Wir gehen aufs Karussell«, sagt er. Wir, das sind er und

Mr Trunky und Mousey, die Maus, die ich für ihn einpacken musste.

»Viel Spaß«, ruft Albert.

Am Ende der Straße gehen wir bei der Bushaltestelle auf die andere Seite und steigen hoch zur Grünanlage. Ted lässt meine Hand los und rennt so schnell ihn seine Beine tragen zum Spielplatz, der von einem Lattenzaun umgeben ist. Das Karussell und die Schaukeln sind im Lauf der Jahre erneuert worden, aber die Rutsche ist noch dieselbe wie damals, als Emmy und ich noch klein waren. Die Rutschbahn besteht aus blankem Metall, das im Sommer an den Beinen brennt und einen bei Regen am Ende in den Sand katapultiert. Es wundert mich, dass sie die modernen Sicherheitsprüfungen überstanden hat und uns erhalten geblieben ist.

»Ich bin schneller als du!« Er zieht das Törchen auf und rast auf den Spielplatz. Unfit wie ich derzeit bin, werde ich ihn sicher nicht einholen und brauche nicht mal so zu tun, als hätte er mich besiegt. Ich laufe hinterher und schnaufe heftig, als ich bei ihm ankomme.

»Du hast gewonnen«, sage ich. »Du bist einfach zu schnell für mich!«

Er kichert, und ich hebe ihn in die Schaukel.

»Mach die Rakete!«, ruft er und zappelt aufgeregt. Die Rakete ist auch eine von Dougs Erfindungen. Dazu muss man die Schaukel mit Ted möglichst weit nach hinten ziehen und dann den Countdown zählen, um bei null loszulassen. Wie meine Gutenachtgeschichte und meine Käsesaucentoaststreifen war auch meine Rakete anfangs unterdurchschnittlich, aber inzwischen habe ich den Bogen raus.

Er schaut mich erwartungsvoll an. Ich greife die Schaukel und ziehe ihn damit hoch. »Bist du bereit? Okay. Drei, zwei, eins – Start!« Ich lasse los, und sein freudiges Gesicht zu sehen, als die Schaukel zu mir zurückschwingt, bringt mich zum Lächeln. »Willst du deine Stofftiere bei dir haben?«

Er nickt, und ich ziehe Mr Trunky und Mousey aus der Tasche und stopfe sie zu ihm in die Schaukel. Dann sehe ich einen verpassten Anruf mit einer unbekannten Nummer. Ich war immer stolz darauf, wie gut ich verpasste Anrufe ignorieren kann, und habe mich auf den Standpunkt zurückgezogen, dass derjenige wieder anruft, wenn es wirklich wichtig ist. Doch seit dem Tag des Unfalls wird mir mulmig, sobald ich sehe, dass mir ein Anruf oder eine Nachricht entgangen ist, und ich bin erst beruhigt, wenn ich weiß, worum es geht. Es wurde weder eine Sprach- noch eine Textnachricht hinterlassen. Ich rufe zurück und stelle mich hinter die Schaukel, damit ich Ted beim Telefonieren weiter anstoßen kann.

Eine Frau meldet sich. »Sind Sie Beth? Hier ist Suzie.« Sie hält inne. »Rosies Mum.«

»Oh, hallo. Wie geht es Ihnen?« Ich atme auf, weil der Anruf nicht vom Krankenhaus kam, und wundere mich gleichzeitig, warum manche Leute lieber anrufen, als eine Textnachricht zu schicken.

»Ja, ganz gut. Ehrlich gesagt bin ich wegen Rosie ein bisschen genervt und dachte, ich rufe Sie an, weil sie mit Polly wahrscheinlich dasselbe durchmachen.«

»Dasselbe?« Ich habe keine Ahnung, wovon sie spricht, es sei denn, sie meint, dass sich die Mädchen ständig auf ihr Zimmer verziehen und mürrisch sind.

»Seit wir von der Schule wegen dieser Party benachrichtigt wurden, mache ich mir ständig Gedanken. Ich wollte nur mal hören, was Sie darüber herausgefunden haben. Damit wir uns ein bisschen austauschen können.«

Schule, Party? Ich bin so verwirrt, als hätte sie sich verwählt und das noch nicht bemerkt. Ted quengelt, dass ich ihn nicht hoch genug fliegen lasse, und ich stoße ihn fester an.

»Entschuldigen Sie, ich bin ich bisschen verwirrt. Oder vielmehr völlig verwirrt. Was für eine Party war das? Heißt das, die Mädchen waren auf der Party? Wann?«

»Oh Gott, Beth, es tut mir leid, ich dachte, Sie wüssten Bescheid. Das war letzten Freitag.«

»Aber da haben sie doch bei Ihnen übernachtet.« Ich bekomme ein flaues Gefühl im Magen.

»Nein, nicht bei uns, sondern bei Michaela.«

»Okay, jetzt weiß ich gar nichts mehr. Polly hat gesagt, dass sie bei Ihnen übernachtet.«

»Ich weiß. Und Rosie hat mir gesagt, dass sie bei Michaela übernachten, und das stimmte, aber Michaelas Eltern waren nicht zu Hause. Michaela hat wiederum ihrer Mutter gesagt, dass sie bei Ihnen übernachtet. Also hat jede gelogen.« Suzy seufzt.

Ted streckt die Arme hoch, damit ich ihn aus der Schaukel hebe. Ich tue es und folge ihm zum Karussell. »Ich kann es kaum glauben.« Ich denke an das Gespräch mit Polly zurück, als wir die Übernachtung abgesprochen haben, und wundere mich noch mehr. »Aber ich habe Ihnen wegen des Übernachtens geschrieben, und Sie haben mir geantwortet. Ich habe die Nachricht noch.« Ich nehme das Handy vom Ohr und blättere in meinen Kontakten, bis ich Rosies Mum finde. »Die Nummer endet auf 265?«

»Das ist Rosies Nummer.«

»Wow. Und was ist«, ich stocke, unsicher, ob ich es wirklich wissen will, »auf der Party passiert? Wie hat die Schule davon erfahren?«

»Da waren viele aus der Oberstufe. Nachbarn haben wegen des Lärms die Polizei verständigt.« Suzie klingt bestürzt. »Die Kinder haben getrunken.«

»Herrgott!« Ich denke an Samstag zurück, als Polly nach Hause kam. Ich habe mir ihre Blässe mit der Übermüdung erklärt. An einen Exzess mit Wodka oder damit, was die Vierzehnjährigen heute trinken, habe ich nicht gedacht. Falls es sich tatsächlich nur um Alkohol handelt. Als ich vierzehn war, haben wir uns immer nur betrunken, aber die Teenies heutzutage tun anscheinend alles früher, exzessiver, schneller. Ich möchte es mir gar nicht ausmalen. »Was werden Sie tun? Mit Rosie, meine ich.«

»Ich habe sofort ihr Handy beschlagnahmt, weil das die schlimmste Strafe ist, die mir einfiel. Sie hat sich aufgeregt, als hätte ich ihr die Atemluft genommen.«

Ich muss trotz allem lachen. »Für sie ist das sicher dasselbe, aber ich werde mir für Polly auch etwas ausdenken müssen, damit sie es sich beim nächsten Mal noch anders überlegt.«

»Ja. Es tut mir leid, Beth. Sie machen gerade so viel durch, vielleicht hätte ich Sie nicht damit belasten sollen.«

»Nein, mir ist lieber, ich weiß Bescheid. Danke, dass Sie mich angerufen haben.« Nachdem wir uns verabschiedet haben, stecke ich das Handy in die Hosentasche. Ted ist vom Karussell heruntergestiegen und zeigt mit ausgestreckten Armen zum Himmel. Ich streiche ihm über den Kopf. »Freu dich nicht aufs Großwerden, Ted. Das ist eine Falle.«

»Guck mal, Tante Beth, Flugzeugwolken!«

Ich lege den Kopf in den Nacken und sehe ein Kleinflugzeug über uns hinwegfliegen. »Kondensstreifen nennt man das. Das ist Wasserdampf, praktisch eine lange dünne Wolke …« Ich halte inne, als ich bemerke, wie Ted mich anschaut. »Aber Flugzeugwolke klingt schöner, nicht wahr?«

Er hüpft aufgeregt und winkt dem Flugzeug. »Winken sie zurück?«

Das Flugzeug fliegt so hoch, da lässt sich kaum ein Fenster erkennen. »Äh … ich bin mir nicht sicher.«

»Doch, sie winken!«, sagt er. »Und mein Daddy ist im Himmel, aber nicht in einem Flugzeug.« Er sieht mich an, als erwarte er von mir eine Erklärung.

»Nein, nicht in einem Flugzeug«, sage ich.

»Aber vielleicht in den Wolken!« Teds Gesicht hellt sich hoffnungsvoll auf. »Du winkst nicht, Tante Beth. Wink meinem Dad.«

Ich tue es, und wir stehen noch eine ganze Weile da, nachdem das Flugzeug außer Sicht ist, und winken zum Himmel. Das scheint Ted froh zu machen, ihn mit seinem Dad zu verbinden. Ich möchte auch froh sein, doch stattdessen fühle ich mich schuldig. Während ich winke, bitte ich Doug im Stillen um Verzeihung, weil ich nachlässig war und seine Tochter sich dadurch bei einer Party betrinken konnte, von der ich nichts wusste, und dann in einem Haus ohne Erwachsene übernachtet hat. Und falls doch Erwachsene dort waren, dann nicht, um die Kinder zu beaufsichtigen. Ich denke an all die Lügen, die ich meinen Eltern aufgetischt habe, als ich in Pollys Alter war, und an das Rausmogeln und die heiklen Situationen, aus denen Emmy mich erlösen musste. Fast rede ich mir aus, Polly zu bestrafen, weil ich auch mal so war wie sie – und wäre es nicht scheinheilig, so zu tun, als wäre ich anders gewesen? Aber die Wahrheit ist, dass ich früher viel Mist gebaut habe und der Strafe nur entging, wenn ich nicht erwischt wurde. Polly wurde jedoch erwischt, und das darf ich nicht ignorieren. Die Konfiszierung des Handys wird bei ihr gar nicht gut ankommen.

»Können wir jetzt *Hey Duggee* gucken?« Ted hat aufgehört zu winken. »Ich muss Pipi.«

»Okay.« Wir gehen durch das Zauntor, am Pub vorbei und über den Rasenstreifen zur Bushaltestelle. Die Frauen, die dort warten, lächeln und grüßen nickend, aber ich höre, dass sie die Stimme senken und über uns reden, als wir die Straße überqueren. Sie sprechen nicht so leise, wie sie glauben.

»Das arme Würmchen«, sagt eine. »Er ist noch so klein«, sagte eine andere. Zu jung, um sich später an alles zu erinnern, meinen sie. Dass Ted sich später vielleicht nicht mehr an seinen Dad erinnert, ist ein so schrecklicher Gedanke, dass ich das sofort verhindern möchte. Ich weiß nur nicht, wie. Auf dem Weg zum Haus überlege ich, Mum anzurufen und ihr von Pollys Eskapade zu erzählen, aber im Moment könnte ich ihre Belehrungen nicht ertragen. Ich rufe stattdessen Jory an, höre aber sofort die Ansage der Mailbox. Das hätte ich mir denken können, denn es ist Mittwochvormittag (und er arbeitet nicht nur drei Tage in der Woche wie ich).

Hallo, Sie haben Jory erreicht – oder nicht erreicht. Wie Sie sich wahrscheinlich denken können, kann ich Ihren Anruf gerade nicht entgegennehmen, aber bitte hinterlassen Sie eine Nachricht nach dem Signalton, und ich rufe Sie zurück. Schönen Tag.

Er klingt herzlich und gut gelaunt, wenn auch ein bisschen verlegen, was typisch Jory ist.

Ich hatte nicht vorgehabt, eine Nachricht zu hinterlassen, aber ich lege nicht schnell genug auf und höre plötzlich den Signalton. »Hi, hier ist Beth. Äh … ich weiß nicht, wieso ich anrufe, schließlich bist du in der Schule, aber ich wollte meine Mum nicht anrufen, und darum spreche ich dir auf die Mailbox, obwohl ich weiß, dass du nicht gleich zurückrufen kannst. Vielleicht in der Mittagspause? Wenn du eine Minute Zeit hättest und nicht gerade dein Käsebrot mit Sadie zusammen isst. Habt ihr schon das Stadium erreicht, wo du ihr gestehst, dass du nur milden Cheddar magst? Denn ich finde, das gehört zu den Dingen, die du preisgeben solltest, weil das ein Deal Breaker sein könnte. Nur Irre und Babys beschränken sich auf milden Cheddar. Selbst Ted isst schon mittelalten.« Ted will die Tür aufschließen, also gebe ich ihm den Schlüssel und hebe ihn mit einem Arm ungeschickt hoch, während ich mir das Handy ans Ohr halte. »Wie auch immer, wir reden später. Vielleicht. Hoffentlich. Ruf mich einfach an. Wenn du kannst. Hat keine Eile.« Wegen meiner Plapperei überlege ich, die Mailbox-Optionen durchzugehen und die Nachricht zu löschen, aber in dem Moment sagt Ted, dass er dringend Pipi muss, und darum lege ich auf und trage ihn ins Haus. Bis ich mir die Schuhe abgestreift habe, ist es für die Toilette zu spät.

14

Als Polly von der Schule kommt, spürt sie sofort, dass etwas im Busch ist, weil ich Ted mit Pom-Bären vor den Fernseher gesetzt habe und ihn *Ralph reicht's* gucken lasse, während ich wartend am Esstisch sitze. Ich deute auf den Stuhl gegenüber.

»Was ist los?« Sie bleibt in der Tür stehen.

»Sag du es mir.« Ich deute noch einmal auf den Stuhl und bin überrascht, als sie sich ohne Murren setzt. Ich rufe mir die ernsten Gespräche vor Augen, die ich mit den Jahren bei Mum durchstehen musste, und lasse mich davon inspirieren, sodass ich erst einmal die Arme verschränke und vorwurfsvoll die Brauen hochziehe.

Sie zuckt die Achseln. »Keine Ahnung. Deshalb frage ich ja.« Gut gespielt. So hätte ich mit vierzehn auch geantwortet.

»Heute Nachmittag hat mich Rosies Mum angerufen.«

Ich sehe ihr an, dass sie erschrickt. »Was wollte sie?«

»Ach, komm, Pol. Ich weiß von eurer Übernachtungseskapade und von der Party und dem Alkohol. War es bloß

Alkohol? Oder Alkohol und Drogen? Oder Alkohol und Drogen und Sex?«

»Was? Nein! Gott, ich würde nie …«

»Nun, du wirst mir verzeihen, wenn ich nicht mehr weiß, was ich glauben soll.« Ein klassischer Satz von Mum. Allmählich verstehe ich, was ich meiner Mutter in dem Alter zugemutet habe.

»Es tut mir leid, Tante Beth. Ich weiß, du wirst es nicht glauben, aber – ganz ehrlich? – ich wünschte, wir wären nicht zu dieser blöden Party gegangen.« Ihre Augen schwimmen in Tränen, und plötzlich habe ich Angst, die Situation könnte viel ernster sein als gedacht.

»Ist dir etwas passiert? Hat dich jemand zu etwas gezwungen, das du nicht tun wolltest?«

»Nein. So was nicht. Die Party war scheiße, das ist alles. Wirst du es Nan erzählen?«

»Warum fragst du?«

»Ich will nicht, dass sie deswegen gestresst ist. Ihr geht es in letzter Zeit nicht gut.«

Das stimmt. Es überrascht mich allerdings, dass ihr das aufgefallen ist. Mum hat nichts gesagt, aber Dad hat zugegeben, nachdem ich ihn mit Fragen bedrängt habe, dass sie sich nach den neuen Spritzen gegen ihre Arthritis »ein bisschen unwohl fühlt«.

»Ich habe noch nicht entschieden, ob ich es deinen Großeltern erzähle«, sage ich. In Wirklichkeit habe ich das sehr wohl entschieden. Ihre Großeltern würden sich vermutlich in ihrer Einschätzung bestätigt sehen, dass ich keine Verantwortung übernehmen kann. Allein das hat mich schon davon abgebracht, es ihnen zu erzählen, aber das werde ich Polly nicht auf die Nase binden, und ihre Sorge um Mums Gesundheit hat mich in der Entscheidung bestärkt. Ich strecke die Hand aus. »Ich brauche dein Handy.«

»Was? Warum? Wenn du dieses Kontroll-Dings installieren willst, das hat Mum schon getan.«

»Gib es mir einfach.«

Zögernd schiebt sie es über den Tisch zu mir, behält aber die Hand darauf. »Nimm es mir nicht weg, bitte, Tante Beth.« Auf einmal klingt sie nicht mehr wütend, sondern bittend, und ich bin fast bereit, es mir anders zu überlegen.

»Ich weiß, das ist hart, Pol, aber Rosies Mum hat ihr auch für ein paar Tage das Handy weggenommen, also ist das keine ungerechte Strafe. Das wirst du doch sicher einsehen?«

»Rosies *Mum.*« Sie zieht die Mundwinkel nach unten. Die Wut ist wieder da. »Du bist nicht meine Mum, nicht wahr? Du bist niemand.«

»Gut.« Ich nehme das Handy an mich.

Polly weint. »Es ist scheiße, dass du auf uns aufpasst. Voll scheiße. Und ich hasse dich, weißt du das? Ich hoffe, du weißt das, es ist nämlich wahr.«

Ted schaut von seinem Film auf, und ich drehe den Kopf weg, damit er meine aufsteigenden Tränen nicht sieht. »Du kannst zu mir sagen, was du willst«, erwidere ich mit leiser Stimme, »aber schrei mich nicht in Teds Beisein an.«

»Ach, tu doch nicht so, als wäre er dir wichtig.« Sie steht auf und läuft zur Treppe.

»Was soll das nun wieder heißen?«, frage ich, unsicher, ob ich die Antwort wirklich hören will.

»Was ich sage. Du passt nur auf uns auf, weil dir nichts anderes übrig bleibt. Vor dem Unfall hast du dich nie für uns interessiert.« Sie rennt nach oben, und ich starre mit offenem Mund auf ihren Rücken. Sie knallt ihre Zimmertür zu, dass ich zusammenzucke. Ihr Handy liegt in meiner Hand, ich blicke auf das gesperrte Display und das auf dem Kopf stehende Foto von ihren Eltern mit Sonnenbrille und glücklichem Lächeln. Es ausschalten und die Tränen zurückhalten ist alles, wozu ich noch die Kraft habe.

Du bist niemand. Ich gebe gern zu, dass ich nicht alles richtig gemacht habe, seit ich angetreten bin, um Polly und Ted zu betreuen, aber mein Gott, ich habe mir Mühe gegeben. Und trotzdem denkt sie nach all der Zeit, dass ich nur so tue, als wären sie mir wichtig. Wenn sie mich damit verletzen wollte, dann ist ihr das vollauf gelungen. Ich schleppe mich zum Sofa, hebe Ted auf meinen Schoß und atme seinen anheimelnden Geruch ein. »Tante Beth liebt dich, Kumpel. Das weißt du, nicht wahr?«

Er spielt mit dem Saum meines Shirts. »Kann ich *PAW Patrol* gucken?«

»Gefällt dir der Film nicht?«

»Ich hab anders gelegt.«

»Du hast es dir anders überlegt? In Ordnung.«

Während er fernsieht, mehr als seine Mum oder Grandma ihm erlauben würden, ruft Jory an, und ich gehe mit meinem Handy in den Garten.

»Hey.« Ich schlüpfe in Emmys Crocs und gehe über die Trittsteine zur Pergola am Ende des Rasens.

»Ich habe deine Nachricht abgehört. Ist alles in Ordnung?« Er steht irgendwo im Freien. Der Wind rauscht, und ich höre Möwen schreien.

»Eigentlich nicht. Ich musste gerade Pollys Handy konfiszieren, weil ich erfahren habe, dass sie letzte Woche bei einer Party war, obwohl sie angeblich bei einer Freundin übernachtete.« Ich gehe auf und ab und schlage gerade die Richtung zum Haus ein. »Ehrlich, Jor, als sie am Morgen nach Hause kam und aussah, als hätte sie ein Besäufnis hinter sich, dachte ich nicht für einen Moment, dass sie tatsächlich eins hinter sich hatte. Ich dachte, sie hätte nur die ganze Nacht Filme geguckt. Ich bin voll verarscht worden, wie die Kids heutzutage sagen.«

»Du meine Güte.«

»Sie waren bei Michaela, deren Eltern nicht zu Hause waren.« Mir fällt eine Unterhaltung mit Polly ein, bei der es um Schulfreundinnen in verschiedenen Klassen ging. »Moment, ist Michaela nicht in deiner Klasse? Michaela Brown?«

»Das stimmt, aber …«

»Du weißt also längst von der Party?« Da er das nicht sofort abstreitet, gebe ich einen leisen Pfiff von mir. »Wow. Danke für die Vorwarnung. Wenn du gewusst hättest, dass Polly auch dabei war, hättest du es aber gesagt, oder?«

»Beth …« Er seufzt. »Es war nicht an mir, dir das zu sagen. Ich habe wegen der Party mit Michaelas Eltern gesprochen, weil ich ihr Lehrer bin und weil das meine Pflicht ist.

Im Hinblick auf Polly durfte ich mich nicht einmischen. Das ist Mrs Sandfords Angelegenheit.«

»Die mich aber nicht kontaktiert hat …«

»Hat sie ganz bestimmt. Ich weiß es sogar, weil im Lehrerzimmer über den ganzen Vorfall gesprochen wurde. Hast du nachgesehen, ob …«

Ich falle ihm ins Wort. »*Du* hättest es mir sagen können. Nur damit ich Bescheid weiß. Das war ja offenbar kein Geheimnis, nicht wahr? Da wussten etliche Leute von der Party. Anscheinend jeder, wie es sich anhört. Nur die dumme, alte Beth tappte im Dunkeln.«

»Wenn ich dir davon erzählt hätte, hätte mich das in eine schwierige Lage gebracht. Du hättest mich ausquetschen wollen, wer noch dabei war, was ich sonst noch weiß, was die anderen Lehrer gesagt haben.«

»Hätte ich nicht. Und selbst wenn, was ist so falsch daran? Läge der Fall umgekehrt, hätte ich dir Bescheid gesagt.«

»Nun ja …« Er verstummt.

»Nun ja was?«

»Nichts. Vergiss es.«

»Nein, sprich weiter.« Ich trete ein Moospolster von der Mauer neben der Hintertür.

»Nun ja, Berufsethos hat dich noch nie sonderlich interessiert, nicht wahr? Mir dagegen ist es wichtig. Und deshalb vertraue ich auf das System und überlasse es Pollys Klassenlehrerin, mit dir zu sprechen.«

»Tja, das System hat versagt, also vielen Dank.« Ich trete fester gegen die Mauer, und der Schmerz schießt mir in die

Zehen. Als ich zurückweiche, stolpere ich über eine Harke, die an der Mauer lehnte, und sie fällt klappernd auf die Terrasse.

»Was war das? Ist was passiert?«

»Nein, alles gut.«

»Schau, Beth, es tut mir leid, dass ich es dir nicht gesagt habe, aber in meinem Beruf halte ich mich an die Regeln, so bin ich nun mal. Das weißt du.«

Ich habe ihn verärgert, das höre ich ihm an. Und jetzt fühle ich mich mies, denn obwohl es wahr ist, dass ich es ihm gesagt hätte, wenn ich Lehrerin wäre, so bin ich doch keine. Schon die Vorstellung ist lächerlich. »Ich weiß.«

»Ich muss jetzt Schluss machen, Beth.«

»Okay.« Ich beiße mir auf die Lippe, und ehe ich sagen kann, dass es mir leid tut, dass ich einen schweren Tag hatte und traurig bin wegen Pollys Bemerkung, legt er auf.

Augenblicke später bekomme ich von ihm eine Nachricht, die ich dreimal lese, weil ich zuerst glaube, mich verlesen oder sie nicht richtig verstanden zu haben. Doch ich habe richtig gelesen und genau verstanden. Das Problem ist, die Nachricht war nicht für mich bestimmt: *Hab gerade mit ihr gesprochen. Das übliche Drama. Sie ist wütend auf mich, aber du hattest recht damit, es ihr nicht zu sagen. Sie hätte mir alle möglichen Probleme bereiten können. Ich komme kurz vor 5 hier raus. Bis später. Liebe Grüße xx*

Mein Herz sinkt ins Bodenlose. Sadie hatte recht damit, es mir nicht zu sagen? Was geht sie das überhaupt an? Ich überlege, ihn noch mal anzurufen oder ihm wütend zu schreiben, wie enttäuscht ich bin. Aber ich tue beides nicht, weil das im Grunde keinen Zweck hätte.

»Oh, Sie sind's!« Albert schaut über den Gartenzaun, eine Hand an der Brust, als hätte er sich erschreckt. »Ich hörte etwas scheppern und dachte, vielleicht ist eine Katze in Ihrem Garten. Ich wollte sie verscheuchen, damit sie ihr Geschäft nicht auf dem Erdhaufen verrichtet.«

»Ach so. Entschuldigung, das war ich.« Ich deute auf die Harke, mache mir aber nicht die Mühe, sie aufzuheben.

»Sie erinnern sich vielleicht? Die Katze von Nummer fünf, unsere Hauptverdächtige im Müllsack-Hähnchengerippe-Fall, der auf der St.-Newth-Facebook-Seite landete? Nun ja, die Katze liebt den Erdhaufen. Emmy wurde ziemlich ungehalten wegen des Katzenkots, darum habe ich ihr versprochen, wachsam zu sein. Wie eine Nachbarschaftswache, um dem Unwesen der Katzen ein Ende zu bereiten. Beth, geht es Ihnen nicht gut?«

Ich schüttle den Kopf. »Ich habe keinen besonders guten Tag.«

Er betrachtet mich einen Moment lang, dann hebt er den Finger, als käme ihm eine Idee. »Ich habe etwas, das Sie vielleicht aufmuntern wird.«

Ich ringe mir ein Lächeln ab. »Hört sich gut an.«

»Bleiben Sie kurz da.« Er schlurft zu seinem Schuppen und beugt sich hinein, sodass ich auf den Rücken seines Zopfmusterpullovers blicke. »Ah, da!« Als er wieder hervorkommt, hält er etwas in der Hand, auf das ich mir keinen Reim machen kann, etwas Grünes, Flaches. Er reicht es mir über den Zaun. »Das ist ein Klammerbeutel.« Er klatscht in die Hände. »Schluss mit brüchigen Klammern.«

Plötzlich weine ich. Ich weine auf jene verzweifelte Art, bei der sich das ganze Gesicht zusammenzieht.

»Oh je.« Er schaut verblüfft. »Ich habe die Rechnung aufgehoben, falls er Ihnen nicht gefällt.«

»Nein … er ist … wunderbar«, stammle ich schluchzend. »Danke.« Ich drücke ihn an meine Brust und sage, dass ich nach Ted sehen muss, dann haste ich ins Haus.

Viel später, als Polly und Ted im Bett sind, vollziehe ich mein nächtliches Ritual und hole die breite Bettdecke hinter dem Sofa hervor. Ich falte sie in der Mitte und liege darin wie in einem Schlafsack ohne Reißverschluss. In kalten Nächten habe ich eine von Emmys gehäkelten Sofadecken darüber gebreitet, aber heute ist es mild, und ich bin froh über die offene Seite, weil ich einen Fuß rausstrecken und oben auf die kühle Decke legen kann. Ich schalte die Lampe aus und rücke mich zurecht, bis ich bequem liege. Ich hätte schon vor einer Stunde schlafen sollen, aber ich war so lange auf Jorys und Sadies Instagram- und Facebook-Seiten. Je mehr ich mir ansah, desto schwerer fiel es mir, damit aufzuhören. Keine Spur davon, dass sie ein Paar sind, und auch keine Nahaufnahmen von ihr, aber in ihrem neusten Profilbild trägt sie seinen Mantel. Ich frage mich, ob das aufgenommen wurde, bevor oder nachdem sie ihm geraten hat, mich nicht über die Party zu informieren. Es hat keinen Sinn, mir selber vorzumachen, ich sei böse auf Jory, wenn ich in Wirklichkeit etwas ganz anderes empfinde: Seit seiner fehlgeleiteten Nachricht fühle ich mich einsam. Als stünde niemand mehr auf meiner Seite oder zumindest niemand, der da stehen möchte. Wieso ist mir völlig entgangen, dass ich zu einer Last geworden bin? *Hätte mir alle möglichen Probleme bereiten können. Das übliche Drama.* Doch so bin ich, nicht wahr? Eine verrückte Dramaqueen. Jory hat nur länger als alle anderen gebraucht, um das zu erkennen.

Ich drehe mich auf die andere Seite und lege das andere Bein auf die kühle Decke. Ich wünschte, ich könnte jetzt mit meiner Schwester reden, wünsche mir nichts so sehr wie das. Dass sie die Augen aufmacht und sagt: *Was ist los, Bethmeister?*, weil sie sieht, wie ich mal wieder an dem Scherbenhaufen meines Lebens leide. Ich weiß nicht, ob sie genauso amüsiert wäre wie sonst, wenn sie erst mal erkennt, dass sich mein Scherbenhaufen allmählich in ihr Leben ausbreitet. Als mir die Augen zufallen, sehe ich Polly auf der Party, bei der sie nicht hätte sein dürfen, und Ted, der seinem Dad im Himmel zuwinkt, und Albert mit seinem Klammerbeutel und Sadie in Jorys Mantel.

15

Na komm schon. Ich neige den Kopf zu den Schultern, um den Nacken zu dehnen, und hoffe, die kurze Pause bringt mich davon ab, meinen Laptop in Brand zu stecken. Polly hat recht, die Internetgeschwindigkeit hier ist mies und wahrscheinlich der Grund, warum Doug nie in Versuchung war, auf Home-Office umzusteigen.

Eine Stunde lang habe ich versucht, mir auf YouTube ein Video über Mähdrescher anzusehen, aber es stockt immer wieder und lädt nach, und allmählich verliere ich den Lebenswillen. Und wahrscheinlich habe ich sowieso genug gesehen. Ich verlasse YouTube und klicke auf den Kreditantrag von Mr und Mrs Penhale von der Trelinney Farm. Der Mähdrescher, den sie finanzieren, ist so teuer, weil er – ich sehe in den Notizen in meinem Block nach – wesentlich leistungsfähiger ist als andere Modelle und eine Fläche schneller bearbeiten kann. Zugegeben, der Job bei Malcolm ist nichts, was ich mir als Karriere erträumt hätte, aber diese Recherche könnte mir etwas einbringen, womit ich Dad begeistern kann. Er schien ehrlich beeindruckt, als ich ihm erzählte, dass

Malcolm mich heute zu einer Farm geschickt hat, damit ich Informationen einhole. Das tat er zwar nur, weil er in seinem Outlook-Kalender herumgepfuscht und sich doppelt verabredet hatte, aber das habe ich Dad verschwiegen, weil es mir gut tat, dass er mal stolz auf mich war. Ich habe mitbekommen, dass er bei mir unermüdlich auf kleine Erfolge achtet, damit er mich hervorheben kann. Seit einunddreißig Jahren höre ich: *Na immerhin hast du es ernsthaft versucht, Liebes,* auch wenn wir beide wissen, dass ich dieses Es nicht ernsthaft versucht habe. Wenigstens schaut er nach Gründen, mich zu loben, und lässt sich nicht anmerken, wie enttäuscht er ist, weil ich nicht Karriere mache, keine feste Beziehung habe und mein Leben nicht in Angriff nehme. Mums resignierte Miene, als ich den vorherigen Job kündigte, sehe ich noch vor mir. Für mich stand nach vier Tagen fest, dass mir die Arbeit nicht gefiel, und sie hielt die schnelle Entscheidung für unvernünftig. »Jetzt schon kündigen? Du gibst auf, bevor du richtig angefangen hast, Beth.« Ich weiß, die lange Liste meiner verflossenen Arbeitgeber gibt ihr recht.

Die E-Mail – mit den Anhängen, auf die Malcolm wartet – hängt in meinem Postausgang fest. Ich trommle mit den Fingern auf den Esstisch und stoße einen langen Seufzer aus. Nach dem Besuch der Farm hätte ich zum Büro fahren sollen, aber da nur noch eine Stunde Arbeitszeit bevorstand und Mum angeboten hatte, Ted von der Kindertagesstätte und Polly vom Schwimmen abzuholen, schielte ich nach der sehr kurzen stillen Phase gegen fünf Uhr, um mich ein Weilchen aufs Ohr zu legen. Das könnte ich jetzt tun … aber was ist mit Malcolm und der E-Mail? Ich denke, das könnte eine ganz neue Erfahrung werden. Normalerweise würde ich jetzt sofort Jory informieren, dass ich auf ein Schläfchen verzichte und lieber etwas für meinen Arbeitgeber tue, in der Gewissheit, dass er auf meine Entwicklung stolz wäre. Doch er hat noch nicht bemerkt, dass er mir die Nachricht für Sadie geschickt hat, und von mir wird er das bestimmt nicht erfahren. Gestern hat er mir auf die Mailbox gesprochen und gefragt, ob es mir gut geht (denn ich hätte mich sonderbar benommen), und ich schrieb ihm eine WhatsApp und meinte, hier gebe es nur das übliche Drama.

Ich bin gerade mitten in einer Nachricht an Malcolm, um ihm mitzuteilen, dass ich Internetprobleme habe, als das Wunder geschieht und die E-Mail versendet wird. Ich strahle vor Freude, fühle mich beschwingt und erkenne dann stirnrunzelnd, dass Polly wahrscheinlich nicht gelogen hat, als sie sagte, dass sie auf das 3G ihres Handys angewiesen ist. In dem Moment hielt ich das für ein erfundenes Druckmittel. Zwei Tage und elf Stunden hielt ich an der Strafe fest, dann gab ich nach, denn der emotionale Druck eines vierzehnjährigen handylosen Mädchens ist unvergleichlich. So etwas habe ich bis dahin nicht gekannt. Teenager sind gnadenlos. Sie sah mich immer wieder mit großen, traurigen Augen an und sagte: »Es tut mir leid, Tante Beth, das wird nicht wieder vorkommen.« Und ich dachte jedes Mal an ihre Mum in der Klinik und ihren Dad im Sarg bei der Trauerfeier und fragte mich, ob man eine Jugendliche, die all das durchgemacht hat, überhaupt bestrafen sollte.

Ich sehe auf die Uhr: Viertel vor fünf. Jetzt könnte ich ein Nickerchen machen. Wenn ich mich sofort hinlege, könnte ich es sogar auf eine Dreiviertelstunde bringen. Ich schiebe den Laptop in seine Mappe und sinke gerade aufs Sofa, als mein Blick auf das Päckchen fällt, das ich für Albert angenommen habe. Das hat bestimmt noch eine Stunde Zeit, denke ich und schließe die Augen.

Aber was, wenn er händeringend darauf wartet?

Ich öffne die Augen. Herrgott noch.

Ich werde es nur rasch hinüberbringen.

»Am Mittwochnachmittag war es«, sagt Albert. Er ruft es mir aus der Küche zu. »Ich glaube es jedenfalls. Doch, es war eindeutig Mittwoch, denn ich habe gerade mein Fischgericht erhitzt. Ich esse immer früh, wissen Sie. Davon abgesehen keinen Piep.«

Ich hocke auf der Kante des größeren der zwei braunen Sofas. In Alberts Wohnzimmer ist alles braun oder beige wie in einer Sepiazeichnung. Es riecht nach Seife und Second-Hand-Laden. Das Haus ist spiegelverkehrt zu Emmys und Dougs gebaut, sodass alles gleich und doch irgendwie falsch angeordnet ist, und das irritiert mich ein bisschen.

Albert trägt eine Teekanne, zwei Tassen mit Untertassen und passendem Milchkännchen sowie einen Teller Hobnobs auf einem silbernen Tablett herein. Das Tablett wackelt, als er es auf den Sofatisch absenkt. Mir wäre nie eingefallen, dass es gekachelte Sofatische zu kaufen gibt. Mit braunen Kacheln. So viel Braun.

Ich wollte eigentlich nicht bleiben, aber als ich ihm das Päckchen in die Küche trug, hatte er schon den Wasserkocher eingeschaltet und wies mich an, die Beine hochzulegen. Es war unmöglich, Nein zu sagen. Ich schaue zu der Uhr über dem Kamin. Zwanzig nach fünf. Und damit ist die Gelegenheit für ein Schläfchen vorbei. Also kann ich ebenso gut einen Keks essen.

»Trotzdem tut es mir leid, dass Sie etwas von dem Streit anhören mussten. Polly war ziemlich wütend, weil ich ihr das Handy weggenommen habe, und dabei wurde es ein bisschen … laut.« Ich nehme an, dass Albert herunterspielt, wie viel er durch die Wohnzimmerwand gehört hat. Andererseits ist er schwerhörig, also kann es durchaus sein, dass nur ein Gesprächsfetzen bei ihm angekommen ist. Hoffentlich nicht der, bei dem Polly rief: *Es ist scheiße, dass du auf uns aufpasst.*

»Ist das bei Teenagern nicht zu erwarten, solch ein Stimmungsumschwung?«

»Doch, aber Polly hat gerade mehr zu verarbeiten als der Durchschnittsteenager, daher sind auch ihre Stimmungswechsel heftiger als vorher. Sie hat mich bei einer Sache belogen, die für sie gefährlich werden konnte, und darum habe ich ihr das Handy weggenommen. Vielleicht war ich zu hart, aber für solch einen Vorfall fehlt mir ein Leitfaden.« Ich fasse kurz zusammen, wie es zu der Aufregung gekommen ist.

»Was sagen Ihre Eltern dazu?«, fragt er.

»Oh, äh, eigentlich nichts.« Ich trinke einen Schluck Tee. Ich kann an einer Hand abzählen, wie oft ich aus solch einer

Tasse mit Untertasse getrunken habe. Ich bin mir nicht mal sicher, ob ich sie richtig halte, denn es kommt mir ungeschickt vor.

»Haben Sie Ihre Eltern in dem Alter nicht an der Nase herumgeführt?«

Ich verziehe das Gesicht. »Und ob.«

»Nun, dann sollten sie Ihnen etwas raten können«, meint er.

»Hm.« Ich blicke auf meinen Schoß und fühle mich plötzlich verlegen. Albert sieht mich über den Tassenrand hinweg an. »Ich habe ihnen von Pollys Lüge nichts gesagt.«

»Ach so?« Er bricht einen Keks durch und tunkt eine Hälfte in seinen Tee.

»Es ist leichter, wenn sie es nicht wissen.«

»Warum das?«

»Weil Polly mich gebeten hat, es für mich zu behalten, und weil meine Mutter sich in letzter Zeit nicht gut fühlt und ich sie nicht beunruhigen will. Und auch weil ...« Ich zögere. »Weil ich gut auf ein *Ich wusste es!* von meiner Mutter verzichten kann. Sie traut mir nicht zu, dass ich das alles schaffe.«

»Was alles?«

»Mich um Polly und Ted kümmern. Sie kritisiert es schon, was ich den Kindern zum Essen vorsetze und wie ich putze und all die anderen Haushaltspflichten erledige, in denen ich ungeübt bin. Wenn sie wüsste, dass noch etwas Größeres vorgefallen ist, würde sie sich nur bestätigt fühlen. Darin, dass ich der Sache nicht gewachsen bin.«

»Und glauben Sie, dass Sie der Sache gewachsen sind?«

»Meine Güte, Albert, das klingt wie bei einem Vorstellungsgespräch.« Ich stelle meine Tasse auf den Sofatisch, und er schenkt mir heißen Tee aus der Kanne nach.

»Entschuldigen Sie, meine Liebe. Ich wollte nicht neugierig sein.«

Ich lächle, um ihm zu zeigen, dass ich nicht beleidigt bin. »Um ehrlich zu sein, bin ich mir selbst nicht sicher. Aber meine Schwester und Doug haben mich zum Betreuer der Kinder bestimmt. Also muss ich das vorerst tun.« Mir springt ein Schwarzweißfoto auf dem Kaminsims ins Auge. »Sind das Sie und Mavis?« Ein junges Pärchen freudestrahlend Hand in Hand auf zwei Liegestühlen.

Albert nickt. »In der Tat. Sie war wirklich eine Wucht.«

»Das sehe ich. Sie ist schön. Sie sehen auch nicht übel aus, sollte man mal sagen.« Wie erleichternd, davon wegzukommen, dass ich meine Eltern über Pollys Lüge belogen habe. Eine Lüge kommt zur anderen.

»Sehr nett, dass Sie das sagen.«

Wird er etwa rot? Ich glaube, er wird rot.

Ich schaue wieder auf das Foto. »Sie beide erinnern mich sehr an Emmy und Doug. Wie sie zusammen lächeln. Sie strahlen eine tiefe Zufriedenheit aus.«

»Wissen Sie, Mavis hat dasselbe über Ihre Schwester und Douglas gesagt, als sie nebenan einzogen. Sie hat ihnen eine Dose mit ihren berühmten Bakewell-Törtchen gebracht. Mavis' schmeckten mir am besten, sie war immer großzügig mit der Glasur. Als sie sie abgegeben hatte, meinte sie zu mir, sie fühlte sich durch Emmy und Douglas an uns beide erinnert, als wir noch jung waren. Ein sehr glückliches Paar.«

»Ja, das sind sie. Waren sie.« *Waren.* Ich finde es schrecklich, dass ich von ihnen nicht mehr im Präsens sprechen kann. Ich denke an das gerahmte Foto von ihnen am Strand, das auch über dem Kamin hängt. Daneben hat ein anderes von ihnen gehangen: alle vier auf Fahrrädern in einer Ferienanlage. Ted blickt mit seinem rosigen Gesichtchen aus einem Plastiksitz für Babys hinter seinem Dad hervor. Ich habe es ins Krankenhaus mitgenommen und auf Emmys Nachttisch gestellt. Ich weiß, sie hat die Augen noch nicht aufgemacht, aber wenn sie es tut, soll sie ihre Familie neben sich sehen. Ich will gar nicht daran denken, was wir ihr sagen müssen, wenn sie zu sich gekommen ist. Das Koma, das sie von uns trennt, schützt sie auch vor dem Wissen, dass ihr Mann tot ist, und vor dem Schmerz.

»Und Sie haben Ihr Glück auch gefunden?«, fragt Albert.

»Hab ich?« Das ist mir neu.

»Den gutaussehenden jungen Mann mit dem Lieferwagen. Georgie, nicht wahr?« Albert deutet zum Fenster. »Er war immer ungeheuer höflich, wenn seine Reifen in meinem Rasen Spuren hinterlassen haben. Hat mir immer angeboten, Rasen nachzusäen.«

»Oh – nein, wir sind kein – Jory ist nur ein Freund.« *Und ich bin ihm sowieso eine Last.*

»Oh.« Albert wirkt überrascht und vielleicht auch ein wenig enttäuscht. »Ich muss mich entschuldigen. Ich nahm an, Sie seien fest liiert. Doch ihr jungen Damen heutzutage seid alle unabhängig und Feministinnen, nicht wahr?« Er hat seine Tasse abgesetzt und deutet mit den Fingern Anführungszeichen an.

»Und was halten Sie von Feministinnen, Albert?«

Er neigt sich nach vorn. »Ich fürchte mich vor ihnen, ehrlich gesagt.«

Ich lache. »Nun, ich bin Feministin und nicht zum Fürchten, oder?«

»Nein, das sind Sie nicht«, sagt er. »Vermutlich sehe ich diese modernen Entwicklungen inzwischen von einer falschen Warte. Ich bin ein bisschen in der Zeit zurückgeblieben, wissen Sie. Müssen Sie noch immer demonstrieren gehen?«

»Es gibt zwar noch Demonstrationen, aber die sind keine Pflicht. Es gibt ein paar gute Podcasts. Die können Sie sich anhören, wenn Sie auf dem Laufenden sein möchten. Emmy hat auch ein Buch …«

Er unterbricht mich. »Ein was? Ein Popcast?«

»Ein Podcast«, sage ich. Er sieht mich verständnislos an. »Das ist wie eine Radiosendung zu einem bestimmten Thema und wird in mehreren Folgen veröffentlicht. Es gibt ein paar richtig gute. Für Sie gibt es sicher auch einen schönen übers Gärtnern.«

Albert schaut skeptisch. »Und den würde ich mir im Radio anhören?«

»Haben Sie ein Handy?«

Er springt vom Sofa auf, was mich total überrascht. »Ja! Das habe ich. Ich habe nur keinen blassen Schimmer, was ich damit anfangen soll.« Er geht zur Anrichte und holte ein Handy aus einer Schublade. »Das ist viel zu raffiniert für mich.« Er bringt es mir.

Raffiniert würde ich es eher nicht nennen, als ich mir das Gerät ansehe. Es ist noch älter als Mums und Dads. Ich glaube, Jory hatte vor fünfzehn Jahren so eins. Wir waren von Ehrfurcht ergriffen, weil es fotografieren konnte, obwohl die Bilder so unscharf waren, dass manches nicht zu erkennen war.

Albert lächelt mich erwartungsvoll an, als sollte ich ihm ein Kompliment für das Gerät machen. Mir fällt ehrlich nichts Gutes dazu ein. »Ich glaube nicht, dass Sie damit Podcasts hören können, aber es ist auch zu schade, um es in der Schublade liegen zu lassen.«

»Ich habe keine Verwendung dafür, Beth. Wenn ich jemanden anrufe, dann mit dem normalen Telefon, wissen Sie. Und eigentlich habe ich niemanden, den ich anrufen könnte …« Seine Stimme verebbt, dann lacht er. »Mavis hat uns beiden das gleiche Handy gekauft, weiß Gott, warum, und die einzige sogenannte Textnachricht stammt von ihr.« Er malt wieder Anführungszeichen in die Luft, als wäre Textnachricht ein ganz neues Wort. Er zeigt mir die besagte Nachricht: HALLO ALBERT. LIEBE GRÜSSE M XXX

Ich lächle über die Großbuchstaben. In seinen Kontakten ist keine weitere Nummer eingetragen.

»Albert, wen würden Sie bei einem Notfall anrufen?«

Er denkt einen Moment nach. »Ich weiß es nicht.«

»Es muss jemanden geben. Einen Verwandten vielleicht?«

»Nicht in der Nähe, nein.«

»Darf ich?« Ich halte die Hand auf. Mit amüsierter Miene gibt er mir das Gerät, und ich tippe meine Nummer in die Kontakte.

»In den meisten Fällen dürfte es einfacher sein, an die Wand zu schlagen, aber Sie haben jetzt meine Handynummer für den Fall, dass Sie Hilfe brauchen. Oder wenn Sie uns sagen wollen, dass wir leiser sein sollen, weil Sie sonst nicht einschlafen können.« Ich gebe ihm das Handy zurück und finde es noch immer unfassbar, dass er nur zwei Nummern darin gespeichert hat, von denen eine seiner verstorbenen Frau gehörte.

»Machen Sie sich keine Gedanken. Ich schlafe nie gut, ob mit oder ohne Lärm.«

»Wie kommt das?«

»Ich kann schlecht einschlafen. Vielleicht weil ich nichts tue, was mich müde macht. Mein Körper ist immer müde, aber mein Kopf ist hellwach, sobald ich ins Bett gehe.«

»Sie sollten etwas Schönes lesen«, sage ich. »Dabei kann man gut entspannen. Es sei denn natürlich, man liest einen Thriller. Oder etwas Gewagtes.« Ich lese nie Bücher vor dem Einschlafen, weil ich dann immer mit dem Handy beschäftigt bin oder mir etwas Aufregendes ansehe. Zumindest war das so, bevor ich Polly und Ted betreut habe, und wenn ich jetzt Zeit für mich allein habe, google ich Dinge wie »Schädel-Hirn-Trauma Genesung« und »Wie oft sollte ein Dreijähriger kacken?«

Albert seufzt und schaut zu dem Foto von ihm und Mavis

auf den Liegestühlen. »Früher habe ich gern im Bett gelesen, aber …« Er bekommt einen Frosch im Hals und räuspert sich. »Nun, ich hätte gern jemanden, mit dem ich mich über meine Lektüre unterhalten konnte. Das klingt vermutlich erbärmlich, denn die jungen Leute heutzutage kommunizieren ständig und mit vielen Leuten, aber wir damals nicht. Wir hatten einander. Und damit waren wir zufrieden. Wir haben gemeinsam die gleichen Bücher gelesen.«

»Albert, das klingt überhaupt nicht erbärmlich«, sage ich. Ich sehe es vor mir, wie er und Mavis im Bett sitzen (in einem Schlafzimmer mit noch mehr dunkelbraunen Möbeln) und die Nase in das gleiche Buch stecken. Ihren Zwei-Mann-Buchclub finde ich entzückend. »Es ist ein bisschen schade, das Lesen ganz aufzugeben, oder?«

»Es macht keinen Spaß mehr, wenn ich mit niemandem darüber plaudern kann. Soll ich noch mal heißes Wasser in die Kanne füllen?«

»Oh, nicht für mich, danke. Ich muss wieder nach drüben gehen.«

»Natürlich, meine Liebe, lassen Sie sich nicht aufhalten. Ich habe schon genug von Ihrem Nachmittag in Anspruch genommen. Sicher wollten Sie das Paket nur kurz abgeben.«

»Nein, überhaupt nicht!« Meine plötzlich helle Stimme verrät jedoch, dass er den Nagel auf den Kopf getroffen hat. Am Ende hat es sich aber nicht als lästige Angelegenheit erwiesen, zwei Tassen Tee mit ihm zu trinken. Im Gegenteil. Ich sage, Albert, dass er sich nicht zu bemühen braucht, doch er besteht darauf, mich zur Tür zu bringen. Seine Pantoffeln schlurfen über den dicken Teppich, der mit einem senfgelben Rankenmuster das Farbschema ausreizt. Ich denke an seine mangelnden Kontakte und dass er den ganzen Tag in seinem Sessel verbringt, zwischendurch eine langweilige Mahlzeit in der Mikrowelle erhitzt und schließlich ins Bett geht, wo er nicht einschlafen kann. Darum suchte meine Schwester immer nach einem Vorwand, bei ihm zu klopfen. Sie wollte nach ihm sehen. Das verstehe ich jetzt, und ich spreche es aus, ohne vorher nachzudenken. »Albert, hätten Sie Lust auf einen Buchclub?«

»Einen Buchclub?«

»Ja, Sie wissen schon, wo man zusammen ein Buch liest und sich gegenseitig erzählt, was man davon hält … jedenfalls stelle ich mir das so vor. Ich war noch in keinem.«

»Ich denke nicht, meine Liebe. In dem Buchclub vom Seniorencafé werden viele Leute sein, die halb tot aussehen, und das erinnert mich nur daran, dass der Sensenmann auch bei mir bald anklopft. Ich hege keinen Wunsch, mit lauter Leuten zusammenzusitzen, die keine Zähne mehr haben, während wir uns alle anschreien, weil wir taub sind. Mavis hätte das freilich anders ausgedrückt. Wir haben uns viel im Cockney Rhyming Slang unterhalten.«

Er wiederholt seine Begründung und streut einige Beispiele ein, bei denen ich ihn verständnislos ansehe. Er klingt halb wie Phil Mitchell und halb wie Dick Van Dyke, und seine Vorführung ist so absurd und verwirrend, dass ich einen Lachanfall bekomme. Während Albert weiter Cockney spricht, halte ich mir den Bauch vor Lachen.

Schließlich wische ich mir die Tränen mit dem Pulloverärmel ab. »So was habe ich noch nie gehört. In St. Newth gibt es wohl keine Cockneys.«

»Wohl wahr. Meine Mavis ist in Hörweite der Bow Bells aufgewachsen und erst spät nach Cornwall gezogen.«

Er öffnet mir die Haustür, und ich trete auf die Türstufe. Mums Auto hält gerade neben uns, und ich winke ihr. Polly hastet nebenan ins Haus, ohne jemanden zu grüßen.

Ich drehe mich zu Albert um. »Na ja, ich meinte auch nicht die tauben Leute im Seniorencafé. Ich meinte mich. Obwohl deren Buchclub sicher professioneller sein dürfte.«

»Sie und ich?«, fragt er.

»Ja. Aber das war vielleicht eine dumme Idee.«

Mum kommt mit Ted auf dem Arm zu uns. Sein Pullover hat Flecke, die nach Tomatensauce aussehen. »Was habt ihr beide gemacht?«, fragt sie.

Ich kitzle Ted unter dem Arm, und er kichert, ohne den Daumen aus dem Mund zu nehmen.

»Wir sprachen gerade darüber, einen Buchclub zu gründen«, sagte Albert.

Mum lacht und schlägt sich die Hand vor den Mund, als sie begreift, dass er das ernst meint. Albert schaut zwischen ihr und mir hin und her.

Hätte ich bloß nicht davon angefangen. »Wie gesagt, eine dumme Idee. Wir sollten dir jetzt mal was zu Essen machen, Teddles.«

»Ich konnte Beth nie zum Lesen bewegen, Albert«, sagt Mum. »Wir wurden einmal in die Schule bestellt, weil sie nicht das aufgegebene Buch, sondern nur eine Inhaltsangabe im Internet gelesen hatte. Das reinste Plastinat.«

»Plagiat, Mum. Und das ist über fünfzehn Jahre her. Danke für den Tee, Albert.«

Er sieht meine Mutter noch immer befremdet an, nickt aber und erwidert, das Vergnügen sei ganz auf seiner Seite, dann schließt er die Tür.

Ted jammert, dass er Hunger hat.

»Hast du etwas im Haus, das du ihnen zu essen machen kannst?«, fragt Mum. Polly ist nirgends zu sehen. Anscheinend hat sie sich sofort auf ihr Zimmer verzogen.

Ich habe den ganzen Tag gearbeitet und nicht ans Kochen gedacht. Ich schaue in den Tiefkühler. »Ich dachte an ein Fischstäbchen-Sandwich«, lüge ich und bin erleichtert, weil tatsächlich noch Fischstäbchen da sind.

Mum verzieht das Gesicht und setzt Ted in seinen Kindersitz. »Zum Glück hat eure Nan euch heute Morgen einen Auflauf gemacht.« Sie schiebt die Unordnung auf dem Esstisch beiseite, um für einen Teller Platz zu schaffen. Sie deutet mit dem Kopf auf den Kühlschrank. »Da ist genug für alle. Am besten, wir erhitzen seine Portion in der Mikrowelle, weil er gleich baden soll.«

Ich schließe den Tiefkühler und öffne den Kühlschrank. Ich spüre, dass ich rot werde. Da steht nicht nur ein Rest Auflauf, der bei ihr und Dad übrig geblieben ist, sondern sie hat extra einen nur für uns zubereitet. »Was, wenn ich schon etwas für sie gekocht hätte?«, frage ich.

»Das kam mir unwahrscheinlich vor, Liebes.«

Und trotzdem hättest du das mit mir absprechen können. Ich teile für Ted eine Portion ab und stelle sie in die Mikrowelle. »Wie ist Polly beim Schwimmen zurechtgekommen?«

»Gut«, sagt Mum. »Ich habe mich die meiste Zeit mit Geraldine unterhalten – du weißt schon, die Pilates-Geraldine – aber ab und zu zum Schwimmbecken hinuntergeschaut. Bei Polly sieht es ganz leicht aus, nicht wahr? Und es spritzt überhaupt nicht.«

»Ja, sie ist ein Naturtalent. Ist das Schwimmfest nächste Woche?«

Dass Polly weiter zum Schwimmen geht, war meine Bedingung an sie, damit ich ihren Großeltern nicht von ihrer Übernachtungslüge erzähle und ihr das Handy eher zurückgebe.

Mum zieht einen Brief aus der Handtasche, die sie an Teds Stuhl gehängt hat. »Ja, die Schwimmer müssen früher da sein als die anderen, und sie muss den Trainingsanzug vom Verein tragen, weil ein Mannschaftsfoto aufgenommen wird. Ich hefte das Schreiben an den Kühlschrank, damit du dran denkst, ja?« Wir wissen beide, dass sie mich trotzdem vorher anrufen wird, um mich zu erinnern. Die vielen Zettel am Kühlschrank sind praktisch nur Deko.

Die Mikrowelle klingelt, und ich nehme den Teller heraus und steche mit Teds kleiner Bambusgabel hinein, um zu prüfen, wie heiß der Auflauf ist, dann puste ich.

Er macht ein elendes Gesicht, als ich ihm den Teller vorsetze. »Wassndas?« Er reißt die Augen auf.

»Der berühmte Auflauf von deiner Nan.«

»Ich will Fischstäbchen-Sandwich«, kräht er und lehnt sich zur Seite, um an mir vorbeizuspähen, weil vielleicht irgendwo das gewünschte Sandwich steht.

»Da sind viele Vitamine drin, davon wirst du groß und stark«, erklärt Mum. »Du hast ihn schon mal gegessen. Probier ihn, mein Schatz.«

Er kräuselt die Oberlippe, was spöttisch aussieht, und obwohl ich mir das Grinsen verkneife, hat Mum es wohl gesehen, denn auf dem Weg zur Haustür schnalzt sie mit der Zunge. »Kannst du morgen früh um neun bei uns sein?«, fragt sie.

»Okay. Sollen wir Ted mitnehmen?«

»Nein, ich denke nicht.«

»Es wäre doch aber schön, wenn er seine Mum sieht und sie seine Stimme hört.« Es ist über eine Woche her, seit er zur Klinik mitgefahren ist.

»Es steht nicht fest, dass sie ihn hört, Liebes«, erwidert Mum leise.

»Nein, es steht aber auch nicht fest, dass sie ihn nicht hört.«

»Mal sehen, wie er morgen früh gelaunt ist«, sagt sie. »Für ihn ist es kein Vergnügen, stundenlang in dem stickigen Raum zuzubringen. Das ist eigentlich kein Ort für ein kleines Kind.«

Eigentlich für niemanden, denke ich, sage aber nichts. Wenn Mum »mal sehen« sagt, weiß ich, dass nichts daraus wird. Nachdem sie fort ist, rufe ich zu Polly hoch, ob sie etwas von dem Auflauf essen möchte, und sie erscheint oben an der Treppe mit nassen Haaren vom Schwimmen.

»Auflauf? Echt jetzt?«

»Ich fürchte ja, aber«, ich drehe mich um und sehe nach, ob Mum nicht noch mal ins Haus gehuscht ist, »ich habe Fischstäbchen und dreifach frittierte Pommes Frites im Eis. Wenn du noch warten kannst und versprichst, deiner Nan nichts zu verraten.«

»Abgemacht.« Sie tappt in ihrem Hoodie und Jogginghose die Treppe hinunter. »Nan bleibt außen vor.«

»Der war gut. Wie war's beim Schwimmen?«

Sie zuckt die Achseln. »Langweilig.«

»Na klar. Halte durch.«

»So wie du, hm?«

Die Bemerkung überrascht mich. Ich nehme Teds unberührten Teller weg und sage ihm, dass es gleich Fischstäbchen gibt und dass er solange CBeebies gucken darf. Von dieser Wendung der Ereignisse ist er sehr angetan.

»Das ist etwas anderes. Ich war nie so gut wie du«, erkläre ich Polly.

»Da ist Coach Draper anderer Meinung.«

»*Greg* Draper? Ach du je, lungert er immer noch am Beckenrand herum?« Ich denke an die Freitagabende meiner Teenagerjahre zurück, die ich im Freizeitzentrum verbracht habe. Greg Draper war damals in meiner Mannschaft für die 400-Meter-Mixed-Staffel. Er nahm das alles sehr ernst.

»Er sagt, du warst richtig gut, hättest aber aufgegeben, bevor du die Chance hattest, einen Wettkampf zu gewinnen. Er trainiert uns für das Schwimmfest.«

»Tatsächlich? Schön für ihn.« Ich weiß nicht, in welche Richtung ich das Thema drehen kann, nachdem sie nun weiß, dass ich ihr genau das ausreden will, was ich früher selbst getan habe. Folge meinem Rat, aber nicht meinem Beispiel – so sagen Eltern doch, nicht wahr? Ich weiß nicht, ob das auch für Tanten gilt. Zu ihrem Leidwesen hat Polly der Bedingung zugestimmt, um sich mein Schweigen zu erkaufen. Also kann ich ihren Angriff auf meine Persönlichkeit von damals einfach ignorieren.

Ich schütte eine großzügige Portion Pommes Frites auf das Backblech und lege die Fischstäbchen bereit, um sie zehn Minuten später auf das Blech zu geben. Letzte Woche habe ich aus der Praxis gelernt, dass Fischstäbchen schon knusprig sind, wenn die Pommes Frites noch blass sind wie Ron Weasleys Beine im Winter, weil die Zeitangaben auf der Pommes-Packung eine glatte Lüge sind. Das wird mir heute nicht passieren. Heute habe ich die Garzeit entsprechend korrigiert, und das, gepaart mit meiner Arbeitsleistung am Nachmittag und der halben Stunde bei Albert, gibt mir das Gefühl, beinahe vorbildlich zu sein.

Ich kratze den Auflauf von Teds Teller in den Mülleimer und überlege, Alexa zu bitten, *My Way* zu spielen, bevor ich die Bettzeitrituale in Angriff nehme. Das ginge zu weit, denke ich dann und summe den Song nur, während ich den Ketchup und die Remoulade auf den Tisch stelle.

JULI

16

»Wir werden zu spät kommen.« Polly deutet durchs Fenster auf den Verkehr.

»Werden wir nicht«, sage ich, obwohl sie recht hat. Ich signalisiere dem Fahrer, der in der Ausfahrt der Tankstelle wartet, mit der Lichthupe, dass ich ihn vor mir hereinlasse. Er rollt in die Lücke, ohne sich zu bedanken. »Gern geschehen, Schwachkopf«, brumme ich. »Ist ja nicht so, als hätten wir es eilig.«

»Gern geschehen, Schwachkopf«, wiederholt Ted auf dem Rücksitz.

Polly und ich wechseln einen Blick. »Es heißt: Gern geschehen, Wachkopf«, sage ich.

»Wachkopf, Wachkopf«, singt Ted und lässt Mr Trunky auf seinen Knien hüpfen.

»Wirst du da jetzt auch schon empfindlich, Tante Beth?«, fragt Polly.

»Hör bloß auf«, erwidere ich. »Ich kann gut darauf verzichten, dass dein Bruder vor eurer Grandma Schimpfwörter wiederholt.«

Schweigend kriechen wir durch den Freitagnachmittagsverkehr. Als das Freizeitzentrum in Sicht kommt, aber die Ampel zum dritten Mal auf Rot springt, bevor wir über die Kreuzung gelangen, rate ich Polly, schnell rauszuspringen. »Dann kannst du dich schon mal umziehen. Wir sehen uns in der Halle.« Ich reiche ihr die Schwimmtasche durch die offene Tür. »Viel Glück!«

Ich will mich gerade selber loben, weil ich Emmys Riesenkarre unter Zeitdruck so gut in die Parklücke manövriert habe, als ich lautes Knirschen höre. Ich bin zu weit an den Bordstein gefahren und habe die Stoßstange zerschrammt. »Oh Kack…«, ich blicke in den Rückspiegel und schlucke, »…eldackel.«

Ted lacht mich vom Rücksitz an. Ich öffne meine Tür und versuche, mich durch den Spalt zu schlängeln, ohne mit dem Türgriff gegen das Auto neben mir zu stoßen. Auf Teds Seite ist noch weniger Platz, und das heißt, ich muss mich halb gedreht über seinen Kindersitz beugen, um ihn abzuschnallen und dann herauszuheben. Bis wir es durch die Eingangstür geschafft haben, bin außer Atem und verschwitzt, und ich habe mir irgendwie den Nacken gezerrt. Ein kleines Kind zu betreuen ist auch körperlich anstrengend, das habe ich meiner Schwester bisher nie zugestanden.

Der Chlorgeruch und der aufgeregte Stimmenlärm von der Zuschauergalerie versetzen mich sofort in die Zeit zurück, als ich selbst noch Mitglied im Schwimmverein war. Schwimmen habe ich von allen Hobbys am längsten durchgehalten, aber als ich in Pollys Alter kam, raffte ich meinen

Mut zusammen und sagte meinen Eltern, dass ich den Verein verlassen wollte.

Eine kleine Schar von Leuten hat sich bereits versammelt und drückt die Nase an die Glasscheibe. Ich schaue über die Sitzreihen, bis ich Dads Jacke entdecke. Sie sitzen am hinteren Ende, wo wohl der beste Platz ist. Mum hat sicher schon vor Tagen ein Handtuch auf die Sitze gelegt.

»Beth Pascoe, sieh mal einer an.« Eine Männerstimme dröhnt hinter mir aus Richtung der Umkleideräume, und ich fahre herum. Greg Draper lächelt zu mir herunter. Es ist noch dasselbe Lächeln wie früher, bei dem ich das Gefühl hatte, er denkt an einen Insiderwitz, in den ich noch nicht eingeweiht bin.

»Draper.« Ich nicke ihm zu, überrascht, weil ich automatisch in die alte Gewohnheit verfalle, ihn mit dem Nachnamen anzusprechen. »Oder vielmehr *Coach* Draper, wie ich hörte.«

Er nickt. »Die wollen mich einfach nicht gehen lassen. Ich lebe praktisch in der Umkleide.«

»Klingt gruselig«, sage ich, und er lacht. Er wirkt nicht mehr so verklemmt wie in seiner Teenagerzeit, und wenn ich mir seinen Körperbau ansehe, scheint er eher im Fitnessstudio zu leben. Es verwirrt mich, wie tief seine Stimme jetzt klingt und wie breit seine Schultern sind, obwohl es mich eigentlich nicht verblüffen sollte, dass er aussieht und klingt wie ein erwachsener Mann. Denn schließlich er ist genauso wie ich in den Dreißigern.

Ich frage ihn, wie sich Polly macht, und er erzählt mir,

dass sie ihr Star ist oder das zumindest sein könnte, wenn sie beim Training engagierter wäre. »Sie erinnert mich an jemanden, mit dem ich vor Eiszeiten geschwommen bin.«

»Was du nicht sagst.« Ich wende den Blick von seiner Schulter ab und nicke in die Richtung, wo meine Eltern sitzen. »Ich gehe jetzt mal zu meinen Leuten. War nett, dich zu sehen. Viel Glück. Ich hoffe, ihr gewinnt.«

»Danke. Fand es auch schön, dich zu sehen.« Er hebt eine Hand, und für eine Sekunde glaube ich, dass er mich am Arm berühren will, doch er schiebt sie sich in die hintere Tasche seiner Shorts. »Und es tut mir wirklich leid wegen deiner Schwester und Doug. Ich hoffe, es geht ihr bald besser.«

»Ich auch«, sage ich. Ted wird mir auf der Hüfte allmählich zu schwer, deshalb lasse ich ihn herunter, nehme ihn aber an die Hand. So gehe ich mit ihm durch die Tische zwischen der Rezeption und der Turnhalle zur Zuschauertribüne.

»Du kommst reichlich knapp.«

»Hallo, Beth, wie geht's? Oh, gut, danke, Mum«, sage ich.

Sie hebt Ted hoch, damit er das Schwimmbecken sieht. Ich zwänge mich vorbei und setze mich neben Dad, lächle die Frau hinter mir entschuldigend an, die frühzeitig hier war und jetzt trotzdem an meinem Kopf vorbeigucken muss. Sie erwidert das Lächeln und beobachtet Ted, der zeigt und ruft, dass er Polly sehen kann. Dafür sind Kleinkinder gut. Mit ihnen darf man vieles, was anderen verwehrt wird.

Ich folge seinem Finger. Die Schwimmer stecken ihre Badehaubenköpfe zusammen zum Mannschaftsgespräch, alle schlank und muskulös. Polly steht am Rand der Gruppe, an ihrem dunkelblauen Badeanzug leuchten die hellgrünen Streifen an der Seite. Ich versuche, ihren Blick einzufangen, aber sie starrt aufs Wasser. Sie wirkt, als wäre sie lieber woanders.

»Lampenfieber, nehme ich an«, sagt Dad.

»Ja.«

»Oder sie schmollt, weil Rosie nicht da ist«, flüstert Mum, aber so laut, dass es im Umkreis von zehn Metern wohl jeder versteht.

»Warum ist Rosie nicht da?«

»Ich glaube, da hat es einen kleinen Krach gegeben«, sagt Dad. »Du weißt, wie Mädchen in dem Alter sind. Haben viel Unsinn im Kopf. Du auf jeden Fall.« Er lacht.

Mir dreht sich der Magen um. Er weiß nicht mal die Hälfte. Nicht von mir und nun auch nicht von Polly. Ich frage mich, ob der erwähnte Krach mit der Party in Michaelas Haus zu tun hat.

Bei den ersten Wettkämpfen ist Polly noch nicht dabei, aber wir klatschen und jubeln für ihre Mannschaftskameraden. Greg steht am Beckenrand, und er fängt ausgerechnet meinen Blick ein, als er den Reißverschluss seiner Hoodiejacke aufzieht. Echt großartig, denn jetzt denkt er, ich hätte ein Auge auf ihn geworfen. Er trägt eine Schwimmweste. Jory und ich haben uns über Schwimmwesten immer lustig gemacht, aber ich muss sagen, Greg steht sie ganz gut. Ziemlich gut sogar.

»Er ist noch ledig, weißt du. Greg.« Mums Gesicht erscheint dicht neben meinem.

»Das ist schön«, sage ich. »Willst du mit ihm ausgehen?« Ich spüre, dass Dad neben mir bebt.

»Er schien von dir ziemlich angetan zu sein, als ihr euch vorhin unterhalten habt«, fährt sie fort. »Und ihr kennt euch schon lange.«

Ich rolle die Augen. »Wohl kaum. Wir sind vor einer Ewigkeit zusammen geschwommen, und seitdem haben wir kaum ein Wort gewechselt.«

»Nun, aber jetzt. Und ich weiß, er hat nicht die aufregendste Karriere vor sich, aber er wirkt sehr zufrieden und ist großartig in Form.« Sie klingt, als hätte sie die Vor- und Nachteile dieses potenziellen Schwiegersohns längst abgewägt. »Du darfst in deinem Alter nicht mehr allzu wählerisch sein.«

»Unglaublich.«

»Dein Dad wird dich nicht ermutigen, weil er noch hofft, dass du Jory mal heiratest, aber ich habe ihm gesagt, der Zug ist abgefahren. Oder zumindest zurzeit. Wirklich schade.«

»Gibt es noch andere Männer, mit denen ich kurz gesprochen habe, die du mir als Ehemann empfehlen willst? Zum Beispiel Albert?« Ich bin froh, als Polly ins Becken steigt, um als Erste von ihrem Mixed-Staffel-Team zu schwimmen. Los, Pol.

»Rückenschwimmen zuerst«, sagt Dad. »Das ist hart.«

Sie hat eine der zwei mittleren Bahnen, und die Schwimmer neben ihr setzen bereits ihre Schwimmbrillen auf und bewegen den Kopf hin und her, um den Hals zu dehnen. Sie wirken lebhaft, aufmerksam, blicken auf und hören auf letzte

Anweisungen ihrer Trainer und Mannschaftskameraden. Polly wirkt dagegen sehr still. Sie hat ihre Schwimmbrille noch auf der Stirn.

»Was macht sie denn – stimmt etwas nicht?«

»Ich denke, sie konzentriert sich«, sagt Mum, klingt aber, als wäre sie sich auch nicht sicher. Die anderen Schwimmer habe ihre Starthaltung eingenommen, greifen um den Beckenrand, bereit, sich beim Startschuss rückwärts abzustoßen. Polly setzt ihre Schwimmbrille erst auf, als Greg sie anschreit.

»Sie hat etwas«, sage ich. »Da stimmt etwas nicht.« Mum und Dad sagen nichts. Mein Puls beschleunigt, als ihre Konkurrenten sich zusammenkrümmen. Endlich, der Startschuss. Die Leute jubeln und feuern sie an, und ich blicke zwei Sekunden auf die Schwimmer, die durch ihre Bahnen gleiten, ehe ich bemerke, dass Polly nicht unter ihnen ist. Die Familien ihrer Mannschaftskameraden, die um uns herum sitzen, fangen an zu reden.

»Was zum …«

»Was macht sie denn?«

»Warum schwimmt sie nicht?«

Polly steigt aus dem Becken, entschuldigt sich bei Greg, der sich mit beiden Händen an den Kopf fasst. Er sagt etwas und sieht sie besorgt an, dann lässt sie ihn stehen und rennt zum Ausgang. Ich bin ihm dankbar, weil er mitfühlend reagiert, ganz im Gegensatz zu einem der zuschauenden Väter, der mit der Faust an die Glasscheibe schlägt. »Wer ist unsere Nummer eins? Die kleine Lander? Also den Wettkampf hat sie vergeigt.« Es wird geflüstert, als ihn andere peinlich berührt darauf hinweisen, wo wir stehen. Ihm ist das egal. »Aber das stimmt doch, sie hat es total vergeigt.«

Polly saust auf der anderen Seite der Scheibe an uns vorbei zu den Umkleideräumen.

»Ich gehe zu ihr«, sage ich und sehe den wütenden Vater böse an, während ich mich durch die Reihe zwänge. »Ihr Dad ist gerade ums Leben gekommen, Arschloch.«

»Beth.« Mum fühlt sich sichtlich gedemütigt, weil eine Szene droht.

»Nein, sie hat recht, Liebes«, sagt Dad, und ich nicke ihm dankbar zu, weil er mir Rückendeckung gibt.

Im Umkleideraum der Mädchen liegen überall Klamotten und Taschen und Shampooflaschen, aber außer uns beiden hält sich dort keiner auf. Polly kauert tropfnass unter ihrem Haken auf der Bank. Ich nehme ihr das Handtuch aus den Händen und lege es ihr um die Schultern. An der Stirn hat sie eine Delle vom Rand der Badekappe. Jenseits der Duschen hören wir den Jubel immer lauter werden, dann begeisterten Beifall, als die Siegermannschaft ausgerufen wird. Polly zuckt zusammen, schweigt aber.

»Pol? Was ist passiert?« Ich setze mich neben sie. Sie schnieft und schüttelt den Kopf. »Ich weiß, du warst nicht mehr mit dem Herzen dabei, und ich weiß, wie das ist.«

»Nein, weißt du nicht«, sagt sie leise.

»Dann klär mich auf. Was ist mit dir?«

»Ich habe alles verdorben.« Ich weiß nicht, worauf sich das bezieht. Spricht sie von dem Wettkampf? Von einem

Streit mit Rosie? Oder meint sie das Leben allgemein? Vielleicht alles zusammen.

Eine Schwimmerin einer anderen Mannschaft kommt herein, um zur Toilette durchzugehen, und gibt sich Mühe, nicht zu uns hinüberzublicken. Ich senke die Stimme. »Ich weiß, im Moment sieht es trostlos aus. Und du denkst wahrscheinlich, dass es für immer so bleibt, aber das ist nicht wahr.«

»Ich habe alle enttäuscht.« Ihr läuft die Nase, und ich ziehe ein Papierhandtuch aus dem Spender neben den Waschbecken.

»Nein, hast du nicht. Okay, du bist bei einem Wettkampf nicht gestartet, aber dir geht momentan viel im Kopf herum. Die Leute werden das verstehen.«

»Der blöde Wettkampf ist mir scheißegal!« Sie braust plötzlich auf, dass ich zusammenfahre. Die Toilettenspülung rauscht, und die Schwimmerin schlüpft hinter uns hinaus, um in die Halle zurückzukehren.

»Was ist dir stattdessen wichtig?« Ich gebe ihr das Papierhandtuch. »Ich kann nicht helfen, wenn du mich nicht lässt.«

Sie nimmt es und putzt sich die Nase. »Du kannst sowieso nicht helfen.«

»Ich kann dir deinen Dad nicht zurückbringen und auch deine Mum nicht gesund machen, aber …«

Sie fällt mir ins Wort und weint. »Ich will es einfach ungeschehen machen.«

Sie hat recht, das kann ich nicht. Wir sitzen ein paar Augenblicke still da, bis Polly zu zittern anfängt. Ich hole ihre

Kleidung aus ihrer Tasche und lege sie auf die Bank. »Zieh dich an, dann bringe ich dich nach Hause.«

Sie steht auf und reißt ihren Badeanzug herunter, steigt hinaus und tritt ihn mitsamt dem Handtuch beiseite. Ich weiß nicht, wieso es mich überrascht, sie nackt zu sehen – schließlich sind wir im Umkleideraum –, vielleicht weil sie aufgewühlt ist, verzweifelt wirkt. Ich schiebe ihre Kleidung näher zu ihr hin. Sie greift nicht danach. »Du brauchst nicht weiter in den Verein zu gehen, wenn du nicht willst.«

Sie schaut mich verwirrt an. »Aber du hast gesagt, ich muss.«

»Weil ich dachte, das wäre gut für dich. Aber du hast recht, ich bin damals auch nicht dabeigeblieben. Ich bereue das jetzt, um ehrlich zu sein. Ich wünschte, ich hätte mehr Durchhaltevermögen gehabt, aber deine Nan wird dir sagen, dass ich zum Aufgeben neige. Folglich steht es mir nicht zu, von dir etwas anderes zu verlangen.« Polly ist von der Bank weggegangen und geht an den Spinden auf und ab. »Komm, Pol, du musst dich anziehen.« Es fällt mir schwer, mit jemandem ein Gespräch in Gang zu halten, der nackt auf und ab geht.

»Warum?«, fragt sie trotzig.

»Tja, weil …« Mein Blick schnellt zu den Duschen und zum Ausgang, der zur Halle führt. Die Wettkämpfe werden in Kürze gelaufen sein, und dann strömen die Schwimmer in die Umkleide.

»Es ist mir egal, wenn die Leute mich nackt sehen.« Polly streckt die Arme zur Seite. »Von mir aus kann mich jeder nackt sehen. Das ist mir absolut schnuppe.«

»Okay.« Ich hebe die Hände. »Dann warte ich draußen auf dich.«

»Ich gehe es immer wieder durch«, sagt sie. »Wenn ich die Augen zumache, sehe ich Mum und Dad an dem Morgen von zu Hause wegfahren.«

»Oh Pol.« Ich lege die Hände auf ihre Schultern. Sie ist blass.

»Das ist nur meine Schuld, Tante Beth«, sagt sie leise.

»Nein, überhaupt nicht.«

»Und was, wenn doch?«

Ich schüttle den Kopf. »Aber nein, wie könnte es denn?«

Sie zieht ihren BH und den Slip an. Einen Moment sieht es so aus, als wollte sie noch etwas sagen, aber wir hören Leute kommen, und dabei setzt sie ein ausdrucksloses Gesicht auf und murmelt: »Vergiss es.« Der Moment der Zugänglichkeit ist vorbei, und die verschlossene Polly, mit der ich die letzten Monate zusammengelebt habe, ist wieder da. Sie zieht sich ihr T-Shirt über den Kopf. »Ich komme in fünf Minuten.«

»Und?« Mum und Dad warten neben der Rezeption. Ted steht neben ihnen und futtert eine Tüte Chips aus dem Snackautomaten.

»Sie fühlt sich gerade ein bisschen überfordert.« Eine Untertreibung epischen Ausmaßes.

»Oh je. Vielleicht haben wir zu früh zu viel von ihr verlangt. Meinst du, daran liegt es?«, fragt Dad.

Ich ziehe die Lippen zwischen die Zähne. Vielleicht hätte ich ihnen doch von der Eskapade erzählen sollen. Ich bin mehr denn je überzeugt, dass Polly etwas verschweigt. Doch das jetzt nachzuholen erscheint mir schlimmer, als wenn ich es sofort erzählt hätte. *Ach, übrigens, ich vergaß zu sagen, dass sie gelogen hat, aber ich habe ihr versprochen euch nichts zu sagen, damit sie weiter in den Schwimmverein geht. Wir wollten dich nicht aufregen, Mum. Es ist alles unter Kontrolle.* Das würde nur wieder zeigen, wie verantwortungslos ich bin. Außerdem hat sich Polly mir beinahe geöffnet. Wenn ich ihr Vertrauen jetzt enttäusche, dann war's das, und wir werden nie erfahren, was sie uns verschweigt.

Ich blicke über Dads Schulter zu den Zuschauern, die sich langsam zerstreuen und darauf warten, dass ihre Teenager aus dem Umkleidcraum kommen. »Wurde noch etwas gesagt? Über den Wettkampf?«

Mum und Dad wechseln einen Blick. Mum schaut für einen Moment entsetzt, und ich fürchte schon, dass etwas Schreckliches vorgefallen ist, doch dann sehe ich, dass Dad sich das Grinsen verkneift.

»Was ist?«

Dad lacht, und Mum schlägt ihm auf den Arm. »Das ist nicht lustig, Jim.«

»Ein bisschen schon, Liebes«, erwidert er.

»Könnt ihr mich mal aufklären?«

»Dein Dad wird es erzählen müssen. Mir ist das zu peinlich.« Mum schüttelt den Kopf.

Ich sehe Dad an, der nicht gerade unauffällig mit dem Kopf auf den wütenden Vater deutet, der sich vorhin laut über Polly aufgeregt hat. »Er kam zu uns und hat sich entschuldigt, muss man ihm zugutehalten. Sagte, er hätte inzwischen erfahren, was Polly durchgemacht hat, und dass in dem Moment die Nerven mit ihm durchgegangen sind.«

»Weil sein Sohn als Letzter in der Staffel dran war«, fügt Mum hinzu. »Er hat lange für den Wettkampf trainiert, da ist es für ihn furchtbar schade.« Das tut sie immer: befielt Dad, die Geschichte zu erzählen, und reißt es dann doch an sich.

»Also hat er sich entschuldigt. Das ist doch gut, oder? Das war genau richtig«, sage ich.

»Ja, das stimmt«, sagt Mum und vergewissert sich mit einem Blick über die Schulter, dass der Mann nicht zuhört, »und als wir sagten, wir verstehen das, und nichts für ungut und so weiter, bedankte er sich bei uns, und …« Sie birgt das Gesicht in den Händen und wartet, dass Dad den Satz zu Ende bringt.

»Und dann sagt unser Ted, den sie die ganze Zeit auf dem Arm hatte …« Dad zögert die Pointe noch einen Moment hinaus, »da sagt er zu ihm: Gern geschehen, Wachkopf.«

Trotz der Tragik des Abends muss ich lachen.

Mum schüttelt den Kopf. »*Wachkopf*, wirklich, Beth. Wo er das bloß her hat?«

17

Die Sonne kommt hinter den Wolken hervor, und wir bleiben stehen, um die Wildblumen auf dem Rasenstreifen vor dem Krankenhaus zu bewundern. Während der letzten Monate habe ich mich an den Geruch nach Desinfektionsspray und Kantinenessen gewöhnt, der uns schon im Eingang empfängt. Unser Weg durch das Labyrinth hat sich ein wenig geändert, seit Emmy vor ein paar Wochen auf die Bracken-Station verlegt wurde. Als Dr. Hargreaves uns darüber informierte, hofften wir sogleich, das sei ein Zeichen der Besserung. Der wahre Grund war jedoch, dass bei Emmy keine Zeichen einer Verschlechterung festgestellt wurden und ihr Intensivbett für einen neuen schwerkranken Patienten gebraucht wurde. Die meisten, die nach Emmy in die Intensivpflege kamen, sind inzwischen nicht mehr da, entweder weil es ihnen besser ging oder weil sie verstorben sind. Währenddessen verblüfft meine Schwester das medizinische Personal, weil sie friedlich in ihrem Bett liegt wie Schneewittchen und nicht kommunizieren kann, aber auch keine permanenten Hirnschäden aufweist.

Auf der Station kommt uns Keisha, eine der Krankenschwestern, entgegen, die sich mit Ted immer große Mühe gibt und mir deshalb schnell sympathisch wurde. »Er lässt den Besuch heute wieder aus«, erzähle ich ihr, »aber morgen wird er hoffentlich mitkommen und seine Mum sehen.« Es wird immer schwieriger, Ted bei seinen Besuchen bei Laune zu halten.

Auf dieser Station herrscht mehr Betrieb als auf der Intensiv, aber Emmy liegt im letzten Zimmer, wo davon wenig zu spüren ist, und das Bett neben ihr ist derzeit frei, sodass ich mir nicht so idiotisch vorkomme, wenn ich mit ihr rede. Ich habe ein Sträußchen Lavendel bei mir, das Albert mit einer Schleife gebunden und mir für Emmy mitgegeben hat. Zuerst dachte ich, er scherzt wegen meines Missgeschicks mit seinem Pflanztopf, aber wie sich herausstellte, ging es ihm um den Lavendelduft. Ich hatte ihm nämlich erzählt, dass man mit starken Gerüchen auch die Reaktionsfähigkeit von Komapatienten prüfen und damit ihre Sinne stimulieren kann. Ich reibe eine Blüte zwischen den Fingern, rieche daran und stelle mir einen Moment lang vor, wie es wäre, wenn Emmy das auch tun könnte. Sie reagiert nicht, aber ich lege ihr den Strauß auf die Brust, nur für alle Fälle.

Dad ist gegangen, um uns beiden Kaffee zu holen. Vermutlich geht er in das Café im Parterre und kauft dort eine Zeitung, damit er uns nachher laut die Kreuzworträtselfragen vorlesen kann. Er ist nicht besonders gut beim Lösen und ich auch nicht, sodass wir eine Ewigkeit dafür brauchen. Ich hänge meine Jacke über den Stuhl und rücke ihn ans Bett.

Ich nehme Emmys Hand. Ihre Lippen sehen heute anders aus. Die Mundwinkel sind ein wenig hochgezogen, als ob sie lächelt oder gerade etwas Schönes träumt. Ich frage mich, was in ihrem Kopf vorgeht, ob sie tatsächlich in einem langen tiefen Traum steckt. Oder ob sich da gar nichts abspielt. Jedes Gespräch mit ihren Ärzten endet mit demselben Satz: Wir wissen es nicht. Emmy könnte in sehr tiefem Schlaf liegen, sie könnte wach und »eingeschlossen« sein oder keins von beidem. Solange ich bei ihr sitze, dränge ich jeden Gedanken daran weg, welche Möglichkeiten übrig bleiben, wenn sie nicht aufwacht und nicht wieder nach Hause kann. Aber das geht mir dann unweigerlich durch den Kopf, wenn ich einschlafen will. Und die Sorge um Polly und das, was sie verheimlicht.

Ich streichle mit dem Daumen ihren Handrücken. »Die gute Nachricht für heute lautet, dass ich gestern Abend vergessen habe, Ted eine Windel anzuziehen und dass sein Bett heute morgen trocken war, hurra. Da haben wir Glück gehabt, denn meistens ist seine Windel morgens schwer von Pipi. Also ist er wahrscheinlich noch nicht bereit für den kalten Entzug. Aber ich dachte, du freust dich trotzdem. Ich habe das bei Mum noch nicht erwähnt, denn als ich neulich mal erzählte, dass seine Windel trocken geblieben ist, meinte sie, ich gebe ihm zu wenig zu trinken. Typisch Mum. Übrigens gebe ich ihm genug zu trinken. Jede Menge sogar. Leider hat er jetzt eine Leidenschaft für Apfel- und schwarzen Johannisbeersaft entwickelt, aber wir haben alle unsere Laster.«

Ich sehe meiner Schwester aufmerksam ins Gesicht und suche nach einem Anzeichen, dass sie mich versteht oder den starken Lavendelduft wahrnimmt, aber leider deutet nichts darauf hin. Gehen Sie davon aus, dass sie alles hört, sagte Dr. Hargreaves, und darum rede ich immer weiter.

»Teds neue Trinkgewohnheiten sind leider noch nicht die schlechte Neuigkeit. Die üble Schlagzeile für heute lautet: Ich habe deinen Staubsauger kaputt gemacht.« Ich halte inne und verziehe das Gesicht, obwohl ich weiß, dass ich keinen Rüffel kassieren kann. »Ich wusste nicht, wie empfindlich die Dinger sind, und bin mit deinem ein bisschen abenteuerlich umgegangen. Das ist bestimmt schlimm für dich, weil es ein schicker kabelloser ist, den Doug dir gekauft hat. Aber du sollst wissen, ich habe versucht, das Richtige zu tun, nachdem Mum signalisierte, dass es mit dem Gerät ein Problem gibt. Dad hat den Garantieschein aus deinen Unterlagen herausgesucht – der leicht zu finden war, nachdem wir erst mal begriffen hatten, dass du einen Ordner für Rechnungen und Garantien angelegt *und* alles alphabethisch abgeheftet hast. Ich bin übrigens beeindruckt und zugleich deprimiert. Jedenfalls habe ich den Hersteller angerufen. Der war extrem uneinsichtig und erklärte, ich hätte das Gerät nicht entsprechend der Bedienungsanleitung benutzt und die Funktionsstörung sei auf falschen, unsorgfältigen oder leichtfertigen Umgang mit dem Gerät zurückzuführen. Falls du dich fragst, was ich damit angestellt habe: Ich habe Glasscherben aufgesaugt, weil ich Handfeger und Schaufel nicht finden konnte. Und dann fing er an, komische Geräusche zu machen, die ich aber ignoriert habe, weil ich dachte, das gibt sich wieder. Und, na ja, offenbar ist eine Scherbe in den Motor gelangt, und deshalb roch es verbrannt, wenn ich ihn eingeschaltet habe. Er ist total hinüber. Tut mir wirklich leid.«

Wenn etwas den Hauch einer Reaktion hervorrufen konnte, dann diese Neuigkeit. Ich kann mir lebhaft vorstellen, welches Gesicht sie machen würde, wenn sie wach wäre. Es würde deutlich sagen, dass sie entsetzt und verblüfft ist, weil ich, die ich ständig Mist baue, aus demselben Mutterschoß gekommen bin wie sie, die einen Ordner mit alphabetisch abgelegten Rechnungen hat.

Dad kommt mit unseren Getränken zurück, bevor ich ihr gestehen kann, dass ich ihren Wagen verschrammt habe. Ich recke den Hals, damit ich seine hinteren Hosentaschen sehen kann. »Keine Zeitung?«

»Oh, die habe ich tatsächlich vergessen. Ich bin unterwegs der Ärztin in die Arme gelaufen …« Ein verschmitztes Grinsen breitet sich auf seinem Gesicht aus.

Ich drohe ihm mit dem Finger. »Komm nicht auf dumme Gedanken.«

Zu spät. Er stellt die Kaffeebecher ab und tut, als beträte er eine Telefonzelle, dann dreht er sich ein paar Mal um seine Achse. Als er anhält, taumelt er, und ich lache.

»Du bist so peinlich, weißt du das? Was hatte Dr. Hargreaves zu berichten? Oder hast du dir das nur ausgedacht, um mit mir Charade zu spielen?«

Er holt sich den zweiten Besucherstuhl an Emmys Bett. »Nein, ich bin ihr tatsächlich begegnet. Ich glaube, sie machte gerade eine ihrer seltenen Pausen und trank einen Kaffee, darum wollte ich sie nicht ansprechen, aber sie sagte von sich aus, dass sich bei Emmy nichts verändert hat.«

»Okay.« Wir sitzen eine Weile still da, blasen auf unseren heißen Kaffee und starren Emmy an.

»Läuft es bei der Arbeit?«, fragt er.

»Ja, ganz gut.« Ich denke an das letzte Gespräch mit Malcolm zurück. »Eigentlich …«

»Oh-oh.« Er sieht mich vielsagend an. Ich weiß genau, womit er jetzt rechnet, und ich kann es ihm wirklich nicht verdenken. In der Vergangenheit liefen Gespräche über meine Arbeit meistens darauf hinaus, dass ich Kündigungsabsichten durchblicken ließ, egal was für einen Job ich gerade hatte, und dass ich ihn bat, mir den Rücken zu stärken, wenn ich Mum die Neuigkeit unterbreite.

»Nichts Schlimmes«, sage ich. »Vielleicht im Gegenteil. Ich weiß nicht.« Ich berichte ihm kurz, dass Malcolm mich gebeten hat, bei den Finanzgeschäften etwas mehr Verantwortung zu übernehmen. Anstatt Portfolio Assistant soll ich mich dann Senior Portfolio Assistant nennen, und es ist auch etwas mehr Geld für mich drin.

»Also wirst du befördert? Das ist fantastisch!«, sagt Dad, und ich kann nicht anders, ich strahle über sein Lob.

»Das ist nicht wirklich eine Beförderung. Oder na ja, vielleicht eine kleine. Ich bin dann noch immer Malcolms Mädchen für alles, aber mit mehr Verantwortung.«

»Und du willst das auch? Du hast zugestimmt?«

»Jep.« Ich erzähle nicht, dass das aus heiterem Himmel

kam und Malcolm mir keine Gelegenheit gab, darüber nachzudenken. Es war weniger ein Angebot als eine Anweisung: »Sie werden von jetzt an …« anstatt »Würden Sie gerne …?« Ich erzähle Dad auch nicht, dass ich jetzt schon das Gefühl habe, zu viel zu arbeiten, und dass deshalb die Dinge zu Hause mit Polly und Ted und dem Haushalt noch mehr aus den Fugen geraten als vorher. Meine Eltern scheinen zu glauben, dass ich die Lage meistere, von meinen zweifelhaften Haushaltsfähigkeiten einmal abgesehen.

»Das ist brillant, Liebes. Wirklich. Deine Mum wird sich freuen.« Ich recke beide Daumen, und er lacht. »Sie ist stolz auf dich, weißt du.«

»Hmhm.« Meine Mum hat mir das nicht mehr gesagt, seit ich 2001 beim 100-Meter-Brustschwimmen gewonnen habe. Dass ich mich für nichts engagieren kann, ist ihr »ein absolutes Rätsel«. Genau das sagte sie am letzten Silvesterabend, nachdem sie ein paar Lemon Port getrunken hatte. Da hat sie wohl einfach mal ausgesprochen, was sie schon seit Jahren denkt. Wir unterhielten uns darüber, wie das kommende Jahr für uns aussehen wird, was wir uns vorgenommen haben und was nicht. Emmy und Doug waren mit den Kindern zu uns gekommen, und ich aß mit ihnen zu Abend, bevor Jory mich abholte, um mit mir in den Pub zu gehen. »Vielleicht wird dies das Jahr, in dem du zu dir selbst findest, Liebes«, sagte Mum. Ihre Wangen waren rot vom Alkohol, obwohl sie das der Hitze vom Backofen zuschrieb. »In dem du dein Leben in geregelte Bahnen lenkst.«

»Verdammt, Mum, erzähl mir ein andermal, was du

denkst, okay?« Ich lachte mit meiner Familie, während sie sich wie immer amüsierten, weil es völlig unwahrscheinlich ist, dass ich irgendetwas auf die Reihe kriege. Und zweifellos haben sie sich, noch lange nachdem Jory und ich gegangen waren, darüber lustig gemacht, dass ich im Berufsleben, in der Liebe und allgemein als Erwachsene keine Ziele habe.

»Beth?« Dad hat mich etwas zu meiner neuen Verantwortung im Job gefragt, und ich habe nicht zugehört.

»Entschuldige, ich war meilenweit weg.«

»Ich sagte gerade, wir sollten das feiern.«

»Das ist eigentlich keine große Sache. Das Geld der Gehaltserhöhung reicht gerade für eine Tankfüllung.« *Oder um den Lackschaden an Emmys Wagen auszubessern.*

»Nun ja, wir haben zurzeit nicht viel zu feiern, nicht wahr? Aber das ist doch ein guter Anlass. Wie sagt deine Schwester immer? Man muss die kleinen Siege feiern?«

Ich streiche Emmy übers Haar, schiebe ihr eine dunkelblonde Strähne hinters Ohr und beuge mich zu ihr. »Dad macht sich neuerdings deine Mottos zu eigen. Ich denke, es wird Zeit, dass du nach Hause kommst.« Ich schiele zu Dad hinüber und flüstere gut hörbar: »Und er hat wieder den Doctor Who gemacht. Bitte, komm zurück.«

Ich dachte, das würde ihn zum Lächeln bringen, doch er schüttelt nur traurig den Kopf. »Ich weiß nicht, wie du das schaffst.«

»Was meinst du?«

»Mit Emmy reden, als würde sie dich hören. Du sprichst mit ihr wie bei einer normalen Unterhaltung, aber die Situation ist nicht normal.« Ich folge seinem Blick zu der grellen Deckenlampe, den gemusterten Vorhängen und den zwei unpersönlichen Bildern an der Wand, auf denen Blumen in einer Vase und Schiffe in stürmischer See zu sehen sind. Ich weiß, wozu die Bilder gut sein sollen, aber der Raum würde ohne sie gewinnen, finde ich.

Ich wende mich wieder meiner Schwester zu. Sie sieht dünn aus. Ich weiß nicht, ob sie Gewicht verloren hat, weil sie künstlich ernährt wird oder weil ihre Muskulatur schwindet. So oder so ist es jedes Mal ein Schock, wenn die Schwester sie wäscht und ich Emmys Körper sehe. Das ist nicht Emmy, wie ich sie kenne. Ich sehe zu Dad. »Wenn ich mit ihr rede, stelle ich mir einfach vor, dass sie jedes Wort hört. Wenn ich das nicht tue, zweifle ich auch, ob das viele Reden Sinn hat. Aber ich brauche es, zu glauben, dass sie mich hört, sonst … du verstehst schon.«

Er nickt. »Ich werde es noch mal versuchen.« Er beugt sich auch zu Emmy, sodass wir drei eng beisammen sind. »Ich hoffe, du hörst uns, Emmy Lou. Deine Schwester erzählt wieder Märchen über mich. Aber mein Doctor Who war brillant.«

Im Auto auf dem Heimweg wechsle ich, als Dad nicht aufpasst, heimlich von Absolute Radio 80s zu Absolute Radio 90s, aber es wird wohl nicht lange dauern, bis er das merkt. Er sagt immer, dass es seit den Achtzigern keine richtige Musik mehr gibt. Wir plaudern über Emmy und Doug, wie immer auf der Rückfahrt vom Krankenhaus. Doch dann spricht er mich auf Jory an.

»Hat deine Mum dir erzählt, dass sie ihn mit seiner Freundin gesehen hat? Sadie heißt sie wohl.«

In meiner Brust macht sich ein eigenartiges Gefühl breit, als ob etwas Schweres hineinströmt. »Nein. Wann war das?«

»Am Wochenende, soweit ich weiß. Bei Morrison's. Sie verhielten sich sehr pärchenhaft, sagt sie.«

»Sieh an. Das ist schön.« Ich drücke auf den Radioknopf und bringe Cerys Matthews bei ihrem *Mulder and Scully* zum Schweigen.

»Was ist los?« Dad mustert mich nervös.

»Ich kann den Song nicht leiden, das ist alles. Konnte ich noch nie.«

»Ich muss zugeben, ich wusste nicht, dass sie schon in den Achtzigern gesungen hat. Mit dir und Jory ist doch alles in Ordnung, oder? Ihr seid noch Freunde?«

»Ja. Nein.« Ich seufze. »Keine Ahnung. Er hat mir eine komische Nachricht geschickt. Die war nicht für mich, aber es ging darin um mich.«

»Oh. Was stand drin?«

»Nur …« Ich kann das nicht erzählen, ohne Polly auffliegen zu lassen. »Es klang, als wäre ich ihm eine Last, das ist alles. Als würde ich immer nur für Aufregung sorgen.«

»Wirklich? Also, das überrascht mich. Er war dir immer ein großartiger Freund. Hast du ihm gesagt, dass du deswegen verärgert bist?«

»Nein.« Wenn er anruft, wimmle ich ihn jedes Mal ab, und als ich und Ted ihm im Dorfladen begegneten, sagte er wieder, dass ich mich seltsam verhalte. Es ist eigenartig, je angestrengter man versucht, sich nicht seltsam zu verhalten, desto seltsamer verhält man sich.

»Hmmm.« Dad trommelt mit den Fingern am Lenkrad. »Jeder sagt mal etwas, was er nicht so meint, Liebes. Und wenn er nicht weiß, dass du verärgert bist, kann er nichts tun, um es wiedergutzumachen, oder? Frag ihn doch, ob er Zeit für einen Drink hat. Feier mit ihm deine Beförderung. Deine Mum und ich können einen Abend bei Ted und Polly bleiben.«

»Ja, ich überleg's mir.«

»Gut.« Er schaltet das Radio wieder ein, zufrieden, weil er mir bei einem Problem geholfen hat. Als *Love Me For A Reason* kommt, wackelt er mit dem Zeigefinger. »Jetzt liegen sie aber wirklich falsch. Boys 2 Life gab es in den Achtzigern noch nicht! Ich werde hinschreiben und mich beschweren.«

»Boyzone.«

»Ach so? Wer war dann noch mal Boys 2 Life?«

»Die gab es nie. Du vermengst Boyzone, Boys II Men und Westlife.«

»So ist es wohl.« Er lacht. »Und Boyzlife war eine irische Gruppe, und darum klinge ich jetzt irisch, nicht wahr? Deine Schwester mochte den Blonden. Keegan hieß er, oder?«

Ich tue so, als ob ich mir an die Stirn schlage, und als das Lied zu Ende ist, schalte ich ihm zuliebe auf den Achtziger-Sender um.

Einerseits möchte ich sein Angebot, mit Mum auf Ted und Polly aufzupassen, sehr gern annehmen und mit Jory etwas trinken gehen, andererseits weiß ich jetzt schon genau, dass ich das nicht tun werde. Nachdem wir uns zuletzt so wenig gesehen haben, ist mir allmählich klar geworden, dass ich nicht nur wegen der fehlgeleiteten Nachricht verletzt bin und mich deshalb »seltsam« benehme, sondern ich verhalte mich so, weil ich mich seltsam fühle. Und ich fühle mich so, weil Jory eine Freundin hat. Wenn ich wieder mit ihm in den Pub gehe, könnte es gut sein, dass ich etwas tue oder sage, durch das er merkt, was wirklich los ist: Ich bin eifersüchtig. Eifersüchtig auf Sadie. Eifersüchtig auf sie beide.

Als wir zu Hause ankommen, sind Mum und Ted nicht da, und Dad sagt, er wird sich ein wenig die Beine vertreten und sie suchen gehen. »Deine Mutter ist wahrscheinlich auf dem Rückweg vom Park jemandem über den Weg gelaufen und hat sich festgequatscht. Willst du mitgehen?«

»Nein danke. Geh du nur. Wir sehen uns gleich.« Als ich ins Haus gehe, liegt ein Päckchen auf der Fußmatte, das jemand durch den Briefschlitz geschoben hat. Darauf steht in geschwungener Handschrift mein Name. Ich trage es in die Küche und packe es aus.

Zum Vorschein kommt eine Ausgabe von *Jane Eyre.* Es ist ein Bibliotheksband, eingeschlagen in durchsichtige Plastikfolie. Ich betrachte ihn von allen Seiten. Ich war nicht mehr in der Bibliothek, seit ich es damals mit zwölf versäumt habe, drei Point-Horror-Bände zurückzugeben. Mum ließ mich entscheiden, ob ich die Strafgebühr im Haushalt abarbeiten will oder ob ich lieber ein Ausleihverbot akzeptiere, und unter dem Druck des Augenblicks entschied ich mich für Letzteres. Desto mehr überrascht es mich, ein an mich adressiertes Bibliotheksbuch vorzufinden. Unter dem Packpapier auf der Arbeitsfläche finde ich eine William-Morris-Postkarte mit einer handgeschriebenen Nachricht.

Liebe Beth,
ich denke, es war eine großartige Idee, und ich habe mich gefragt, ob das vielleicht unsere erste Lektüre werden könnte. Ich besitze bereits eine Ausgabe des Romans, und deshalb habe ich für Sie ein Exemplar aus der Bibliothek ausgeliehen, als wir mit dem Bus des Seniorenvereins in die Stadt gefahren sind. Ich schlage vor, dass wir uns an einem Abend der kommenden Woche treffen und dass ich zu Ihnen komme. Vielleicht senden Sie mir eine Textnachricht mit einer passenden Uhrzeit? So kann ich auch üben, mit dem Mobiltelefon umzugehen. Abgesehen davon, wenn Sie derzeit zu beschäftigt sind oder es sich anders überlegt haben, dann legen Sie mir bitte das Buch kurzerhand vor die Tür, und ich werde darüber kein Wort mehr verlieren. Mir ist bewusst, dass ich viel mehr Zeit habe als Sie.
Beste Grüße
Albert

Ich weiß nicht, warum, aber Alberts Karte und das Bibliotheksbuch bringen mich zum Weinen. Emmy würde jubeln, wenn sie wüsste, dass mir die Tränen kommen, nur weil ihr Nachbar mir ein Buch aus der Bibliothek besorgt hat, und das so kurz nachdem mich schon sein Klammerbeutel zu Tränen gerührt hat. Ich greife nach meinem Handy und öffne die Kontakte: Albert von nebenan. Ich kenne keinen anderen

Albert, aber ich setze gern eine nähere Bezeichnung zu den Namen, eine der wenigen Angewohnheiten die ich von Mum übernommen habe, in deren Kontakten man einen »Trevor Dachrinnenreiniger« und eine »Carol Petes Frau« findet. Ich schalte den Wasserkocher ein und tippe meine Nachricht: *Wie wär's mit Mittwoch?*

Ein paar Minuten später kommt seine Antwort: HALLO BETH HIER ALBERT ICH BIN AUS DEM SESSEL HOCHGESCHRECKT ALS DAS GERÄT SUMMTE NÄCHSTEN MITTWOCH IST PRIMA BIS DAHIN

18

Mir wird ziemlich schnell klar, dass Albert unseren Buchclub viel ernster nimmt als ich. Ich habe das schon vermutet, als er mit einer Mappe hereinkam, die einen Notizblock und Infomaterial enthielt, das er diese Woche in der Bibliothek aus dem Internet ausgedruckt hat. Und als er nun verlangt, dass wir uns an den Esstisch und nicht aufs Sofa setzen, weiß ich mit Sicherheit, dass ich mehr von dem Buch hätte lesen sollen. Ich öffne eine Flasche Rotwein und schenke uns ein Glas ein.

»Sind das *Arbeitsblätter?*« Ich beuge mich über den Tisch, um zu sehen, was er aus der Mappe geholt hat.

»Das nicht, mehr ein Leitfaden. Ich habe mich in der Bibliothek mit Patricia unterhalten – sie betreut alte Leute wie mich am Computer –, und sie hat mich auf eine Internetseite aufmerksam gemacht, die Ratschläge zu Buchclubs gibt. Die sind alle kostenlos! Ich musste nur fünf Pence pro Blatt für die Ausdrucke bezahlen. Ist das nicht fabelhaft?« Er gibt mir zwei Blätter, wie sich sein Gesicht dabei aufhellt, ist so ansteckend, dass ich auch lächeln muss. »Nun, ich weiß, dass Sie das Buch noch nicht zu Ende gelesen haben. Darum besprechen wir nur das, was Sie bisher kennen. Haben Sie das Buch bei sich?«

»Oh, jep. Sekunde.« Ich hole es vom Küchentresen, knicke mein Eselsohr auf Seite fünf zurück, damit Albert nicht sieht, dass ich nicht mal das erste Kapitel geschafft habe. Ich blättere durch das erste Drittel und runzle die Stirn wie ein vergesslicher Mensch. Ich fühle mich wieder wie in der Schule. »Hm, ich weiß nicht mehr, auf welcher Seite ich war, aber Jane war da schon auf Thornfield eingetroffen.«

Albert strahlt. Ich habe ihn noch nie so froh gesehen, nicht einmal, wenn er seine Sträucher schneidet. Mein rascher Blick auf SparkNotes, als ich auf dem Boden saß und wartete, dass Ted ins Bett ging, hat sich gelohnt. Ich kenne die Handlung ein wenig durch den Jane-Eyre-Film.

»Dann könnten wir vielleicht mit dieser Frage beginnen.« Albert schaut auf sein Blatt. »Mr Rochester sagt zu Jane: *Wenn Sie anders geartet sind als die meisten anderen, ist es nicht Ihr Verdienst.* Was halten Sie von der Aussage?«

»Ich finde, er spricht in Rätseln«, sage ich. Albert wartet darauf, dass ich eine ernsthafte Antwort gebe. Ich wünschte, ich hätte das Buch gelesen, obwohl ich nicht glaube, dass ich dann mehr verstanden hätte als jetzt.

Albert reibt sich nachdenklich das Kinn. »Ein vielschichtiger Satz, nicht wahr? Ich denke, er findet ihre Charakterstärke faszinierend. Wir müssen bedenken, dass das damals andere Zeiten waren, man dachte nicht so modern wie wir. Meine Vorstellung, was bei der Liebeswerbung akzeptabel ist, dürfte sich von Ihrer sehr unterscheiden, und Mr Rochester ist noch mehr ein alter Knacker als ich.«

»Sollen wir als Leser denken, dass Rochester praktisch ein Depp ist?«, sage ich. »Gehört das zu seiner Anziehungskraft? Entschuldigung. *Depp* war sicher kein akzeptabler Ausdruck, als Sie Mavis den Hof machten. Meine Generation benutzt ständig Schimpfwörter.«

Albert lacht. »Ich denke, wir sollen Rochester geheimnisvoll und ein wenig verbittert finden, und das führt uns zu der Frage, was für eine Vergangenheit er hat. Und machen Sie sich keine großen Gedanken wegen Ihrer Ausdrucksweise. Mavis war eine zarte, anmutige Person, aber wenn ein Autofahrer sie in einem Kreisverkehr schnitt, dann fluchte sie lästerlich.«

»Wirklich?«

»Ja. Dann liebte ich sie noch leidenschaftlicher, wenn sie im Auto wütend wurde. Sie war witzig und stark wie Jane Eyre, meine Mavis.«

»Ich werde auch oft wütend auf andere Fahrer. Ich finde es traurig, dass ich Mavis nicht mehr kennengelernt habe«, sage ich und schenke ihm Rotwein nach. Er hebt die Hand, um anzudeuten, dass er genug hat.

Während der nächsten vierzig Minuten sprechen wir über Mr Rochester und Jane. In der Zeit kippe ich drei Gläser Rotwein hinunter, und als ich nach oben springen will, um nach Ted zu sehen, taumle ich auf der ersten Treppenstufe. So beschwipst habe ich mich seit Monaten nicht gefühlt, und ich bin mir nicht sicher, ob es zu meinem Allzeittief gehört oder ein neuer Höhepunkt ist, wenn ich mich bei einem Zwei-Mann-Buchclub-Abend mit einem Achtzigjährigen volllaufen lasse. Ted schläft in seinem Captain-America-Schlafanzug alle viere von sich gestreckt auf seiner Bettdecke. Ich möchte ihn nicht wecken, und darum ziehe ich eine Decke unter seiner Kommode hervor und breite sie über ihn. Ich klopfe bei Polly an, um zu fragen, ob sie noch etwas braucht, und wie erwartet sagt sie Nein und schaut sofort wieder auf ihr Handy.

»Wollen wir beim nächsten Mal mit Jane Eyre weitermachen, Albert?« Ich setze mich wieder auf meinen Stuhl und hoffe, dass ich nicht zu sehr schwanke.

»Das liegt bei Ihnen, meine Liebe. Das können wir gern tun oder ich bringe Ihnen nächste Woche ein neues Buch, wenn ich in der Bibliothek gewesen bin.«

»Dann lassen Sie uns ein neues anfangen«, sage ich und gebe ihm Jane Eyre zurück.

»Möchten Sie dieses nicht zu Ende lesen? Sie können es noch bis Donnerstag behalten.«

»Oh, okay. Wollen wir uns dann in zwei Wochen wieder zusammensetzen? Ich kann nicht anderthalb Bücher in einer Woche lesen«, sage ich. *Wenn ich für fünf Seiten schon acht Tage gebraucht habe.* »Welcher Tag passt Ihnen am besten?«

»Ich habe nie Pläne, Beth.«

»Oh, klar. Was haben Sie früher getan, als Sie noch Pläne hatten? Außer Ihrem Buchclub mit Mavis. Was vermissen Sie?«

Er denkt einen Moment nach. »Ins Restaurant zu gehen«, sagt er.

»Damit ist es entschieden. Unser nächste Buchclubtreffen findet im Restaurant statt. Allerdings bin ich auch eine Weile nicht mehr essen gegangen. Ich bin mir nicht sicher, wo ich einen Tisch bestellen sollte. Wenn wir das nächste Treffen auf den Dienstag legen, kann meine Mutter auf Ted aufpassen und Polly vom Schwimmen abholen. Das heißt, wenn wir Polly überzeugen können, wieder hinzugehen.«

Albert schaut mich sonderbar an. »Sie brauchen nicht mit mir essen zu gehen. Sie haben genug um die Ohren, ohne sich auch noch um einen alten Mann zu kümmern.«

»Was, wenn es mir Spaß macht, mit Ihnen essen zu gehen? Ich meine das nur nett, wenn ich sage, dass ich damit einen Grund habe, aus dem Haus zu kommen. Ich habe auch nichts im Terminkalender stehen außer der Arbeit und den Fahrten zur Klinik. Jedenfalls nichts, was Spaß macht.«

»Würde Sie der nette junge Mann nicht zum Essen ausführen? Drury?«

»Jory«, sage ich. »Nein, er hat jetzt eine Freundin. Darum werden wir uns nicht mehr so oft sehen, nicht mal als Freunde. Es ist kompliziert, um ehrlich zu sein. Das erzähle ich Ihnen ein andermal.«

»Oh. Ich dachte wirklich …« Er stockt. »Egal.«

Ich lege die Buchclub-Infoblätter und den Notizblock in die Mappe und helfe Albert in seinen Mantel und reiche ihm seine Schiebermütze. Ich finde es herrlich, dass er sich wie für eine Wanderung anzieht, wenn er nur zum Haus nebenan läuft.

Er mustert mein Gesicht. »Es tut mir leid, das mit der

anderen Frau«, sagt er. Das hört sich an, als hätte Jory heimlich eine Affäre.

»Muss es nicht! Wir waren nicht … Sie wissen schon. Es spielt keine Rolle.«

Er nickt, wirkt aber noch immer perplex. Als er nach draußen tritt, verspreche ich, für unser zweites Treffen einen Tisch in einem Restaurant zu buchen. Vielleicht bestelle ich sogar ein Taxi, sage ich noch. Da geht die Begeisterung mit mir durch. Schließlich werde ich so bald abends nicht mehr ausgehen. Wir verabschieden uns, und es tut mir weh, wenn ich daran denke, dass er in ein leeres Haus zurückkehrt. »Albert, darf ich Sie etwas fragen?«

»Natürlich.«

»Sie sagten, dass sie sich durch Jane Eyre an Mavis erinnert fühlen. Haben Sie das Buch deshalb für uns zur Lektüre ausgesucht?«

Er lächelt, und seine Augen funkeln. »So etwa ist es gewesen, meine Liebe.«

Während ich mir die Zähne putze, leuchtet auf meinem Handy eine Facebook-Benachrichtigung auf.

Greg Draper gefällt dein Profilbild.

Ich spucke meinen Zahnpastaschaum ins Waschbecken. Greg Draper gefällt mein Profilbild? Was hat das zu bedeuten? Gar nichts. Nur dass er es gelikt hat. (Weil es ihm gefallen hat?) Ich halte einen Waschlappen unter den heißen Wasserhahn und wische mir damit das Gesicht ab, sehe zu, wie das Makeup schwindet. Nachdem ich mir das Gesicht abgetrocknet und Feuchtigkeitscreme eingeklopft habe, strecke ich den Kopf zu Ted ins Zimmer, der noch immer fest schläft, und zu Polly, die ihre Ohrhörer eingesteckt hat und brummt, als ich sage, dass es Zeit zum Schlafen ist. Dann tappe ich nach unten, mache mir meinen Schlafplatz zurecht und habe das Handy in der Hand.

Wieso sieht sich Greg Draper mitten in der Woche um Viertel vor zehn mein Profilbild an? Es ist nicht mal ein aktuelles, und ich habe nichts gepostet, das ihn auf mich aufmerksam machen könnte, und das heißt, er hat nach mir gesucht. Ich hatte sogar vergessen, dass wir »Freunde« waren, ein Überbleibsel aus der Zeit, als Facebook noch neu und aufregend war und wir jedem, den wir aus der Schule kannten, eine Freundschaftsanfrage schickten und dann was in ihre Timeline schrieben. Ich klicke auf sein Profil. Sein Foto ist eine dieser Sonnenuntergangssilhouetten, bei denen man kaum was erkennt. Aber die überdurchschnittlich breiten Schultern gehören eindeutig meinem alten Schwimmkameraden. Mein Finger schwebt über dem Messengerbutton unter seinem Foto.

Ich denke an meine Schwester. Sie würde mir raten, es eine Nacht zu überschlafen, mich zu vergewissern, dass ich die Nachricht am nächsten Morgen bei Licht betrachtet nicht bereuen würde. Sie würde den Kopf schütteln. »Tu das nicht, Beth. Betrunken eine Nachricht schreiben ist immer eine schreckliche Idee.« Ich lege das Handy hin und greife sofort wieder danach. Ich bin nicht betrunken. Ich habe ein paar Gläser Wein getrunken, aber der ist längst abgebaut. Es ist jedoch spät, und wie jeder weiß, verschickt man spätabends nach ein paar Gläsern Wein keine Nachrichten, es sei denn … tja, ich weiß nicht. Im Moment weiß ich vieles nicht. Außer dass ich gewöhnlich Jory Nachrichten schicke, wenn ich getrunken habe. Vor dem Unfall war ich gewöhnlich mit Jory zusammen, wenn ich getrunken habe. Im Pub nämlich, als das Leben noch einfach war und ich nicht ahnte, dass ich alles für selbstverständlich nahm. Aber Jory ist anderweitig beschäftigt. Und Greg hat mein Foto gelikt.

Ich öffne eine neue Nachricht und schreibe.

19

»Sekunde, Pol.« Ich antworte auf eine E-Mail, während wir auf das Schulgebäude zugehen. Ich habe das Büro verlassen, als ich gerade dabei war, Malcolm eins seiner laufenden Projekte vorzulegen, und jetzt kann er die zugehörigen Berechnungen nicht finden. »Besser, ich rufe ihn an.« Polly seufzt und schaut auf ihrem Handy nach der Uhrzeit. »Das geht ganz schnell, versprochen.«

Nachdem ich Malcolm zum dritten Mal erklärt habe, wo er die Datei findet, werfe ich mein Handy in die Handtasche, und wir gehen zum Haupteingang. Polly hat kaum zwei Worte gesagt, seit ich sie abgeholt habe. Wie immer, wenn sie schweigt, rede ich in einem fort, weil ich hoffe, vielleicht doch ein Gespräch in Gang zu bringen. »Die brummen mir definitiv mehr Arbeit auf. Ich kann nicht alles bewältigen.«

Polly brummt.

»Ehrlich gesagt zweifle ich noch, ob ich die Beförderung wirklich will.«

Keine Reaktion.

Ich versuche es mit einem anderen Thema. »Meine Güte, hier hat sich viel verändert. Siehst du die großen Granitbrocken da drüben?« Polly nickt so schwach, dass man es kaum sieht. »Da hat deine Mum abgehangen, als sie noch zur Schule ging. Ich meistens hinter dem Labortrakt. Stehen da noch die Schuppen? Da war es im Winter immer eiskalt. Aber das war ein gutes Versteck, wenn wir eine rauchen wollten. Aber erzähl das nicht deiner Nan.«

Wir betreten das Gebäude, gehen am Sekretariat vorbei und in den Gang zur Aula. Ich fühle mich jung, weil ich als Teenager auch hier entlanggelaufen bin, und zugleich alt, weil es siebzehn Jahre her ist, seit ich in Pollys Alter war. Damals wollte ich nach London ziehen und Journalistin werden oder mich selbstständig machen. Stattdessen wohnte ich weiter bei meinen Eltern und wechselte ständig den Arbeitgeber, bis ich die Vormundschaft über zwei Kinder übernehmen musste. Das konnte kein Karriereberater vorhersehen.

Eine gut gelaunte stellvertretende Schulleiterin, die selbst wie eine Zwölfjährige aussieht, kommt aus ihrem Büro, um uns mitzuteilen, dass sie bei den Elterngesprächen mittlerweile zehn Minuten zurückliegen, wir aber trotzdem schon zu unserem Tischbereich gehen und dort warten sollen.

»Hast du die Uhrzeit, die ich dir gegeben habe?« Polly deutet auf meine Tasche.

»Ja, klar, der Zettel ist irgendwo da drin«, lüge ich. Ich weiß genau, dass ich keinen habe, weil ich mir die Uhrzeit heute Morgen auf die Hand schrieb, Das fand ich organisatorisch ausreichend. Trotzdem wühle ich in meiner Handtasche. »Er muss auf meinem Schreibtisch im Büro liegen. Ich glaube, es war fünf Uhr fünfunddreißig bei Mrs Sandford.« Ich schaue unauffällig auf meine Handfläche. »Könnte aber auch fünf Uhr fünfundvierzig gewesen sein.«

Polly murmelt leise ein »Herrgott noch«. Die stellvertretende Direktorin erbarmt sich, vermutlich weil sie Pollys Geschichte kennt. Sie sieht auf der Liste auf ihrem Klemmbrett nach. »Du bist um fünf nach halb sechs dran, Polly. Wenn du ganz nach hinten durchgehst zu den Tischen der Geschichtslehrer, Mrs Sandford sitzt am Fenster.«

Ausgerechnet bei den Geschichtslehrern. Pollys Klassenlehrerin könnte alles Mögliche unterrichten, aber natürlich hat sie dasselbe Fach wie Jory. Ich sehe ihn sofort. Das Jackett, das er mir am Tag des Unfalls um die Schultern gelegt hat, hängt über seiner Stuhllehne. Er spricht konzentriert mit einem Elternteil.

Wir warten, bis wir dran sind, und schließlich bittet Mrs Sandford uns, auf den blauen Plastikstühlen Platz zu nehmen, die normalerweise gestapelt am Rand der Aula stehen. Sie schiebt ihre Brille hoch und sieht Polly an, bevor sie sich mir zuwendet. »Ich bin froh, dass Sie es einrichten konnten, Miss Pascoe.«

Ich lächle. »Selbstverständlich.«

»Ich weiß, die letzten Monate waren für Ihre Familie extrem schwierig, und ich erkenne an, wie viel Sie zu bewältigen hatten.«

»Okay.« Das ist ein krasser Gesprächseinstieg, mit dem ich nicht gerechnet hatte.

»Vielleicht sollten wir zuerst durchgehen, wo Pollys Noten derzeit liegen.« Sie dreht ein Blatt Papier um und schiebt es zu uns hin, wobei sie mit ihrem roten Kuli auf zwei Spalten zeigt. »Diese Spalte enthält die Noten, die wir aufgrund ihrer Leistungen im Vorjahr in diesem Jahr erwartet haben. Und in dieser Spalte stehen die Noten, die sie nach den letzten Klassenarbeiten am Ende dieses Schuljahrs tatsächlich erzielt hat.«

»Aha.« Das Lächeln vergeht mir, als ich sehe, wie stark sie zurückgefallen ist. »Nun ja, das war zu erwarten, nicht wahr? Nach allem, was passiert ist.«

Mrs Sandford lächelt dürftig. »In der Tat. Und wenn es nur ein Abfall in den Noten wäre, bräuchten wir uns in diesem Stadium keine allzu großen Sorgen zu machen. Es bleibt noch viel Zeit, um die Noten wieder zu verbessern. Worüber ich jedoch mit Ihnen sprechen wollte, ist Pollys Benehmen.«

»Oh.« Ich drehe den Kopf zu Polly, die nicht einmal Interesse heuchelt, sondern durch das Fenster zu den Tennisplätzen schaut. »Wie benimmt sie sich denn?«

Mrs Sandford trinkt einen Schluck von ihrem Kaffee, dann neigt sie sich nach vorn. »Polly, was glaubst du, welche deiner Verhaltensweisen uns am meisten Sorge bereiten?«

Polly zuckt die Achseln. »Keine Ahnung.«

»Sie ist im Moment nicht sie selbst«, sage ich. »Das muss man doch verstehen.«

Ihre Lehrerin nickt. »Natürlich. Wir haben das sicherlich berücksichtigt – und werden das auch weiterhin tun. Allerdings hat sie sich manchmal so sehr daneben benommen, dass es schwer zu handeln war. Sie hat den Unterricht gestört, war laut und unverschämt zu ihren Lehrern. Als wir die üblichen Strafen verhängt haben, wurde sie emotional und impulsiv. Sie hat außerdem Stunden geschwänzt. Darum haben wir versucht, Sie zu einem früheren Gespräch hierherzubitten.«

»Aber ist das nicht der erste Elternabend seit März?«

»Durchaus. Wir haben Ihnen vor ein paar Wochen eine E-Mail geschrieben und mehrere Nachrichten auf dem Elternportal hinterlassen.«

»Ich habe keine …« Ich sehe zu Polly, die sehr angespannt dasitzt. »Ich habe keine bekommen. Warum hat mich niemand angerufen?«

»Die Nachrichten sind als gelesen markiert … Das sehen Sie, wenn Sie sich durch Pollys Profil klicken. Wenn Sie Probleme haben, sich einzuloggen, wenden Sie sich an das Sekretariat, da es wirklich wichtig ist, dass wir die Kommunikationskanäle offen halten.« Mrs Sandford spricht wohl überlegt, klingt verständnisvoll, trotzdem kommt es mir wie eine Zurechtweisung vor, und ich bin reichlich verwirrt, weil ich jetzt erst von einem Elternportal und Schülerprofil erfahre.

Sie erklärt weiter, dass ein Schulpsychologe zur Verfügung steht, und ich erwidere gerade, dass wir den nicht benötigen (weil Polly und Ted schon ein Trauerberater zugewiesen wurde, den sie jederzeit in Anspruch nehmen können), als aufdringlich laut ein Telefon klingelt. Wie die Eltern rechts und links von mir schaue ich zu den anderen Tischen zwischen unserem und der Bühne und begegne dabei Jorys Blick. Früher haben wir uns oft in der Aula getroffen.

Er will mir etwas zu verstehen geben und deutet mit dem Kinn auf meine Füße. Ich schüttle den Kopf. *Weiß nicht, was du mir sagen willst.* Er zeigt auf den Boden. Meine Tasche klingelt. *Scheiße, das ist mein Handy.* Wie sollte es auch anders sein? In meiner Hast, die Störung zu beenden, stoße ich mit der Schulter gegen den Tisch, und dadurch kippt Mrs Sandfords Tasse um. »Oh je, das tut mir leid. Ich habe Feuchttücher bei mir.«

Sie nimmt das Blatt mit Pollys Noten hoch, das in warmem Kaffee schwimmt. Die Zahlenkolonnen sind nicht mehr lesbar. Ich ziehe Tücher aus der Packung in meiner Handtasche und werfe sie auf den Tisch in die Pfütze.

Sie hebt die Hände. »Ist schon gut, ehrlich. Unsere Zeit ist außerdem um.« Sie schaut hinter mich, wo andere Eltern warten. »Aber ich werde für uns ein weiteres Gespräch anberaumen, damit wir für das nächste Halbjahr einen Plan aufstellen können. Sie sehen das dann in der App.« Eine Lehrerin mit glänzenden dunklen Haaren eilt mit einer Rolle Papierhandtüchern herbei. Mrs Sandford dankt ihr leise. Die Kollegin lächelt mich breit an, und ich sage ihr, wie leid es mir tut, dass ich so ungeschickt war, und bedanke mich für die Papierhandtücher. Ich kenne sie, fällt mir ein. Aber woher? Ich nehme meine Tasche und verspreche Mrs Sandford, mir zu Hause schon einmal über einen Plan für Polly Gedanken zu machen. »Sie werden im September große Fortschritte in deinem Verhalten erkennen, nicht wahr, Pol?« Ich nehme meinen Mantel und blicke über die Schulter. Polly ist schon hinausgegangen.

»App, Elternportal, E-Mails. Du hast mir überhaupt nichts darüber gesagt. Wie kann es sein, dass ich keine E-Mail wegen eines Gesprächs bekommen habe?« Ich nehme den Autoschlüssel aus der Tasche, entriegle die Türen aber noch nicht. Polly steht neben der Beifahrertür und tritt gegen den Vorderreifen.

Sie zuckt die Achseln. »Vielleicht hast du sie übersehen.«

»Ich habe von der Schule nichts bekommen. Was ich höchst seltsam finde, denn ich habe mich gerade im Sekretariat vergewissert, dass sie die korrekte E-Mail-Adresse haben.«

»Vielleicht landen sie in deinem Spam-Ordner.« Sie schaut auf ihre Füße.

»Wie es scheint, hätte ich mich auch in das Elternportal einloggen sollen. Um Nachrichten zu erhalten. Das hast du mir auch nie gesagt.«

»Hab's vergessen.«

»Du erzählst mir immer, dass es in der Schule gut läuft, bei den Noten und insgesamt. Wie soll ich von Dingen wie Elternabenden wissen, wenn du mir verschweigst, wie ich an diese Informationen herankomme?« Ich drücke auf die Entriegelungstaste, und wir steigen ein.

»Ich will ja auch gar nicht, dass du zu den Elternabenden gehst. Die sind für *Eltern,* schon vergessen?«

Es vergeht ein Augenblick, bis ich begreife, was sie damit sagen will. »Wow. Ich gebe hier mein Bestes.«

»Wie, indem du dein Telefon auf laut stellst und den Kaffee meiner Lehrerin umwirfst? Du bist *so* peinlich.«

Meine Wangen brennen, und ich lasse das Fenster herunter, damit frische Luft hereinweht. »Ich gebe zu, das war nicht toll, aber es ist nichts weiter passiert, oder? Typisch, dass Jory mal wieder mitkriegen musste, wie ich einen Tumult verursache.«

Polly zieht die Knie an die Brust und starrt aus dem Fenster. »Und seine Freundin. *Cringe.*« Glänzende dunkle Haare. Sadie. Großartig.

Mum hat Ted von der Kindertagesstätte abgeholt und nach Hause gebracht. Als wir nach einer schweigsamen Fahrt dort ankommen, schicke ich Polly ins Haus und sage, dass ich gleich nachkomme. Sie knallt die Autotür zu, und ich bleibe im Wagen sitzen.

Ich scrolle durch meine Anrufliste, bis ich Suzies Nummer finde, die richtige, und rufe sie an. Als sie sich meldet, frage ich, ob ich sie mich über das Elternportal aufklären könnte.

Es gibt eine App, die ich herunterladen und durch ich mich in das Portal einloggen kann, sagt sie. Sobald ich eingeloggt bin, habe ich eine interaktive Pinnwand vor mir. Als ich ihr erzähle, dass ich noch nie auf dem Elternportal gewesen bin, kann sie es kaum fassen. »Aber wie haben Sie Ihren Termin beim Elternabend gebucht?«

»Gar nicht. Polly hat mir einen Zettel mit der Uhrzeit gegeben. Haben Sie auch einen bekommen?«

»Nein. Niemand bekommt heute noch etwas auf Papier. Das läuft alles online. Sie muss es ausgedruckt haben, obwohl ich nicht wüsste, wie sie das bewerkstelligt hat. Schüler haben keinen Zugang zum Elternportal. Für sie gibt es einen ganz anderen Login.«

»Tja, Polly hat sich den Zugang offenbar verschafft. Wohingegen ich keinen hatte.«

»Du liebe Güte.« Ich kann mir vorstellen, wie sie das Gesicht verzieht. »Ich hoffe, Sie bekommen alles wieder ins Lot.«

Ich danke ihr und lege auf. Dann schaue ich in meinen E-Mails nach und gebe als Suchwort den Namen der Schule und den des Elternportals ein, aber ohne Ergebnis. Nachdem ich meine Einstellungen überprüft habe, bestätigt sich mein Verdacht, dass Polly die E-Mails irgendwie abgefangen hat. Vor Monaten wurde eine E-Mail-Filterregel erzeugt, die Nachrichten vonseiten der Schule geblockt hat. Erwischt. Nachdem ich sie entblockt habe, lade ich die App herunter und richte für meinen Portalzugang ein neues Passwort ein. Als ich mich einlogge, entdecke ich eine Reihe von Nachrichten, auf die »ich« seit März geantwortet habe. Ich sehe sie zum ersten Mal. Ich beiße mir auf die Wangen und frage mich, wie ich mit diesem Ausmaß von Täuschung umgehen soll, als mein Handy summt. Eine Textnachricht.

ALLES IN ORDNUNG WENN SIE NOCH LÄNGER DA DRAUSSEN SITZEN BRINGE ICH IHNEN EINE TASSE TEE PS WIE MACHT MAN EINEN APOSTROPH ALBERT

Ich schaue zu seinem Wohnzimmerfenster, und ja, da steht er mit seinem Handy und reckt den Daumen. Da er mich erwartungsvoll ansieht, tippe ich schnell meine Antwort: *Mir geht es gut. Ich zeige Ihnen den Apostroph bei unserem nächsten Buchclubtreffen.*

Ich schicke Buch- und Weinglas-Emojis hinterher und sehe seine Augen groß werden.

JA BITTE UND AUCH DIE KLEINEN BILDER ALBERT

Als ich aussteige, zeige ich ihm beide Daumen, und er strahlt.

Im Haus plaudern Mum und Dad mit Polly, die sofort Blickkontakt mit mir aufnimmt und den Kopf schüttelt. *Sag es ihnen nicht.* Am liebsten würde ich *ihr* sagen, dass ich von der Geheimhaltung die Nase voll habe. Aber als Dad fragt, wie es war, und Polly antwortet, alles sei bestens, korrigiere ich das nicht. Das Schuljahr ist zu Ende, nicht wahr? Vielleicht sollten wir unter die letzten Monate einen Schlussstrich ziehen. Bis September werde ich mit dem Elternportal auf dem neusten Stand sein. Das wird ein Neuanfang.

Jory hat mir geschrieben und fragt, wie es mir nach dem Elterngesprächsfiasko geht und ob ich Zeit habe, mich nächste Woche, wenn die Schulferien angefangen haben, mit ihm zu treffen. Ich habe an meinem Entschluss festgehalten, nicht mehr mit ihm in den Pub zu gehen. Denn die Wahrheiten, die der Wein aus mir heraustreibt, würden unsere Freundschaft schließlich zerstören. Aber ein Treffen bei Tage ist harmlos, und ich schreibe ihm das schnell, bevor ich es mir anders überlegen kann.

Hey, mir geht es gut, fühle mich nur ein bisschen beschämt. Treffen nächste Woche gerne. Könntest du am Mittwoch und hättest du Lust, irgendwo spazieren zu gehen? Ich habe Ted (tut mir leid). x

PS: Meinst du, mein Handyklingeln ist aufgefallen?

Er antwortet sofort.

Großartig, Spazierengehen klingt gut, und entschuldige dich nicht, ich freue mich, Ted wiederzusehen. Also Spaziergang am Mittwoch. Gib mir Bescheid, wo. x

PS: Ich bin sicher, das Klingeln hat keiner gehört.

PPS: Das PS war gelogen.

Mum beobachtet mich mit schräger Kopfhaltung. »Wem schreibst du da? Coach Draper?«

»Nein.« Ich sehe sie mit schmalen Augen an. »Warum ausgerechnet der?«

»Nur so.« Sie blickt ein bisschen zu interessiert in ihren Tee. »Polly hat wohl gesehen, dass eine Nachricht von ihm auf deinem Handy aufleuchtete, das ist alles.«

»Oh, brillant. Soll ich euch allen meine Pin geben? Tut euch keinen Zwang an.«

Mum lacht. »Reg dich doch nicht so auf. Aber Ted hat Albert erzählt, dass du einen Freund hast, als wir ihn gestern im Garten sahen. Der Ärmste schien ein bisschen verwirrt zu sein.«

»Was redest du da? Wie kommt Ted denn darauf, dass ich einen Freund habe?«

»Er hat uns wohl bei der Unterhaltung zugehört. Albert dachte zuerst, Ted meint Jory. Es kam zur Verwirrung, als Ted Gregs Namen nannte.«

»Aha. Also, es gibt keinen Freund, keine Affäre. Das kannst du das nächste Mal verbreiten, wenn du mit Nachbarn über mich klatschst. Und du kannst aufhören, mich so komisch anzugucken.«

»Du bist ulkig, Liebes.« Mum nimmt ihre Tasse in beide Hände. »Ich gucke gar nicht komisch. Ich sage nur, dass Greg keine schlechte Partie wäre. Meinst du nicht auch, Jim?«

»Was denn, Liebes?« Dad blickt von den Fernsehnachrichten auf.

»Coach Draper.« Sie deutet mit dem Kopf auf mich. »Und Beth.«

»Oh ja. Netter Kerl.« Er schaute wieder zum Fernseher. »Breit wie ein Schrank.«

AUGUST

20

Ted hat sich über die normale Kleidung seinen Regenoverall und die Gummistiefel angezogen, sodass er von Kopf bis Fuß leuchtend gelb ist und aussieht, als wollte er Giftmüll beseitigen und nicht bloß durch den Wald stapfen. Es ist viel zu warm für Regenzeug, habe ich ihm erklärt, aber er beharrte darauf. Folglich musste ich ihm außer der Hose alles darunter ausziehen. Zum Glück ist es kühl für die Jahreszeit, und es hat sogar ein wenig geregnet, so dass die Gummistiefel nicht ganz so verrückt erscheinen. Als wir aus dem Auto aussteigen, ernten wir trotzdem ein paar seltsame Blicke von Eltern, deren Kinder in Shorts und Kapuzenpullis unterwegs sind.

»Wieso hast du nicht so ein gelbes Ding an?« Jory deutet auf Ted.

Ich lache. »Die gab es nicht in meiner Größe.«

»Schade. Polly ließ sich nicht überreden, mitzukommen?«

Ich schüttle den Kopf. »Sie meint, mit dir spazieren zu gehen wäre *cringe.*«

»Wow, brutal. Wie geht es ihr?«

»Nicht gut. Ich dachte, wie hätten nach dem Schwimmwettbewerb einen Durchbruch erzielt, aber seit dem Elterngespräch spricht sie wieder kaum mit mir und wirkt niedergeschlagen. Und das nur bei mir.« Wir bleiben stehen, um auf Ted zu warten, der quietschvergnügt in Pfützen springt.

»Wann haben wir das verloren, was meinst du?« Jory schaut ihm fasziniert zu. Er ist versiert im Umgang mit Oberstufenschülern, aber Kleinkinder sind für ihn unbekanntes Terrain. Trotzdem schien er immer besser mit Babys und Kleinkindern zurechtzukommen als ich.

»Was verloren?« Ich lenke Ted auf den kürzesten, leichtesten Wanderweg in den Wald.

»Diese sorglose Unbekümmertheit. Ted hat einen schweren Verlust erlitten, in einem Alter, wo das den meisten Menschen erspart bleibt, aber sieh nur, wie glücklich er in den Pfützen spielt. Er lebt ganz im Augenblick. Wann haben wir diese Fähigkeit verloren?«

»Ich dieses Jahr, am Freitag, dem fünfzehnten März«, antworte ich. Jory sieht mich an, als wüsste er nicht so richtig, ob ich von ihm ein Lachen erwarte. »Da drüben sind noch größere Pfützen, Ted.« Ich sehe einen gelben Fleck an mir vorbeiflitzen.

»Wie oft kommst du hier entlang, dass du weißt, wo die größten Pfützen sind?«, fragt Jory.

»Gar nicht«, gebe ich zu. »Ich weiß nicht, ob hier irgendwo Pfützen sind, aber so bleibt er in Bewegung.«

»Raffiniert.«

Wir gehen weiter und bleiben ab und zu stehen, um die

Stöcke zu bewundern, die Ted anschleppt. Schließlich werden Teds Beine müde, und Jory bietet ihm an, ihn auf die Schultern zu nehmen. Er schafft es nicht, sich aus der Hocke hochzustemmen, und ich muss ihm eine Hand reichen, damit er aufstehen kann, und weise Ted an, sich gut festzuhalten, damit er nicht nach hinten kippt. Normalerweise hätten Jory und ich deswegen herumgewitzelt. Ich hätte seinen Bizeps gedrückt und gefragt, ob ihm seine Mitgliedschaft im Fitnessstudio zu teuer geworden ist. Doch jetzt überlege ich vorher, ob das unpassend wäre. Seine Muskeln zu befühlen ist vielleicht wie Hand in Hand gehen, und ich würde damit eine Grenze überschreiten. Es scheint zwischen uns zu sein wie vorher: Zwei Freunde tauschen sich bei einem Spaziergang aus, doch so ist es nicht mehr. Wir schweigen uns an, und ich weigere mich, auf den Elefanten im Raum hinzuweisen oder vielmehr auf den Elefanten im Wald. Nicht dass ich Sadie mit einem Elefanten vergleichen würde. Nach ihren Facebook-Fotos und ihrer eleganten Erscheinung beim Elterngespräch nach zu urteilen ist sie eher eine Gazelle. Ich frage mich, was für ein Tier ich wäre. Auf jeden Fall ein müdes.

Als wir uns dem Wegende nähern – inzwischen trage ich Ted auf dem Arm –, räuspert sich Jory, und ich beiße mir auf die Lippe, um mich davon abzuhalten, die peinliche Stille zu füllen. Schließlich knickt er als Erster ein. »Beth, bist du mir wegen irgendetwas böse?«

Clever. Schiebt die Atmosphäre zwischen uns auf mich. »Warum sollte ich dir böse sein?«

»Das weiß ich nicht, ich möchte nur nicht, dass wir uns entzweien. Ich hasse das.« Er schaut auf seine Stiefel. Er hat für den Spaziergang richtige Wanderstiefel angezogen, auch etwas, womit ich ihn sonst aufgezogen hätte.

»Wir haben uns nicht entzweit. Im Allgemeinen streitet man sich, bevor man sich entzweit.«

»Woher kommt es dann? Dieses seltsame Schweigen zwischen uns«, fragt er.

Ich lasse mir einen Moment Zeit, bevor ich antworte. »Du hast mir eine Nachricht geschickt, nachdem ich dich wegen der Party angerufen hatte. Aber die war nicht für mich bestimmt.« So, jetzt habe ich in das Wespennest gestochen, aber ich habe die Nase voll davon, auf sämtliche Wespen in meinem Leben Rücksicht zu nehmen.

»Moment. Was?«

Ich finde die Nachricht auf meinem Handy und lese sie ihm vor. *»Hab gerade mit ihr gesprochen. Das übliche Drama. Sie ist wütend auf mich, aber du hattest recht damit, es ihr nicht zu sagen. Sie hätte mir alle möglichen Probleme bereiten können. Ich komme kurz vor 5 hier raus. Bis später. Liebe Grüße Küsschen Küsschen.«*

»Oh Gott.«

»Jep.«

»So gesehen klingt das übel. Aber ich schwöre, so habe ich das nicht gemeint.«

»Nicht? In meinen Ohren klingt das, als wäre ich eine Plage. Ich weiß, ich neige zu Überreaktionen, aber es hat mich wirklich gekränkt, dass du so über mich sprichst. Noch dazu mit ihr.«

»Mit wem?«

Ich rolle die Augen. »Mit Sadie. Mit wem denn sonst?«

»Aber die Nachricht war nicht für Sadie bestimmt, sondern für meine Mutter.«

»Was?« Ich lese sie noch einmal. »Aber …«

»Nachdem ich erfahren hatte, dass Polly bei der Party war, war ich wirklich hin- und hergerissen, ob ich dir das sagen soll oder nicht. Darum habe ich mit meiner Mutter gesprochen. Sie fragte mich, was mir mein Bauchgefühl rät, und ich sagte, meinem Bauchgefühl nach sollte ich es der Schule überlassen. Auf diese Weise würde ich nichts Falsches und nicht zu viel sagen. Daraufhin riet sie mir, dir nichts zu sagen. An dem Abend nach unserem Gespräch war ich bei ihr.« Er schaut verlegen. »Mittwochs wäscht sie manchmal für mich.«

Ich lache. Es macht mir nicht halb so viel aus, wenn er mit seiner Mum über mich redet, als wenn er das mit seiner Freundin tut. »Ich dachte wirklich … es tut mir leid, ich war ein Idiot.« Ted gibt mir einen Kiefernzapfen. Ich bewundere ihn gebührend und schlage vor, er soll noch mehr Zapfen suchen. »Wie läuft es denn nun zwischen dir und Sadie?«

Jory sieht mich von der Seite an, als könnte das eine Fangfrage sein. »Äh, tja, wirklich gut, danke. Wir haben uns recht häufig getroffen, seit der Unterricht vorbei ist und wir beide frei haben.«

Also nicht nur gut, sondern *wirklich gut.* »Toll.« *Toll?*

»Wir stehen aber noch ganz am Anfang.«

»Ich freue mich sehr für dich«, sage ich, nicht weil es so wäre, sondern weil es sich gehört, das zu sagen.

Ted wird quengelig. Darum öffne ich den Rucksack und hole eine Kleinigkeit zu essen heraus. Wir sind fast wieder beim Parkplatz angelangt, doch ich setze ihn auf eine Bank und gebe ihm einen Joghurt-Quetschi, dann setze ich mich neben ihn.

Jory bleibt stehen. »Ich finde es ein bisschen seltsam, mit dir über Sadie zu reden. Ich will nicht, dass es zwischen uns seltsam ist. Ich denke, zum Teil fühle ich mich schuldig, wenn ich dir erzähle, dass es gut zwischen uns läuft, während du mit allerhand fertigwerden musst.« Er fummelt an seiner Uhr herum.

»Ach, Unsinn. Auch wenn ich mit einigen Problemen beschäftigt bin, kann ich mich trotzdem über Gutes freuen. Ich bin froh, dass du glücklich bist. Das solltest du wissen.«

»Okay. Gut. Das ist gut. Ich habe das sowieso dir zu verdanken.«

»Was denn?«

»Das mit mir und Sade.« *Sade.*

»Wie das?« Ich greife nach der Packung Feuchttücher und wische den Joghurt weg, den Ted auf seinem Regenanzug verteilt hat, weil er den Quetschi zu eifrig gequetscht hat. Ich wüsste nicht, was ich dafür kann, dass Jory in Sadies private Chats reingerutscht ist.

»Du hast mir geraten, mich an sie ranzumachen.«

Oh. »Wirklich?«

»Denk an die Nacht im Pub vor …«

Vor dem Autounfall. Ich nicke, obwohl ich mich an nichts erinnern kann außer an meinen Stangentanz mit dem Billardqueue.

»Du hast nicht lockergelassen. Hast das Thema Sadie immer wieder aufgebracht. Schließlich haben wir ihr geschrieben.«

»Was soll das heißen, *wir?*« Ich habe ihr ganz bestimmt nie geschrieben.

»Na ja, ich, aber wir haben die Nachricht zusammen formuliert. Du hast mir gesagt, was ich schreiben soll, Beth. Weißt du das wirklich nicht mehr? Du warst betrunken, aber ich wusste nicht, dass du sternhagelvoll warst.« Er schüttelt den Kopf. »Darum sind wir zusammen etwas trinken gegangen. Danach habe ich dir erzählt, dass ich sie gefragt habe, ob sie meine Freundin sein will. Ich dachte nicht, dass dich das überraschen würde.«

»Lag es an meinen Formulierungen, dass die Sache so schnell geklappt hat?« Ich kann nicht glauben, dass das meine Idee war. Das habe ich ja wieder gut hingekriegt.

»Vermutlich. Ich hatte gehofft, ihr beide würdet euch gut verstehen, aber, na ja, ich weiß nicht.« Er zieht die Brauen zusammen.

»Was weißt du nicht?«

»Sadie wird ein bisschen komisch, wenn ich über dich rede. Manche Leute finden das eigenartig, nicht wahr? Unsere Freundschaft. Wahrscheinlich ist es nur das.«

»Ganz bestimmt.«

»Manchmal habe ich den Eindruck, sie denkt …«

»Ich muss Aa«, sagt Ted. Super Timing.

»Hier gibt es keine Toiletten, aber wir sind in zehn Minuten zu Hause. Kannst du so lange einhalten?«

Er hüpft von einem Bein aufs andere. »Ich muss dringend.«

»Okay.« Ich hebe ihn hoch, ziehe seine Gummistiefel aus und dann seinen Regenanzug.

»Was … wo …« Jory sieht sich fragend um.

»Wir folgen dem Ruf der Natur«, sage ich und lache, als seine Brauen nach oben schießen.

»Hier?«

»Nicht an der Bank, nein. Ich kann das Kind schlecht dahin kacken lassen, wo andere Leute picknicken. Bitte halte das mal.« Ich gebe ihm den Regenanzug, nehme die Feuchttücherpackung und trage Ted hinter einen dicken Baumstamm. Anscheinend war es wirklich dringend, denn wir schaffen es nicht mehr rechtzeitig. Ich rufe hinter dem Baum nach Jory. »Kannst du mir eine frische Hose aus dem Rucksack geben und den Windelbeutel?«

Jory bringt mir den Rucksack und sieht die Bescherung hinter dem Baum. »Himmel, was hat er gegessen?«

Ted lacht. Sein Popo ist den Elementen ausgesetzt, solange wir auf die frische Hose warten. Jory reicht sie mir zusammen mit dem Windelbeutel und hält sich die andere Hand vor den Mund. Nachdem ich Ted frisch gemacht habe, kehren wir auf den Weg zurück. Jory schaut auf den Windelbeutel in meiner Hand, in dem Teds bekackte Hose steckt. Ich binde ihn an den Rucksack.

»Die wirfst du doch sicher in die Tonne?«

»Nein. Das hängt davon ab, wie abgenutzt sie ist. Wenn ich jede Hose wegwerfe, die auf dem Weg zur Toilette etwas aufgefangen hat, dann hätte er keine Hosen mehr. Ich wasche sie nur heißer. Das einzige Problem dabei ist, ich bin mit den Waschsymbolen noch nicht so firm, und neulich habe ich wohl eine Höllentemperatur eingestellt, denn danach war alles eingelaufen. Polly hat ihre Trainingshose noch nicht gefunden. Die könnte Ted jetzt passen.«

Ted läuft vor uns her und macht Jory nach. *»Himmel, was hat er gegessen?«*

»So klinge ich doch nicht!« Jory lacht.

»Ehrlich gesagt, trifft er es perfekt. Bleib stehen, Ted.« Ted bleibt nicht stehen, also muss ich rennen, um ihn einzuholen und an die Hand zu nehmen, bevor wir über den Parkplatz gehen.

Es kommt mir jetzt albern vor, dass wir mit zwei Autos hergekommen sind. Na ja, mit einem Auto und einem Lieferwagen. Aber als ich ihm schrieb, wir treffen uns auf dem Parkplatz, war ich noch gekränkt wegen der fehlgeleiteten Nachricht. Da wusste ich noch nicht, wie sich die Sache wirklich verhielt. Und auch jetzt kann ich noch nicht behaupten, ich hätte die Verstimmung schon abgeschüttelt. Sie überkommt mich jedes Mal, wenn ich daran denke, dass er die Sommerferien mit Sadie verbringen wird. Wir kommen bei seinem Wagen an, und Jory holt den Schlüssel aus der Jackentasche. »Ich vergaß zu fragen, wie dein Buchclub-Date mit Albert war?«

Ich runzle die Stirn. »Ich habe dir davon erzählt?«

»Ja.«

»Oh.« Ich kann mich nicht erinnern. »Es war wunderbar.« Das sage ich ohne die geringste Ironie, denn so habe ich es empfunden.

»Das ist schön. Das freut mich.«

»Gut, okay. Bis bald dann?«, frage ich. »Kommst du zu seiner P-a-r-t-y in zwei Wochen?« Ich buchstabiere das Wort und deute mit dem Kopf auf Ted, der noch nichts von seiner Feier weiß. Er hat erst im September Geburtstag, aber Emmy hat ihn immer in den Sommerferien gefeiert. Ich muss noch was arrangieren und alle einladen. »Du kannst gern jemanden mitbringen …«

»Schreib mir das Datum, dann schaue ich mal, aber ich komme gern. Danke für heute.«

»Bei deinen Sadie-Dates bist du bestimmt nicht mit weiträumig verteilter Kinderkacke konfrontiert«, sage ich. »Nicht, dass das ein Date war. Du weißt, was ich meine.«

»Beth-Dates sind immer ein Abenteuer.« Er gibt mir einen Kuss auf die Wange und wuschelt Ted durch die Haare. »Bis bald, Kumpel.«

»Bis bald. Kann ich Mittag essen?«, fragt Ted.

Ich gehe mit ihm zum Auto und schnalle ihn in seinem Sitz an. »Jep. Wenn wir zu Hause sind, mache ich etwas zu essen. Und später besuchen wir vielleicht Mummy im Krankenhaus, zusammen mit deiner Nan, wenn du möchtest.«

Ted überlegt. »Kann ich Toaststreifen mit Käsesauce haben?«

»Ja, kannst du.« Als ich zur Fahrertür gehe, rollt der Lieferwagen langsam an mir vorbei, und ich winke Jory. Im ersten Moment glaube ich, dass er etwas zu mir sagt, doch während er vorbeifährt, wird mir klar, dass er telefoniert. Er hat den Parkplatz noch nicht verlassen und telefoniert schon.

»Und Pom-Bären?« Ted setzt seine Essensbestellung vom Rücksitz aus fort.

»Was immer du willst«, sage ich und schaue dem Lieferwagen nach.

21

In meiner Vorstellung war die Hölle immer ein Nachtclub mit ohrenbetäubenden Bässen, in der ich keinen Alkohol bekomme, aber da lag ich falsch. Die Hölle hat sich im Wohnzimmer meiner Schwester aufgetan und gibt sich als Geburtstagsparty eines Vierjährigen aus. Noch ist der Lärm schlimmer als der Anblick. Drei Kleinkinder rennen um den Sofatisch und kreischen so schrill, dass mir die Ohren bluten, und wie aus dem Nichts erscheint Mum mit Schaumstoffecken, die sie über die Ecken der Tischplatte schiebt.

»Das ist eine gute Idee, Moira«, sagt die Mutter eines Kleinkinds, ich weiß nicht, von welchem.

Mum lächelt. »Emmy hat eine ganze Schublade voll mit solchen nützlichen Dingen. Sie ist unglaublich organisiert.« Vielleicht bilde ich es mir nur ein, aber ich spüre, dass ihr Blick bei *organisiert* in meine Richtung gleitet. Ich unterdrücke ein Gähnen.

Ted hat sich das T-Shirt ausgezogen, über den Kopf gehängt und springt damit umher. Andere Kinder haben sich auch das eine oder andere ausgezogen, und ich greife hastig nach einer Orangensaftpackung, die vom Sideboard zu kippen droht. Mum verschwindet wieder in die Küche, um nach den Blätterteigwürstchen zu sehen. Ich wünschte, sie würde sie einfach verkohlen lassen, denn jetzt sitze ich allein neben einer Mutter fest und fange deswegen an zu schwitzen. Ich habe null Talent für Mum-Chats. Das könnte ich nicht mal, wenn Ted mein Kind wäre.

»Ich sehe schon, der Zuckerrausch hat eingesetzt«, sage ich.

Sie lächelt schwach. »Das ist eigentlich ein Mythos. Wenn man viel Zucker isst, wird man nach einer Stunde eher müde als hyperaktiv.«

»Oh, ach so.« Ein Sofakissen fliegt an meinem Kopf vorbei. »Aber das würde doch erklären, warum die Bande aufdreht, als hätten sie gekokst.« Ich kichere in mich hinein, bevor ich mitbekomme, dass sie aufgestanden ist und sich zu anderen gesellt hat, die die gleichen Latzhosen tragen wie sie. Sie haben sich auch alle einen dünnen Schal um den Kopf geschlungen und sehen damit aus wie auf dem We-Can-Do-It-Kriegsplakat. Fehlt nur, dass sie sich die Ärmel hochkrempeln und an den Bizeps fassen. Stattdessen halten sie Bechergläser in der Hand und kleine Schachteln mit Rosinen in Joghurtschokolade. Sie sagt etwas, worauf die anderen den Kopf zu mir drehen. Anscheinend kann man hier nicht ungestraft von koksenden Kleinkindern sprechen, obwohl das *mein* Zuhause ist. Gewissermaßen.

»Ich würde mir keine Gedanken machen. Mit denen ist das immer wie in *On Wednesdays we wear pink.* Oder Denim.«

Kate steht mit Leila auf der Hüfte neben mir. »Wie geht es dir?«

»Ganz gut«, sage ich.

Sie zieht eine Braue hoch. Ich kenne Kate zumindest ein bisschen besser als die Latzhosengang. Emmy hat sich vor nicht allzu langer Zeit mit ihr angefreundet, und Kate hat sich als eine gute Freundin erwiesen. Daher habe ich das Gefühl, dass ich die Frage ihrer hochgezogenen Braue ein bisschen offener beantworten kann.

»Ehrlich? Mir ist, als wäre ich im siebten Kreis der Hölle gelandet. Aber davon abgesehen gar nicht übel.« Das Geschrei hört sich plötzlich nicht mehr nach Filmkomödie, sondern nach Horrorfilm an, und wir drehen uns um. Zwei Kleinkinder schlagen sich, ausgelöst durch eine ältere Schwester, die mehr als ihren gerechten Anteil Kartoffelchips von den Resten des Partybuffets futtert.

»Zufällig steht der siebte Kreis der Hölle für Gewalttätigkeit«, sagt Kate.

»Wirklich? Na, sieh mal an. Und der achte?«

»Für Betrug«, sagt sie und das so ernst, dass ich lachen muss.

»Ist das für Mütter immer so? Gilt das als gesellschaftliches Ereignis? Freust du dich auf Kinderpartys?«

»Gott nein. Na ja, manche sind schlimmer als andere.« Sie schaut durch das Zimmer und stutzt. »Entschuldige, Beth, ich meinte nicht diese. Ich halte besser den Mund.«

»Ich möchte nur, dass es vorbei ist. Was meinst du, wann können wir Pass the parcel spielen, damit sich danach alle verziehen?«

»Bald, würde ich sagen. Hast du Geschenktüten vorbereitet?« Mein verblüffter Blick verrät ihr, dass ich nichts dergleichen vorhatte. Wir können auch nur dank Mum Pass the parcel spielen, weil sie das Päckchen vorbereitet und mitgebracht hat. »Hast du vielleicht Luftballons? Im Grunde braucht man den Gästen nur ein Stück Kuchen in einer Serviette und einen Luftballon mitzugeben. Ich persönlich mag die Geschenktüten, weil man damit dezent einen Rausschmiss bewerkstelligen kann. Da habt ihr ein bisschen Plastikplunder und ein Stück Kuchen, die Party ist vorbei, bis dann mal.«

Mir gefällt, wie Kate denkt. »Ich werde etwas zusammenstellen«, sage ich.

»Dann helfe ich dir. Leila, geh doch zu Ted und spiel mit ihm, ja?« Leila nickt und schlendert zu ein paar Drei- und Vierjährigen. Wie schön es sein muss, wenn man sich mühelos einfügen kann. Unbekannten Cliquen habe ich mich immer nur im Gin-Tonic-Rausch genähert.

Dad ist in der Küche und versucht einen tragbaren CD-Player in Gang zu bringen. Er wirkt gestresst.

»Alles gut, Dad? Hattest du genug Hokey Cokey und hörst jetzt lieber The Jam?«

Er lächelt ernst. »Das ist nicht lustig, Liebes. Es bleibt immer hängen, und für Pass the parcel muss es zuverlässig laufen.«

»Dafür brauchen wir keinen CD-Player. Wir können mein Handy benutzen. Ich suche bei Spotify eine Kinderparty-Playlist heraus.«

Das macht ihn nur noch nervöser. »Aber du weißt, ich bin mit Spotify nicht geübt.«

»Dann werde ich das übernehmen.«

»Willst du?« Er klingt unsicher.

»Ja, keine Sorge. Oh, warte …« Ich hebe mein Handy ans Ohr. »1995 ruft gerade an und will seinen CD-Player zurück.«

Er gibt sich geschlagen und bringt das Gerät ins Auto. Polly steht zögernd am Fuß der Treppe und sieht aus, als überlege sie, sich wieder nach oben zu verziehen, als Kate sie entdeckt.

»Ah, da ist sie ja!«, sagt Kate. »Komm und hilf uns mal mit den Luftballons, Polly.«

Zu meiner Überraschung tut Polly es tatsächlich. Vermutlich kann sie Partygäste nicht so ignorieren wie ihre nervende Tante. Wir drei halten uns abseits der Partyaction, blasen Luftballons auf und schlagen Kuchenstücke in Peppa-Pig-Servietten ein (auch ein Mitbringsel von Mum). Kate stellt Polly viele Fragen, und obwohl kaum eine beantwortet wird, fragt sie immer weiter, und deshalb verdient sie in meinen Augen ein größeres Stück Kuchen.

»Bist du mal diesem Telefondrama auf den Grund gegangen?« Kate reicht mir ein paar Servietten.

Polly lässt den Ballon los, den sie fast fertig aufgeblasen hatte, und er fliegt hinter meinem Kopf pfeifend ein paar Loopings.

»Was für ein Telefondrama?«, frage ich und lecke mir einen verirrten Schokokrümel vom Geburtstagskuchen vom Daumen. Mum dachte, als ich ihr sagte, ich würde mich um den Kuchen kümmern, dass ich einen backe. Stattdessen habe ich zwei gekauft, zwei Colin the Caterpillar.

»Das war gar nichts«, sagt Polly. »Nur so ein Facebook-Ding.«

Kate runzelt die Stirn. »Ach so. Deine Mum war deswegen in heller Aufregung, als ich sie das letzte Mal sah. Das heißt, bevor ich sie im Krankenhaus besuchte.« Kate hat uns geholfen, indem sie Emmy an den Tagen besucht, an denen keiner von uns hinfahren konnte.

»Was für ein Telefondrama?«, frage ich noch mal. Ich erinnere mich nicht, dass Emmy wegen eines Telefons in heller Aufregung war.

»Ach, du weißt ja, wie Mum ist«, sagt Polly ganz beiläufig, als gäbe es gar kein Problem. Aber ich durchschaue ihren Gesichtsausdruck, und sie weiß das offenbar, denn sie meidet meinen Blick und beschäftigt sich damit, die Kinder zu zählen und dann die eingewickelten Kuchenstücke. Es ist derselbe panische Gesichtsausdruck wie damals, als ich den Brief von der Bank in der verklemmten Küchenschublade fand.

Kate scheint ihn nicht bemerkt zu haben und plaudert weiter. »Ging es nicht um ein Handy, das du verkaufen wolltest? Und etwas mit Facebook? Ich weiß es nicht, ich weiß nur, wie besorgt Emmy bei unserem letzten Spieltreffen von Leila und Ted war. Jetzt gehe ich besser mal nach Leila sehen. Sie war eine ganze Weile nicht mehr auf der Toilette, und manchmal vergisst sie das einfach. Ihr wisst ja, wie die Kleinen sind. Neulich …«

Ich nicke lächelnd zu ihrer Geschichte über ein Pipimissgeschick im Indoor-Spielplatz, schalte aber ab, als ich Polly nachschaue, die den Themawechsel als Gelegenheit nimmt, sich unauffällig nach oben zu verdrücken. Sie hat bei mir kein Wort über ein Telefondrama verloren und meine Schwester auch nicht, dessen bin ich mir sicher. Allerdings hat Emmy erwähnt, dass Polly ihr altes Handy verkauft hat, aber das war Wochen vor dem Unfall. Warum sollte sie sich so lange nach dem Verkauf darüber aufregen? Vielleicht hat Kate da etwas durcheinandergebracht? Aber warum sollte Polly dann wieder ein Gesicht machen, als hätte sie einen Geist gesehen?

Mum kommt, um mich ins Wohnzimmer zu holen. Es ist Zeit für das Auspackspiel. Ich bedanke mich bei Kate für ihre Hilfe und folge Mum. Der Sofatisch wurde inzwischen an die Heizung geschoben, und die Kinder sitzen auf dem Teppich im Kreis.

»Und du bist sicher, dass du weißt, was du tust?«, fragt Mum, als wollte ich eine Steckdose anschließen und nicht auf einen Playbutton drücken, um den Kids Party Megamix abzuspielen, den ich gerade heruntergeladen habe.

»Ja, Mum. Gut, sind alle bereit?«, frage ich.

Die Kinder schreien Ja, sie sind bereit. Einige schlagen mit den Händen und Füßen auf den Teppich. Ich starte die Musik, und die Kinder reichen das Päckchen im Kreis herum oder vielmehr werfen sie es ihrem Nachbarn in den Schoß. Ein kleines Mädchen mit Rattenschwänzen und einem glitzernden Einhorn auf dem T-Shirt hebt das Päckchen in Zeitlupe vom Schoß, und ich bin versucht, die Musik zu stoppen und sie die Tüte Gummibären zwischen den Papierlagen gewinnen zu lassen, weil sie offenbar gerissener ist als die anderen. Ich halte die Musik als Erstes bei Ted an, weil er mein Liebling und weil das seine Party ist. Die Latzhosenmannschaft ist über die Bevorzugung sichtlich erbost, und ich lächle sie alle breit an. Eine der Mütter hat ihre Tochter keine Party-Ringe oder Schokoladenfinger vom Büffet essen lassen, also dürfte die Gummibärentüte sowieso verboten sein.

Ich lasse die Musik weiterlaufen. Die Mutter der Rattenschwänzchen flüstert ihrer Tochter ins Ohr, dass sie das Päckchen mit normaler Geschwindigkeit weitergeben muss. Mir scheint, die Kleine rollt die Augen, was für eine Dreijährige ziemlich frech ist, und darum lasse ich sie den nächsten Preis gewinnen. Im Laufe des Spiels wird das Päckchen immer hektischer weitergegeben. Ein Kind scheint Angst zu haben, die Musik könnte bei ihm stoppen, und behandelt das Päckchen wie eine tickende Bombe. Ein anderes weint, weil es das Päckchen ins Gesicht bekommen hat. Ich muss immer wieder an Polly und ihr Geheimnis denken. Seit sie sich wegen des Bankschreibens so seltsam benommen hat, werde ich das Gefühl nicht los, dass da ein Problem lauert, und jetzt taucht dieses sogenannte Telefondrama auf, von dem ich nichts wusste. Ich wünschte, sie würde einfach mit mir reden. Ich habe nicht die Energie, bei ihr Poirot zu spielen. Ich möchte nur, dass sie zu mir ehrlich ist. Emmy hätte es mir erzählt, wenn Polly etwas angestellt hätte. Also, was ist hier los?

»Um Himmels willen, Beth, du hattest nur *eine* Aufgabe.« Mum steht plötzlich neben mir.

»Was? Was ist los?« Ich schaue auf mein Handy und sehe, dass ich die Musik unabsichtlich gestoppt habe. Die Kinder sind … alle weinen, sogar eine der Mütter. Habe ich etwas Unanständiges gesagt, während ich in Gedanken war? Mum nimmt mir das Handy ab und setzt die Musik wieder in Gang, nachdem sie hastig die letzte Papierlage neu gewickelt hat. Alle sehen mich an. Ich habe keine Ahnung, was los ist.

»Du hast Mathilda zwei Preise gewinnen lassen«, zischt sie mir zu und setzt gleich wieder ein sehr breites, sehr falsches Lächeln auf. Ich blicke sie verständnislos an. »Es gibt genauso viele Papierlagen und Preise wie Kinder, einschließlich dem Preis in der Mitte, damit jedes Kind einen bekommt. Wenn ein Kind zwei gewinnt, bekommt ein anderes keinen. Das ist doch klar.«

»Ist das alles?«, sage ich. »Habe ich ein Verbrechen begangen? Jemand hat zwei Gummibärentüten bekommen, und du stellst dich an, als hätte ich ihnen Hundekekse gegeben.«

Sie schnalzt mit der Zunge und senkt die Stimme. »Ausgerechnet bei Mathilda, Beth. Sie kann nämlich nicht gut teilen.«

Das Päckchen wird weiter herumgegeben, aber die Kinder sind jetzt lustlos oder mürrisch. Mathilda sitzt bei ihrer Mutter auf dem Schoß, die ihr beruhigend übers Haar streicht.

»Okay, gut, dann tut es mir leid. Ich habe nicht nachgedacht.« Ich bin noch geschockt, welchen Aufruhr eine schlecht getimte Musikunterbrechung hervorrufen kann.

Mir liegen ein paar Bemerkungen auf der Zunge über Lektionen des Lebens und dass wir nicht immer gewinnen können und dass immer jemand mehr Gummibärchen haben wird als andere, so ist das nun mal. Doch ehe ich damit loslegen kann, sagt Mum: »Das tust du nie, Beth. Das ist das Problem.«

Klar. Ich überlasse ihr mein Handy und gehe durch die Küche nach draußen. Es ist heiß, und ich lasse mich auf die Bank fallen. Es wäre viel schöner gewesen, den Geburtstag im Garten zu feiern, wie ich vorgeschlagen habe, aber anscheinend ist die Mittagssonne gefährlich für Kleinkinder, als wären sie Vampire.

Als ich die Hintertür höre, flehe ich den Himmel an, es möge nicht Mum sein, die zu mir herauskommt, um ihre nächste Belehrung über Kinderpartys abzulassen.

»Irgendwo auf der Welt ist es fünf Uhr, nicht wahr? So sagt man doch?« Kate hat eine Flasche Prosecco und zwei Kaffeebecher in der Hand. Ich verstehe, warum meine Schwester sie gut leiden kann.

Sie schenkt uns großzügig ein und gibt mir einen Becher. »Die Kaffeetassen schützen uns vor abfälligen Blicken. Falls jemand argwöhnisch nach draußen kommt, stelle ich die Flasche hinter die Komposttonne, und dann denkt jeder, wir trinken Kaffee.«

»Raffiniert. Das gefällt mir«, sage ich. »Wieso habe ich kein Memo bekommen, dass Mathilda ein Miststück ist? So als müsste ich das wissen?«

Kate hustet, sodass ein paar Prosecco-Tropfen fliegen, und wir beide lachen. »Man darf Kinder eigentlich nicht Miststück nennen, aber wenn man es dürfte«, sie senkt die Stimme, »dann wäre das bei Mathilda gerechtfertigt.«

»Gut, dann weiß ich jetzt Bescheid. Nicht dass man mich je wieder einen Kindergeburtstag organisieren lässt.«

Wir sind bei unserer zweiten Tasse Schampus, als Dad uns draußen findet, mit Ted im Schlepptau. Er gibt mir mein Handy, das noch *Cha Cha Slide* dudelt.

»Kann ich Ted bei dir lassen, Liebes? Alle sind gegangen, und deine Mum möchte schnell aufräumen.« Er hat Putzhandschuhe und einen Müllbeutel in der Hand.

Ich recke die Daumen. Mir ist lieber, ich passe auf Ted auf, als dass ich unter dem Moira-Regime alles falsch mache. Beim Aufräumen wird sie zur Furie.

»Meine Freunde sind weg.« Ted klettert neben mir auf die Bank.

»Oh, wirklich?« Gott sei Dank. »Hattest du einen schönen Geburtstag?«

Er nickt. »Ich hab zwei Sachen vor meinem Kuchen gewünscht.« Er ist mit sich zufrieden und offenbar nicht fürs Leben gezeichnet, nur weil es ein gekaufter Kuchen war.

»Verrate uns deine Wünsche nicht, sonst ...«, beginnt Kate, aber Ted verrät sie sofort.

»Dass Mummy aufwacht.« Er hebt einen Finger und dann einen zweiten. »Und Daddy soll aus dem Himmel kommen.«

»Das wünschen wir uns alle, Ted«, sage ich.

»Aber ihr habt nicht Geburtstag«, erwidert er. Er schaukelt mit den Beinen. Kate und ich sehen uns an und teilen stumm unser Mitgefühl. Ich würde Ted gern versprechen, dass seine Wünsche wahr werden, aber der eine wird sich natürlich nie erfüllen, und während unsere Hoffnung mal steigt und mal sinkt und es viele »gute Zeichen« gibt, deutet nichts konkret darauf hin, dass der andere Wirklichkeit wird.

»Es ist nicht viel Kuchen übrig geblieben, vielleicht ein halber Colin-Kopf. Aber wir können noch mal eine Kerze anzünden.«

»Dann wünsche ich mir Rubble.«

»Rubble? Was ist das?«

»Tante Beth, du bist so dumm.« Er kichert.

Kate lacht. »Er meint Rubble von der *PAW Patrol*. Für einen Vierjährigen hat er einen ungewöhnlich großen Wortschatz, nicht wahr? Er scheint ein ziemlich heller Kopf zu sein.«

»Tatsächlich? Ich weiß nicht, wie andere Vierjährige sprechen.«

»Doch, er ist schon sehr weit.«

»Oh gut, das ist schön.« Ich bekomme eine Nachricht von Jory, der sich entschuldigt, weil er es zur Party nicht geschafft hat. Stattdessen wird er morgen kommen und Ted sein Geschenk bringen.

Ich seufze und verlasse mich auf Kate. »Ist da noch was von dem Kaffee?«

22

Die Sonne scheint durch einen Vorhangspalt ins Wohnzimmer und mir mitten ins Gesicht. Ich kneife die Augen zu und drehe mich auf die andere Seite, um weiterzuschlafen. Ich habe noch nicht mal den Kopf vom Kissen gehoben und spüre schon den Kater. Es riecht, als würde ich Chardonnay ausschwitzen. Ich wusste es. Obwohl ich mir zweimal die Zähne geschrubbt und einen halben Liter Wasser heruntergestürzt habe, bevor ich gestern das Licht ausschaltete, habe ich den unverkennbaren pelzigen Geschmack im Mund. Dabei habe ich gar nicht so viel getrunken – nicht nach dem Old-Beth-Maßstab. Aber die alte Beth musste morgens nie Frühstück machen und Kinder betreuen. Die alte Beth wäre den ganzen Tag im Bett geblieben. Ich könnte Kate die Schuld an meinem Nachmittagsbesäufnis geben, aber für die Flasche, die ich am Abend noch getrunken habe, während ich schluchzend Notting Hill guckte, kann sie nichts. Das ist Emmys Lieblingsfilm, und ein bisschen Hugh war genau das, was ich gestern Abend brauchte.

Oben ist alles ruhig. Ted und Polly schlafen wohl noch.

Ich schaue aufs Handy wegen der Uhrzeit, aber es ist abgeschaltet. Oder der Akku ist leer. Ich setze mich auf und blinzle zu der Reiseuhr auf dem Kaminsims. Halb acht. Verdammt, ich habe verschlafen. Ich lege das Handy ans Ladekabel und schalte es ein. Dabei erinnere ich mich mit peinlichster Reue, warum ich es vor dem Einschlafen ausgeschaltet habe. Ich setze die Brille auf, obwohl es vielleicht besser wäre, das sein zu lassen.

Ich kann nicht hinsehen. Ich muss hinsehen. Ich öffne meinen Chat.

Oh Gott. Eine lange Reihe von Nachrichten an Jory. Eine sehr lange. Ich habe ihn geradezu bombardiert, weil er nicht antwortete. Mein Zeigefinger schwebt über dem Löschbutton, doch ich kann sie nicht auf seinem Handy löschen, also wozu dann?

Was ich jetzt am dringendsten brauche, ist ein heißes Bad. Ich *werde* die Nachrichten lesen, ich muss nur zuerst bequem irgendwo liegen. Auf Zehenspitzen schleiche ich die Treppe hoch und zucke bei jeder knarrenden Stufe zusammen. Aus Teds Zimmer höre ich leises Schnarchen. Jetzt da ich auf den Beinen bin, geht es mir gar nicht so schlecht. Ich muss nur die Kopfschmerzen über den Augen wegkriegen.

Leise schließe ich die Badezimmertür und drehe den Hahn auf, dann öffne ich den Picknickkorb, in dem Emmy ihre Toilettenartikel aufbewahrt. Ich suche mir die schicke Schaumbadflasche heraus, die ich ihr letztes Jahr geschenkt habe. In der Flasche fehlt höchstens ein Fingerbreit. Warum? Weil Emmy für ein Vollbad selten Zeit hat oder weil sie sich nicht überwinden kann, eins zu benutzen, das pro Wäsche anderthalb Pfund kostet? Ich tippe auf Letzteres. Sie konnte sich noch nie gut mit teuren Dingen verwöhnen, meine Schwester. Ich dagegen konnte das immer bestens, obwohl ich für solchen Luxus eigentlich nicht die Mittel hatte. Ich gieße etwas aus der Flasche in den Wasserstrahl und ziehe den Schlafanzug aus.

Ich überlege, beim Baden in die neue Lektüre reinzulesen, die Albert mir gegeben hat, doch das Buch liegt unten, und ich habe keine Lust, im Handtuch hinunterzugehen. Wir haben es nicht geschafft, bei unserem zweiten Treffen essen zu gehen, aber das holen wir nächsten Dienstag beim dritten Treffen nach. Bis dahin muss ich *Little Women* lesen oder wenigstens überfliegen.

Der Wellnessduft des Schaumbads füllt meine Nase, und obwohl noch wenig Wasser in der Wanne ist, steige ich hinein und lasse es weiter aus dem Hahn über meinen Füßen laufen. Es ist heiß, fast zu heiß. Wenn ich lange genug in der Wanne schwitze, schwemmt mein Körper den Wein vielleicht aus. Kurz drehe ich den Kaltwasserhahn weit auf und halte einen Becher in den Strahl, trinke ihn aus und fülle noch mal nach. Im heißen Wasser sitzen und kaltes Wasser trinken gehört zu den unterschätzten Freuden des Lebens, wie ich immer fand. Zugegeben, ich trinke lieber aus einem Glas statt aus einem Lego-Plastikbecher, der einer Happy-Meal-Tüte beilag (und mit dem sonst Ted der Schaum aus den Haaren gespült wird), aber in meinem dehydrierten Zustand schmeckt das Wasser trotzdem. Ich lasse den Hahn laufen, bis mir das

Wasser an die Schultern reicht, dann trockne ich mir die Hände ab und nehme mein Handy, um den entstandenen Schaden einzuschätzen. Nach acht Nachrichten von mir hat Jory geantwortet. Acht. Ich würde gern behaupten, ich sei noch nie so aufdringlich gewesen, aber das stimmt nicht. Wenn ich betrunken Nachrichten versende, dann enthalten sie vieles, das ich in nüchternem Zustand niemals äußern würde und das ich am nächsten Tag gewaltig bereue.

20.05 PM
Hey Jor, wie läufts denn so? Alles gut?

20.06 PM
Läuft's! Kannst den roten Lehrerkuli stecken lassen!
Und das sollte Nessa aus Gavin & Stacey sein.
Apostrophe gehen beim Senden verloren.

20.35 PM
Freue mich, dass du morgen reinschneist. Hab mir schon Sorgen gemacht, du würdest dich nach unserem Waldausflug für immer von Kleinkindern fernhalten. Die sind nichts für Zartbesaitete. Bist du bei Sadie? Schubs.

20.37 PM
(Schubs haben wir immer auf MSN Messenger geschrieben, wenn der andere nicht antwortete. Nur falls du das vergessen hast und dachtest, ich bin wieder seltsam, weil du vielleicht bei Sadie bist.) Schubs. Haha.

21.17 PM
Ignorierst du mich? Habe ich dir was getan? Ich wollte bei dir die Unschuldsvermutung gelten lassen, aber WhatsApp verrät mir, dass du IN DIESEM MOMENT online bist, und trotzdem sind noch keine blauen Häkchen unter meinen Nachrichten. Also willst du sie nicht lesen, echt nett ...

21.28 PM
Das heißt dann also Ja.

22.04 PM
Jory, du fehlst mir total. Es tut mir leid, wenn ich dich wegen deiner neuen Freundin mies behandelt habe, aber du musst verstehen, warum. Aus demselben Grund, warum es seltsam ist, wenn wir darüber reden. Oder zumindest denke ich das. Können wir bitte reden.

Die letzte Nachricht, sicher die nach Notting Hill und der Flasche Chardonnay, wimmelt von Schreibfehlern, aber leider nicht so sehr, dass Jory sie nicht verstanden haben dürfte.

23.25 PM
Bin traurig dasses uns passiert. Dacjte unser freundschaf wär was bsonneres. Weiß nicht ob wirr noch Freunde sein können wenn es immer konisch wird. Hab einen schönen Abend mit Saddie. Oder eher SADE.

Jory. 23.40
Hallo Beth. Ich sehe, dass du betrunken bist, sowohl an den grauenhaften Tippfehlern als auch daran, dass du Dinge sagst, die du nüchtern nicht sagen würdest. Tut mir leid, dass ich jetzt erst antworte, aber ich war heute Abend mit SADE aus, und sie war verständlicherweise verärgert, weil mein Handy alle fünf Sekunden summte und eine Nachricht von dir hereinkam. Es kam deswegen sogar zum Streit, also danke dafür. Trink Wasser und geh schlafen. Wir sehen uns morgen.

Stöhnend lege ich das Handy auf den Fußboden und tauche bis zum Hals ins Wasser ein, sodass mir der Dampf übers Gesicht zieht. Warum musste ich unbedingt so viele schreiben? Jory hat auf die erste nicht geantwortet, da hätte ich aufhören sollen. Es war unnötig, ihn zuzutexten. Und aufdringlich. Ich klang bitter. Und die Tippfehler, oh Gott, die Tippfehler. Ob *wirr* noch Freunde sein können. Wenn es immer *konisch* wird. Hab einen schönen Abend mit *Saddie.* Über solche Tippfehler haben Jory und ich früher vor Lachen gegrölt. Aber ich glaube diesmal nicht, dass alles vergeben und vergessen sein wird, wenn ich das Emoji mit dem Nichtssagen-Affen sende. Das Sade in Großbuchstaben war wirklich ein bisschen aggressiv. Ich schwanke noch, ob ich weinen oder schreien soll, als Ted hereinplatzt. Er reibt sich den Schlaf aus den Augen.

»Hey, Ted. Hast du gut geschlafen?«

Er blinzelt mich an. »Ich muss mal.« *Guten Morgen, Tante Beth.*

»Okay. Wenn du deine Windel herunterziehst, kannst du auch alleine Pipi machen, oder? Zieh die Hose und die Windel herunter und setz dich auf die Toilettenbrille wie ein großer Junge.«

Verschlafen sieht er niedlich aus. »Du hast Titten«, sagt er und starrt auf meine Brust. »Meine Mummy hat auch Titten.«

»Das stimmt. Gib acht, dass du deinen Pimmel nach unten drückst.«

»Wo ist dein Pimmel?«, fragt er und späht in die Wanne.

Ich schlage die Beine übereinander. »Ich habe keinen. Erinnerst du dich, dass wir das beim Schwimmen schon besprochen haben?«

»Oh je«, sagt er, als wäre ich zu bedauern, weil ich keinen Penis habe.

»Bist du fertig?«

»Nein.«

»Okay.« Während ich mir die Arme und Beine einseife, merke ich mit wachsendem Schrecken, dass Ted – dessen Hintern sich einen halben Meter neben meinem Kopf befindet – Aa macht, was nicht gerade förderlich ist, wenn man seinen Kater loswerden will und eine entspannende Wellnessatmosphäre anstrebt. Plötzlich riecht es gar nicht mehr wellnessmäßig.

»Fertig!« Er zieht Toilettenpapier von der Rolle.

»Gut, okay, ich muss mir noch die Haare waschen, aber

das geht schnell. Möchtest du versuchen, dir den Popo selbst abzuwischen?«

»Nein. Du sollst das.« Er zieht noch mehr Klopapier von der Rolle.

»Wirklich? Dann warte.« Ich steige aus der Wanne und wickle mich in ein Handtuch, um zu tun, was nötig ist. »So, erledigt. Du musst dir jetzt die Hände waschen, Kumpel.«

Er schaut zur Wanne. »Ich will auch am Morgen baden.« Er betont am Morgen, als wäre das ein ganz besonderes Vergnügen. Aber wahrscheinlich wurde er noch nie nach dem Aufstehen gebadet, außer vielleicht, wenn er krank war.

Ich ziehe ab und wasche mir die Hände, um das Fenster aufzureißen.

»Ein andermal. Ich spüle mir schnell das Shampoo raus, dann mache ich uns Frühstück, okay? Ted …«

Er ist schon aus der Hose gestiegen und zieht sich gerade das Oberteil aus. Ich seufze. Heute habe ich keine Kraft, um Nein zu sagen. »Warte noch, ich muss etwas kaltes Wasser zulaufen lassen, sonst ist es zu heiß für dich.« Ich drehe den kalten Hahn auf und gieße noch etwas Schaumbad ins Wasser, während ich meine Schwester still um Verzeihung bitte, weil das Bad jetzt schon über vier Pfund kostet. Andererseits habe ich das bezahlt, also …

»Also rein mit dir.« Ich hebe ihn in die Wanne und steige ebenfalls ins Wasser. »Wenn du dich herumdrehst, wasche ich dir auch die Haare.«

Ted dreht sich mit dem Rücken zu mir. Ich neige behutsam seinen Kopf in den Nacken und gieße ihm mit dem

Legobecher Wasser über, schäume die Haare ein und spüle sie aus.

»Das ist schön«, sagt er, und es klingt so genießerisch, dass ich lachen muss. Als ihm das warme Wasser über den Kopf rann, bekam er eine Gänsehaut, und beim Einschäumen summte er.

»Macht mein Daddy im Himmel Pipi in ein Rhino?«

»In ein Rhino?«

»Ja, für sein Pipi.«

»Oh, ich weiß nicht.« Ich habe keine Ahnung, was er meint. Mein Katernebel hat sich noch nicht ganz gelichtet, und ich bin mir nicht mal sicher, ob ich mich richtig gewaschen habe, aber das war definitiv eine schöne Art, die Müdigkeit zu vertreiben. »Wir können das an einem anderen Tag wieder machen, wenn du willst, okay?« Ich streiche über seine nassen Locken.

»Dürfen dann die Schiffe mit rein?«

»Natürlich.«

»Und mein Feuerwehrwagen?«

»Wenn er keine Batterien hat, ja.«

»Und meine Eisenbahnschienen?«

»Die vielleicht lieber nicht. Urinal!« rufe ich aus, als bei mir der Groschen fällt. »Das hast du gemeint. Kein Rhinozeros. Das ist ein Tier, und wir machen nicht Pipi auf Tiere, nicht wahr?«

Ted schüttelt den Kopf.

»Ich weiß nicht, ob es im Himmel Urinale gibt. Ich schätze schon. Sollen wir jetzt Frühstück machen?«

»Nur noch fünf Minuten«, sagt er. Und es werden zehn daraus.

Es klingelt an der Tür, als ich Ted helfe, im Wohnzimmer eine Höhle zu bauen. Ich neige mich zum Fenster, um zu sehen, wer draußen steht, und ziehe hastig den Kopf zurück, denn es ist Greg. Was macht der denn hier?

Polly kommt die Treppe herunter. »Ich mache auf. Das ist mein neuer Trainingsanzug.«

Ich gehe in die Küche, nehme den Lippenstift vom Tresen und ziehe mir damit die Lippen nach, wo ich nicht gesehen werden kann, weil ich unsicher bin, ob ich ihm Guten Tag sagen soll oder nicht. Er ist nicht meinetwegen gekommen, aber wir chatten ab und zu, und deshalb würde es vielleicht einen komischen Eindruck machen, wenn ich ihm nicht Guten Tag sage. Plötzlich finde ich den roten Lippenstift überzogen und tupfe ihn mit Küchenpapier ab, damit er dezenter aussieht. So gehe ich zu Polly in den Flur, die gerade den neuen Trainingsanzug an sich drückt. Ich lächle Greg an.

»Hallo. Du hast ihr den neuen Trainingsanzug gebracht, hm?« Sehr geistreich, Beth.

»Das ist er.« Er lächelt zurück. »Wie geht es dir?«

»Ja, ganz gut.« Polly wendet sich ab und drückt sich an mir vorbei, mit einem seltenen, aber deutlichen Grinsen. »Bin ein bisschen verkatert, um ehrlich zu sein, aber wie immer bin ich selber schuld.«

»Oh je. Hat es sich wenigstens gelohnt?«

»Nicht so richtig. Ich musste eine Party mit lauter Vierjährigen überstehen. Wenn du je zu so was eingeladen wirst, sag Nein. Nimm die Beine in die Hand. Versteck dich.«

Greg lacht. »Verstehe.«

»Möchtest du auf einen Kaffee reinkommen?«

Er schaut zu seinem Wagen, einem schicken BMW. Davor hält gerade ein Lieferwagen, und ich gucke auf das Nummernschild. Jory. Na großartig.

»Ich würde liebend gern reinkommen, aber ich muss die übrigen Anzüge noch ausliefern, und dann gebe ich jemandem Schwimmunterricht. Tut mir leid.«

»Nein, schon gut.« Jory ist ausgestiegen und kommt auf uns zu, in der Hand eine Geschenktüte. Teds Geschenk. Das hatte ich schon wieder vergessen, und es überrascht mich, dass er nach meinem Hagel von Textnachrichten tatsächlich herkommt.

Greg redet weiter. »Ich komme gern ein andermal auf einen Kaffee rein. Jetzt muss ich mich beeilen.« Er dreht sich um und stößt beinahe mit Jory zusammen. »Oh. Hallo.«

Jory nickt nur. Weil Greg einen halben Kopf größer ist, tritt Jory einen Schritt zurück, damit er nicht Gregs Kinn vor den Augen hat. Ich blicke zwischen den beiden hin und her und werde wegen meines Lippenstifts immer unsicherer.

»Bis dann, Beth. Ich melde mich.« Greg sieht mich vielsagend an, bevor er geht, eine Anspielung auf unseren Chat. Ich frage mich, ob er das genauso offensichtlich getan hätte, wenn Jory nicht hier wäre. Der Motor röhrt, als er Gas gibt und losfährt. Jory murmelt etwas, das ich nicht hören kann.

Ich deute mit dem Kopf ins Haus. »Kommst du herein?«

»Nein. Ich will nur das Geschenk abgeben.« Er reicht mir die Tüte, und ich stelle sie auf die Stufe.

»Okay. Ich hole Ted. *Ted!*« Ich spiele mit der Kordel meines Hoodies. »Hör zu, wegen gestern Abend …«

»Das war reichlich absurd, meinst du nicht?« Jory redet leise, aber ich höre ihm an, dass er sauer ist. »Ruinierst meinen Abend mit Sadie, schreibst mir Dinge, die du mit Sicherheit nicht ernst meinst, während du in Wirklichkeit einen neuen Freund hast.«

»Er ist nicht mein Freund.«

»Nun, offensichtlich wäre er es gerne.«

Ich mache den Mund auf und wieder zu. »Es tut mir leid, okay? Ich hatte zu viel getrunken, ich war sauer, weil du nicht geantwortet hast.«

Ted erscheint neben mir. Er hat seine Power-Ranger-Maske auf und zeigt auf die Tüte. »Ist das für mich?«

Jory schüttelt ernst den Kopf. »Nein, ich fürchte, das Geschenk ist für Ted Lander, der bald vier wird. Nicht für den Red Ranger.«

»RAH!« Ted zieht sich die Maske vom Kopf. »Ich bin es, Joreeee! Ich hab nur so getan.«

Jory gibt sich verblüfft. »Also, das hätte ich nie gedacht. In dem Fall ist das Geschenk für dich.«

Ted schaut zu mir hoch, und ich nicke. »Nur zu, mach es auf.«

Während Ted das Geschenkpapier abreißt, berühre ich Jory leicht am Arm. Er schiebt meine Hand nicht weg, sieht mich aber auch nicht an. »Ich hätte dir nicht immer weiter schreiben dürfen«, sage ich leise. »Es tut mir leid.«

»Ich verstehe dich nicht, Beth. Du bist mir in letzter Zeit ausgewichen, wenn ich mich mit dir verabreden wollte. Das weiß ich, weil deine Mum mir erzählt hat, dass sie extra bei den Kindern bleiben wollte, damit wir in den Pub gehen können. Und dann schreibst du mir, dass du mich angeblich vermisst und reden willst …« Er schaut zu Ted hinunter, der das meiste Papier nun entfernt hat.

»Aber du fehlst mir wirklich. Sehr. Ich werde nie wieder tausend Nachrichten schicken, wenn du mit deiner Freundin zusammen bist. Pfadfinderehrenwort.«

Seine Mundwinkel zucken. »Du bist bei den Pfadfindern ausgestiegen.«

»Ja, aber dafür konnte ich nichts. Die Waldeule war eine Bitch.«

Jory lacht. Ted schwenkt ein kleines PAW-Patrol-Auto mit einer Figur darin. »Das ist Rubble! Danke, Joreeee.«

»Freust du dich? Dann war das ein Glücksgriff.«

»Ja, Rubble ist der Beste! Polly, guck mal!« Ted rennt ins Haus zu seiner Schwester.

»Danke für das Geschenk. Kann ich dich auch wirklich nicht überreden, reinzukommen? Wir holen gleich das Lego raus.«

Jory schüttelt den Kopf. »Ich kann nicht. Sadie will mit mir auf den Antiquitätenmarkt. Sie liebt solche alten Sachen. Ich habe versprochen, nicht lange wegzubleiben.«

»Oh. Okay.« Ich schaue ein bisschen enttäuscht. »Na dann viel Spaß. Und es tut mir leid wegen gestern Abend.«

»Vielleicht zügelst du dich mal beim Trinken und Texten. Greg mit seiner Schwimmweste und dem dicken Auto gefällt das wahrscheinlich. Aber du hast immer gesagt, du hasst Schwimmwesten.« Jory schmunzelt plötzlich, und als er die Arme ausbreitet, um sich schnell zu verabschieden, greife ich ein wenig tiefer und halte ihn länger fest als sonst, schmiege mich an ihn. Seine Haare riechen fruchtig. Wie ein Shampoo aus dem Body Shop, was nicht seins sein kann, denn er benutzt von je her Head and Shoulders. »Tja, Menschen ändern sich, nicht wahr?«

»Scheint mir auch so.« Jory löst sich langsam und räuspert sich. »Dann bis bald.« Er hat den Autoschlüssel schon in der Hand, zögert aber noch.

»Okay.« Ich sehe ihm in die Augen, und zwischen uns passiert etwas. Etwas Subtiles, das keinem anderen auffallen würde, aber ich fühle mich wie elektrisiert. Als er sich seinem Lieferwagen nähert, dreht er sich um und blickt mich noch mal an. Ich kenne unsere Abschiedsumarmungen seit über zwanzig Jahren, und keine davon war so wie diese. Als ich die Haustür schließe, flattert es in meinem Bauch, ungefähr wie wenn ich nervös werde, nur spritziger. Ich höre die Stimme meiner Schwester: *Schmetterlinge im Bauch, Beth. Wenn du die spürst, weißt du es.* Nur leider haben meine Schmetterlinge ein miserables Timing.

23

»Die Sache ist die. Du *musst* aufwachen und mir sagen, was ich tun soll.« Ich lege den Kopf neben meiner Schwester auf den Kissenrand. »Ich habe etwas vor … bin mir aber nicht sicher, ob ich es wirklich tun soll. Und dazu brauche ich dich, du musst mir raten oder abraten. Es gibt keinen anderen, den ich um Rat fragen kann außer Jory, und der fällt diesmal aus, weil es um ihn geht.« Ich starre an die Decke. »Hinterher kannst du sofort weiterschlafen, wenn du willst. Ich brauche nur ein kurzes Nicken oder Kopfschütteln. Ein Ja oder Nein. Bitte, Em.« Ich seufze. »Es fehlt mir, dass du erwachsene Entscheidungen für mich triffst.«

Ich habe ein Foto mitgebracht. Ich nehme es aus der Handtasche und halte es über uns, damit Emmy es »sehen« kann, auch wenn ihre Augen geschlossen bleiben. »Weißt du noch, wie das aufgenommen wurde? Ich musste heute Morgen in der Schachtel unter meinem Bett kramen, nachdem ich die Kinder zu Mum gebracht hatte.« Es ist ein Foto von mir und Jory von jenem Abend vor vier Jahren, als wir miteinander aus waren. Darauf halten wir uns im Arm und ziehen alberne Gesichter. Ich trage enge schwarze Hosen und ein rotes T-Shirt mit winzigen weißen Herzen, dazu hohe Schuhe und eine Baseballkappe, die ich nur aus Albernheit aufgesetzt habe. Es ist ein verrücktes Foto von uns beiden, wie wir sie hunderte Male gemacht haben, kurz bevor wir irgendwohin aufgebrochen sind, aber an diesen Abend erinnere ich mich wie an keinen zweiten.

»An dem Abend ist etwas passiert, Em. Aber das wusstest du wohl schon damals. Du hast mich am nächsten Tag mit Fragen bedrängt, als ich zu euch zum Sonntagsbraten kam. Ich habe es auf meinen Kater geschoben, aber du wusstest es. Und ich wusste, dass du es wusstest. Ich habe nur versucht, das aus meinem Kopf zu streichen.« Ich beobachte, wie sich ihre Brust hebt und senkt, und denke an ihr wissendes Lächeln an jenem Sonntag. »Es war eigentlich nichts Richtiges. Nur ein Kuss vor der Tür, und dann bin ich mit zu ihm reingegangen, aber wir haben dann doch nicht, du weißt schon. Das war an dem tief verschneiten Wochenende.«

Ich sehe es wieder klar vor mir. Die Stunden im Pub bleiben verschwommen, aber ich weiß genau, wie es war, nachdem wir dort aufgebrochen sind. Es war glatt draußen, ich bin immer wieder gerutscht. Und zwischen uns entstand eine Spannung, die vorher nicht da war – oder die wir vielleicht nur nicht zugelassen haben. Die prickelnde Vorfreude, wenn man weiß, dass es passieren könnte. Seine Hände an meinen Wangen, als wir uns küssten, die Schneeflocken auf ihren Haaren. Wie wir durch die Tür taumelten, die Jacken einfach auf den Boden fallen ließen und er mir die Bluse aufknöpfte und fluchte, weil seine Finger steifgefroren waren. Wir haben einander mit einem Verlangen ausgezogen, das ich nie wieder empfunden habe. Gott, ich habe ihn gewollt und gespürt, dass er mich auch wollte. Aber als wir taumelnd auf die untersten Treppenstufen fielen, um dort weiterzumachen, zog Jory plötzlich den Kopf zurück und sagte: »Beth, stopp. Das ist der Alkohol, das ist keine gute Idee.« Und obwohl ich ihm zu erklären versuchte, es sei nicht der Alkohol und die Idee sei sogar wunderbar, war der Moment vorbei. Etwa wie wenn man langsam miteinander tanzt und plötzlich das Licht angeht. Wir hatten uns voneinander gelöst und saßen auf der Treppe, kamen allmählich zu Atem und wechselten betretene Blicke, als wollten wir sagen: Was haben wir uns bloß dabei gedacht? Jory machte uns einen Kaffee, und den tranken wir auf der Treppe, redeten darüber und gelobten uns, uns nie wieder hinreißen zu lassen, um unsere Freundschaft nicht durch einen Moment des Leichtsinns zu gefährden. Denn das war es gewesen, darin waren wir uns einig. Ein Moment des Leichtsinns. Wir schoben das Erlebnis beiseite, überspielten unsere Verlegenheit in den folgenden Wochen mit scherzhaften Bemerkungen wie »Was haben die uns in den Drink gekippt?« Das war besagter Abend im Winter 2015.

Emmys Arme liegen auf der Bettdecke, und ich lege meine Hand auf ihre. »So wie mit ihm ist es nie wieder gewesen, Em. All die Dates, die ich durchgehalten habe, bei denen ich mir vormachte, ich hätte Schmetterlinge im Bauch, waren Zeitverschwendung. Und die Umarmung gestern erinnerte mich an jenen Winterabend, über den wir nie reden. Deshalb habe ich das Foto hervorgekramt.«

Plötzlich drückt etwas von unten gegen meine Hand, als ob sie ihre sanft anhebt. Ich richte mich auf, lasse meine Hand auf ihrer liegen und starre sie an. *Da!* Ein Stups, so zart, dass man ihn kaum sehen würde, aber spüren kann. Eine Weile sitze ich ganz still und beschwöre sie still, es noch einmal zu tun. Aber das tut sie nicht. Doch ich weiß, was ich gespürt habe. Es war ein Schubs. Ein Schubs von meiner großen Schwester. Auf den ich gehofft habe. *Das Leben ist kurz, Beth. Sag ihm, was du empfindest.*

»Danke.« Ich küsse sie auf die Stirn. »Aber wenn das in die Hose geht, gebe ich dir die Schuld. Und Hugh Grant.«

Während der langen Rückfahrt nach St. Newth rede ich es mir zweimal aus. Was, wenn ich mich getäuscht habe und es nur bei mir, aber nicht bei ihm prickelte? Was, wenn Sadie die Richtige für Jory ist? Wer bin ich, dass ich mich zwischen sie drängen darf? Das hätte keiner der beiden verdient. Doch der Schubs von meiner Schwester und der Gedanke, dass Dougs Leben plötzlich zu Ende war, bringt mich zu der Überzeugung, dass man am meisten riskiert, wenn man etwas *nicht* tut. Und darum biege ich nach der Bushaltestelle nicht nach rechts, sondern nach links ab und halte in Jorys Straße ein Stück von seinem Haus entfernt, um etwas auf die Rückseite des Fotos zu schreiben.

Der Donnerstag damals (Druckausgabe)
Der schönste Abend, den ich je hatte, ohne Ausnahme. Ich denke noch immer ständig daran zurück. Ich würde es genauso wieder tun, nüchtern. (Vielleicht ohne die Baseballkappe.) Das wollte ich dir sagen, nur für den Fall, dass du Lust hast, das zu wiederholen. Schnee nicht unbedingt inbegriffen. Falls du nicht auf derselben Wellenlänge bist, ignoriere, was ich geschrieben habe, und ich verspreche, es nie wieder zu erwähnen. Beth x

Sein Lieferwagen ist nirgends zu sehen, und im Haus brennt kein Licht. Ich werfe den Umschlag mit dem Foto durch den Briefschlitz und eile zu meinem Wagen zurück, als schlügen Flammen aus seiner Tür. Ich habe es getan. Mich offenbart. Es ist verlockend, draußen zu warten, bis er nach Hause kommt, aber ich habe etwas Wichtiges vor. Ich muss zu meinen Eltern fahren und ihnen sagen, dass Emmy den Finger bewegt hat und dass ich es diesmal selbst erlebt habe. Emmy hat gehört, was ich sagte, und hat mit einer Bewegung reagiert. Dr. Hargreaves kann nicht bestätigen, dass es sich so verhält – Emmy könnte den Finger rein zufällig bewegt haben, unabhängig von der Bedeutung meiner Worte. Doch *ich* weiß es. Es war ein Zeichen.

SEPTEMBER

24

»Ist der Richardson-Vertrag schon von Credit zurückgekommen, Beth?«

Malcolm bleibt auf dem Rückweg von der Toilette neben dem Drucker stehen und wartet auf meine Antwort. An seinem Hemd ist ein Knopf aufgesprungen, aber er scheint das nicht zu bemerken, was mich enorm aufheitert. Und das brauche ich gerade dringend. Es ist fast eine Woche her, seit ich den Umschlag mit dem Foto durch Jorys Briefschlitz geschoben habe. Und seitdem null Reaktion. In den ersten Tagen hoffte ich noch, aber das letzte bisschen Hoffnung zerstob heute Morgen, als von ihm eine Nachricht kam: *Wollte nur mal nachhören, wie es dir geht.* Jemand, dem ich meine Gefühle offenbart habe, würde nicht *nur mal nachhören,* wenn er die Gefühle erwidert, nicht wahr?

»Nein. Der ist noch in der Warteschlange.« Mein Handy vibriert, und er schießt mir einen Blick zu. »Das ist meine Nichte. Da muss ich rangehen.« Ich sehe auf die Uhr. Kurz nach halb vier. Mum ist bei ihnen, und deshalb wundert es mich, dass Polly anruft. Ich bin sofort beunruhigt, dass wieder etwas Schlimmes passiert ist, und denke an den Anruf von Dad am Tag des Unfalls. »Hey, alles okay? Was ist los?«

»Gar nichts.« Ihre Stimme klingt ausdruckslos. »Ich kann nur meine Schwimmsachen nicht finden. Hast du sie gesehen?«

»Oh. Vielleicht hinter der Küchentür? Warum brauchst du sie? Heute morgen hattest du keine Lust aufs Schwimmtraining.«

»Hab's mir anders überlegt.« Ich höre sie rumoren. »Nö, da ist sie nicht.« Ich rufe mir die Räume vor Augen, wie ich sie am Morgen zurückgelassen habe: Es sieht aus, als hätten Einbrecher alles verwüstet. »Im Schrank unter der Treppe?« Ich lege die Hand über das Mikro und entschuldige mich bei Malcolm. »Tut mir leid, nur noch eine Sekunde.«

»Ich hab sie«, sagt sie ohne Freude. »Nan will dich kurz sprechen.«

»Ich muss arbeiten, Polly, hab eigentlich keine ...«

»Hallo, Liebes!« Zu spät. Mum schreit ins Telefon wie immer, wenn sie mit dem Handy anruft. »Läuft es gut im Büro? Wie steht's mit der großen Beförderung?«

Ich verziehe das Gesicht und hoffe, dass Malcolm sie nicht verstehen kann. »Jep, alles gut, ich hab viel zu tun, also ...«

»Ich wollte nur sagen, dass wir Ted mit zu uns nehmen und er bei uns zu Abend isst, in Ordnung? Viel Spaß dann.«

»Bis später, Mum.« Ich lege auf. Ich bin mir nicht sicher, ob ich in der Stunde bis zum Feierabend so viel Spaß haben werde, trotzdem muss ich weiterarbeiten.

»Alles in Ordnung?« Malcolms Ton ist milder als sonst, was mich sofort misstrauisch macht.

»Nur ein kleines Problem zu Hause, das sich schon geklärt hat. Meine Mutter passt auf die Kinder auf.«

Er drückt in einem fort auf den Druckknopf seines Kugelschreibers. »Ich wollte etwas mit Ihnen besprechen.« Jetzt kommt's. »Ich muss heute früher weg, weil ich einen Termin habe.« Er zögert ganz kurz vor dem Wort Termin.

»Aha«, sage ich und schaue auf die viele Arbeit, die ich noch erledigen muss.

»Ich muss mich eigentlich um Viertel vor sechs bei der Regionalkonferenz einwählen, und wie Sie sich sicher denken können, kann ich das nicht tun, wenn ich nicht hier bin.«

Er will gar nichts mit mir besprechen, sondern mich um einen Gefallen bitten. »Sie wollen, dass ich mich an Ihrer Stelle einwähle.« Ich bereue sofort, den Mund aufgemacht zu haben.

»Oh, würden Sie das tun? Ich weiß, das ist viel verlangt und deshalb sehr nett von Ihnen«, sagt er. »Ich nahm an, dass Sie pünktlich nach Hause müssen, aber da Sie eben sagten, dass Ihre Mutter bei den Kindern ist …«

Ich sitze in der Falle. »Können Sie Ihre … Ihren Termin nicht verschieben?«

Seine Lider zucken. »Nein.« Er schreibt Zahlen auf eine Haftnotiz. »Damit können Sie sich einwählen, und ich schicke Ihnen gleich eine E-Mail mit unserer Monatsstatistik.«

»Großartig.« Ich ringe mit dem Impuls, sarkastisch die Daumen zu recken, wie ich es bei Mum tue.

Auf unseren Monitoren leuchtet eine rote Nachricht auf: Der Richardson-Vertrag wurde von Credit abgelehnt. Malcolm schäumt vor Wut. Wenn er sich noch weiter aufregt, wird ihm der nächste Knopf aus dem Knopfloch springen. Ich hebe eine Hand und sage, dass ich bei Credit anrufen und versuchen werde, James umzustimmen. Ich habe etwas in meinen Lesezeichen abgespeichert, das uns helfen könnte.

»Gut. Wie gesagt, die Einwahlnummer für die Konferenz steht auf dem Klebezettel und der Alarmcode auf dem anderen. Den müssen sie eingeben, bevor Sie gehen.«

»Geht klar.« Ich habe gefunden, was ich brauche, und beschließe, lieber sofort anzurufen, damit ich James noch vor der Konferenz erwische.

»So weit ist also alles klar? Denn ich muss jetzt los.«

»Ja.« Ehrlich, wenn Malcolm will, dass ich meine Arbeit getan kriege, sollte er aufhören zu reden. Ich wiederhole, dass alles klar ist und er gehen kann, dann greife ich zum Hörer und bereite mich darauf vor, James zu beschwatzen.

Als ich meinen Mantel nehme und das Büro verlasse, ist es Viertel vor sieben. Ich schalte das Licht aus und gehe die Treppe hinunter und zum Auto. Bei der Telefonkonferenz war es nicht damit getan, mal eben unsere Monatsstatistik durchzugeben, und ich bin wirklich böse auf Malcolm, weil er mich unvorbereitet da reingeschickt hat. Einmal fragte mich Steve, der Regionalmanager (die heißen alle entweder Steve oder Chris), nach Prognosen und anstehenden Projekten. Ich hatte keine Ahnung. Wenigstens endete der Tag mit einem kleinen Erfolg, denn James genehmigte den Vertrag, den er vorher abgelehnt hatte. Dass es mir gelungen war, ihn umzustimmen, gab mir einen kleinen Kick, der sich schon fast wie Zufriedenheit im Job anfühlt, und zum ersten Mal in meinem Leben suche ich nicht nach einer Ausrede, um zu kündigen.

Ich frage mich, wie Polly beim Schwimmtraining zurechtkommt. Bevor ich mich bei der Konferenz einwählte, schrieb ich Mum, dass ich Malcolm einen Gefallen tue und länger arbeite, und bekam von ihr eine rätselhafte Antwort: *Okay, Liebes, triffst du dich dort mit ihm?*

Selbstverständlich nicht, denn ich gehe an seiner Stelle hin, und ich »gehe« auch nicht hin, weil die Konferenz übers Telefon läuft. Ich hoffe sehr, dass ich später mal, wenn ich in ihrem Alter bin, noch Nachrichten schreiben kann, die sich nicht verwirrt anhören.

Auf der langen geraden Strecke zwischen Bude und der Abzweigung nach St. Newth sehe ich ein Stück voraus zwei Gestalten am Straßenrand entlanglaufen. Sie sehen jung aus, und das ist wirklich keine gute Route für einen Fußmarsch. Der rote Rucksack der einen sieht aus wie der, den Polly am Nachmittag gesucht hat. Aber Polly kann es nicht sein, denn sie ist beim Schwimmen. Beim Näherkommen beschleunigt mein Herzschlag. Die rotblonden Haare der anderen erinnern sehr an Rosie. Mit einem Blick in den Rückspiegel vergewissere ich mich, dass niemand hinter mir fährt, und bremse ab, um mir die beiden genauer anzusehen. Sofern sie keine Doppelgänger haben, sind es Rosie und Polly. Was zur Hölle?

Ich hupe, und sie drehen sich erschrocken um. Rosie fühlt sich sichtlich ertappt, weil sie etwas tut, das sie nicht sollte, oder vielmehr etwas nicht tut, das sie tun sollte. Polly dagegen verzieht keine Miene, als wäre ihr das völlig egal.

»Steigt ein, alle beide.« Ich habe den Warnblinker eingeschaltet, und sie werfen ihre Rucksäcke ins Auto. Kaum haben sie die Türen zugezogen, rast ein SUV so dicht an uns vorbei, dass mein Auto wackelt. Definitiv keine sichere Strecke für die beiden.

»Es tut mir wirklich leid«, sagt Rosie mit panischem Blick.

»Ich werde nicht mit dir schimpfen«, erwidere ich, und sie beruhigt sich, bis ich hinzufüge: »Das ist Aufgabe deiner Mum.« Ich fahre weiter und schaue über den Rückspiegel zu Polly, die mit leerem Blick aus dem Fenster schaut. »Und?«

»Und was?«

»Echt jetzt? Du kommst mir mit *Und was?*, wenn ich euch gerade beim Abhauen erwischt habe?« Abhauen ist vielleicht übertrieben, wenn sie einfach nur das Schwimmtraining schwänzen, aber es ist Dienstag und sieben Uhr abends, und morgen ist Schule, das weiß sie.

»Ich weiß nicht, was du von mir hören willst.«

»Zum Beispiel, wohin ihr wolltet.«

»Nirgendwohin eigentlich.«

»Nirgendwohin?«

»Wollten nur zusammen abhängen. Nan hat uns am Schwimmbad abgesetzt, und wir wollten zu Fuß zurückgehen. Ich habe ihr gesagt, dass Rosies Mum uns abholt.«

»Herrgott noch.« Beinahe hätte ich erwidert, dass ihre Grandma inzwischen schlauer sein und einer Polly-und-Rosie-Geschichte nicht mehr glauben sollte. Doch dann fällt mir ein, dass die über die Party-Eskapade gar nicht Bescheid weiß, auch nicht darüber, dass Polly ihre schlechten Noten verheimlicht und die E-Mails der Schule an mich unterschlagen hat, und deshalb auch keinen Grund sieht zu zweifeln. »Noch mehr Lügen, Polly, das ist das Problem. Und wenn ich keine Überstunden gemacht hätte, wäre ich nicht auf euch gestoßen, und dann hättest du wieder gelogen und wieder. Ich weiß nicht, wie ich darauf reagieren soll. Ich weiß ehrlich nicht, was ich mit dir machen soll.«

Polly zuckt die Achseln. »Ich dachte, du wärst heute zum Essen verabredet gewesen.«

»Was meinst du …« Jetzt fällt es mir siedend heiß ein. Oh mein Gott. »Oh mein Gott, Polly. Albert!«

»Moment, du bist also noch zum Essen verabredet?«

»Ja! Das habe ich total vergessen. Scheiße. Ich hab's vergessen. Ich muss … ich muss es ihm sagen, er wartet sicher schon die ganze Zeit. Ich kann nicht glauben, dass mir das passiert ist!« Ich sehe auf die Uhr am Armaturenbrett. Es ist kurz nach sieben, und wir wollten uns um sechs im Restaurant treffen. Er wird sicher schon nach Hause gegangen sein, oder? Oder ist er noch dort? Ich weiß nicht, ob ich umkehren und zum Restaurant fahren oder ob ich weiter nach Hause fahren und bei ihm klingeln soll. Ich werfe Polly mein Handy zu. »Kannst du ihn bitte anrufen?«

»Nein.«

»Ruf an«, brumme ich böse, und sie muss meine Verzweiflung herausgehört haben, denn sie gehorcht. Rosie verhält sich vollkommen still, wahrscheinlich froh, weil ein neues Drama von dem alten ablenkt.

»Er meldet sich nicht«, sagt Polly. »Auf seiner Mailbox sagt die alte Dame von nebenan: Albert kann im Augenblick nicht ans Telefon gehen.« Und dann fragt sie: »Muss ich etwas drücken, um das zu speichern?«

»Mavis«, sage ich. »Sie hat ihm das Handy eingerichtet, bevor sie starb.« Anstatt am Kreisverkehr geradeaus durchzufahren, drehe ich eine Runde und fahre zurück. Polly versucht dreimal, ihn zu erreichen, dann gibt sie auf. Ich kenne seine Festnetznummer nicht. Die kurze Rückfahrt vergeht in Schweigen.

»Bleibt im Auto«, sage ich, knalle die Tür zu und renne die Rasenböschung hinauf, die zum Restaurant führt. Ocean View heißt es und ragt an der Meerseite ein Stück weit über das Wasser. Im Vorbeilaufen schaue ich durch das große Fenster hinein und versuche, Albert zu entdecken, aber ohne Erfolg. An der Tür lächelt mich eine junge Kellnerin mit Klemmbrett und Zöpfen an.

»Haben Sie reserviert?«

»Ja, nein, doch. Ich hatte für sechs Uhr einen Tisch bestellt, aber ich habe die Zeit verpasst, und ich weiß, der Tisch ist jetzt weg – tut mir wirklich leid –, aber ich will wissen, ob mein Freund noch da ist.« Ich rede so hastig und so panisch, dass sie mir an den Ellbogen fasst und mich sanft von der Tür weg zur Bar lenkt. Dabei beschreibe ich ihr Albert, und sie fragt mich nach meinem Namen, dann geht sie zu einer Kellnerin, die bei der Nachmittagsschicht für den Empfang zuständig war. Albert und ich haben eine frühe Zeit gewählt, weil er spätabends kein Essen verträgt und weil er direkt nach seinem Dienstagstreffen des Seniorenvereins zum Restaurant gehen konnte. Er ist also nicht mit seinem Wagen hier, weil der Verein für die Dienstagsgruppe einen Kleinbus schickt und ich ihn hinterher nach Hause mitnehmen wollte. *Was habe ich da bloß angerichtet?*

Die Kellnerin mit den Zöpfen kommt mit ihrer Kollegin zu mir. Die deutet auf einen der hinteren Tische. »Suchen Sie nach dem älteren Herrn?«

»Ja!« Ich folge hoffnungsvoll ihrem Blick.

»Ich fürchte, er ist vor zehn Minuten gegangen. Er hat mir sehr leid getan, er war ungeheuer nett. Sagte, seine Verabredung kommt wohl nicht mehr.« Sie macht ein böses Gesicht, bis sie begreift, dass ich die Verabredung war. »Ich meinte aber zu ihm, dass sie ganz sicher nur aufgehalten wurde.«

»Ich habe versucht, ihn anzurufen«, sage ich, obwohl das einen falschen Eindruck erweckt, denn da hatte er schon eine Stunde lang auf mich gewartet.

»Haben Sie auch versucht, unser Restaurant anzurufen?«, fragt die Kellnerin mit den Zöpfen.

»Nein, nur auf seinem Handy, aber er ist nicht rangegangen.«

Die Kollegin wirkt nun ein wenig mitfühlender. »Das hat er wohl nicht bei sich gehabt, denn er bat uns um ein Telefon.«

»Um mich anzurufen? Aber er hätte meine Nummer nicht auswendig gewusst.«

»Nein, um sich ein Taxi zu rufen. Schließlich haben wir das für ihn erledigt und haben ihm eine Calamares-Vorspeise aufs Haus serviert, solange er gewartet hat. Ich konnte es nicht mit ansehen, wie er da mit Sakko und Fliege so einsam an dem Tisch saß. Er wollte uns ein Trinkgeld geben, weil wir ihn mit der Vorspeise und Wasser versorgt haben. Das haben wir aber abgelehnt«, sagt sie.

Ich fühle mich schrecklich. So schrecklich wie schon lange nicht mehr. Dass er sich schick gemacht hat, gibt mir den Rest. Wäre mir das bei Mum oder Emmy oder Jory passiert, wäre das schlimm genug, aber ausgerechnet bei Albert, und das, wo ich weiß, dass das sein erster Restaurantbesuch nach über zwei Jahren werden sollte, das ist unverzeihlich. »Danke, dass Sie so nett zu ihm waren.« Meine Stimme schwankt. »Ich habe Überstunden gemacht und die Verabredung total vergessen.«

Die Kellnerin mit den Zöpfen nickt und kehrt zum Eingang zurück, weil neue Gäste hereinkommen. Die Kollegin will gerade in die Küche verschwinden, als sie mich noch einmal anspricht. »Mir fällt gerade ein, dass er etwas dagelassen hat. Einen Moment.« Sie greift unter die Theke und hält mir etwas hin. Es ist sein Exemplar der *Little Women* mit einem zusammengefalteten Ausdruck von Buchclub-Fragen unter dem Buchdeckel. Obendrauf liegt eine gelbe Rose. Letzte Woche, als wir uns am Gartenzaun unterhielten, habe ich ihm erzählt, dass ich für Blumen nicht viel übrig habe, aber die gelben Rosen in seinem Vorgarten »ganz nett« sind, womit ich ihn zum Lachen brachte. Ich starre einen Moment darauf, bis ich begreife, dass die Rose ein Geschenk für mich war, für unseren Restaurantabend.

»Hat er das versehentlich liegen lassen?« Ich fürchte, die Antwort schon zu kennen.

Sie schüttelt den Kopf. »Nein, tut mir leid. Er sagte, er braucht das nicht mehr.«

Ich bedanke mich noch einmal und gehe zwischen den Tischen hindurch zum Ausgang. Draußen schaue ich zum Strand hinunter, wo um diese Jahreszeit nichts los ist. Wenn die Sonne scheint, findet man dort kaum einen freien Platz, aber jetzt ist der Himmel stark bewölkt. Ich bin in Versuchung hinunterzulaufen und mir einen Felsbrocken oder eine Mulde in den Dünen zu suchen, wo ich sitzen und weinen kann, bis die Flut kommt und mich mitnimmt. Aber das geht nicht, weil Polly und Rosie im Auto sitzen und ich nach Hause muss, um mit Albert zu sprechen. Ich muss es ihm erklären.

Als er die Tür öffnet, trägt er keine Fliege mehr, sondern die gewohnte dunkelbraune Strickjacke und Cordhosen.

»Albert, es tut mir schrecklich leid«, sage ich, und es klingt unzureichend, aber ich weiß nicht, wie ich es besser machen kann.

»So etwas kommt vor«, sagt er. Er ist aufgebracht, das merke ich. Er klingt anders.

»Aber es tut mir wirklich furchtbar leid«, wiederhole ich. »Ich fühle mich schrecklich. Ich musste länger arbeiten, unvorhergesehen, und dann wurde dieser Kreditantrag abgelehnt, und ich musste an der Telefonkonferenz …«

»Das spielt keine Rolle, meine Liebe.« Zum Beweis lächelt er, aber das Lächeln ist dürftig.

»Lassen Sie es mich wiedergutmachen«, sage ich. »Bitte.«

»Ich denke nicht, nein.«

»Aber …« Ich weiß nicht, was ich sagen soll. »Können wir das an einem anderen Tag nachholen?«

»Ich möchte lieber zur Normalität zurückkehren, wenn es Ihnen nichts ausmacht.«

Zur Normalität zurückkehren. »Zu unseren Buchclub-Treffen bei mir?«, frage ich mit einem Funken Hoffnung, doch der erlischt, als Albert den Kopf schüttelt.

»Nein, zur Normalität meines Alltags. Ich bin jetzt müde, Beth.« Er will, dass ich gehe.

»Es tut mir ehrlich leid.«

Er nickt und schließt sanft die Tür, sodass ich mit offenem Mund auf seiner Haustürstufe stehe.

Zu Hause lasse ich mich auf das Sofa fallen. Mum hat anscheinend aufgeräumt und geputzt, denn der Sofatisch riecht nach Möbelpolitur, und der Fußboden ist wieder zu sehen. »Geht es Ted gut?«

»Ja, keine Probleme, Liebes.« Mum wechselt einen Blick mit Dad, der uns allen Tee gemacht hat.

»Was ist?«

»Nichts, worüber man sich Sorgen machen müsste«, antwortet sie. Seit Menschengedenken hat noch keiner diesen

Satz gesagt und dann tatsächlich etwas berichtet, worüber man sich keine Sorgen machen müsste.

»Okay, raus mit der Sprache.«

Mum sieht Dad an, eine stumme Aufforderung, zu erzählen, was los ist. »Es gab in der Kindertagesstätte einen kleinen Vorfall.« Er stellt mir meine Tasse Tee hin und schiebt die Keksdose daneben.

»Was meinst du mit Vorfall?«

»Er ist sehr wütend geworden. Sie sprachen über Familien und haben dazu Bilder gemalt, und alle anderen Kinder erzählen von ihren Müttern und Vätern.« Dad schaut auf seine Füße.

Oh, Ted. Es zerreißt mir das Herz, und es macht mich auch wütend. »War das nicht verdammt unsensibel von Happy Chicks, die Kinder Familienstammbäume malen zu lassen? Natürlich hat ihn das aufgewühlt.«

»So war es nicht, Liebes«, sagt er. »Laut Natalie wurde darüber gesprochen, dass es Familien in allen möglichen Größen und Formen gibt – du weißt, der Kleine mit der Brille hat zwei Mums, nicht wahr? Und ein Mädchen lebt bei ihrer Grandma.«

»Eine furchtbare Tragödie war das.« Mum schüttelt den Kopf. »Die Mutter hat eine Überdosis Schmerztabletten genommen. Jedenfalls denke ich nicht, dass wir den Erzieherinnen einen Vorwurf machen können, weil Ted sich aufgeregt hat. Ich glaube, es kam eher daher, dass die Elternbilder der anderen Kinder ihn an Mummy und Daddy erinnert haben. Aber als wir ihn abholten, ging es ihm wieder gut, nicht wahr, Jim?«

Dad kaut einen Keks und nickt deshalb nur.

Es tut mir weh, dass er wütend und traurig war, ohne dass wir ihn trösten konnten. »Der arme Ted. Ich vergesse manchmal, dass er das alles noch immer schwer begreifen kann. Man merkt ihm die Trauer viel weniger an als Polly.«

Mum runzelt die Stirn. »Sie kommen doch beide bemerkenswert gut klar, würde ich sagen.«

Ich stecke mir ein Cremeplätzchen in den Mund, damit ich darauf nicht eingehen muss. Polly ist vorhin vor mir ins Haus und gleich die Treppe raufgerannt. Nachdem ich von meinem Entschuldigungsversuch bei Albert zurückgekehrt war, saß sie mit nassen Haaren in der Küche und erzählte ihrer Grandma vom Schwimmen, wo sie die Rollwende geübt hätten, um wertvolle Sekunden dabei einzusparen. In dem Moment hätte ich ihnen sagen sollen, dass sie lügt. Doch es hat sich noch immer nicht aufgeklärt, was sie uns verschweigt, und wenn sie glaubt, dass die Erwachsenen gemeinsame Front gegen sie machen, wird sie sich erst recht keinem von uns öffnen. Mit dieser Überlegung rechtfertige ich immer wieder, dass ich für sie lüge. Doch sie öffnet sich nicht, und ich weiß allmählich nicht mehr weiter.

»Bedrückt dich etwas, Liebes? Außer der Sache mit Albert?« Dad sieht mich aufmerksam an. »Ich bin sicher, er versteht das, nachdem du es ihm erklärt hast. Beth? Ist etwas im Argen?«

Es sieht mir nicht ähnlich, meine Sorgen vor ihm zu verbergen. Er hat es immer bestens verstanden, mich aufzumuntern, mich daran zu erinnern, dass Irren menschlich ist, obwohl ich mehr Irrtümer beging als der Durchschnitt. Ich überlege, wie es wäre, jetzt beim Tee über meine Befürchtungen zu reden.

Und dann denke ich an meine Schwester. Die überzeugt war, trotz der Zweifel aller anderen, dass ich die Richtige für diese Aufgabe bin. Wenn ich jetzt alles ausplaudere, dann ist das die Kapitulation, und wenn ich kapituliere, dann lasse ich Emmy und Doug im Stich. Ich schüttle den Kopf. »Alles gut, Dad. Ich bin nur müde.«

25

Wir wachen alle später auf als sonst. Ich habe gestern Abend die Vorhänge nicht richtig zugezogen, und als ich die Augen öffne, denke ich als Erstes, wie viel Staub im Wohnzimmer in der Luft schwebt. Dann fällt mir Albert ein, wie er mit Fliege und einer gelben Rose eine Stunde lang auf seine Verabredung wartet, die nicht kommt. Ich greife eines der Sofakissen vom Boden und lege es mir auf den Kopf. Oben regt sich Ted. Davon bin ich wohl aufgewacht. Manchmal bleibt er noch ein Weilchen in seinem Bett und redet mit sich selbst. Ich rufe zu ihm hinauf. »Geht es dir gut, Ted?«

»Ist es Morgen? Kann ich Weetos haben?«

Es ist Mittwoch. Laut Mum erlaubte Emmy ihm Schokoladenflocken oder Schokoladenbrotaufstriche nur am Wochenende. Aber weder Mum noch Emmy sind hier, nicht wahr? Sondern ich.

»Jep und jep«, sage ich. »Kommt sofort.« Ich nehme mir einen der Pullover, die auf dem Wäscheständer vor der Heizung hängen, und ziehe ihn mir über den Schlafanzug, dann tappe ich in die Küche. Polly ist noch nicht unten. »Zeit, aufzustehen, Pol!«, rufe ich.

»Ich gehe heute nicht«, höre ich gedämpft von oben.

»Du hast noch zwanzig Minuten, bis der Bus kommt. Möchtest du Toast?«

»Ich gehe nicht«, wiederholt sie. Großartig. Mittwochs habe ich Ted, und gewöhnlich verbringen wir den Tag zu Hause, gehen nur gelegentlich in den Park oder in den Dorfladen, wenn wir nichts mehr zu essen haben oder wenn Ted sagt, er möchte auf die Schaukel. Nach seinem Ausraster in der Kindertagesstätte gestern habe ich mir überlegt, heute etwas anderes mit ihm zu unternehmen.

Er kommt verwuschelt und mit Mr Trunky im Arm herunter. Ich schließe ihn noch auf der Treppe in die Arme und drücke ihn an mich, meine Art ihm zu sagen, wie leid es mir tut, dass er wegen der Familienbilder aufgewühlt war. Polly kommt kurz nach ihm und setzt sich im Bademantel an den Esstisch.

»Ich gehe heute nicht zur Schule, Tante Beth.« Sie sieht verweint aus.

»Möchtest du reden?«, frage ich.

»Nein. Ich bleibe einfach nur hier.«

Mein erster Impuls ist, weiter nachzuhaken, aber mir kommt eine Idee. Ich gebe Ted seine Schale mit den Frühstücksflocken. »Ist okay«, sage ich.

»Ist okay?« Polly sieht mich groß an.

»Genau das.« Ich deute auf den Wasserkocher. »Möchtest du Tee?«

»Äh, klar.«

»Du darfst heute zu Hause bleiben, und ich rufe in der Schule an und sage, dass du krank bist oder keine Lust hast, was immer du willst, aber unter einer Bedingung.«

Polly sieht mich argwöhnisch an. »Welcher?«

»Du musst bei dem mitmachen, was Ted und ich heute vorhaben.«

Ted blickt von seinem Frühstück auf. »Spielen wir mit Knete?«

»Nein, aber es macht auch Spaß. Irgendwie. Hoffentlich. Und es ist etwas, das wir sowieso zu dritt tun sollten.«

»Wird das lange dauern?«, fragt Polly.

»Eigentlich nicht.« Die ehrliche Antwort lautet: keine Ahnung. Es könnte sich als katastrophal erweisen, aber ich habe jetzt die Oberhand, da ich Polly zu Hause bleiben lasse, und so können wir den Tag immerhin optimistischer gestalten, nachdem der gestrige bedrückend endete. Ich fühle einen Stich in der Brust, sobald mir Albert einfällt, und ich muss immer wieder daran denken, dass er lieber sein altes Leben weiterleben will. Er muss tief gekränkt gewesen sein.

Nach dem Frühstück gehe ich mich umziehen und suche frische Sachen für Ted heraus. Ich stehe vor Emmys und Dougs Schlafzimmer. Bisher habe ich es möglichst vermieden, dort hineinzugehen, aber vor zwei Wochen habe ich in Emmys Schrank eine Tasche versteckt, die ich jetzt brauche. Ich husche rasch hinein und halte die Augen auf den Schrank gerichtet, um nicht ihr Bett zu sehen, wie sie es am Morgen des 15. März zurückgelassen haben, oder die Fotos auf Dougs Nachttisch oder den Modeschmuck auf Emmys Frisierkommode neben der Flasche Cookie One, ihrem Parfüm, das sie seit zwei Jahrzehnten benutzt. Ich schließe hinter mir die Tür und trage die Tasche nach unten, stelle den Inhalt behutsam auf den Esstisch. Polly starrt auf die beiden großen Einweckgläser und die Packung Tonkarton.

»Oh Gott, du willst doch nicht etwa basteln?«

»Nein. Aber wir brauchen jeder eine Schere und einen Stift.«

Ich hole Emmys Bastelkorb aus dem Sideboard. Sie hat mit einem Filzstift »Kleber« auf ein Glas geschrieben und »Scheren« auf ein anderes. Das ist der einzige ihrer Körbe, der noch ordentlich ist, seit sie zuletzt hier war, und das nur, weil ich bisher mit Ted nicht gebastelt habe. Ich dachte immer, dafür ist die Kindertagesstätte zuständig.

Polly nimmt sich eins der Gläser. »Sind die für heiße Schokolade? Bei Lottochocco in der Stadt kriegt man die heiße Schokolade in solchen Gläsern, und sie schmeckt toll. Sie tun einen Haufen Schlagsahne obendrauf und eine Schaumzuckerspirale.«

»Nein, was ich vorhabe, hat nichts mit Schokolade zu tun.«

»Womit dann?«

»Mit eurem Dad«, sage ich, und ihre Miene verfinstert sich, als wäre eine Wolke vor die Sonne gezogen.

»Mein Dad ist im Himmel«, sagt Ted.

»Wer's glaubt«, erwidert Polly. »Ich jedenfalls nicht.«

»Nan sagt, er ist im Himmel.« Ted sieht mich an, damit ich das bestätige.

Ich schieße Polly einen warnenden Blick zu: *Wage es ja nicht, deinen Bruder aufzuregen.* »Der Himmel ist über den Wolken, Ted. Und wir winken Daddy manchmal zu, nicht wahr?«

Er lächelt und winkt begeistert der Zimmerdecke. »Ja! So!«

Ich winke nur, wenn Ted bei mir ist, aber manchmal, wenn ich allein bin, blicke ich zum Himmel hoch und nicke Doug zu.

»Was hat Dad mit Einmachgläsern zu tun?«, fragt Polly.

Ich setze mich hin und ziehe ein paar bunte Pappen aus der Packung. »Das sind Erinnerungsgläser.«

»Nein. Auf keinen Fall«, sagt sie, bevor ich erklären kann, was ich vorhabe.

»Na schön. Dann geh dich anziehen, und ich fahre dich zur Schule. Du hast erst eine Stunde verpasst.«

Widerstrebend setzt sie sich an den Tisch, und in dem Moment klingelt mein Handy. Malcolm Arbeit. Ich lehne den Anruf ab, weil ich heute frei und gestern Überstunden gemacht habe. Zwar kann Malcolm eigentlich nichts dafür, aber wenn ich zur gewohnten Zeit nach Hause gegangen wäre, anstatt ihn bei der Konferenz zu vertreten, weil er einen »Termin« hatte, hätte ich meine Verabredung mit Albert nicht vergessen.

Ted zieht von allen Filzstiften die Kappen ab. »Ich male eine Eisenbahn.«

»Okay, aber zuerst machen wir etwas anderes.«

Er schiebt die Unterlippe vor. »Ich will eine Eisenbahn malen.«

»Na gut, du kannst da draufmalen«, ich gebe ihm einen Tonkarton, »und Tante Beth und Polly fangen schon mal an. Wir schneiden die Pappe klein und schreiben etwas auf die Schnipsel. Du kannst uns helfen, indem du uns sagst, was wir schreiben sollen, denn es geht um deinen Daddy.«

»Muss ich das machen?«, fragt Polly.

»Nein«, räume ich ein. »Aber Ted war gestern beim Malen der Familienbilder aufgewühlt, und ich denke, damit können wir ihm zeigen, dass wir noch viel an euren Dad denken. Es sind jetzt sechs Monate, Pol, und ich befürchte, wenn wir seine Erinnerungen jetzt nicht festhalten, dann …« Ich schaue auf die schwarzen Schnörkel, die Ted auf seine Pappe malt.

»Du meinst, er vergisst ihn«, sagt Polly leise.

»Vielleicht. Ich kann mich jedenfalls nicht an die Zeit erinnern, als ich so alt war wie er. Du?«

»Nein.«

»Aber jetzt erinnert er sich noch an seinen Dad, und ich glaube, deine Mum würde so etwas auch mit euch tun, wenn sie könnte. Aber das kann sie nicht, und deshalb übernehme ich das. Ich hätte das heute mit Ted allein gemacht, aber ich habe vieles nicht miterlebt, nicht wahr? Du aber.«

Polly nimmt sich einen Filzstift. »Möchtest du von Daddy erzählen, Ted?« Er blickt von seinem Bild nicht auf. Bevor ich versuchen kann, ihn dazu zu bewegen, überrascht mich Polly.

»Weißt du noch, wie du auf ihm durchs Wohnzimmer geritten bist?«

»Jaaah!« Ted spreizt die Finger und krümmt sie. »Und er war ein Monster, raaaah!«

Polly schreibt *Pferdchenreiten* und *Monster* auf ein violettes Kärtchen. Ich erinnere mich, dass Doug sie als Monster durchs Haus gejagt hat. Es gab immer viel Gekreische, bis Emmy ihnen sagte, sie sollen leiser sein, einschließlich Doug.

Eine halbe Stunde lang füllen Polly und Ted ihre Gläser mit Erinnerungsschnipseln. Polly erzählt manchmal, was sie schreibt, vieles aber behält sie für sich, und ich akzeptiere das. Erst als sie anfängt zu weinen und ich einen Arm um sie lege, sehe ich, dass sie ihre Erinnerungen so geschrieben hat wie einen Brief an Doug. Auf dem grünen Kärtchen in ihrer Hand steht: *Ich vermisse es, dass du in der Küche tanzt.*

»Oh Pol.« Ich drücke ihre Schulter. »Er war so stolz auf dich.«

»Nein, war er nicht.« Da widerspricht sie mir jedes Mal. Sie schaut auf ihre Hände. »Du weißt gar nichts.«

Ich hebe die Hände. »Da hast du wohl recht. Das ist wahr. Aber ich würde es gern wissen. Ich versuche zu helfen.«

»Ich weiß«, sagt sie. Sie spielt mit einem Kärtchen herum, dann setzt sie zum Sprechen an, überlegt es sich aber anders.

Na komm, Polly, du kannst das. Rede mit mir. Eine Weile halte ich den Mund und gebe ihr den Freiraum, mehr zu sagen, wenn sie möchte. Sie fängt an zu kritzeln, spontan entstehen eine Blume und eine Biene, dann ein Regenbogen. Mehrere Male habe ich den Eindruck, dass sie kurz davorsteht, sich auszusprechen, aber sie schweigt weiter, und schließlich unterbricht Ted die Stille. Das Malen langweilt ihn allmählich, und er hat angefangen, Erinnerungsschnipsel aus seinem Glas herauszuholen.

»Wollen wir zum Strand fahren?«, frage ich. Keine Ahnung, wo die Idee auf einmal herkommt, ich finde nur, es wird uns guttun, aus dem Haus zu kommen. Ted plant, sofort Sandburgen zu bauen und zu paddeln, und zieht seine Schwester am Ärmel, um zu fragen, ob sie mit ihm paddelt.

»Aber du hast der Schule gesagt, dass ich krank bin«, wendet sie ein. »Kann ich nicht einfach hierbleiben?«

»Nein. Wir gehen zusammen an den Strand. Heute Nachmittag darfst du dich in deinem Zimmer verkriechen oder was anderes tun. Sieh nur, wie sehr sich Ted über deine Gesellschaft freut. Er hat dich in letzter Zeit kaum zu Gesicht bekommen. Nur ein Vormittag zu dritt, mehr verlange ich gar nicht. Tu's für ihn.« Wahrscheinlich ist es unfair, Ted vorzuschieben, aber nur dadurch wird sie sich überhaupt bewegen lassen.

»Na gut«, sagt sie.

Wunderbar. Wir brauchen das alle drei. Während ich Emmys Bastelsachen in den Korb räume und wegstelle, entdecke ich einen Stoß Briefkarten. Ich nehme mir eine und schreibe an Albert, um ihm die Karte durch den Briefschlitz zu werfen, bevor wir aufbrechen. Hoffentlich habe ich damit mehr Erfolg als mit meinem Brief an Jory, den er mit keinem Wort erwähnt hat.

Albert,

ich möchte Sie noch mal wegen gestern Abend um Entschuldigung bitten. Das war eine große Sache für Sie, zum ersten Mal wieder ins Restaurant zu gehen, seit Sie Ihre Mavis verloren haben, und ich habe Sie schwer enttäuscht. Ich habe Little Women weitergelesen und wünsche mir jetzt, ich wäre mehr wie eine der March-Schwestern. Jo mag ich ganz besonders. (Schade, dass gerade die kranke Schwester so heißt wie ich.) Ich verstehe Ihre Enttäuschung. Und Sie werden mir fehlen, wenn Sie es dabei belassen wollen. Das möchte ich Ihnen sagen.

Liebe Grüße

Beth x

26

»Such uns einen Fleck, Teddio.« Ich zeige über den weiten goldenen Sandstrand.

»Ich sehe keine Flecke«, sagt er, und ich lache. Er schaut nicht mal hin, weil er viel zu sehr damit beschäftigt ist, seinen Eimer und die Schaufel hinter sich herzuziehen. Polly trägt sein nagelneues Netz unter dem Arm. Sie ist still, seit sie ihre Erinnerungen aufgeschrieben hat, aber nicht still, weil sie auf die ganze Welt wütend ist, sondern weil sie nachdenkt. Während der Fahrt gab es einen Moment, als ich dachte, jetzt wird sie endlich mit mir reden – sich richtig aussprechen –, doch sie sagte kein Wort, und ich werde sie nicht drängen. Ted summt vor sich hin, freut sich über den spontanen Ausflug zum Strand. Vor dem Aufbruch haben wir im ganzen Haus nach seinem Eimer, Schaufel und Netz gesucht, aber nicht gefunden. Darum sind wir vom Parkplatz aus zum Souvenirladen an der Ecke gegangen, wo die Ansichtskartenständer draußen stehen, und ich habe ihm neue Sandsachen gekauft, als wären wir Touristen.

Trotz des warmen Wetters ist am Strand nicht viel los. Es

ist mitten in der Woche, und die meisten Kinder sind in der Schule. Wir lassen uns auf halbem Weg zwischen den Strandhütten und dem Wasser nieder. Ich erkläre Ted, dass wir nassen Sand brauchen, um Sandburgen zu bauen, doch er ignoriert mich und füllt seinen Eimer mit warmem, trocknen Sand, kippt ihn um und klopft mit der Schaufel darauf. Als er den Eimer anhebt, rieselt der Sand auseinander.

»Ich hab den magischen Klopfer gemacht«, sagt er und mustert seine Schaufel, als hätte die Magie nicht gewirkt.

»Hast du, aber der Sand muss feuchter sein. Komm mit.« Wir laufen zwischen dem Wasser und unserem Platz hin und her und schleppen nassen Sand heran, bis wir einen Kreis von Sandburgen gebaut haben. Ich bin außer Atem und werfe mich neben Polly in den Sand. Sie sitzt gedankenverloren da und schaut aufs Meer hinaus. Sie ist schon ewig nicht mehr so lange ohne einen Blick aufs Handy ausgekommen.

»Können wir Stöcke für die Fahnen sammeln?«, fragt Ted.

»Gleich. Deine Tante Beth muss erst wieder zu Atem kommen. So viel ist sie seit dem letzten Sportunterricht nicht mehr gerannt.«

»Wir brauche welche für die Fahnen«, sagt er noch mal. Ich tue, was ich immer tue, wenn er beim ersten Mal nicht hört, und gebe ihm etwas zu essen.

»Möchtest du auch etwas, Pol?«

Sie schüttelt den Kopf. Wir hören zu, wie Teds Chips im Mund krachen. Als er genug hat, gibt er mir die Tüte und stapft durch den Sand, um sein Burgenreich zu betrachten. Die Fahnen scheinen nicht mehr nötig zu sein, und so schließe ich für einen Moment die Augen und genieße die Sonne im Gesicht. Es ist schön, die Brandung rauschen und die Möwen schreien und gut gelaunte Menschen zu hören, und ich kann mich einigermaßen entspannen.

Ein paar Minuten lang ist es still an unserem Platz. Als ich die Augen öffne, beobachtet Polly ihren Bruder, der mit der Schaufel im Sand gräbt.

»Ich glaube, der Strand ist der Hit«, sage ich und lache, als er über seine Sandburgen springt. »Deine Mum ist oft mit ihm hier gewesen, nicht wahr? Vielleicht hat ihm das gefehlt.«

»Ja.« Pollys Stimme schnappt über, und sie wendet zwar das Gesicht ab, aber ich sehe an ihren bebenden Schultern, dass sie weint. Ich krame aus meiner Tasche ein Papiertaschentuch hervor und gebe es ihr. Dabei rücke ich näher zu ihr. Wir sitzen beide mit angezogenen Knien nebeneinander. Seit dem Unfall habe ich sie selten mal weinen sehen. Sie war vor allem wütend. Ihre Wut hat zwar manchmal zu Tränen geführt, aber wirklich traurig habe ich sie nicht erlebt. Nicht so wie jetzt.

»Möchtest du darüber reden?«

Sie schüttelt den Kopf und schnieft.

»Kommt das von den Erinnerungsgläsern? Es tut mir leid, dass dich das aufgewühlt hat.« Sie weint jetzt noch heftiger, und ich lege den Arm um sie. »Oh, Pol. Setzt dir das noch zu?«

»Nein. Vielleicht.« Sie zuckt die Achseln. »Ich weiß nicht.«

»Wir müssen das nicht wieder tun.« Ich drehe den Kopf ein wenig von dem Mann weg, der sich gerade eine Badehose anzieht und vergeblich versucht, mit einem Handtuch seine Blöße bedeckt zu halten.

»Nein … das war schön«, sagt sie. »Ich bin froh, dass wir für Ted die Erinnerungen aufgeschrieben haben. Es ist nur …« Sie stockt, und nachdem ich monatelang nicht wusste, was in ihr vorgeht, drängt es mich sehr, sofort nachzuhaken, und ich zähle still vor mich hin, um mich davon abzuhalten. Als ich bei fünfunddreißig bin, fängt sie an zu reden. »Ich fühle mich total schuldig.«

»Warum?« Mir will kein Grund dafür einfallen. Als sie nicht antwortet, zähle ich weiter. Einundvierzig, zweiundvierzig, dreiundvierzig …

»Wegen dem Handyfoto. Das ich gemacht habe. Von mir.«

Sie beschreibt das Foto nicht, aber wie sie spricht und wie sie die Hände dabei bewegt, verrät mir, um welche Art Foto es sich handelt. Ich bin einerseits geschockt, andererseits nicht. Geschockt, weil sie meine Nichte ist und es mir vorkommt, als wäre es gar nicht so lange her, dass sie noch mit Barbies spielte und Malbücher ausmalte. Und nicht geschockt, weil sie vierzehn ist, und wenn ich in ihrem Alter ein Smartphone gehabt hätte, hätte das katastrophal geendet. Ich verstehe nicht, wieso sie das im Zusammenhang mit den Erinnerungsgläsern aufwühlt, aber ich frage nicht und behalte Ted im Auge, der hinter uns Steine in seinen Eimer sammelt.

»Okay«, sage ich und schaue wieder aufs Meer, genau wie sie.

»Das hat Kate gemeint, bei Teds Party«, sagt sie.

Das verwirrt mich noch mehr. »Kate weiß von dem Foto?«

»Nein, aber das war das Telefondrama, wegen dem Mum aufgeregt war.«

»Ich kann nicht folgen.«

Polly gibt einen langen Seufzer von sich. »Als ich mein altes Telefon verkaufen wollte, hat sich eine Frau gemeldet, um es mir abzukaufen. Ich habe ihr geantwortet, dass es schon weg ist, und habe aus Versehen dieses Foto angehängt. Es war gar nicht für sie bestimmt.«

Ich nicke zum Zeichen, dass ich weiter zuhöre. Bei der Information, dass es für jemanden »bestimmt« war, wird mir mulmig, und ich reiße mich zusammen, um ein neutrales Gesicht zu machen.

»Und dann hat sie mich erpresst.«

Jetzt kann ich nicht mehr an mich halten. »Sie hat *was?*«

»Sie hatte einen Screenshot von meiner Freundesliste und sagte, sie würde das Foto an alle versenden«, erzählt sie sehr leise. »Ich habe ihr geglaubt und hatte Angst, dass es in der Schule jeder sehen würde. Es war grauenvoll.«

»Oh, Pol.« Ich kann mir ihre Panik vorstellen, welche Ängste sie ausgestanden hat.

»Sie hat hundert Pfund verlangt. Dad hat es herausgefunden, nachdem ich behauptet habe, dass ich Geld für einen neuen Vereinstrainingsanzug brauche. Er hat Coach Draper angemailt und sich über den hohen Preis beschwert und dabei erfahren, dass noch gar kein neuer Anzug fällig ist. Als ich Dad nicht sagen wollte, worum es wirklich ging, hat er mir das Handy weggenommen und die Nachrichten von der Frau gefunden. Und das Foto.«

»Oh Gott.« Ich weiß nicht, wer mir in der Situation mehr leid getan hätte, Polly oder Doug.

»Er konnte gut damit umgehen. Ich musste es Mum erzählen, und wir haben über alles gesprochen. Mum hat sich aufgeregt, über das Foto, aber sie haben mir versprochen, dass alles gut wird.«

Ihr schmerzlicher Gesichtsausdruck, als sie über ihre Eltern spricht, beschert mir einen Kloß im Hals. Es quält sie sichtlich, dass sie das Foto gesendet hat. »Polly, wir alle haben als Teenager dumme Fehler begangen. Deswegen musst du dich nicht schuldig fühlen.«

Sie schüttelt den Kopf. »Ich fühle mich nicht wegen dem Foto schuldig.« Sie dreht den Kopf zu mir. Ihre Augen sind groß und ihre Wangen nass. »Sondern wegen dem Unfall. Ich bin daran schuld, Tante Beth.«

»Aber nein, wie könntest du daran schuld sein?«

»Dad hatte wirklich Angst, dass die Frau das Foto verbreitet. Und es widerstrebte ihm, ihr das Geld zu geben, aber er und Mum dachten, so wäre das Problem am besten aus der Welt zu schaffen. Ich hätte es die Frau tun lassen sollen. Inzwischen ist mir egal, ob mich die ganze Welt nackt sieht.« Ich denke an unser Gespräch im Umkleideraum nach dem Schwimmwettbewerb zurück und wie sie darin nackt auf und ab gegangen ist. Sie spielt an den Schnürsenkeln ihrer Turnschuhe. »Dahin wollten sie an dem Freitag. Sich mit der Frau treffen. Deshalb ist es meine Schuld.«

Mein Verstand versucht, das Gehörte zu verarbeiten. Ich sehe mich nach Ted um. Er steht vor einer Frau, die auf ihrem

Handtuch sitzt und ein Sandwich isst. Jetzt verstehe ich zumindest teilweise, was Polly sagt, aber es kommt mir unwahrscheinlich vor, dass Emmy und Doug tatsächlich zu einer Erpresserin fahren und ihr hundert Mäuse in die Hand drücken wollten. »Haben sie dir wirklich gesagt, dass sie zu der Frau fahren?«

»Nein, sie sagten, dass sie zur Bank fahren, was sie euch auch gesagt haben, aber …« Sie greift nach ihrem Handy und scrollt, dann gibt sie es mir. Auf dem Display eine Nachricht von Emmy: *Mach dir wegen des Fotos keine Sorgen, Schatz. Wir regeln das. Also denk nicht mehr daran. Auf dem Rückweg kaufen wir Süßigkeiten und Popcorn für später. Hab dich lieb. Mum xx*

Ich schaue auf den Zeitstempel der Nachricht. Eine halbe Stunde vor dem Unfall. Ich denke an meine Schwester und Doug, die unterwegs waren, um Polly zu schützen. »Trotzdem bist du nicht an dem Unfall schuld, Pol.«

»Aber Dad wäre nicht gestorben, wenn er nicht meinetwegen unterwegs gewesen wäre! Ich habe mich anfangs gefragt, ob ich mich geirrt habe. Ich habe es mir verzweifelt gewünscht. Aber dann fand ich den Brief von der Bank, in dem ein anderes Datum stand.«

»Darum hast du ihn versteckt …«

»Ich war in Panik. Nan hat Grandad ständig gedrängt, er soll sich um den Papierkram kümmern, alles in einen Ordner heften, und deshalb habe ich den Brief ganz nach hinten in die Schublade geschoben, die kein Mensch benutzt. Später wollte ich ihn rausholen, aber sie klemmte fest. Bis du sie mit dem blöden Messer gelockert hast.«

»Warum hast du mir das damals nicht einfach erzählt?«

»Ich konnte nicht. Sobald ich wusste, dass sie gelogen haben, um mich zu decken, konnte ich kaum richtig atmen. Es ging mir ständig durch den Kopf, aber ich wollte es nicht sagen, weil es dann erst richtig wahr wird. Stattdessen wollte ich, dass es weggeht.«

Nachdem ich sechs Monate mit ihr zusammengelebt und mir um sie Sorgen gemacht habe, verstehe ich endlich ihr Verhalten. Ihre Wut, ihr Benehmen in der Schule und ihre Abwehr, wenn jemand sagte, dass ihr Dad stolz auf sie war. Sie hat sich die ganze Zeit mit Schuldgefühlen gequält, obwohl der Unfall nicht ihre Schuld ist, und hat deswegen nicht getrauert. Bis heute, als sie vor einem Weckglas voller Erinnerungsschnipsel saß.

»Du musst mir glauben, Pol.« Ich lege eine Hand auf ihr Bein. »Egal wohin deine Mum und dein Dad gefahren sind, der Unfall ist nicht deine Schuld.«

»Ich wünschte, sie wären nicht weggefahren. Ich würde alles tun, um das ungeschehen zu machen. Ich vermisse sie so sehr.«

»Ich weiß. Ich kann nichts sagen, was dir den Verlust erträglicher machen würde. Aber deine Mum ist noch da. Bisher hat sie allen negativen Erwartungen getrotzt, und wir müssen darauf vertrauen, dass sie das schafft. Wir sind jetzt ein Team, auch wenn du die Arschkarte gezogen hast, weil deine nutzlose Tante in deine Mannschaft gewählt wurde.«

Polly lächelt, und das ist, als ginge die Sonne auf. »Du bist nicht nutzlos.«

Ich ziehe eine Braue hoch. »Na ja, ein bisschen schon. Aber ich verspreche, mich zu bessern, zum Beispiel beim Einkaufen und Waschen, wenn du versprichst, dich nicht mehr allein mit diesen Dingen zu quälen.«

Sie nickt. »Es tut mir ehrlich leid, weißt du. Weil ich grauenvoll zu dir war.« Sie schaut über die Schulter. »Tante Beth, wo ist Ted?«

»Bei der Frau mit dem Sandwich.« Ich drehe mich dorthin, erwarte, sein rotes T-Shirt zu sehen, doch da ist niemand mehr. »Oh mein Gott, er war dort. Vor einer Minute war er noch da.« Ist es wirklich nur eine Minute her, seit ich ihn gesehen habe? Ich war durch das Gespräch mit Polly abgelenkt. Ist mehr Zeit vergangen, als mir bewusst war? Es ist jetzt Mittag, und am Strand sind beträchtlich mehr Leute als vor einer Stunde, lauter Einheimische, die ihre Werkstatt oder ihren Schreibtisch verlassen haben und ihre Mittagspause am Meer verbringen. Das macht es schwer, einen blonden Lockenkopf zu entdecken. Ted kann nicht weit weg sein. Eine unkontrollierbare Panik steigt in mir auf, die sich mit langsamem Ein- und Ausatmen nicht dämpfen lässt.

Polly ruft nach ihrem Bruder und läuft zwischen den Leuten hindurch in die Richtung, wo wir ihn zuletzt gesehen haben. Ich bleibe an unserem Platz und schaue nach allen Seiten so weit das Auge reicht, hoffe inständig, dass er in der Nähe ist und nur durch jemanden verdeckt wird, obwohl sich in der Nähe eigentlich nicht so viele Leute aufhalten. Was, wenn ihn jemand mitgenommen hat? Man hört immer wieder entsetzliche Geschichten. Und dass es nur Sekunden braucht. Wie bald sollte ich Alarm schlagen, weil ein Kind entführt wurde? Oder vielleicht gerade ertrinkt? Ich bin mir fast sicher, dass er nicht zum Wasser gelaufen ist, denn er hat hinter uns weiter oben am Strand gespielt, und dann hätte ich ihn an uns vorbeilaufen sehen. Oder nicht? Was, wenn ich ihn nicht bemerkt habe? Was, wenn er allein planschen gegangen ist? Kann er denn so weit gekommen sein? Kaum möglich. Aber auch nicht unmöglich.

Polly fragt Leute, ob sie einen kleinen blonden Jungen im roten T-Shirt gesehen haben. Sein Angelnetz liegt neben mir, aber nicht der Eimer und die Schaufel. Die muss er mitgenommen haben. Das Rauschen der Brandung, die Möwenschreie und die gute Laune ringsherum sind jetzt nicht mehr entspannend. *Wo ist er?*

Polly kommt zurückgerannt und winkt mir mit beiden Armen. »Jemand hat ihn gesehen«, keucht sie und stützt die Hände auf die Knie. »Er war bei einer Frau, die ein blaues T-Shirt anhat und mit ihm den Strand entlangging.«

»Was? Wann? Wie lange ist das her?« Hatte die Frau mit dem Sandwich ein blaues T-Shirt an? Möglich. Ich habe nicht darauf geachtet.

Polly ist den Tränen nah. »Ich kann sie nirgendwo entdecken. Was, wenn die Frau ihn mitgenommen hat und mit ihm weggefahren ist?«

»Es gibt mehr gute als schlechte Menschen, Pol«, sage ich, obwohl es mir gerade selbst schwerfällt, mich darauf zu verlassen. Wir rennen durch den Sand, so schnell wir können, und suchen fieberhaft. Ich sollte die Polizei anrufen. Ich habe die 999 schon eingetippt, als wir an dem Rettungsschwimmerturm vorbeikommen. Ein junger Rettungsschwimmer ruft vom Ausguck herunter und fragt, ob etwas passiert ist.

»Ich habe meinen Neffen verloren, Ted, er ist vier Jahre alt, trägt ein rotes T-Shirt und blaue Shorts, hat blonde Locken.« Ich zeige zu unserem Platz und den Sandburgen, wo gerade ein paar Kleinkinder herumhüpfen. »Vor fünf Minuten war er noch da. Ich habe mich nur für einen Moment umgedreht, und dann …«

Er fällt mir ins Wort. »Sagten Sie rotes T-Shirt?«

»Ja! Haben Sie ihn gefunden? Bitte sagen Sie, dass Sie ihn gefunden haben.«

»Ich bin mir nicht sicher, warten Sie kurz.« Er spricht in sein Funkgerät und bedeutet uns, am Turm zu bleiben. »Gleich kommt jemand und spricht mit Ihnen.«

»Wer kommt? Wo ist mein Neffe? Ist ihm etwas passiert?« Mir wird übel. »Bitte sagen Sie es mir! Geht es ihm gut?«

»Da ist er!« Polly zeigt den Strand hinauf. Ich folge ihrem Finger, und obwohl er noch ein gutes Stück entfernt ist, das ist unverkennbar Ted. Er geht an der Hand einer Polizistin.

»Oh, Gott sei Dank!« Ich falle auf die Knie, kraftlos vor Erleichterung. Zitternd halte ich den Blick auf Ted geheftet. Bei ihm und der Polizistin ist auch eine Frau im blauen T-Shirt. Ich sehe genauer hin. Es ist die Frau mit dem Sandwich. Was ist los?

Ted hat die Polizistin losgelassen und rennt auf uns zu. Beim Näherkommen spricht die Polizistin in ihr Funkgerät und sagt etwas zu der Sandwich-Frau, die daraufhin nickt.

»Guck, Tante Beth, Polizei!« Ted freut sich und scheint durch die kurze Trennung von uns nicht verstört zu sein.

Die Polizistin geht vor Ted in die Hocke und spricht ihn freundlich an. »Hey, Ted, wer sind die beiden?«

»Tante Beth und Polly.« Er streckt stolz die Brust raus.

»Ich bin seine Schwester.« Polly hebt ihn auf den Arm und schiebt die Nase in seine Haare.

»Und Sie beide haben Ted heute zum Strand mitgenommen?« Sie ist freundlich, aber noch vorsichtig.

Ich greife nach Teds Hand. »Wir sind zu dritt hergekommen. Er hat hinter uns im Sand gespielt. Dann sah ich ihn ein paar Schritte weiter mit dieser Frau reden, die gerne in Ruhe ihr Sandwich essen wollte. Er ist noch nicht so weit, dass er Privatsphäre achtet, nicht, wenn es etwas zu essen gibt. Als ich das nächste Mal hingesehen habe, war er weg.«

Die Sandwich-Frau in dem blauen T-Shirt macht ein zerknirschtes Gesicht. »Es tut mir furchtbar leid. Er hat mich angesprochen und schien ganz allein zu sein. Ich habe mich umgesehen, zu wem er gehören könnte. Da saßen Sie vielleicht gerade mit dem Rücken zu mir. Darum habe ich ihn gefragt, wo seine Mummy oder sein Daddy ist, und er fing an zu weinen. Ich weiß nicht, wo Daddy ist, sagte er, und Mummy ist müde. Ich dachte, er hätte sich verlaufen. Ich bin nicht auf die Idee gekommen, dass er mit anderen Verwandten hier sein könnte.«

Mein Herz klopft immer noch zu schnell. Ich fühle mich grauenhaft. »Polly, geh doch mit Ted noch ein paar Sandburgen bauen, bevor wir nach Hause müssen.« Sie nickt und geht mit ihm zu unserem Handtuch zurück. »Ich kann es nicht fassen, dass ich ihn aus den Augen gelassen habe.«

Die Polizistin lächelt mich freundlich an. »Das passiert hier oft, glauben Sie mir. Dieser Fall wurde noch durch das Missverständnis erschwert, mit wem Ted hier ist.«

»Ich weiß, aber ich habe ihn nicht mit einem Fremden weggehen sehen. Er hätte an wer weiß wen geraten können – nichts für ungut.« Ich lächle die Sandwich-Frau an. »Als Sie ihn nach seinen Eltern gefragt haben, hat er geweint, weil die beiden einen schweren Autounfall hatten. Sein Dad ist dabei ums Leben gekommen, und seine Mutter, meine Schwester, liegt noch im Krankenhaus.«

Die Polizistin nickt. »Als ich die Namen Ted und Polly hörte, fiel mir das ein. Auf unserem Revier waren alle tief bestürzt über das Schicksal Ihrer Familie.«

»Darum ist die Frage, wo sein Dad oder seine Mum ist, für Ted schwierig. Er dachte in dem Moment nicht, dass Sie nach den Begleitpersonen fragen. Ich bin heilfroh, dass hier freundliche Menschen auf ihn achtgegeben haben, nachdem ich so jämmerlich versagt habe.« Ich bedanke mich bei beiden Frauen und gehe zu Polly und Ted, die mit Stöckchen im Sand schreiben. Ich setze mich neben sie und dränge mühsam die Tränen zurück.

»Polly hat meinen Namen geschrieben, Tante Beth!« Ted zeigt auf die Buchstaben. »Da steht Ted!«

Ich lächle ihn an, aber recht schwach, weil mir noch durch den Kopf geht, wie viel schlimmer die Sache hätte ausgehen können. Mum wird durchdrehen, wenn sie erfährt, dass Ted verschwunden war. Gewöhnlich kann ich mich darauf verlassen, dass Dad sie beschwichtigt, aber es fragt sich, ob er das diesmal überhaupt versuchen wird. Ted zu verlieren ist etwas anderes, als beim Waschen oder Mülltrennen etwas falsch zu machen, das ist eine ernste Sache. Seit sechs Monaten versuche ich zu zeigen, dass ich der Aufgabe gewachsen bin, und habe immer nur das Gegenteil bewiesen.

Während der Heimfahrt redet Polly so viel wie seit Wochen nicht. Ich merke ihr an, dass ihr durch unser Gespräch eine Last genommen wurde, und darüber bin ich froh, trotz des Zwischenfalls am Strand. Meine Last dagegen ist schwerer geworden, aber das ist nicht Pollys Schuld.

Als ich an der Bushaltestelle einbiege, sehe ich das Auto meiner Eltern vor Emmys Haus stehen. *Oh Freude.* Das heißt, ich werde mich sofort für das Stranddrama verantworten müssen. Mir kommt der Gedanke, Polly zu bitten, die Sache für sich zu behalten (als Gegengefallen, weil ich ihre Geheimnisse gewahrt habe), aber mir ist klar, dass das nicht geht. Nicht weil das falsch wäre – was es tatsächlich ist –, sondern weil nicht die geringste Chance besteht, dass Ted das aufregende Erlebnis mit der Polizistin und dem Funkgerät für sich behält (und ich will nicht so tief sinken, dass ich einen Vierjährigen bitte, etwas für sich zu behalten, damit ich besser dastehe).

Mum erwartet uns auf der Türstufe. Ted ist unterwegs eingeschlafen. Ich hebe ihn sanft aus dem Kindersitz und trage ihn zu ihr. Er hat Sand im Gesicht und in der Kapuze.

»Da seid ihr«, sagt sie und zieht die Brauen zusammen, als sie Polly sieht. »Sie ist wieder da«, ruft sie in die Küche.

Ich höre Stimmen. Wer spricht da? Offenbar ist jemand bei ihnen. Vielleicht der Opferschutzbeamte? Aber wieso ist er nicht allein, sondern mit Mum und Dad hier?

»Ich wusste nicht, dass ihr herkommen wolltet …«, beginne ich, aber sie unterbricht mich und nimmt mir Ted ab.

»Dein Boss ist hier«, zischt sie.

»Was? Wieso?« Muss es unbedingt noch schlimmer kommen?

»Ich kümmere mich um Ted. Und du, Polly, kannst mir erzählen, warum du nicht in der Schule bist.«

Auf dem Weg in die Küche versuche ich, mir zu erklären, warum Malcolm an meinem freien Tag zu mir nach Hause gekommen ist. Ich finde ihn bei einer Tasse Tee mit Dad am Esstisch. Damit geht er zu weit. Will er mich etwa verarschen?

»Beth, wo bist du gewesen?« Dad schaut zur Uhr. »Malcolm versucht seit Stunden, dich zu erreichen. Er kam zu uns, weil das die Adresse in deiner Personalakte ist, und wir sind mit ihm hierhergefahren, weil wir dachten, du bist zu Hause.« Er sieht Polly. »Wieso ist … ach, unwichtig.«

»Wir waren am Strand«, sage ich. Ich klinge trotzig und bin es auch. Trotzig und verwirrt, weil mir offenbar eine Standpauke bevorsteht, obwohl ich noch gar nicht gebeichtet habe, womit ich sie verdient hätte. Einen irrationalen Moment lang rede ich mir ein, dass jemand – vielleicht die Polizei – mir zuvorgekommen ist und von dem Vorfall am Strand berichtet hat. Dann fällt mir ein, dass damit noch nicht Malcolms Besuch erklärt ist. »Was ist los?«

Malcolm scheint mächtig unter Druck zu stehen. Ich kann mir nicht vorstellen, dass eins der laufenden Projekte bei ihm so viel Stress auslöst.

»Beth, haben Sie gestern Abend, als Sie gegangen sind, die Alarmanlage eingeschaltet?« Er klingt anders als sonst. Besorgt? Oder wütend? Vielleicht beides.

»Ich glaube nicht.«

Er stöhnt laut, als hätte er starke Magenschmerzen, und ich starre ihn mit offenem Mund an.

Sein Ton wird schärfer. »Ich habe Sie gebeten, sie einzuschalten, wenn Sie gehen.«

»Wann? Ich weiß nicht mal, wie das geht.«

»Als es um die Telefonkonferenz ging. Ich gab Ihnen zwei Klebezettel und habe sie in Ihren Ablagekasten gelegt. Ich sagte, dass auf dem einen die Einwahlnummer für die Konferenz steht und auf dem anderen der Code für die Alarmanlage. Sie sagten: Geht klar. Dann habe ich Ihnen eine E-Mail mit unseren Umsätzen geschickt und im PS an die Alarmanlage erinnert.« Er zieht sein Handy hervor und zeigt mir die besagte E-Mail, hält sie auch Dad vor die Nase, der zur Bestätigung nickt, und ich möchte ihn deswegen am liebsten anschreien.

Meine Panik, die sich erst vor kurzem gelegt hat, schwillt wieder an. Es grenzt an ein Wunder, wenn ich nicht schon vor meinem einunddreißigsten einen Herzinfarkt bekomme. Ich schaue auf Malcolms Handy und scrolle nach unten, um das PS zu lesen. Ich erinnere mich nur, dass er über die Einwahlnummer sprach, nicht über den Alarmcode. Ich rufe mir die Situation ins Gedächtnis, erinnere mich, wie sehr ich auf meinen Bildschirm konzentriert war, mit den Gedanken bei dem abgelehnten Finanzierungsvertrag.

»Ich habe Sie nichts von einem Alarmcode sagen hören. Das PS der E-Mail ist winzig. Und im Betreff steht nur ›Telefonkonferenz‹. Warum nicht ›Telefonkonferenz‹ und ›Alarmcode‹? Ich habe noch nie eine Alarmanlage aktiviert. Ich habe nicht mitbekommen, dass Sie mich darum gebeten haben.« Ich stottere. Es ist unfair von ihm, mich außerhalb des Büros so vorzuführen, gerade vor meinem Vater.

»Ich habe den Code auf den Klebezettel geschrieben. Ich habe daran in der E-Mail erinnert.« Er wird lauter. »Bei uns wurde eingebrochen.«

Ich keuche auf. »Wie bitte?«, frage ich, obwohl ich ihn genau verstanden habe.

»Es wurde eingebrochen, und es gab keinen Alarm, weil die Anlage nicht eingeschaltet war.«

»Haben die …«

Er schüttelt den Kopf. »Nicht viel, aber darum geht es nicht, Beth. Es geht darum, dass die Einbrecher gemütlich durch das Büro schlendern konnten, ohne den Alarm auszulösen. Es gibt zwar die strikte Dienstanweisung, bei Feierabend nichts auf dem Schreibtisch liegen zu lassen, aus Datenschutzgründen, aber trotzdem …« Er stützt den Kopf in die Hände.

Ich sehe vor mir, wie ich meinen Schreibtisch hinterlassen habe: offene Vorgänge in jeder Ablageschale, ein Notizblock mit Kundennamen und Telefonnummern neben der Tastatur. Ich kann mich vage an ein Fortbildungsvideo erinnern, in dem eine Frau in Businesskleidung durch eine Bürokulisse schreitet und sehr ernst über die Risiken spricht, die sich ergeben, wenn man Kundendaten offen liegen lässt. Mittendrin verlor ich die Lust und schickte Memes an Jory. Nachdem ich ihm geschrieben hatte, dass Malcolm eine gewisse Ähnlichkeit mit Brent hat, schickte er mir eins mit David Brent, das ich zum Brüllen fand. Jetzt finde ich das gar nicht mehr lustig.

»Anscheinend beruht das auf einem Missverständnis.« Dad steht auf, um noch mal Wasser zu erhitzen. »Wenn Beth sagt, dass sie das mit dem Alarmcode nicht mitbekommen hat, dann hat sie das nicht mitbekommen. Möchten Sie noch Tee?«

Malcolm winkt ab. »Ich habe das aber gesagt, sie hat nur nicht zugehört. Und jetzt haben wir vielleicht einen Riesenärger am Hals.« Er steht auf.

»Das tut mir leid«, sage ich. »Ich habe tatsächlich nicht richtig zugehört, weil ich auf das Ablehnungsschreiben von Credit konzentriert war.«

Er macht die Augen schmal. »Kam Ihnen beim Hinausgehen kein Gedanke an die Alarmanlage? Immerhin haben Sie als Letzte das Bürogebäude verlassen. Haben Sie sich nicht gefragt, ob damit eine gewisse Verantwortung einhergeht?«

Ich schüttle den Kopf. »Wir haben alle eine Schlüsselkarte, und die Türen verriegeln sich automatisch. Die Alarmanlage kam mir nicht in den Sinn. Was wird nun passieren?«

Er nimmt sein Sakko von der Stuhllehne und hängt es sich über den Arm. »Die Polizei wird sich die Aufnahmen der Sicherheitskameras ansehen, und in der Zwischenzeit müssen wir beten, dass die Einbrecher nur auf Wertsachen aus waren, nicht spioniert haben. Der einzige Schreibtisch, bei dem sich das Spionieren gelohnt hätte, ist übrigens Ihrer.«

Ich zucke zusammen. Dem kann ich nichts entgegenhalten. »Kann ich irgendetwas tun?«

»Eigentlich nicht. Ich bin nur hergekommen, weil ich hoffte, dass Sie die Alarmeinlage eingeschaltet haben und der Alarm nur wegen eines technischen Defekts nicht ausgelöst wurde. Wenn es nicht dringend gewesen wäre, hätte ich Sie an Ihrem freien Tag nicht gestört.« Er sieht meinen Vater an. »Bitte entschuldigen Sie die Unannehmlichkeiten, Mr Pascoe.«

Mein Nacken prickelt und fühlt sich heiß an, genau wie nach Dougs Beerdigung, als ich dachte, da kündigt sich eine Panikattacke an. Der Druck konkurrierender Pflichten hat sich seit einer ganzen Weile hochgeschraubt, und heute hat sich gezeigt, dass auf mich kein Verlass ist. Ich bin dem nicht gewachsen. Was, wenn ich mir nächstes Mal etwas Schlimmeres zu Schulden kommen lasse? Schlimmeres, als den Alarmcode zu vergessen oder Ted aus den Augen zu lassen? Ich habe immer weitergemacht und mir eingebildet, dass ich ganz gut klarkomme, aber ich komme nicht klar, nicht wahr? Überhaupt nicht.

Ich folge Malcolm mit feuchten Händen nach draußen.

»Wir sehen uns morgen im Büro, Beth.«

»Nein.« Mir rauscht das Blut in den Ohren. Ich habe alles vergeigt.

Er sieht mir in die Augen. »Nein?«

»Ich kann nicht.« Ich zittere.

»Sie können morgen nicht oder …« Ein unangenehmes Schweigen entsteht.

»Ich weiß nicht.«

»Verstehe. Tja, mit *Ich weiß nicht* kann ich keine Firma leiten. Geben Sie mir spätestens am Montag Bescheid, so oder so. Wenn ich nichts von Ihnen höre, bin ich gezwungen, die Stelle auszuschreiben. Ich kann ohne Assistentin nicht lange auskommen, das wissen Sie.«

»Ja. Es tut mir leid.« Als ich Tür hinter ihm schließe, erscheint Mum hinter mir. Sie hat offenbar gelauscht.

»Du hast gekündigt?«, sagte sie. »Oh Beth. *Warum?*«

»Weil ich eine Versagerin bin. Wenn es hart auf hart kommt, nimmt Beth Reißaus. Das sind deine Worte. Erinnerst du dich? Du hattest recht.«

»Das habe ich nicht …« Sie ist offenbar perplex, sich selbst aus meinem Mund zu hören. »Aber du hast dich in dem Büro so gut gemacht.«

»Nein«, widerspreche ich. »Es ist mir nicht gelungen, meine Aufgaben alle in den Griff zu kriegen, und jetzt ist meinetwegen eingebrochen worden.«

»Aber deswegen musst du doch nicht kündigen. Mit etwas Glück wird die Polizei das in Ordnung bringen.«

»Nanny, ich habe die Polizei gesehen!« Ted kommt angelaufen.

»Das ist schön, Schatz.« Mum streicht ihm übers Haar und strahlt ihn an. »Soll ich dir etwas zu essen machen?«

»Eine Polizeifrau war das, als Tante Beth und Polly weg waren.«

Mums Lächeln verschwindet. Sie sieht zuerst Polly und dann mich an. »Was heißt das, als ihr weg wart?«

Ich bekomme Kopfschmerzen und kneife mir in die Nasenwurzel. Meine Hände zittern noch immer. »Es gab einen kleinen Vorfall am Strand. Ich wollte es euch erzählen, aber wegen Malcolm …«

»Das war nicht Tante Beths Schuld«, sagt Polly. »Gerade war Ted noch da, und plötzlich …«

»Kann ich Toaststreifen mit Käsesauce haben?« Ted hüpft auf und ab. Mum hebt ihn auf den Arm, küsst ihn auf den Kopf und nimmt ihn mit in die Küche. Ich kann es zwar nicht sehen, aber mir gut vorstellen, was für einen Blick sie Dad zuwirft.

»Mum?«, rufe ich hinter ihr her.

»Können wir bitte später darüber reden, Beth? Es ist fast zwei, und Ted hat noch nichts gegessen.«

»Aber …«

»Später. Er muss jetzt etwas essen.«

27

Es ist Freitagabend, und ich sehe mir irgendeinen Quatsch im Fernsehen an in einem Haus, das nicht meins ist, und ohne die Kinder, um die ich mich eigentlich kümmern soll. Ab und zu habe ich mich danach gesehnt, einen Abend für mich zu haben, aber so hatte ich mir das nicht vorgestellt. Das fühlt sich nicht nach Selbstpflege und Entspannung an, nicht mal danach, sich gehen zu lassen. Sondern nach Einsamkeit.

Ich spiele mit den kleinen gelben Pfoten von Teds Spot the Dog, der zwischen den Sofakissen aufgetaucht ist. Mum hat die Kinder am Mittwochabend *für ein paar Tage* mitgenommen. Sie stellte das gar nicht zur Diskussion, und ich habe nicht widersprochen. Bei meinen Eltern sind die beiden besser aufgehoben. Ich habe keine Ahnung, wann die »paar Tage« vorbei sein werden, und ich wollte nicht fragen. Polly hat sich dagegen gesträubt, aber ich habe ihr gesagt, sie soll mitfahren. Ted hat sich gefreut, mal wieder bei seiner Grandma zu übernachten, dachte aber, ich würde mitkommen. »Du darfst neben mir schlafen, Tante Beth!«, sagte er noch, als Mum ihn zum Auto brachte. »Wir können bis siebzig Uhr aufbleiben.«

»Das würde ich liebend gern tun, aber ich muss hierbleiben und ein paar Sachen erledigen. Wir sehen uns ganz bald«, sagte ich und winkte ihm und Mr Trunky. Dann schloss ich die Haustür und saß eine Stunde lang weinend auf dem Boden im Flur. In den zwei Tagen habe ich kaum etwas getan außer auf dem Sofa sitzen, Glotze gucken und immer wieder Facebook zu öffnen, um neue Posts zu lesen. Ich kann mich nicht mal auf die Arbeit im Büro stürzen, weil ich den Job vielleicht längst verloren habe, obwohl ich Malcolm deswegen noch nicht gemailt habe. Selbst mein Buch erscheint mir wie eine Strafe, denn jedes Mal, wenn ich es neben dem Kühlschrank liegen sehe, führt es mir vor Augen, dass ich Albert schwer enttäuscht habe. Sein Fernseher dröhnt durch die Hauswand, und ich sehe ihn praktisch mit seinen braunen Pantoffeln auf dem braunen Sofa sitzen. Heute Abend ist es wohl kein Western, da es sich weniger nach Schießereien als nach Gelächter aus der Konserve anhört.

Mum hat mich an beiden Tagen angerufen und sich nach mir erkundigt, und Dad hat mir geschrieben, dass ich mich doch zu ihnen gesellen soll. Ich habe geantwortet, dass ich gut allein klarkomme, obwohl das nicht stimmt. Aber ich könnte es im Moment nicht aushalten, ihre enttäuschten Gesichter zu sehen. Mum hat kaum etwas zu dem Vorfall am Strand gesagt, und in gewisser Weise ist ihr Schweigen schlimmer, als wenn sie mir die Meinung gegeigt hätte.

Mir gehen die Ereignisse der vergangenen Woche ständig durch den Kopf. Wie ich am Dienstag das Büro verlasse, ohne den Code einzugeben. Wie Albert mit Fliege und Sakko eine Stunde im Restaurant auf mich wartet und mir dann zu verstehen gibt, dass er sich nicht mehr mit mir treffen will. Wie Ted plötzlich verschwunden ist und von der Polizei zurückgebracht wird. Wie viel schlimmer das hätte ausgehen können. Nachdem ich Polly auf einem von Rosies Fotos bei Facebook gesehen habe, fiel mir auch ein, dass ich Rosies Mum nicht angerufen habe, um ihr zu sagen, dass ich die beiden auf der Hauptstraße aufgegabelt habe, als sie eigentlich beim Schwimmen sein sollten. Ich wollte sie von zu Hause sofort anrufen, nachdem ich Rosie bei ihr abgesetzt hatte, aber dann hatte ich es eilig, mich bei Albert zu entschuldigen, und jetzt … Tja, jetzt zweifle ich, ob ich die Energie habe, ein weiteres Versäumnis zuzugeben.

Ans Essen denke ich überhaupt nicht, ich habe heute noch nichts in den Magen bekommen, und der protestiert allmählich. Ich stecke zwei Scheiben Brot in den Toaster und krame ein Glas Schokoladenaufstrich hervor. Ich denke an die Freitagabende vor dem Unfall, die ich fast immer mit Jory im Pub verbrachte. Ich frage mich, ob er jetzt mit Sadie dort ist.

Während ich den Toast esse, lausche ich auf das Ticken der Uhr und den tropfenden Wasserhahn. Es tickt immer zweimal vor dem nächsten Tropfen. Auf dem Küchentresen liegt ein Stoß Post, den ich Dad geben wollte, damit er sich über Emmys und Dougs Papierkram auf dem Laufenden halten kann. Ich sehe zur Uhr. Der Abend ist noch jung, ich könnte

Dad die Post schnell bringen. Die Kinder fehlen mir, und das wäre ein guter Vorwand, um bei ihnen reinzuschneien und sie an mich zu drücken. Ich denke daran zurück, wie Mum mich ansah, als sie hörte, dass Ted verschwunden war. Wie sich ein Gedanke auf ihrem Gesicht abmalte: *Ich wusste, dass das passieren würde.* Vielleicht sollte ich die Post durchsehen und dann entscheiden. Denn vielleicht sind es nur Werbebriefe.

Ich öffne den obersten. Er ist an Emmy gerichtet und teilt mit, dass sie für eine Kreditkarte mit einem Rahmen von fünftausend Pfund qualifiziert ist. Ich lege ihn beiseite und eröffne damit den Werbestapel. Fünf Riesen. Ich glaube nicht, dass mir je so ein Schreiben zugeschickt wurde, sicher nicht seit ich letztes Jahr ein Problemchen bei meinen Handyzahlungen hatte.

Ich fege die Toastkrümel vom Tisch und öffne den nächsten Brief. Eine Terminerinnerung für Doug vom Zahnarzt. Ich lächle traurig das Foto am Kühlschrank an, auf dem Ted und sein Dad den Fotografen anlachen. »Du hattest schöne Zähne, Doug«, sage ich und lege den Brief auf den Dad-Stapel.

Der dritte steckt in einem eleganten Umschlag von einem noblen Wellnesshotel. Ich falte ihn auseinander und rechne mit einem Sparangebot. Überraschenderweise ist er an Emmy und Doug persönlich adressiert.

Sehr geehrte Mr und Mrs Lander,
obwohl wir in den vergangenen Monaten mehrmals versucht haben, mit Ihnen Kontakt aufzunehmen, sowohl per E-Mail als auch über die angegebene Mobilfunknummer, konnten wir Sie nicht

erreichen und unternehmen nun einen letzten Versuch. Wenn Sie es sich anders überlegt haben und sich nicht mehr ansehen möchten, was Eagle Park zu bieten hat, lassen Sie es uns bitte wissen, damit wir Sie von der Liste nehmen können. Wenn Sie noch an einem Termin mit Sandrine interessiert sind, können wir Ihnen derzeit noch mehrere im September und Oktober anbieten. Es ist jedoch damit zu rechnen, dass die bald vergeben sein werden.
Mit wärmsten Empfehlungen
Elena McCarthy, Events Assistant

Seltsam. Ich frage mich, ob Emmy im Preisausschreiben ein Essen in dem Hotel gewonnen hat und den Preis vor dem Unfall nicht einlösen konnte. Doch da steht *Termin*. Wenn es um ein Preisausschreiben ginge, wäre das Schreiben anders formuliert.

Ich bin schon dabei, den Brief auf den Dad-Stapel zu legen, halte aber inne. Das ist eigentlich keine Angelegenheit für einen Testamentsvollstrecker. Hier genügt ein kurzer Anruf oder eine E-Mail, und es ist nicht so, als hätte ich gerade viel zu tun. Ich rufe die Nummer an und bereite mich darauf vor, eine Nachricht zu hinterlassen, als sich eine Mitarbeiterin meldet.

»Eagle Park Hotel und Spa, Elena am Apparat. Was kann ich für Sie tun?«

Ich sehe nach, wer den Brief unterschrieben hat. »Oh, hallo, Elena – ah, ja. Sie haben kürzlich meine Schwester und ihren Mann angeschrieben, damit sie mit Ihnen einen Termin vereinbaren. Emmy und Doug Lander.«

»Möchten Sie umbuchen?«

»Nein.« Mein Blick wandert zu dem Foto am Kühlschrank. »Mein Schwager ist im Frühjahr ums Leben gekommen.«

»Mein Gott, das tut mir leid. Das ist furchtbar. Ich bitte um Entschuldigung, falls das Schreiben Bestürzung ausgelöst hat.«

»Ich wollte Sie nur informieren, warum meine Schwester und mein Schwager Sie nicht mehr kontaktiert haben.«

»Danke. Sandrine hat um diese Jahreszeit viel zu tun, wie ich weiß. Jeder möchte sich das Gelände ansehen, um eine passende Stelle für die Fotos von dem großen Tag auszusuchen. Also wollte sie wahrscheinlich nur einer Enttäuschung vorbeugen, weil die Termine immer schnell weg sind.«

Fotos von dem großen Tag. Ich atme langsam aus, Emmy und Doug wollten sich Eagle Park ansehen, um dort ihre Hochzeit nachzufeiern. Das große Fest, das sie sich immer gewünscht haben. Ich sehe mir die Zeichnung im Briefkopf an: eine elegante Auffahrt mit einem Springbrunnen, umgeben von Pfauen. Es ist typisch Emmy, sich Prospekte zu bestellen und Jahre im Voraus zu planen. Mich überrascht nur, dass sie das mit keinem Wort erwähnt hat. Andererseits hat sie mir auch andere Dinge verschwiegen.

»Das ist seltsam«, sagt Elena wie zu sich selbst.

»Was meinen Sie?« Ich trage meinen Teller zur Spüle.

»Hier steht, dass Sandrine mit Ihrer Schwester am Tag vor dem Termin sprach und der Termin bestätigt wurde. Deshalb hat sie also immer wieder versucht, sie zu erreichen.«

»Ach so? Aber Emmy hat seit März buchstäblich mit niemandem gesprochen.«

»März, genau. Es ging um den fünfzehnten März, das war ein Freitag. Es tut mir wirklich leid, ich habe die Hochzeitsliste aktualisiert und …«

Ich höre nicht mehr zu und denke immer nur an das Datum. Freitag, fünfzehnter März. Ich lege auf, und ehe ich die Information verarbeiten kann, klingelt mein Handy. Mum und Dad Zuhause.

»Hallo«, sage ich.

»Hallo, Liebes.« Es ist Mum. »Bist du beschäftigt?«

»Nein, ich gehe nur gerade die Post durch, und da ist etwas …«

»Aber du gehst heute nicht mehr aus?«

»Wohin sollte ich schon gehen, Mum?« *Und mit wem?*

»Ach so. Gut. Das ist gut.« Sie klingt eigenartig. »Kannst du zu uns kommen? Jetzt gleich?« Ich höre Ted weinen.

»Was ist los?«

Mum seufzt. »Es geht um Ted. Er hat sich immer weiter aufgeregt und lässt sich nicht beruhigen. Die Sache ist die«, sie seufzt wieder, »er verlangt nach dir.«

28

»Sag ihm, ich komme. Hat er genug Stofftiere?«

»Er hat Mr Trunky«, sagt Mum. »Nach anderen hat er nicht gefragt.«

»Mr Trunky ist zum Kuscheln wichtig, aber er hat gern viele Stofftiere am Kopfende des Bettes sitzen«, sage ich.

»Seit wann?«

»Ich weiß nicht, aber es ist so. Ich hätte dir auch das Foto mitgeben sollen. Das habe ich ganz vergessen.«

»Welches Foto?« Mum klingt immer frustrierter. Sie hält das Telefon vom Ohr weg und sagt: »Tante Beth kommt gleich.« Ted weint noch leise.

»Von Emmy und Doug. Du kannst aber auch ein anderes Foto von ihnen nehmen. Er sagt ihnen gern Gute Nacht. Und dem Kolosseum eigentlich auch, aber das ist nicht so wichtig. Versuch es mit einem Foto.«

»Im Moment schaut er *Toy Story* mit Polly. Vielleicht warte ich einfach, bis du kommst.« Sie senkt die Stimme. »Er ist sehr wütend geworden, Beth. Dein Dad und ich konnten ihn kaum beruhigen. So habe ich ihn noch nie erlebt.«

Aber ich, denke ich, halte aber den Mund. Unter anderen Umständen würde ich Mum das liebend gern sagen, aber noch lieber wäre mir, Ted wäre fröhlich und ausgeglichen. »Bin gleich da.«

Als ich vor dem Haus ankomme, hält Ted am Fenster nach mir Ausschau. Ich winke, und er grinst mich an.

»Hat er sich beruhigt?« Ich werfe meine Jacke auf die Bank im Flur. Ted kommt aus dem Wohnzimmer gerannt und schlingt die Arme um mein Bein.

»Er ist wieder zufrieden.« Mum weicht meinem Blick aus.

»Oh, das ist schön.« Ich streife meine Turnschuhe ab und hebe ihn hoch, um ihn zu drücken. »Soll ich dich nach oben tragen und es dir im Bett gemütlich machen? Du schläfst doch nicht etwa wieder in Tante Beths Zimmer, oder?« Ich sehe ihn gespielt böse an, und er kichert.

»Doch! Ich schlafe in deinem Bett«, sagt er.

»Was? In meinem Bett? Du kleiner Frechdachs. Darüber reden wir noch.« Ich kitzle ihn unter den Armen, bis er sich vor Lachen windet, sodass ich ihn kaum noch halten kann. Halb rechne ich mit der üblichen Ermahnung von Mum, ihn vor dem Schlafgehen nicht zu sehr aufzudrehen, aber sie sagt kein Wort. Die Schlafenszeit ist schon überzogen. Das Gekicher lockt Dad aus der Küche.

Er küsst Ted auf den Kopf. »Nacht, Champ.«

»Grandad, ich schlafe bei Tante Beth.« Das war nicht meine Absicht. Dad sieht mich fragend an.

»Ein Missverständnis. Ich habe nicht vor zu bleiben.«

»Aber da du schon mal hier bist, kannst du es ebenso gut tun«, sagt Mum. »Schließlich brauchst du dafür keine Tasche zu packen. Deine Sachen sind noch hier. Es ist noch immer dein Zimmer …«

So fühlt es sich nicht mehr an. Ich fühle mich hier gar nicht mehr wie zu Hause, was sonderbar ist, weil ich mir auch nicht sicher bin, ob mir Emmys und Dougs Haus noch wie mein Zuhause vorkommt. Jedenfalls nicht, wenn Polly und Ted nicht da sind.

»Du hast Mr Socks, und ich habe Mr Trunky«, sagt Ted. Mr Socks ist der einzige Bär, der noch an meinem Bett sitzt.

»Nun, Mr Socks Einladung kann ich nicht ausschlagen, nicht wahr?« Ich schaue meine Eltern an. »Ich komme gleich runter. Ich muss sowieso mit euch über etwas sprechen.«

»In Ordnung, Liebes«, sagt Dad. »Soll ich Teewasser aufsetzen? Oder ist das eine Angelegenheit für zwei Rotwein und einen Whiskey?«

Ich will gerade antworten, dass ich zu einem Roten nicht Nein sage, als Mum mir zuvorkommt. Sie sieht erschöpft aus. »Wein, Jim. Ich hole die Gläser.«

Ted schläft nach ein paar Minuten ein. Ich war schon auf dem Sprung, um für unser Nacht-Nacht-Ritual ein Foto aus dem Flur zu holen, aber nachdem ich ihn mit Mr Trunky und Mr Socks zusammen zugedeckt hatte, steckte er sich den Daumen in den Mund und schlief. Behutsam ziehe ich den Arm unter ihm hervor und schleiche hinaus. Polly fängt mich im Flur ab und zieht mich in das Zimmer, das früher Emmys war und nun seit fünfzehn Jahre als Gästezimmer, Büro und Fitnessraum genutzt wird (der Hometrainer ist vielleicht sogar älter als ich).

»Oha, Polly, wo brennt's denn?«

»Mum und Dad sind doch nicht zu der Frau gefahren«, sagt sie. »Die mich erpresst hat.«

»Nein, ich weiß.« Ich runzle die Stirn, weil sie ihre Tür schließt. »Moment, woher weißt du das?«

»Das fragst du mich? Woher weißt *du* das?« Sie schüttelt den Kopf. »Egal. Ich weiß jetzt ganz sicher, dass sie nicht zu der Frau unterwegs waren. Ich habe ihr eine Nachricht geschickt.«

»Das war nicht klug.«

Polly redet sehr schnell und sehr leise. »Nach unserem Gespräch am Strand wollte ich es endlich genau wissen. Ich habe die Nummer der Frau entsperrt und sie angeschrieben. Sie sagt, dass sie nie vorgehabt hat, das Foto zu verbreiten, und als ich damals sagte, dass ich ihr das Geld geben kann, hat sie nicht Nein gesagt, weil sie es dringend brauchte. Ich glaube, sie war in einer Notlage.«

»Sie klingt charmant.«

»Aber dann hörte sie von dem Unfall in den Nachrichten. Hat den Namen erkannt. Sie hat versucht, mich zu erreichen und mir zu sagen, dass sie mir nicht schaden will, aber das konnte sie nicht, weil ich ihre Nummer gesperrt hatte, wie Mum und Dad gesagt haben. Sie wollten sich gar nicht persönlich mit der Frau treffen.«

»Und als deine Mum dir schrieb, dass die Sache erledigt ist?«

»Die Frau hat das Geld bekommen. Dad hat es ihr mit PayPal überwiesen. Hundert Pfund, damit sie das Foto löscht.«

»Was für ein Miststück …«

»Aber sie hat es zurücküberwiesen! Sie hat das Geld zurückgegeben.«

»Aber du vertraust ihr doch nicht, oder? Sie kann das Foto trotzdem behalten haben. Sie könnte es sogar immer noch verbreiten.«

Polly schüttelt den Kopf. »Das ist mir egal! Verstehst du, das kümmert mich nicht mehr. Das Foto ist unwichtig. Das ist es gar nicht, was mich monatelang fertiggemacht hat.«

»Ich weiß.« Ich sehe ihr an, wie erleichtert sie ist. Zu wissen, dass ihre Eltern damals nicht ihretwegen unterwegs waren, dass sie nicht ihretwegen verunglückt sind. Sie zieht die Brauen zusammen. »Aber eins verstehe ich immer noch nicht, Tante Beth. Ich habe den Brief von der Bank versteckt, weil das Datum nicht das richtige war und weil ich dachte, sie hätten nur behauptet, dass sie zur Bank fahren, um mich zu decken. Aber wenn sie gar nicht zu der Frau fahren wollten und sie auch nicht zur Bank unterwegs waren, wohin wollten sie dann? Du weißt es, stimmt's?«

Ich nicke. »Und darüber will ich gleich mit deinen Großeltern sprechen. Sie erwarten mich unten. Um ehrlich zu sein, bin ich einem Gespräch mit deiner Nan in letzter Zeit ausgewichen. Sie ist zurzeit nicht besonders zufrieden mit mir.«

Polly verzieht das Gesicht. »Ich glaube, sie war sauer, weil wir Ted verloren haben.«

»Nein, nicht wir, Polly. Nur ich bin verantwortlich. Ich bin für euch beide verantwortlich. Und ich habe überlegt, Mum und Dad über alles aufzuklären.«

»Was alles?«

»Ich weiß zwar, du möchtest die Fotogeschichte für dich behalten, und vielleicht brauchen wir das gar nicht zu erwähnen, aber was die übrigen Dinge betrifft, ist es meiner Meinung nach Zeit, die Karten auf den Tisch zu legen. Ich habe mich nicht besonders gut um euch beide und den Haushalt gekümmert, und ich kann mir nicht mehr vormachen, ich hätte alles samt meiner Arbeit im Griff. Ich bin es leid, bei den beiden so zu tun, als wäre alles in Ordnung, und das hat jetzt sowieso keinen Zweck mehr. Ich bin aufgeflogen.«

Polly tritt auf mich zu, und ich erwarte, dass sie an mir vorbei zum Türknauf greifen will, doch stattdessen umarmt sie mich. »Ich weiß, Nan ist sauer auf dich, und du bist nicht gerade ordentlich oder gut im Umgang mit Staubsaugern, aber ich finde, du hast deine Sache ziemlich gut gemacht.«

»Für die Staubsaugerkatastrophe kann ich wirklich nichts.« Ich drücke sie. »Na komm, gehen wir die Suppe auslöffeln.«

Wir gehen zusammen nach unten, Schulter an Schulter. Mum reicht mir ein Glas Roten, und ich setze mich an den Esstisch. Polly nimmt den Stuhl neben mir und legt kurz den Kopf auf meine Schulter. Mum und Dad wechseln einen Blick. Einen, den ich zur Abwechslung mal nicht kenne.

Zu viert sitzen wir am Esstisch, aber ohne Essen, und das ist fast wie ein Meeting. Gewissermaßen ist es eins, und wie bei jedem richtigen Meeting muss einer das Thema eröffnen.

»Ich habe herausgefunden, wohin Emmy und Doug am fünfzehnten März fahren wollten«, sage ich. »Sie hatten keinen Termin bei der Bank, sondern im Eagle Park Hotel.« Drei verwirrte Gesichter blicken mich an. Dad wiederholt ein paar Mal leise »Eagle Park Hotel«, als könnte ihm dadurch einfallen, was es damit auf sich hat. »Sie wollten dort ihre Hochzeit nachfeiern.«

»Oh.« Polly beißt sich auf die Lippe.

»Ist nicht wahr«, sagt Dad.

»Ihre Hochzeit nachfeiern«, wiederholt Mum flüsternd.

Mit dem Gedanken sitzen wir eine Weile da, dann hole ich mein Handy hervor und zeige ihnen Fotos von der Hotelwebseite. »Ziemlich nobel, was?«

Dad sieht sich das Foto von einem Hochzeitsbüffet an. »Ich hasse die kleinen Kanudinger.«

»Kanapees«, sagt Mum.

»Ist dasselbe in Grün, Liebes. Es gibt nichts Schlimmeres, als im Stehen zu essen und dabei sein Glas zu jonglieren. Das ist sehr stressig.« Als Mum mit der Zunge schnalzt, fügt er hinzu: »Glaub nicht, das hätte ich Emmy und Doug nicht gesagt, denn das hätte ich.« Polly und ich nicken. Das hätte er.

»Ich kann kaum glauben, dass sie dort hinwollten«, sagt Mum. »Das erklärt das komische Datum in dem Bankschreiben.« Polly wird neben mir unruhig. »Ich muss sagen, es macht mich ein wenig traurig, dass die beiden mich nicht eingeweiht haben. Ich hätte jede Menge Ideen für ein Hochzeitslokal beisteuern können. Ich hätte ihnen gern geholfen.«

Dad meidet meinen Blick, und ich trinke einen großen Schluck Wein, denn mir ist völlig klar, warum Emmy und Doug zumindest die erste Besichtigung einer Location geheim hielten. »Weißt du, Mum, die Mitarbeiterin am Telefon sagte, dass nur zwei Leute bei der Besichtigung erlaubt sind. Vielleicht wollten Em und Doug uns überraschen, sobald sie es fest gebucht hätten.«

Mum nickt traurig. »So scheint es. Das muss man verstehen, denke ich.«

»Also …« Ich räuspere mich. Heute Abend herrscht eine Atmosphäre, die zu Geständnissen einlädt, und ich nehme die Gelegenheit nur zu gerne wahr. »Wollen wir mal über alles reden? Ich habe viel nachgedacht – na ja, seit Ted gestern verschwunden war und weil ich möglicherweise meinen Job verloren habe.«

Mum sieht mich an und dann Polly. »Meinst du nicht, das ist ein Gespräch für Erwachsene?«

»Nein.« Ich schüttle den Kopf. »Ich finde, Polly sollte dabei sein. Das heißt, wenn ihr einverstanden seid. Sie versteht sowieso viel mehr, als wir ihr manchmal zutrauen.«

»Einverstanden.« Mum sieht Dad an. »Wir haben auch über vieles nachgedacht. Dein Dad hat gestern Abend etwas gesagt, das mir seitdem nicht mehr aus dem Kopf geht.«

»Wirklich?« Dad wirkt so überrascht wie Polly und ich. »Was denn?«

»Du sagtest, dass ich oft nicht verstehe, was Beth tut, weil sie mit Dingen anders umgeht als ich«, sie dreht ihren Ehering am Finger, »und auch anders als Emmy. Und dass es oft nicht hilfreich ist, wenn ich sie einfach darauf hinweise.«

»Sehr einsichtsvoll, Grandad«, sagt Polly. Dad zwinkert ihr zu.

Mum füllt mein Glas auf und ihres auch. »Du bist mir oft ein Rätsel, Liebes.« *Ein Rätsel.* »Und weil ich mir so viele Sorgen gemacht habe, wie du mit den kleinen Dingen wie Putzen und Bügeln zurechtkommst, habe ich nicht auf die großen Dinge geachtet. Ich nehme ständig wahr, was getan werden muss und erledige es, mehr nicht. Ich war hart gegen dich – ohne es zu wollen. Dein Dad hat mich zu der Erkenntnis gebracht.«

Dad wirkt noch immer überrascht über seinen Erfolg. Ich denke an all die Male, da ich mich von der Kritik meiner Mutter angegriffen fühlte. Ich habe immer wieder gedacht, dass das viele Putzen und Kochen und Organisieren ihre Art ist, mit allem fertigzuwerden, was das Leben bringt.

Ihre Wangen nehmen eine leichte Röte an. »Als Ted heute Abend nach dir verlangte und du aufgezählt hast, was du für ihn tust, wenn du ihn ins Bett bringst – das alles ist mir gar nicht aufgefallen …« Sie sieht Dad an. »Ted beruhigte sich, sobald ich ihm gesagt hatte, dass Tante Beth gleich kommt, nicht wahr, Jim?«

Dad nickt. »So war es.« Das lässt mein Herz höher schlagen.

»Und ich hätte dir mehr helfen sollen«, sagt sie. »Nicht

nur, indem ich euch Aufläufe bringe und die Kinder kutschiere. Sondern auch in großen Dingen. Das tut mir leid. Du hättest mehr Unterstützung gebraucht.«

Jetzt habe ich ein schlechtes Gewissen, weil sie ein schlechtes Gewissen hat. »Gut. Nun ja, Polly und ich wollen euch auch einiges sagen, nicht wahr, Polly?«

»Nein«, erwidert sie, aber ich ziehe die Brauen hoch, und sie hebt die Hände. »Okay, okay. Aber ihr sollt wissen, dass nichts davon Tante Beths Schuld ist.«

»Nichts wovon?« Mum stellt ihr Glas hin und sieht uns beunruhigt an.

»Ich habe gelogen. Ich habe nicht bei Rosie übernachtet, sondern bin zu einer Party gegangen. Aber ich habe keine Drogen genommen oder Sex gehabt.« Polly sieht ihren Grandad an, der sich an seinem Whiskey verschluckt. Ich stupse sie an, damit sie weiterredet. Besser, wir machen wirklich reinen Tisch. »Und ich hatte Ärger in der Schule und habe schlechtere Noten bekommen, und ich habe mich in Tante Beths E-Mails gehackt, damit sie keine Nachrichten von Mrs Sandford bekommt.«

Mum schüttelt den Kopf. »Aber der Elternabend war gut, habt ihr beide gesagt.«

Polly spricht weiter. »Ich habe das Schwimmen geschwänzt. Tante Beth hat mich und Rosie an der Straße erwischt, als sie das Date mit Albert vergessen hatte. Ich habe ihr die ganze Zeit das Leben schwergemacht, Nan. Aber das tue ich jetzt nicht mehr. Ihr glaubt mir vielleicht nicht, aber es ist wahr.«

Mum runzelt die Stirn. »Du bist in der Schule zurückgefallen?« Polly nickt. »Und du hast darüber gelogen, wo du hingehst?« Polly nickt wieder. »Aber Beth – du hast uns gar nichts davon erzählt. Warum denn nicht?«

»Weil ich das selber regeln wollte. Und ehrlich gesagt, auch weil …« Ich zögere. »Weil das deine Meinung von mir bestätigt hätte. Dass ich als Betreuerin für die Kinder nicht geeignet bin. Dass Emmy und Doug einen Fehler gemacht haben, als sie mich dazu bestimmten.«

»Oh Beth.« Mums Augen füllen sich mit Tränen. »Der Meinung bin ich gar nicht.«

»Nicht?«

»Nein!«

»Denn ich habe mir wirklich Mühe gegeben, weißt du?« Jetzt kommen auch mir die Tränen. »Es war nur alles ein bisschen viel auf einmal. Aber das heißt nicht, dass ich mich nicht kümmern will. Das will ich. Ich weiß, ich habe immer schnell aufgegeben. Aber diesmal nicht. Diesmal bleibe ich dabei.«

»Das ist Musik in meinen Ohren, Liebes.« Dad langt über den Tisch und drückt meine Hand und dann Pollys. »Ihr zwei seid euch ziemlich ähnlich, wisst ihr das?«

Polly grinst. »Ja. Nur dass Tante Beth bei der Party definitiv Sex gehabt hätte.«

»Polly!« Aber ich lache – wir alle lachen –, und das ist wie Medizin.

»Möchtest du einen Kaffee, Dad?« Ich binde mir den Morgenmantel zu, als ich die Küche betrete.

»Ja bitte, Liebes.« Er reibt sich die Schläfen.

»Und eine Paracetamol?« Ich schiebe ihm die Packung zu.

»Ja bitte. Ich denke, bei mir ist eine Erkältung im Anflug.« Er drückt sich zwei Tabletten aus dem Blister, und wir lachen beide, denn das ist ein langjähriger Scherz in unserer Familie.

Gemessen an den zwei Flaschen Rotwein, die Mum und ich geleert haben, bin ich glimpflich davongekommen. Meine Augen brauchen ein wenig länger, um etwas scharf zu sehen, und ich schmecke noch den Wein auf der Zunge, obwohl ich schon zwei Kaffee getrunken habe, aber mir ist nicht elend. »Ist Mum schon auf?«

Dad schaut zur Uhr über dem Herd. »Es ist fast neun, Beth. Ist der Papst katholisch?«

»Stimmt.« Ich wüsste nicht, dass meine Mutter jemals länger geschlafen hätte. Sogar bei einem Kater (den sie nie zugeben würde) steht sie auf und wäscht sich und stellt sich dem Alltag.

»Sie ist mit Ted zum Laden unterwegs«, sagt er. »Sie braucht wohl noch irgendwelche Zutaten.«

»Oh gut. Wie war sie heute Morgen?« Ich stelle uns den Kaffee auf den Tisch.

»Was meinst du?«

»Ich meine wegen unserem Gespräch von gestern Abend.«

»Ich glaube, sie ist erleichtert«, sagt er. »Sind wir beide.«

»Ich auch.« Ich nehme mir eine Banane aus dem Obstkorb und schäle sie. »Fährt Polly heute Nachmittag mit euch zum Krankenhaus? Ich hätte nichts dagegen hinzufahren, falls ihr beide etwas anderes vorhabt.«

Dad schaut von seiner Sportseite auf. »Deine Mum und ich wollten heute hinfahren und Ted mitnehmen. Ihr geht diese Eagle-Park-Hochzeitsfeier durch den Kopf, und sie möchte Emmy sehen. Und Ted sagte heute früh, dass er mitgehen möchte. Mal sehen, was Polly will, wenn sie aufgestanden ist. Möchtest du dich uns anschließen? Damit die Hütte voll wird?«

»Ich bleibe lieber hier, wenn das okay ist.« Wenn sie zu viert sind, müssen schon jeweils zwei auf die anderen warten, und ich fahre dann lieber morgen hin.

Dad nickt. »Dann frag doch mal Jory, was er heute vorhat?«

»Hmhm«, mache ich mit lauter Bananenbrei im Mund, und Dad lacht. »Was ist so lustig?«

»Ich werde aus euch beiden nicht schlau. Jahrelang wart ihr dicke Freunde, und jetzt redet ihr kaum noch miteinander, weil er eine Freundin hat, obwohl du nicht mit ihm zusammen sein willst. Hab ich das richtig mitbekommen?«

»Nein. Ja. Dicke Freunde sind wir nicht mehr, das steht fest. Wir sind jetzt das Gegenteil, wie immer man das nennen kann. Dünne Freunde vielleicht … nein, mir fällt nichts ein.«

»Nun, das ist schade. Ich bin zwar alt und verstehe die moderne Welt und eure Abhängigkeit von WhatsIt-Nachrichten nicht …«

»WhatsApp.«

»Meinetwegen App. Aber warum könnt ihr nicht weiter befreundet sein?«

»Das ist kompliziert.«

»Meinst du? Wenn ihr nicht mehr befreundet sein könnt, weil ihr mehr seid als Freunde, dann …«

»Jory ist jetzt mit Sadie zusammen, Dad. Er ist glücklich mit ihr, das hat er deutlich gemacht. Und ich bin froh, dass er glücklich ist. Ich vermisse nur meinen alten Freund.«

»Dann sag ihm das. Frag ihn, ob er heute Nachmittag Zeit hat.«

Ich rümpfe die Nase. »Ich denke, ich werde ein paar Maschinen Wäsche waschen und anderes erledigen.«

Dad schaut hinter den Vorhang und späht unter den Tisch. »Da ist sie nicht.«

»Was suchst du?«

»Ich suche meine jüngere Tochter, sie sieht ungefähr aus wie du, würde aber nie freiwillig einen Tag mit Hausarbeit verbringen.«

Ich rolle die Augen. Ich muss heute sowieso etwas Wichtigeres tun als waschen, aber unter schmerzlicher Sehnsucht eine Nachricht an Jory zu schreiben, dem ich meine Gefühle offenbart habe und der sie offensichtlich nicht erwidert, gehört nicht dazu. Ich muss nur warten, bis Mum und Ted mit dem braunen Zucker vom Laden zurückkommen.

Ich habe die Netzgardinen beobachtet und keine Bewegung bemerkt, und deshalb überrascht es mich, dass sofort die Kette rasselt und die Tür aufgeht. Normalerweise späht er zuerst durch den Türspalt, bevor er jemandem öffnet.

»Beth.« Er wirkt genauso überrascht wie ich.

»Hi.« Ich habe mir einiges zurechtgelegt, was ich sagen will, aber jetzt ist es mir peinlich.

»Möchten Sie hereinkommen?« Er deutet in den Flur.

»Ja bitte, aber nur, wenn es Ihnen nichts ausmacht.«

Er tritt beiseite, um mich hereinzulassen, und wir gehen ins Wohnzimmer. Ich habe seine Fifty Shades of Brown schon vermisst. Ich stelle Mums Keksdose auf den Sofatisch. »Die sind für Sie, Albert.«

»Für mich?«

»Ein Friedensangebot.«

Er nimmt den Deckel ab, und ein Lächeln kriecht in seine Mundwinkel. Ein kleines zwar, aber eindeutig ein Lächeln. »Bakewell-Törtchen. Woher wissen Sie das?«

»Das haben sie erwähnt, als wir über Mavis plauderten. Die reichen sicher nicht an ihre heran, und um ganz ehrlich zu sein, ich hatte jede Menge Hilfe dabei.«

»Sie haben die gebacken? Das ist sehr nett von Ihnen.«

»Na ja, meine Mutter hat sie gemacht. Ich habe nur dabeigestanden und verhindert, dass Ted den rohen Teig wegnascht. Er hatte auch eine Vorliebe für die kandierten Kirschen.« Ich sitze auf der Sofakante, während er den Tee aufgießt. Als er ihn hereingebracht hat und überlegt, welches Bakewell-Törtchen er sich nimmt, hole ich tief Luft. »Albert, es tut mir schrecklich leid wegen unserer letzten Verabredung.«

Er legt das Törtchen behutsam neben seine Tasse. »Sie haben sich bereits entschuldigt.«

»Ich weiß. Sie sollen nur wissen, wie schlecht ich mich deswegen gefühlt habe und noch immer fühle.«

Er schaut in seinen Tee. »Ich war sehr lange nicht mehr in einem Restaurant.«

»Ich weiß, es tut mir sehr leid. Ich würde gern noch ein andermal mit Ihnen essen gehen, aber das wollen Sie nicht, und ich verstehe das. Ich würde mich mit mir auch nicht mehr verabreden wollen.«

Er schüttelt den Kopf. »Es war demütigend, versetzt zu werden. Die jungen Damen im Restaurant waren sehr freundlich zu mir, aber ich kam mir vor wie ein alter Narr. Als wäre es dumm von mir zu glauben, ich könnte ohne meine Mavis ausgehen. Mir geht es hier zu Hause mit meinen Tiefkühlgerichten und dem Fernseher viel besser.«

»Bitte sagen Sie das nicht. Wären Sie mit einem zuverlässigeren Menschen verabredet gewesen – praktisch mit jedem anderen –, hätten Sie gesehen, dass Sie noch immer einen schönen Ausgehabend erleben können. Ich habe Sie enttäuscht. Das tut mir unendlich leid.«

»Sie haben viel um die Ohren, und ich habe überreagiert. Ich habe mir nur selber leid getan. Die schmecken ausgezeichnet. Mavis würde das großzügige Guss-Teig-Verhältnis gefallen.«

»Oh gut. Das werde ich meiner Mutter ausrichten. Meine Familie ist zum Krankenhaus gefahren, um Emmy zu besuchen.« Ich bringe ihn auf den neusten Stand, was die jüngsten Ereignisse, Enthüllungen und die Versöhnung angeht. Nur von Pollys Foto und der Erpressung erzähle ich nichts, denn die Vorstellung, dass man heutzutage ein Nacktfoto von sich an jemanden verschickt, mit dem man nicht mal fest liiert ist, würde ihn einfach umhauen. Ich gestehe, dass ich im Lauf der Woche jeden enttäuscht habe, nicht nur ihn, und dass er das definitiv nicht persönlich zu nehmen braucht.

»Sie sollten am Montag wieder zur Arbeit gehen«, sagt er. »Sich wieder in den Sattel schwingen, sozusagen. Sie haben niemanden enttäuscht, wie Sie glauben, aber Sie laufen Gefahr, sich selbst zu enttäuschen, wenn Sie sich keine zweite Chance geben.«

Tief im Innern weiß ich, dass er recht hat. Seit dem gestrigen Gespräch mit meinen Eltern habe ich weniger Angst, bei den Pflichten, die ich übernommen habe, zu versagen, und nachdem ich offen zugegeben habe, dass ich nicht alles schaffe, werden sie mich mehr unterstützen. »Ich werde meinem Chef schreiben«, sage ich. »Wissen Sie, Albert, Sie sind sehr weise und entwickeln sich schon zu meinem Lieblingsfreund. Und ich bin Ihnen besonders dankbar, weil Sie immer das Gute in mir sehen, selbst wenn ich mich idiotisch verhalte.«

»Dieser nette Jonty mit dem Lieferwagen sieht auch immer das Gute in Ihnen.«

»Jory«, sagte ich, obwohl er das vermutlich weiß und mich nur aufziehen will. »Wie kommen Sie darauf?«

»Es ist offensichtlich, wie viel Sie ihm bedeuten.«

»Wirklich?«

»Jeder sieht, dass er hoffnungslos in Sie verliebt ist. Das ist sonnenklar.«

»Sicher nicht in mich, denn er hat eine Freundin.« Und ich habe ihm die Chance gegeben, sich für mich zu entscheiden. Dass er auf mein Fotobriefchen nicht reagiert, ist zu demütigend, als dass ich das erzählen möchte.

»Das sagen Sie ständig.«

»Wie meinen Sie das? Er hat eine Freundin. Und ich chatte neuerdings auch mit jemandem.« Das ist wahr, aber Albert wird mehr darin sehen, als tatsächlich an der Sache dran ist.

»Oh, verstehe. Das ist gut. Der Schwimmtrainer? Du lieber Himmel, ich bin wieder zu neugierig. Ted hat ihn erwähnt. Schicken Sie einander diese kleinen Bildchen?«

»Emojis? Äh, ja. Manchmal.«

»Schön. Und Sie mögen ihn, ja?«

»Ja, er ist nett.«

»So nett wie Jory?«

Warum kommen Sie nicht zur Sache, Albert? »Anders als Jory.«

»Verstehe.« Er stellt die Tassen auf das Tablett. »Ich habe einer jungen Dame den Hof gemacht, bevor ich Mavis kennenlernte.«

»Tatsächlich?«

»Ja. Lily. Sie war nett.«

»Was ist passiert?« Ich sehe einen jungen, untröstlichen Albert vor mir, der den Tod seiner ersten Liebe betrauert.

»Mavis ist passiert. Ich war in Lily verliebt oder wenigstens glaubte ich das, aber mit Mavis war es anders. Als würden wir uns schon ewig kennen. Es kam mir gemein vor, Lily zu sagen, dass ich mich nicht mehr mit ihr treffen kann, aber es wäre noch gemeiner gewesen, sie weiter zu umwerben, obwohl mein Herz einer anderen gehörte.«

»So ist das zwischen Jory und mir nicht. Wir waren schon lange beste Freunde, bevor ich anfing, mit Jungen zu gehen, und bevor er Freundinnen hatte. Mir ist das alles nicht neu. Ich war immer da.«

»Und deshalb sind Sie, wo Sie jetzt sind, meine Liebe.«

»Was meinen Sie damit?«

Albert steht auf und trägt das Tablett in die Küche. »Es gab stets mehr zu verlieren, als Sie dachten.«

29

Gerade biege ich auf den Parkplatz am Krankenhaus ein, als Polly anruft. In der Schule ist wohl gerade Mittagspause. Ich antworte über die Freisprechfunktion. »Hey, Pol. Was gibt's?«

»Nichts weiter. Hast du einen Kuli greifbar?« Ich höre im Hintergrund Teenager reden.

»Nicht in dieser Sekunde, aber ich fahre gerade in eine Parklücke.«

»Oh Mann, das kostet Mum wieder eine Stoßstange.«

»Wie war das bitte?«

»Selbst ich könnte besser rückwärts einparken als du, und ich habe noch nie einen Wagen gefahren. Sogar Ted könnte es, wenn ich ehrlich bin.«

»Das ist ja wohl beleidigend. Und immerhin ist das eine Riesenkarre. Und die Parkbuchten sind viel zu klein für die modernen Autos. Und die Hecke neulich kam wie aus dem Nichts.«

»Grandad sagt, das war nicht mal eine Parklücke und du bist einfach rückwärts in einen Strauch gefahren.«

Ich lache. »Sagt er das? Jedenfalls gibt es heute kein Problem, denn ich habe eine bequeme Lücke gefunden, in die ich geradeaus hineinfahren kann.« Ich stelle den Motor ab. »So, wozu brauche ich einen Kuli?« Polly sagt etwas zu ihren Freundinnen, und ich verstehe nur, dass sie sie gleich einholen wird.

»Tut mir leid, ja. Ich dachte an etwas für Teds Erinnerungsglas. Eine Erinnerung an Dad. Die wir nicht vergessen sollten. Ted erinnert sich jetzt noch daran, weil wir neulich darüber gesprochen haben.«

Oh Polly. »Gut mitgedacht. Aber ich brauche keinen Kuli. Schreib du sie dir auf, und am Wochenende schreiben wir sie mit Ted zusammen auf ein Kärtchen. Wenn du Lust hast.«

»Auf jeden Fall.« Sie senkt die Stimme. »Es geht um Stups und Killekille.«

»Schubs und was?«

»Stups und Killekille.« Sie lacht. »Dad hat das mit ihm gespielt. Weißt du was? Ich habe das sogar auf Video. Ich schicke es dir.«

»Ja, bitte, tu das. Geht es dir gut? In der Schule alles okay?«

»Alles super. Aber ich muss Schluss machen, Rosie wartet …«

»Denk dran, ich kann das checken, ich habe die App und keine Angst, sie zu benutzen.« Obwohl ich welche haben sollte. Ich habe Polly an drei Schultagen als fehlend markiert, obwohl sie im Unterricht war.

»Du gibst Mum einen Kuss von mir, ja? Sag ihr, ich hab sie lieb.«

»Mach ich. Bis später.«

Am Parkscheinautomaten wartet hinter mir ein Mann, während ich mir ein Ticket ziehe, und als ich mich umdrehe, sieht er mich an und stutzt, aber vielleicht bilde ich mir das nur ein. Doch als ich auf der Bracken-Station ankomme und Keisha sofort lacht, sowie sie mich sieht, weiß ich, das war keine Einbildung. »Was ist los? Habe ich was im Gesicht?«

»Allerdings.« Sie deutet auf meine Stirn und sieht genauer hin. »Ein Schweinchen, wie es aussieht.«

»Ach du lieber Himmel. Das habe ich völlig vergessen.« Einer von Teds Stickern. Wenn ich müde bin, spielen wir manchmal Doktor, wobei ich ohne Ausnahme der Patient bin, und dann darf er mich verbinden und mir Zeug ins Gesicht kleben, als Gegenleistung für den Luxus, dass ich mich mitten am Tag hinlegen darf. Als ich ihn vorhin zu Mum und Dad brachte, wartete Mum im Vorgarten auf uns, sodass ich nicht auszusteigen brauchte, und offenbar bin ich seitdem an keinem Spiegel vorbeigekommen, seit ich mir am Morgen die Zähne geputzt habe. Ich ziehe den Aufkleber ab und sehe ihn mir an.

»Peppa Pig?«, fragt Keisha.

»Chloe, Peppas Cousine.«

»Stimmt.« Sie lächelt. »Soweit ich weiß, möchte Dr. Hargreaves heute mit Ihnen sprechen.«

»So? Warum? Ist etwas passiert?«

»Nichts Schlechtes, keine Sorge.«

»Also etwas Gutes?«

»Da bin ich überfragt.« Mir scheint, dass sie es weiß, es mir aber nicht sagen will. »Aber Sie werden es gleich von ihr selbst hören.«

Auf dem Nachttisch neben Emmy stehen Blumen und eine Karte von Kate:

Genug geschlafen, Emmy. Ich brauche dringend meine Retterin in der Not zurück. Reubens Mum will mir ständig von ihren neuen Geschäftsideen erzählen. Sie schwankt noch zwischen Placenta-Gemälden und Placenta-Untersetzern. Hol mich da raus.

»Sie ist nett, deine Kate.« Ich küsse Emmy zweimal auf die Wange. »Der zweite Kuss ist von Polly. Soll ich direkt zur Sache kommen? Diesmal muss ich eine Münze werfen, welche die wichtigste gute Nachricht im Familienbulletin ist: dass Ted zweimal hintereinander eine trockne Nacht hatte und dass ich daran gedacht habe, rechtzeitig unsere *und* Alberts Mülltonnen rauszustellen.«

Emmy sieht aus, als ob sie lebhaft träumt. Die Brauen sind leicht zusammengezogen, und ihre Lider zucken ab und zu. Ich drücke ihre Hand und erzähle weiter. »Die schlechteste schlechte Nachricht ist wahrscheinlich, dass ich heute stundenlang einen von Teds Stickern an der Stirn hatte, ohne es zu merken, und die zweitschlechteste, dass ich inzwischen Chloe und Peppa Pig an der Farbe ihres Kleides auseinanderhalten kann und Keisha darin korrigiert habe. Du siehst, was aus mir geworden ist. Ach, und ich chatte jetzt mit Greg. An Greg kann man vieles mögen … ehrlich, Emmy, er ist wie die

Ausfaltposter, die wir früher im More Magazine hatten, und er ist total nett und lustig. Aber … Tja, du weißt schon. Es ist kompliziert. Ich kann meine Gefühle für Jory nicht abschalten.«

Jetzt kommt das Video von Polly auf mein Handy, und ich spiele es sofort ab. Wie gelähmt höre ich Dougs Stimme. Er kniet auf dem Boden im Wohnzimmer, und Ted sitzt vor ihm.

»Sag hallo zu meinen kleinen Freunden.« Doug blickt zu dem, der da filmt. Es ist Emmy, denn ich höre sie lachen. Er hält einen Zeigefinger hoch und bewegt ihn auf Ted zu. »Das ist Stups. Sag hallo zu Stups.«

»Hallo, Stups«, sagte Ted und kichert bereits.

»Und das«, Doug hebt den anderen Zeigefinger, »ist Killekille. Sag hallo zu Killekille. Er wird traurig, wenn du ihn nicht begrüßt.«

Ted lacht so heftig, er kann kaum sprechen, aber ich höre von ihm ein ›Hallo, Killekille‹.

Auch Emmy wiehert vor Lachen, und ich grinse unter Tränen, während ich mir ansehe, wie Doug seinen Sohn mit Stups anstupst und dann mit Killekille unter den Armen kitzelt. Das Video endet, und ich starre auf mein Display. Das ist das Fröhlichste und Traurigste, was ich seit langem gesehen habe.

»Könnten Sie das noch mal abspielen?« Dr. Hargreaves steht plötzlich neben mir, und ich fahre erschrocken zusammen. »Entschuldigen Sie, Beth, ich wollte Sie nicht erschrecken.«

»Nein, schon gut. Ich habe Sie nicht bemerkt.« Ich tippe auf Play.

»Können Sie das lauter stellen?«

Ich erhöhe die Lautstärke und halte ihr das Display hin. Sie achtet aber gar nicht auf das Video, sondern auf meine Schwester. »Was ist?«

»Haben Sie heute schon auf ihre Augen oder ihren Mund geachtet?«

»Ihre Lider zucken. Und letzte Woche sagte meine Mutter, dass sie einmal lächelte. Aber Sie sagten bisher, dass das unwillkürliche Bewegungen sind.«

»Spielen Sie das Video noch mal ab.«

Mit einem Flattern in der Brust tippe ich auf den Button. »Was meinen Sie, was da vorgeht?«

»Wir haben diese Woche mehr Bewegungen beobachtet, und anders als bisher, als sie zufällig wirkten, scheint Emmy jetzt auf gewisse Reize zu reagieren.«

»Oh mein Gott, das ist unglaublich. Also kann sie uns wirklich hören? Wollen Sie das damit sagen?« Ich achte genau auf ihren Gesichtsausdruck, weil ich mich nicht zu früh freuen will, aber diesmal bin ich anscheinend nicht voreilig.

»Wie wir von Anfang an betont haben, kann man unmöglich vorhersagen, wie lange ein Koma dauern wird, ob und wie weit sich der Patient davon erholt. Aber aufgrund der ständigen Beobachtung können wir bestätigen, dass es für Emmy auf der Glasgow-Skala aufwärts geht. Sie hat seit letztem Monat zwei Punkte hinzugewonnen.«

»Glauben Sie, sie wacht bald auf?« Ich kriege nur ein Flüstern zustande.

»Das kann ich noch nicht sagen, aber nachdem sie sich bisher im sogenannten vegetativen Zustand befand, entwickelt sie sich jetzt in kleinen Schritten zum minimal bewussten Zustand. Wie Sie wissen, bin ich immer vorsichtig mit guten Nachrichten, aber jetzt bin ich sehr optimistisch und denke, dass es ihr weiterhilft, solche Videos abzuspielen und mit ihr zu reden.«

»Ich weiß nicht, was ich sagen soll.« Ich ringe mit Tränen.

»Machen Sie weiter so, Beth. Bleiben Sie zuversichtlich. Ich lasse Sie jetzt wieder allein.«

Nachdem sie gegangen ist, weine ich und streichle meine Schwester, dann lasse ich das Video noch mal laufen. Schließlich gehe ich zum Auto und rufe meine Mutter an. Ich bitte sie, Dad mithören zu lassen – es dauert frustrierend lange, weil sie immer wieder auf Stumm schaltet statt auf Laut. Dann wiederhole ich, was die Ärztin gesagt hat. *Auf der Glasgow-Skala aufwärts, in kleinen Schritten zum minimal bewussten Zustand, sehr optimistisch, bleiben Sie zuversichtlich.*

»Ich kann es nicht glauben.« Mum ist fassungslos, das höre ich.

»Das sind fantastische Neuigkeiten«, sagt Dad. »Deine Mum und ich werden sie morgen besuchen. Wir sollten heute Abend etwas unternehmen, alle zusammen. Ich weiß, das ist nur eine kleine Verbesserung, aber es ist wichtig, die …«

»Kleinen Siege zu feiern«, sagen Mum und ich unisono.

»Genau. Fährst du zur Firma, Beth?«, fragt Dad.

»Nein. Malcolm wird mich anrufen, und dann bin ich schon zu Hause, wo es ruhig ist. Aber danach komme ich sofort zu euch. Können wir bei euch zu Abend essen? Ich habe nicht mehr viel im Kühlschrank …«

»Das sieht dir gar nicht ähnlich, Liebes«, sagt Mum.

»Bla, bla, bla, hab euch lieb, bis nachher.«

Als Malcolm anruft, klingt er erschöpft. Ich beginne mit Smalltalk über den bevorstehenden Regen, aber er kommt sofort zur Sache.

»Beth, Sie müssen zurückkommen, ich brauche Sie hier.«

»Oh.«

»Das heißt, wenn Sie das möchten.«

»Ja! Gott, ich hätte nicht gedacht, dass Sie …« Ich gehe in den Räumen auf und ab. »Ich wusste nicht, ob, na ja, nach dem Einbruch … Ich war in Abwehrhaltung, als Sie hier waren, aber Sie hatten recht. Ich hätte die Alarmanlage einschalten müssen. Und jetzt habe ich Ihnen einen Riesenärger eingebrockt.«

»Nein, ich hätte an der Telefonkonferenz teilnehmen müssen. Ja, die Alarmeinlage war nicht eingeschaltet, aber ich habe Ihnen viel zu viel abverlangt. Ich sehe jetzt, da Sie fehlen, wie tüchtig Sie hier arbeiten. Kommen Sie zurück, bitte. Falls ich jetzt verzweifelt klinge, dann weil ich es bin. Sie bewältigen das Arbeitspensum effizient, sie können gut mit Kunden umgehen, und Sie schaffen es, Credit umzustimmen. Das kann ich nicht. Wenn ich das versuche, endet es immer mit Streit.«

Lächelnd genieße ich seinen Kniefall. »Ich werde zurückkommen. Aber ich muss lernen, Ihre Erwartungen besser zu handhaben. Ich will keine Überstunden machen oder an meinen freien Tagen die eingehenden E-Mails überwachen. Ich werde hart arbeiten, wenn ich im Büro bin, aber nur in der vereinbarten Arbeitszeit, denn ich habe noch eine andere wichtige Aufgabe zu erfüllen.« Ich schaue über Teds Spielzeug und Pollys Kleidungsstücke und die Topfpflanzen meiner Schwester, die neben den Erinnerungsgläsern stehen. »Hier zu Hause.«

NOVEMBER

30

»Es kann nicht schlimmer sein als das letzte Mal«, sage ich, schalte den Motor aus und drehe mich zu Polly.

Sie zieht die Nase kraus. »An deiner Aufmunterungsrede musst du noch feilen.«

»Aber ich hab recht, oder?«

»Ja, wahrscheinlich.«

»Also bist du bereit?«

»Nein.«

»Ach komm. Wir werden dich extra laut anfeuern. Ich weiß, du hasst solche Gespräche, aber dein Dad wäre super stolz auf dich. Und deine Mum wird das auch sein.«

Sie schnallt sich ab. »Okay. Bringen wir's hinter uns.«

»Sekunde.« Ich nehme den Lippenstift aus dem schmalen Fach beim Schaltknüppel und klappe die Sonnenblende mit dem Spiegel herunter.

Ich sehe Ted auf dem Rücksitz, der mich sonderbar anguckt. »Kann ich auch einen Malstift haben?«

»Das ist kein Malstift, sondern ein Lippenstift. Lippenstifte sind nur für Erwachsene.«

»Man muss teilen.« Er wackelt mit dem Zeigefinger. »Man muss sich abwechseln.«

»Ich würde ihn mit dir teilen, wenn es ein Malstift wäre, aber es ist keiner.« Er zieht einen Schmollmund, und ich mache Fratzen, bis er lacht.

Ich habe den Fehler begangen, unsere Taschen neben dem Snackautomaten abzustellen, sodass Ted Hände und Nase an die Scheibe drückt. Ich lenke ihn zu Mum und Dad und laufe dabei Greg über den Weg. Er wirkt angespannt. Das ist ein wichtiger Abend für die Mannschaft.

»Hals- und Beinbruch«, sage ich.

»Danke.« Er fasst mir leicht an den Oberarm, und aus dem Augenwinkel sehe ich, dass Mum und Dad einen Blick wechseln. Sie wollen sich das zwar nicht anmerken lassen, hoffen aber verzweifelt darauf, dass ich eine feste Beziehung eingehe. »Wie fühlt Polly sich?«

»Gut«, sage ich. »Natürlich ist sie nervös, aber auf eine ganz andere Art als beim letzten Mal. Du brauchst dir keine Sorgen zu machen.«

»Okay. Ich geh dann mal zum Beckenrand.«

»Toll.« *Toll?*

»Tante Beth malt sich ins Gesicht.« Ted zeigt auf meinen Mund. »Im Auto. Aber sie wollte den Stift nicht mit mir teilen.«

Greg lacht. »Sag bloß. Aber es sieht fantastisch aus.«

Ich schiebe Ted zu seinen Großeltern. »Mach's gut, Greg.«

Mum und Dad geben sich große Mühe, an mir vorbeizugucken. Ihre Augen sind aufs Schwimmbecken gerichtet, wo noch keiner im Wasser ist.

»Oh hallo, Liebes, ich habe dich gar nicht gesehen.« Mum gibt mir einen Kuss auf die Wange. Dad ahmt ihre gespielte Überraschung nach, und ich rolle die Augen.

»Ihr lügt furchtbar schlecht, wisst ihr das? Ist Polly schon aus der Umkleide gekommen?«

»Sie ist da drüben.« Dad zeigt auf die Bänke am anderen Ende des Beckens. Die Schwimmer sehen mit ihren Badekappen und Schwimmbrillen alle gleich aus, aber ich erkenne Polly an dem dunkelblauen Badeanzug mit den neongrünen Streifen, weil ich den anstarrte, als sie im Umkleideraum nackt hin und her ging. Ich versuche, von ihrem Gesicht abzulesen, was in ihr vorgeht. Sie wirkt angespannt, aber sie plaudert mit ihren Mannschaftskameraden, weit entfernt von dem geistesabwesenden Zustand beim vorigen Mal.

Während wir auf den ersten Wettkampf warten, schaue ich aufs Handy und sehe eine eingegangene Nachricht: ICH HOFFE DER WETTKAMMF WIRD EIN ERFOLG ICH WEISS NICHT WIE MAN LÖSCHT ES SOLLTE WETTKAMPF HEISSEN LIEBE GRÜSSE ALBERT

Ich liebe seine Telegrammoptik. Ich kann mir vorstellen, wie lange er immer braucht, eine zu tippen. Ich will mich gerade bei ihm bedanken und schreiben, dass wir uns bald am Gartenzaun austauschen können, als ich eine Facebook-Benachrichtigung bekommen: eine Freundschaftsfrage von Sadie Grace.

Ich starre darauf. Sadie Grace. Sie benutzt ihren tatsächlichen Nachnamen nicht, weil sie von den Schülern nicht gefunden werden will. Genau wie Jory, der als Jory C erscheint, weil er Leute kennt (mich), die sich über Jory Colin lustig machen würden. Ich wusste bereits, dass sie als Sadie Grace auftritt, weil ich sie bei Facebook gesucht habe, aber ich habe keine Ahnung, warum sie mir eine Freundschaftsanfrage sendet. Mich beschleicht die Angst, meine Schnüffelei könnte irgendwie bemerkt worden sein. Ich schwanke, ob ich akzeptieren oder ablehnen soll. Ich will nicht ihre Freundin sein, aber sie soll auch erfahren, dass ich das nicht sein will. Warum sollte ich nicht akzeptieren? Ich bestätige und stecke das Handy in die Hosentasche, um mich auf die wachsende Aufregung am Schwimmbecken zu konzentrieren.

Polly tritt als Erstes zum Lagenschwimmen an, und sie macht es gut und wird Zweite. Wir jubeln, klatschen und trampeln, und ich muss mich zusammenreißen, um nicht zu weinen. Im Moment habe ich nah am Wasser gebaut. Danach folgen Wettkämpfe, an denen sie nicht teilnimmt, und das ist gut, denn ich muss mit Ted zur Toilette gehen. Als wir zurückkehren, wächst die Spannung, weil die gemischte Lagenstaffel über 200 Meter bevorsteht, die beim letzten Mal eine Katastrophe war. Der Finisher der Mannschaft, dessen Vater sich nach der Aufregung bei uns entschuldigt hat und den Ted mit ›Wachkopf‹ anredete, führt gerade ein ernstes Gespräch mit Greg.

»Er zeigt auf sein Bein«, sagt Mum. Sie schaut zu seinem Vater hinüber. »Hat er Probleme mit dem Bein?«

Der Mann nickt ernst. »Ich habe ihm geraten, beim Brustschwimmen eine Pause einzulegen. Das macht ihm immer Probleme. Klassisches Schwimmerknie. Er wird das nicht machen können. Nach all dem Training.« Greg spricht jetzt mit Polly. Sie hält den Kopf gesenkt. Beiden deuten oft zu den Startblöcken und nicken. »Er wird Ihr Mädchen als Finisher einsetzen. Ich hoffe, sie bekommt nicht wieder so eine komische Anwandlung.«

Ich spüre, dass Dad sich anspannt, und drücke seinen Arm. »Ihr ging es wirklich schlecht beim letzten Wettkampf«, sage ich. »Aber heute ist sie in Bestform.«

Polly zieht die Brauen zusammen, und kurz fürchte ich, es könnte ihr wieder zu viel sein. Umso erleichterter bin ich, als sie zu uns schaut und beide Daumen reckt. Es ist so weit.

Der erste Reserveschwimmer, der mit seiner Teilnahme nicht gerechnet hat, tritt als Erster an. Zuerst Rückenschwimmen. Der Vater des Schwimmerknie-Jungen brummt, der Reserveschwimmer sei langsam und sollte besser auf seine Teilnahme verzichten, damit die anderen aufholen können. Pollys Armzüge sind kräftig, aber wenn sie Letzte wird, wird sie beim Kraul antreten. Das ist viel Druck.

»Los, Junge«, sagt Dad, als der Startschuss abgegeben wird. Unser Reservemann stößt sich mit weniger Kraft ab als die anderen drei Schwimmer, liegt aber nach der Wende nicht weit hinter ihnen, und unsere Brustschwimmerin nach dem Eintauchen nur zwei Sekunden hinter den anderen. Sie macht es gut, und am Ende wird es ein Kopf-an-Kopf-Rennen. Aber unser dritter Butterfly-Schwimmer ist schwächer als seine Konkurrenten, und wir fallen weiter zurück. Schließlich steht Polly auf dem Startblock. Die anderen Schwimmer liegen schon ein paar Meter vorn, als sie über Mr Butterfly hinweg eintaucht. Sie ist schnell. Sie spritzt weniger als die anderen, ihre Züge wirken weniger hektisch und irgendwie länger. Sie holt auf. Mein Herz rast, und ich fange an zu schreien. »Los, Polly!«

Sogar Mum, die sonst strikt dagegen ist, »sich aufzuführen«, springt auf und hüpft. Ted hält sich die Ohren zu und zieht die Brauen zusammen wegen des Lärms. Als Polly am anderen Beckenende wendet, hat sie zwei ihrer Konkurrentinnen überholt, aber noch ein gutes Stück vor sich, um die führende Konkurrentin einzuholen.

»Die Strecke reicht nicht, um die Zeit wettzumachen, das kann sie nicht mehr schaffen.« Dad beugt sich so weit über die Glasscheibe, dass ich fürchte, er kippt hinüber.

Polly kommt näher … und näher … bis nur eine Armlänge die beiden trennt. Jetzt schwimmen sie unter den Wimpeln durch. Keine fünf Meter mehr. *Los, Polly!*

Bei den letzten Zügen wird es so eng, dass ich nicht erkennen kann, wer vorn liegt. Rings um mich herrscht Verwirrung. Wir starren auf die vier Gestalten mit Badekappe, die um den Beckenrand greifen, den Blick auf die Gesichter an der Beckenseite geheftet, von denen sie das Kommando erhalten. Plötzlich herrscht ohrenbetäubender Jubel, und ich kenne das Ergebnis, sowie ich zu Greg und den Schwimmern seiner Mannschaft schaue, die mit erhobenen Armen auf sie zu rennen.

»Sie hat es tatsächlich geschafft!« Der Vater des Schwimmknie-Jungen klopft Dad auf die Schulter. »Absolut herausragend, der letzte Wettkampf. Alle Achtung.«

Als Polly sich aus dem Becken stemmt, schaut sie zu uns hoch. Ich platze fast vor Stolz. Sie hat es tatsächlich geschafft.

Ich ignoriere die Facebook-Nachricht von Sadie, bis Ted im Bett liegt und Polly gebadet hat. Es war ein schöner Abend, ein Höhepunkt nach einer Reihe von Tiefs, und ich bin nicht bereit, mir den verderben zu lassen. Vielleicht sollte ich sie gar nicht lesen. Ich behalte das Handy auf dem Schoß und schalte die Glotze ein. Zehn Minuten lang mache ich mir weis, dass mich der Quatsch auf ITV interessiert. Es hat keinen Sinn. Ich öffne die Nachricht.

Hi Beth,

ich hoffe, es geht dir gut. Entschuldige, dass ich mich aus heiterem Himmel bei dir melde, aber ich habe mich gefragt, ob wir uns mal unterhalten könnten.

Sadie

Oh Gott, was hat das zu bedeuten? Worüber unterhalten? Warum schreibt sie nicht gleich, worum es geht? Ich formuliere eine vorsichtige Antwort, lösche, ändere jedes Wort mindestens drei Mal.

Hey Sadie,

natürlich. Gern. Wie kann ich helfen?

B x

Ich hole mir etwas zu trinken, und als ich zum Sofa zurückkomme, sehe ich, dass sie schreibt. Das Rauschen verrät mir, dass die Antwort da ist.

Wäre es okay, persönlich miteinander zu sprechen? X

Ein persönliches Gespräch mit Sadie wäre ein Alptraum. Ich möchte ›Nein danke‹ antworten, aber auch wissen, was sie loswerden will.

Klar. Du kannst gerne vorbeikommen. Ich bin zu Hause. Oder wir treffen uns am Wochenende?

Neue Nachricht von Sadie:

Ich bin in einer halben Stunde da.

Ich habe ein komisches Gefühl im Magen, so als hätte Sadie etwas herausgefunden und käme vorbei, um mich zurechtzuweisen. Ich rufe mich zur Vernunft. Sie kann mich nicht zurechtweisen, weil ich nichts angestellt habe. Ich brauche zehn Minuten, um mich vom Sofa aufzuraffen, und dann bin ich sofort in Panik und fliege durch die Erdgeschossräume, werfe Spielzeug in Körbe und schüttle die Sofakissen auf. Noch nie in meinem Leben habe ich Sofakissen aufgeschüttelt, aber aus irgendeinem Grund halte ich das jetzt für dringend geboten. Ich brauche noch einmal zehn Minuten um zu entscheiden, ob ich mich umziehen soll, und am Ende behalte ich den Schlafanzug an – denn ich will nicht aussehen, als wollte ich sie beeindrucken. Allerdings ziehe ich mir einen Pulli über, bürste mir die Haare und kneife mir in die Wangen, um nicht so geschafft auszusehen (weil ich sie wohl doch beeindrucken will). Ich höre Polly aus dem Bad kommen und rufe ihr zu, dass Sadie im Anmarsch ist. Sie beugt sich in ihr Handtuch gewickelt über das Geländer.

»Miss Greenaway kommt zu *uns?* Oh Gott, das ist peinlich. Keine Sorge, ich bleibe hier oben.« Nach dreißig Minuten kaue ich ängstlich am Daumennagel, und als es an der Tür klopft, zwinge ich mich, bis zehn zu zählen, damit Sadie nicht merkt, dass ich angespannt auf sie gewartet habe.

Ich öffne und trete zur Seite. »Hallo, komm rein. Soll ich dir den Mantel abnehmen?«

»Gern, danke.« Sie zieht sich ihren camelfarbenen Trench aus und gibt ihn mir. Reiss, Größe 8. Das ist definitiv ein Erwachsenenmantel. Jede Wette, dass man den nicht selber waschen darf.

Ich hänge ihn an die Garderobe, die schon mit Teds und Pollys Sachen vollhängt. »Kann ich dir etwas anbieten? Tee? Kaffee? Oder Wein? Ich habe eine schöne Flasche Weißen im Kühlschrank. Einen Roten auch irgendwo. Aber vielleicht willst du gar keinen, weil du fahren musst. Ich nehme an, du fährst. Bist du mit dem Auto hier?« *Hör auf zu plappern, Beth.*

Sie folgt mir ins Wohnzimmer. »Ein Glas Wein wäre wunderbar, danke. Was gerade offen ist, mach dir keine Umstände. Ich bin nicht mit dem Auto gekommen. Ich gehe hinterher zu Jory.«

»Dann übernachtest du bei ihm?« *Wieso musste ich das fragen?* »Entschuldige, dumme Frage, natürlich tust du das, darum kannst du ja Wein trinken. Weiß er es? Dass du hier bist?«

»Nein.«

»Ah. Okay. Tja, mach es dir bequem.« Ich deute zum Sofa, und sie nimmt Platz und lehnt sich an zwei sehr pralle Kissen.

Als ich mit der Flasche Weißwein und zwei Gläsern ins Wohnzimmer komme, betrachtet sie ein Foto mit Emmy, Doug, Polly und Ted, das an der Wand hängt. »Das ist ein schönes Foto. Wie geht es Emmy? Jory sagte, dass sich bei ihr kürzlich ein vielversprechender Fortschritt andeutete.«

Seltsam. Ich habe Jory nichts davon erzählt, aber vielleicht hat er mit Mum gesprochen. »Ja, es läuft ganz okay, danke.« Ich reiche Sadie ihr Glas und setze mich im Schneidersitz ans andere Ende des Sofas. »Nein, nicht okay, das ist wahrscheinlich das falsche Wort. Aber es gibt eine signifikante Verbesserung. In ganz kleinen Schritten, die uns aber beträchtlich vorkommen.«

»Bestimmt. Ihr habt ein hartes Jahr hinter euch. Ich weiß nicht, wie man mit so etwas fertig wird.« Sie zögert. »Es tut mir leid, dass ich deinen Abend unterbreche, Beth, es ist nur …« Ich sehe sie an, während ich von meinem Wein trinke. »Ich wollte dich etwas fragen, und du musst mir nicht antworten, das weiß ich, aber ich wäre dir für eine Antwort sehr dankbar.«

»Okay. Schieß los.«

»Es geht um Jory. Nun, genauer gesagt um dich und Jory.« *Oh Gott.* »Und warum ihr nicht mehr miteinander redet.«

»Tun wir doch!«, widerspreche ich zu hastig und schrill.

»Ja. Siehst du, das sagt er auch.«

»Na, da hast du's.« Mein Mund ist plötzlich trocken.

»Aber ich weiß, wie nahe ihr euch standet, wie oft ihr euch gesehen habt. Ihr habt täglich miteinander gesprochen und gechattet. Und dann eure berühmten Pub-Abende.« Bilde ich es mir ein oder hat sie bei *eure berühmten Pub-Abende* weggeschaut? Jory wird ihr doch nicht jenes Foto gezeigt haben? Oh Gott, die Nachricht auf der Rückseite. Nein, das würde er nicht tun. »Und jetzt trefft ihr euch nicht mehr, telefoniert nicht mehr, und trotzdem redet er immerzu von dir. Buchstäblich die ganze Zeit. Ich finde es unverständlich, dass ihr keine Zeit mehr miteinander verbringt. Ihr seid mit Ted im Wald spazieren gegangen – Jory hat begeistert davon erzählt –, aber als ich vorschlug, dass wir zu dritt etwas trinken gehen oder nur ihr beide, um mal wieder miteinander zu reden, da sagte er, du wolltest das nicht. Was ein bisschen sonderbar ist, findest du nicht? Warum solltest du das nicht wollen?«

»Ich habe viel um die Ohren«, sage ich. »Ich habe im Moment wirklich keine Zeit, um in den Pub zu gehen. Ich muss mich um Polly und Ted kümmern.«

»Aber er könnte dich besuchen, wie ich jetzt? Oder du könntest mit ihm über FaceTime telefonieren wie ihr es sonst getan habt. Die Sache ist die, Beth: Mich verwirrt nicht nur, dass ihr euch nicht mehr seht. Mich beschäftigt noch etwas anders.« Sie schaut auf ihren Schoß. »Er ist ein bisschen zugeknöpft, wenn er über dich redet.«

»Was meinst du mit zugeknöpft?«

»An einem Samstagabend waren wir im Restaurant, und sein Handy hat ständig gesummt.« Der Abend nach Teds Geburtstagsparty. Meine vielen Textnachrichten. Hat Sadie sie gelesen? Ich spüre, dass ich rot werde. »Andere Leute haben auch gewisse Dinge zu mir gesagt. Über euch beide.

Nichts Besonderes, nur eine Bemerkung hier und da, dass ihr mehr seid als nur Freude. Und an jenem Abend habe ich mir ein bisschen Mut angetrunken und ihn geradeheraus gefragt, ob das stimmt. Er war sehr abwehrend – und das ist er sonst nie, bei keinem Thema, doch diesmal war er definitiv abwehrend. Warf mir vor, ich sei von dir besessen, und dann haben wir uns im Restaurant gestritten, weil sich die Stimmung zwischen uns völlig verändert hatte. Nachdem er deine Nachrichten gelesen hatte, war er wirklich seltsam.«

»Sadie, ich …«

»Ich möchte nicht, dass du dich unwohl fühlst, und ich will mich auch nicht in eine Freundschaft einmischen, die schon so lange besteht, lange bevor ich auf der Bildfläche erschien. Ich weiß aber, dass ich meine Gefühle nicht in eine Beziehung mit jemandem investieren kann, der mit seinen Gedanken bei einer anderen ist.«

Mein Herz klopft so heftig, dass sie es eigentlich hören müsste. »Wir sind seit über zwanzig Jahren enge Freunde, das ist alles. Da gibt es viele gemeinsame Erlebnisse.«

»Ich weiß, und umso unbegreiflicher finde ich es, dass ihr euch praktisch nicht mehr seht.« Sie mustert mein Gesicht. »Es ist doch schade um eure Pub-Abende. Hast du keine Lust, die zu wiederholen?«

»Da läuft nichts zwischen uns, nicht so«, sage ich, weil das wahr ist. »Ich hätte ihn an dem Abend nicht mit Nachrichten bombardieren dürfen. Ich hatte da gerade einen Tiefpunkt. Es tut mir ehrlich leid, dass ich einen Streit verursacht habe.«

Sadie nickt langsam und schaut nachdenklich. »Also habe ich zwei und zwei zusammengezählt und bin auf elf gekommen?«

Ich nicke genauso nachdenklich. »Ja, und tatsächlich treffe ich mich auch mit jemandem.« Wieso sage ich ihr das? »Wir sind noch ganz am Anfang.«

»Oh.« Sie wirkt überrascht. Positiv überrascht. »Das ist großartig. Ich wusste nicht – jetzt komme ich mir dumm vor.«

»Du bist nicht dumm. Das war ein verrücktes Jahr, und ich bin traurig, weil Jory und ich kaum Zeit füreinander hatten, aber es ist nicht so, wie du denkst.«

Wir plaudern, bis Sadie ihren Wein ausgetrunken hat, und die Stimmung ist ein wenig steif, aber nicht völlig unerfreulich. Ein zweites Glas Wein lehnt sie ab, weil Jory sie erwartet. Sie wird ihm nicht erzählen, dass sie bei mir war, sagt sie. Das sei nicht nötig, weil ich nur bestätigt habe, was er gesagt hat, nämlich dass sie sich keine Sorgen zu machen braucht.

»Ich bin froh, dass wir uns unterhalten haben.« Sie nimmt ihren teuren Mantel vom Haken. »Jory meinte, ich sehe Gespenster, und er soll nicht denken, dass ich hinter seinem Rücken nachhake. Das ist doch okay, oder? Oder meinst du, ich sollte es ihm sagen? Wirst du es ihm erzählen?«

Ich schüttle den Kopf. »Kein Wort.«

»Gut. Das ist gut. Danke, Beth. Ich hoffe, es klappt mit dir und Greg.«

»Danke. Moment – woher weißt du …« Ich habe nicht

erwähnt, mit wem ich mich treffe. Wenn man von treffen überhaupt reden kann.

Sadie fasst sich an die Lippen. »Hab ich mich mal wieder verplappert. Jory hat es erwähnt.« Sie schaut belämmert. »Das war bei dem Streit im Restaurant. Als ich wegen einer deiner Nachrichten ausgerastet bin, sagte er, dass du mit Greg ausgehst. Ich dachte, das denkt er sich aus, damit ich endlich Ruhe gebe. Jetzt höre ich selbst, wie verrückt ich klinge. Normalerweise bin ich nicht so, ehrlich. Gute Nacht, Beth.«

»Nacht.«

Nachdem sie gegangen ist, setze ich mich aufs Sofa und sehe fern. Ich sehe mir den Wetterbericht nur halb an und schalte das Gerät aus. Ich trage die Weingläser in die Küche und stelle mir vor, wie Sadie vor Jorys Tür ankommt, zufrieden, weil an seiner Freundschaft mit mir nicht mehr dran ist. Ich sollte erleichtert sein, weil ich mich von nun an nicht mehr wegducken muss, wenn ich ihr irgendwo begegne. Aber ich komme nicht darüber hinweg, dass Jory ihr erzählt hat, ich hätte einen Freund. Auf welcher Grundlage denn? Er hat mich am Morgen nach Teds Geburtstagsparty zum ersten Mal mit Greg zusammen gesehen. Wie kann er schon vorher behaupten, ich wäre mit Greg zusammen? Das kapiere ich nicht. Und zweimal hat Sadie unsere Pub-Abende erwähnt *und* auch noch gefragt, ob ich nicht doch Lust habe, sie zu wiederholen. War diese Wortwahl nur Zufall?

Vielleicht spielt es keine Rolle, wer was gesagt hat. Schließlich hat Jory klargemacht, welche von uns beiden er will. Darum ist sie jetzt bei ihm und ich in der Küche meiner Schwester, wo ich Weingläser unter dem Wasserhahn spüle und über eine Frage nachdenke: Wie kommt es, dass ich jahrelang über etwas schweige, damit er weiter mein bester Freund bleibt, und ich ihn genau deshalb am Ende verliere?

31

Der Wind kommt von hinten und weht mir die Haare ins Gesicht und in den Mund. Vergeblich suche ich in meinen Taschen nach einem Haargummi und schaue zu Gregs BMW zurück, wo die Chance, dass eins im Handschuhfach liegt, wohl gering ist.

Er zeigt den Kieselstrand entlang zu einer Stelle. »Inzwischen ist es ziemlich windig. Wenn wir uns da drüben hinsetzen, sind wir ein bisschen geschützt. Tut mir leid, hätte nicht gedacht, dass es derart bläst.«

Ich lächle. »Ich mag das. Und der Platz da drüben ist schön.«

Nachdem wir unsere Rucksäcke fallen gelassen haben, holt Greg eine Thermosflasche und eine Tüte winziger Marshmallows hervor. »Heißen Kakao?«

»Warum nicht.« Ich bin kein großer Freund von Marshmallows, aber da er sich so viel Mühe gemacht hat, ist das wohl nicht der passende Moment, um das zu sagen. Er sieht mich an, während er jedem einen Becher voll eingießt.

»Du siehst umwerfend aus, nebenbei bemerkt. Waren da wieder die Malstifte im Einsatz?«

»Und ob. Ich male mich gern an, wenn ich tagsüber an den Strand gehe und der Wind Orkanstärke hat.«

Greg zieht die Brauen zusammen. »Ist dir kalt? Ich habe eine Decke dabei.«

»Nein, alles gut. Tut mir leid, ich bin bestimmt keine, die es nur bei Sonnenschein draußen aushält.« Ich nehme den heißen Kakao entgegen, und dabei streife ich seine Finger.

»Das weiß ich. Als ich dich gefragt habe, ob wir zusammen was trinken gehen, habe ich auf einen anständigen Drink gehofft.«

»Tut mir leid, das ist schwierig, wegen der Kinder und allem.«

»Hör auf, dich zu entschuldigen.« Er kramt in seinem Rucksack. »Verdammt, ich habe die Löffel für die Marshmallows vergessen.«

»Ein Alptraum. Jetzt ist das Date ruiniert.«

Er lacht. »Mach dich nicht lustig, Pascoe. Weißt du, dass ich deine Frotzeleien früher immer einschüchternd fand?« Für einen Moment sehen wir uns in die Augen. Der windzerzauste Greg mit dem heißen Kakao in der Hand sieht hinreißend aus.

»Wirklich? Wann?«

»Während der Schwimmvereinsjahre. Du hast bei Geplänkel ganz gut ausgeteilt, und, na ja, ich weiß nicht, die anderen Mädchen taten das nicht.«

»Ich hab es damit vielleicht übertrieben. Tut mir leid. Wahrscheinlich war das nur meine Art, mit dir zu flirten. Nach dem Motto: Barsch macht scharf.«

»Also 2002 war Greg definitiv scharf. Ich war am Boden zerstört, als du den Verein verlassen hast.«

»Na klar. Beim Rückenschwimmen war ich sagenhaft. Ich muss zugeben, wenn ich Polly im Becken sehe, bereue ich, das Handtuch geworfen zu haben. Ich habe immer bei allem aufgegeben, sobald es schwierig oder ernst wurde. Das ist kein Charakterzug, auf den ich stolz bin.«

»Unsinn. Du bist zu hart zu dir.«

»Das sagt Jory auch.« *Warum* habe ich das gesagt? Bei Jorys Namen hat Greg den Mund verzogen. Es war nur eine winzige Bewegung, kaum ein Zucken, aber seine Stimmung hat sich eindeutig verändert. *Beth, du Idiot!*

»Ahhh. Das ist wirklich wie 2002.«

Ich mache ein zerknirschtes Gesicht. »Tut mir leid.«

»Warum denn?«

»Ich weiß nicht.« Weil ich Jory erwähnt habe und es zwischen uns jetzt seltsam ist.

Greg sieht mich fragend an. »Ich dachte immer, ihr wärt inzwischen verheiratet, du und der gute Clarke.«

»Pah! Wohl kaum.« Mein *Pah!* ist übertrieben, und Greg zieht die Brauen hoch.

»Im Ernst? Du weißt, er hasst mich nur, weil ich dich mag.«

»Er *hasst* dich doch nicht.« Ich stelle meinen Kakao hin. »Er kennt dich gar nicht.«

»Na ja, zumindest war er mir gegenüber immer unnahbar.«

»Okay.« Es sieht Jory nicht ähnlich, sich bei jemandem

unnahbar zu verhalten, aber ich kann nicht bestreiten, dass er Greg vor meiner Haustür nicht gerade freundlich behandelt hat. »Also, wir sind nicht hier, um über Jory zu reden.«

Ein unangenehmes Schweigen stellt sich ein, dann kippt Greg seinen Rest Marshmallow-Kakao zwischen die Kiesel. »Wollen wir ein bisschen laufen?«

Der Wind hat sich gelegt, aber das Meer ist grau und kabbelig wie an dem Tag, als Jory und ich spontan plantschen gingen. Ich sehe Greg verstohlen an, während er die Thermosflasche einpackt und an seinem Rucksack den Reißverschluss zuzieht. Greg ist ein guter Kerl. Er hat schöne Stranddates mit einer Frau verdient, die dabei nicht an einen anderen denkt. Wir nehmen unsere Rucksäcke und gehen zum Wasser hinunter.

»Hör zu, Greg, wegen heute …«

Er hebt die Hände. »Das muss nicht sein, ehrlich. Das ist unser erstes Date, noch dazu eins bei Tag. Ich mag dich wirklich, aber du bist mir keine Es-liegt-nicht-an-dir-Rede schuldig.«

»Nein, ich weiß. Aber damit das ganz klar ist: Es liegt wirklich nicht an dir. Ich mag dich auch. Du bist lustig und du sieht toll aus. Bist ein echt heißer Typ geworden. Sehr anziehend.«

»Danke. Fühle mich geschmeichelt. Aber leider reicht es wohl nicht, ein heißer Typ zu sein, oder?«

Ich schüttle den Kopf. »Du hast recht, das ist unser erstes Date, aber immerhin haben wir viel gechattet, nicht wahr? Es tut mir leid, wenn ich einen falschen Eindruck erweckt habe.

Ich fand es schön, dich besser kennenzulernen. Es ist nur …« Ich seufzte. »Es ist kompliziert.«

»Meinst du? Ich glaube nicht, dass es so kompliziert ist, wie du denkst.« Er mustert mein Gesicht. »Ach, komm, Beth. Clarke ist verrückt nach dir. Ist er immer gewesen. Und er hat großes Glück, weil du nämlich auch verrückt nach ihm bist, stimmt's?«

Ich schaue zum Horizont. Meine Gefühle für Jory – meine wahren Gefühle – haben lange gebraucht, um ans Licht zu kommen, und jetzt erkenne ich sie glasklar, als wäre die Kamera endlich scharf gestellt. Aber es ist zu spät, denn obwohl ich ihm einen deutlichen Wink mit dem Zaunpfahl gegeben habe, ist er mit Sadie zusammen.

Greg hebt einen Stein auf und wirft ihn in die Wellen. Als er sich nach einem zweiten bückt, tue ich das auch, und eine Weile schleudern wir abwechselnd Steine ins Meer.

»Jede Frau wäre froh, dich zu kriegen, das solltest du wissen.«

»Nur du nicht.«

»Nein, ich nicht. Tut mir leid.«

»Ist okay. Ich bin ein großer Junge. Ich werde nicht weinen wie damals, als du die Mannschaft verlassen hast.«

»Du hast nicht geweint.« Ich reibe einen Kiesel zwischen den Fingern. »Sag mir, dass du nicht geweint hast.«

»Äh, okay … ich hab nicht geweint. Und falls ich eine Träne im Auge hatte, dann nur weil ich wusste, dass wir ohne dich bei der gemischten Lagenstaffel verlieren werden. Was für ein Mist.«

Ich lache und bin auch ein bisschen traurig. Die Idee, dass aus mir und Greg was werden könnte, hat mir wirklich gefallen. Das Problem ist, dass mir eine andere Idee besser gefällt.

DEZEMBER

32

Nur zwei Finanzierungsanträge sind noch zu prüfen, dann gehe ich ins Wochenende. Leider hat er auf einem einen Fehler eingebaut. Ich sehe auf die Uhr.

»Malcolm, wenn ich meinen Lunch am Schreibtisch esse, um die beiden Anträge fertigzukriegen, ist es dann okay, wenn ich heute ein bisschen früher gehe?« Ich halte die Tabelle hoch und zeige mit dem Kuli auf die falsche Null. »Da hat sich ein Fehler eingeschlichen.«

»Oh, Mist. Tut mir leid, Beth. Und ja, Sie dürfen eher gehen, wenn Sie das müssen. Haben Sie etwas Schönes vor?«

»Wir sehen uns die Geburt des Jesusbabys an.« Ich tippe den korrekten Wert in die Tabelle. »Aufgeführt von Drei- und Vierjährigen.«

»Schön. Soll ich uns einen Kaffee machen?«

Ich recke den Daumen. »Das wäre wunderbar.«

Als ich mit dem ersten Antrag und meinem Kaffee fertig bin, schaue ich aufs Handy. Drei neue Nachrichten: Kate, Albert, Polly. Ich öffne sie in der Reihenfolge.

Kate: *Leila hat einen Lamettaheiligenschein, den Ted für die Aufführung haben kann, falls ihr den noch braucht? Ich liebe das Krippenspiel. Und ja, werde Emmy heute Abend sehr gern besuchen xx*

Albert: HALLO BETH HIER ALBERT FÜR SIE IST EIN PAKET ANGEKOMMEN DER POSTBOTE HAT MEINE PANTOFFELN FOTOGRAFIERT ICH WEISS NICHT WARUM DAS ABHOLEN HAT KEINE EILE

Polly: *Hey, Rosies Nan sagt, eine Freundin hat erzählt, dass eine andere Freundin erzählte, dass Mr Clarke und Miss Greenaway Schluss gemacht haben … nur zur Info, auch wenn es dir »egal« ist. Bis später, P xx*

Ich starre auf Pollys Nachricht. Mr Clarke und Miss Greenaway haben Schluss gemacht? Was soll das heißen? Kann es …? Nein. Denn wenn ich daran schuld wäre, hätte ich davon nicht durch Kaffeekränzchenklatsch erfahren. Jory hätte es mir selbst gesagt. Und das hat er nicht.

Die Kirche ist gerammelt voll, und ausnahmsweise bin ich froh, dass Mum darauf bestanden hat, unanständig früh herzukommen, um sich die besten Plätze zu sichern. Polly und ich setzen uns auf unsere Stühle in der zweiten Reihe, die Mum uns freigehalten hat.

Dad beugt sich nach vorn, in der Hand ein Faltblatt über das Happy Chicks Krippenspiel, und grinst. »Deine Mum saß in der ersten Reihe, bis sie von einer Dame weggescheucht wurde, weil das die Reihe für die Schauspieler ist. *Für die Schauspieler!* Die alle unter fünf sind.«

»Schsch, Jim.« Mum schüttelt den Kopf, aber sie lacht auch. Ich lächle, aber wohl nicht überzeugend, denn sie neigt den Kopf zur Seite. »Geht es dir gut, Liebes?«

»Ja.« Ich drehe mich zu den vielen Eltern um, aber Mum sieht mich weiter an. »Es ist nur, na ja, du weißt schon. Es ist traurig, dass Emmy und Doug nicht hier sind.«

Sie nickt. »Doug liebte das alles, nicht wahr? Hat sich immer den Nachmittag frei genommen.« Sie drückt meinen Arm. »Aber wir sind hier, um Ted zu sehen, das ist das Wichtigste.«

Mum hat recht. Emmy und Doug wären nervös, ob die Kinder klarkommen, und unter uns gesagt, wir sind, was das angeht, auch nicht gerade gelassen.

»Ist das leise gestellt?« Polly deutet auf mein Handy. »Nicht, dass es wieder wie beim Elternabend endet …«

»Oh Gott, nein.« Ich stelle es leise, dann sehe ich zur Bühne. Noch keine Kinder in Kostümen zu sehen. Also kann ich ebenso gut die Nachricht versenden, die ich in den letzten zwei Stunden vorformuliert habe. Ich neige mich zu Polly. »Was du über Jory und Sadie gehört hast. Wie zuverlässig ist deine Quelle?«

Polly zuckt die Achseln. »Ziemlich zuverlässig. Und Jory sah jedes Mal deprimiert aus, wenn er mir in der Schule über den Weg lief. So.« Sie ahmt ihn nach. »Wirst du ihn denn jetzt anbaggern?«

Ich schlage ihr aufs Bein. »Nein, ich werde ihn nicht anbaggern. Ich werde ihm nur schreiben und fragen, wie es ihm geht.«

»Wen willst du anbaggern, Liebes?« Mums Gesicht ist plötzlich dicht neben meinem, und auch Dad beugt sich nach vorn, um mich anzusehen.

»Niemanden, verdammt noch mal.«

»Jory und Sadie haben Schluss gemacht«, sagt Polly. »Tante Beth steht in den Startlöchern. Sie scharrt schon mit den Hufen.«

»Diesmal wirklich?«, fragt Dad.

»Um Himmels willen.« Ich sehe alle kopfschüttelnd an und schreibe meine Nachricht zu Ende.

Ich hab das über dich und S gehört. Hoffe, du kommst klar? Wollte nur sagen, ich bin da, wenn du reden willst. Ich verstehe, wenn es nach meinem Brief ein bisschen seltsam zwischen uns ist, aber abgesehen von meinem verletzten Stolz hoffe ich, dass wir noch Freunde sind. Würde dich gern sehen. B xx

Da es plötzlich still ist, fängt wohl das Krippenspiel an, und ich tippe auf Senden. Eins nach dem anderen nehmen die Kinder auf der Bühne ihre Plätze ein. Ich recke den Kopf, um Ted zu entdecken, und als ich ihn erkenne, muss ich unwillkürlich lächeln. Sein Kostüm sieht aus wie ein Kissenbezug mit Lametta an den Säumen, und er trägt den geborgten Heiligenschein von Kate. Ich schaue genauer hin. Es *ist* ein Kissenbezug mit Lametta. Als er uns entdeckt, hüpft er und schreit: »Ich bin ein Engel!« Wir winken zurück und strahlen, und aus dem Augenwinkel sehe ich, dass Mum von Dad ein Taschentuch bekommt.

Als der Chor *Away In A Manger* singt, wird unter der Krippe eine nackte Puppe hervorgeholt und in ein Mulltuch gewickelt. Joseph verpasst die Geburt, weil er Pipi musste. Reichlich hastig werden von den Heiligen Drei Königen die Geschenke übergeben. Dann ist es Zeit für den Schlusschoral und die Verneigung der Schauspieler. Das waren die chaotischsten und genialsten zehn Minuten, die ich je erlebt habe, und als die Engel nach vorn treten, stehen wir auf und jubeln, alle mit feuchten Augen. Wenn ich Emmy morgen besuche, werde ich ihr Teds großen Auftritt schildern und sagen, dass sie und Doug auf ihn stolz sein können. Und seine Großeltern und seine Schwester und besonders seine Tante Beth. Wir sind alle unglaublich stolz auf ihn.

Ted fährt bei seinen Großeltern im Auto mit, noch in seinem Kissenbezug und mit Heiligenschein, und dadurch kann ich zu Albert hinüberspringen und das Paket abholen, ohne von kleinen neugierigen Augen gesehen zu werden. Ein Paket bedeutet, dass die Weihnachtsgeschenke angekommen sind.

Kurz vor dem Ortsrand von St. Newth staut sich der Verkehr hinter einem Traktor, und während ich im Schritttempo vorankrieche, kommt die Antwort von Jory. Mein Handy ist mit dem Audiosystem des Wagens synchronisiert, und ich werde von einer Roboterstimme darüber informiert, die mir Fragen stellt.

»Sie haben eine neue Nachricht von Jory. Möchten Sie sie lesen?«

Ich trommle mit den Fingern am Lenkrad, unsicher, ob ich seine Antwort hören will. Scheiße. »Ja.«

Kurze Pause. »Welcher Brief?«

Was soll das heißen, welcher Brief? Der Brief, Jory. Mein Brief.

Die Roboterstimme ist noch nicht fertig. »Möchten Sie die Nachricht noch einmal hören?«

»Ja.«

Wieder eine Pause. »Welcher Brief?«

Ich tippe auf den Sprachbefehlbutton. »Jory anrufen.«

»Verbindung wird aufgebaut.«

Nach dem zweiten Klingeln nimmt er ab. »Hey.«

»Was heißt welcher Brief? Du weißt, welcher Brief. Außer du willst, dass wir so tun, als hättest du keinen Brief bekommen, was ich irgendwie verstehen könnte, aber …«

Er unterbricht mich. »Beth, ich habe keine Ahnung, wovon du redest.«

»Der Umschlag mit dem Foto und der Nachricht auf der Rückseite.« Der Traktor biegt in eine Haltebucht ein, um die Autoschlange vorbeizulassen, und ich kann wieder Gas geben.

»Welches Foto?«

Jetzt will er mich wirklich auf den Arm nehmen. »Das Foto von uns, auf dem ich die alberne Kappe trage. Das von dem Abend, als …«

»Ich kenne das Foto, Beth. Ich habe es seit Jahren nicht gesehen.«

»Aber ich habe es dir durch den Briefschlitz geworfen. Ich habe etwas hinten drauf geschrieben.«

»Wann?«

»Keine Ahnung, ist eine Ewigkeit her. Nein, stimmt nicht, das war, nachdem du Teds Geschenk gebracht hast.«

»Scheiße. Was hast du geschrieben?«

»Dies und das. Über dich und mich.«

»Dies und das?«

»Ja, genau. Du hast ihn wirklich nicht bekommen?«

»Nein.« Er seufzt. »Aber ich habe den Verdacht, dass Sadie ihn hat. Ich *wusste,* sie hat irgendwas gesehen oder gehört.«

»Oh je. Das fürchte ich auch.«

»Was meinst du?«

»Sie war bei mir. Hat mich über uns ausgefragt. Sie wollte nicht, dass ich dir das erzähle, und ich habe ihr versprochen, es für mich zu behalten.« Sadie tat mir in dem Moment leid, aber anscheinend hat sie den Brief gefunden und vor Jory verheimlicht.

»Also, was hast du hinten draufgeschrieben?«

Ich stöhne. »Bitte, lass mich das jetzt nicht wiederholen.«

»Kannst du wenigstens was andeuten?« Ich höre ihn lächeln.

»Da stand, dass ich ständig an jenen Abend denken muss.«

Er räuspert sich. »Interessant. Muss ich auch.«

»Ach, wirklich?« Ich parke vor Alberts Haus. Meine Knie zittern.

»Und wie. Das war der schlimmste Schneesturm seit Jahren.«

Wir lachen beide, und obwohl ich noch nicht weiß, wohin das führen wird, habe ich wenigstens meinen besten Freund zurückbekommen.

Albert spielt mir vor, wie der Postbote seine Pantoffeln fotografiert hat. »Und dann sagte er: Treten Sie einen Schritt zurück bitte. Dann war es passiert! Haben Sie es gesehen?« Er sieht mich über den Rand seiner Brille an.

»Was gesehen?« Ich kann es noch nicht fassen, dass Jory meinen Brief nicht bekommen hat.

»Das Foto von meinen Pantoffeln?« Albert zeigt auf seine Füße.

»Oh. Nein. Aber wahrscheinlich sehe ich es online, wenn ich die Sendungsnummer eingebe.«

»Faszinierend.« Er schiebt mir das Paket zu. »Es ist ziemlich schwer.«

»Das sind die Weihnachtsgeschenke für Ted.«

»Schön. Wie war seine Aufführung?«

»Hm?« Sadie muss ihn eingesteckt haben. Oder sie hat ihn weggeworfen. Ich stelle mir vor, wie sie ein brennendes Streichholz daranhält.

»Das Krippenspiel. Ist alles in Ordnung, Beth?«

»Entschuldigen Sie, das war ein turbulenter Nachmittag.«

»Klingt, als könnten Sie eine Tasse Tee gebrauchen. Soll ich Wasser aufsetzen?«

»Nur zu. Aber nur, wenn ich nicht störe.« Er zieht die Tür weiter auf, und ich schiebe mich an Teds Spielzeugpaket vorbei. »Ich kann aber nicht lange bleiben, weil ich Ted versprochen habe, mit ihm *Arthur Weihnachtsmann* zu gucken.«

»Natürlich, meine Liebe.« Er schlurft in die Küche, und während ich ihm folge, lade ich die neusten E-Mails hoch und finde die Benachrichtigung, dass das Paket geliefert wurde.

Ich klicke mich bis zu dem Foto durch. Tatsächlich eine Nahaufnahme von Alberts Socken und Pantoffeln. Ich halte ihm das Display hin. Staunend unterdrückt er ein Kichern. »Meine Pantoffeln im Internetz, Beth. Wer hätte das gedacht?«

Nachdem er eingeschenkt hat, berichte ich ihm von meinem Gespräch mit Jory. Er hört aufmerksam zu und ist einen Moment lang still, bevor er sich auf seinem braunen Sofa nach vorn neigt. »Ich wünschte, Sie hätten mir eher von dem Brief erzählt. Ich hätte Ihnen sagen können, dass er ihn bekommen hat.«

Ich lache. »Bei allem Respekt, Albert, nur weil Sie ein paar Mal mit ihm über die Reifenspuren im Rasen gesprochen haben, sind Sie für ihn eine Vertrauensperson?«

»Das natürlich nicht. Aber ich habe ihn neulich ein wenig öfter gesehen.«

»Im Dorf?« Ich weiß, dass er Jory zweimal im Laden begegnet ist.

Er schüttelt den Kopf. »Er hat mich besucht.«

»Hier? Warum? Wann?«

»Nach der Schule, wenn Sie im Büro waren. Es tut mir leid, das hört sich nach einer Geheimaktion an, wenn ich das jetzt erzähle.«

»Aber warum hat er Sie besucht?«

»Um sich zu erkundigen, wie es Ihnen geht. Ich habe nie verstanden, warum Sie sich entzweit haben – Sie beiden behaupteten stets das Gegenteil –, aber er schneite bei mir herein und bat mich, Ihnen das nicht zu verraten.« Er schaut zerknirscht. »Um ehrlich zu sein, Beth, habe ich mir vielleicht den Mund verbrannt. Einmal habe ich geäußert, ich verstünde nicht, warum Sie beide nicht befreundet sein können, wenn Sie beide jemand anderem den Hof machen.«

»Aber ich habe keinem …«

»Nein, das weiß ich jetzt auch. Aber Ted sagte, Sie chatten mit Pollys Schwimmtrainer, und wenn man sich zu meiner Zeit Briefe schrieb, zeugte das von ernstem Interesse. Es tut mir sehr leid, wenn ich etwas Falsches gesagt habe. Ich habe sehr gehofft, dass es mit Ihnen beiden doch noch klappt. Darum habe ich Ihnen von Mavis und Lily erzählt. Als Jory über Sadie sprach, wurde mir klar, dass sie seine Lily ist und Sie seine Mavis sind.«

Ich habe Mühe, das alles so schnell zu verarbeiten. Ich denke daran zurück, als Sadie sagte, Jory habe ihr erzählt, dass ich mit Greg zusammen bin, noch bevor er Greg bei mir begegnete. Und dass sie von Emmys Fortschritten wusste, auch durch Jory, obwohl ich mit ihm in der Woche nicht darüber gesprochen hatte. Das klang durchaus danach, als bekäme er seine Informationen woanders her. Und so war es. Ich wäre nur nie auf die Idee gekommen, dass er nach einem anstrengenden Schultag herkommt und mit Albert Tee trinkt, um sich nach mir zu erkundigen.

»Da habe ich einiges zu verdauen. Ich habe auch gehofft, dass es mit uns beiden noch was wird. Darum habe ich ihm ein paar Zeilen geschrieben.«

»Aber er hat den Brief nicht bekommen?«

»Nein. Ich denke, Sadie hat ihn gefunden und verheimlicht.«

»Ah. Und was hat Jory gesagt, nachdem Sie ihm gesagt haben, was in dem Brief stand?« Albert schmunzelt, und ich lächle ihn an, weil ich weiß, was er gerade tut.

»Ich habe es ihm nicht gesagt. Na ja, schon, aber nicht so richtig.«

»Nun, er ist ein intelligenter Bursche, aber kein Gedankenleser, meine Liebe. Vielleicht sollten Sie deutlich werden.« Er stellt seine Tasse hin. »Und nun zeigen Sie mir noch mal das Foto von meinen Pantoffeln im Internetz.«

33

Im Schwesternzimmer stehen zwei geöffnete Schokoeispackungen, und irgendwo auf der Station spielt ein Radio *I Wish It Could Be Christmas Every Day*. Vergangene Woche, nach einem Gespräch über weitere Fortschritte mit Dr. Hargreaves, wurde uns gesagt, dass wir Emmy heute alle zur gleichen Zeit besuchen dürften. Es ist nur ein kleiner Unterschied, aber es hebt unsere Stimmung. Nach wie vor ist es seltsam, diesen Vormittag auf der Bracken-Station zu verbringen, statt zu Hause den üblichen Weihnachtstraditionen zu folgen, aber selbst wenn, wäre es ohne Emmy und Doug nicht so gewesen wie sonst.

»Na, sehen wir nicht alle festlich aus?« Keisha lächelt uns warmherzig an, als wir auf dem Weg zu Emmy an ihr vorbeigehen. »Toller Pullover, Jim.«

Dad lächelt stolz über seinen Fair-Isle-Pullover, der kein echter Weihnachtspullover ist, aber durch das Rot und Gold in dem Muster und zusammen mit der Weihnachtsmütze, die wir auf Teds Wunsch alle tragen, sieht er wie einer aus. Polly trägt neues Make-up, das sie von Rosie bekommen hat, und sieht wie neunzehn aus. Sie trägt ihre Weihnachtsmütze in der Hand und hat Ted versprochen, dass sie sie »auch mal« aufsetzen wird.

»Der Weihnachtsmann hat mich besucht«, sagt Ted. »Im Schlaf.«

»Ist nicht wahr!«, ruft Keisha und schlägt sich überrascht die Hand vor den Mund. »Na, dann musst du ja dieses Jahr ein sehr braver Junge gewesen sein.«

Mum rutscht die Mütze immer wieder über die Augen, und sie rückt sie immer wieder zurecht. Sie hat eine Tasche voller Geschenke für Emmy dabei. »Frohe Weihnachten, liebe Keisha«, sagt sie. »Kommen Sie nach Ihrer Schicht denn wenigstens nach Hause?«

Keisha schüttelt den Kopf. »Nein, heute nicht. Bei uns verschieben wir Weihnachten um einen Tag. Wir werden einen richtigen Weihnachtstag haben, mit Geschenken, Festessen, Scharadespiel und allem drum und dran. Nur einen Tag später als alle anderen.« Sie winkt uns zu und setzt summend ihre Runde fort.

Einen Moment lang ist es ein wenig steif, als wir fünf uns um Emmys Bett drängen. Wir sind es gewöhnt, sie nur zu zweit zu sehen, und jeder von uns hat bisher auf seine Weise die Zeit an ihrem Bett verbracht. Plötzlich kommt es mir blöd vor, dass wir in schicker Kleidung und Weihnachtsmütze und mit Geschenken gekommen sind, als stünden wir bei einem Verwandten vor der Tür, der uns zum Essen eingeladen hat, und nicht bei jemandem, der seit neun Monaten im Koma liegt. Zum Glück findet Ted seinen Schneemann-

Pullover nicht peinlich. Er trägt sogar einen Weihnachtsbaumanstecker, der aufleuchtet und *Jingle Bells* spielt, wenn er ihn drückt. Er klettert auf die Bettkante zu seiner Mutter und singt zu dem Gedudel. »Onkel Billy verlor seinen Willy auf der Autobahn, oh ja!«

Dad sieht von Ted zu Polly und wieder zu Ted. Polly hustet und zeigt auf mich.

»Oh, Beth.« Mum schüttelt den Kopf. »Warum muss heute alles so vulgär sein?«

»Willy ist ja wohl kaum vulgär, Mum. Außerdem, bei der Musik, die Polly hört, wird er bald noch ganz andere Ausdrücke aufschnappen.«

»Du hörst doch keinen R&B, oder, Liebes?« Dad stößt Polly sanft an. »Deine Tante Beth hat so einiges an scheußlicher Musik gehört. Deine Mutter hatte in deinem Alter einen erheblich kultivierteren Geschmack.«

»Ich glaube, du würdest Emmys Geschmack ziemlich uncool finden.« Ich schiebe mich zum Bett und nehme Emmys Hand. »Und das würde ich auch sagen, wenn du wach wärst, das weißt du. Bin ich stolz, dass ich das Mis-Teeq-Album hatte und noch immer alle Raps von Alesha Dixon auswendig kann? Nein. Aber es ist erheblich weniger tragisch als deine Liebe zu Steps und die Tatsache, dass du aufrichtig in Betracht gezogen hast, Lee zu heiraten.« Ich google ein Foto von Lee von Steps und zeige es Polly.

Sie verzieht das Gesicht. »Eklig.«

»*Tragisch.*« Ich drehe meine Hände an den Ohren, und Polly ist so entsetzt über meine Tanz-Moves, dass ich darüber lachen muss. Und mich alt fühle. Aber nicht so alt wie Lee von Steps. Er wird nächsten Monat fünfundvierzig.

»Sollen wir die Geschenke auspacken?« Mum zeigt auf die Tasche und senkt die Stimme. »Wie machen wir das eigentlich?«

Ich greife nach dem ersten Päckchen. »Ich würde sagen, wir öffnen ihre Geschenke für sie und wechseln uns damit ab. Das heißt, wenn es dir nichts ausmacht, Em? Du kannst ja mit den Fingern oder Zehen wackeln, wenn du sie selbst aufmachen möchtest.« Ich scherze, aber wir alle schauen auf ihre Finger und Zehen. Wir sehen kein Anzeichen von Bewegung, aber ihr Schlaf wirkt heute leichter, so als machte sie nur ein Nickerchen und könnte jeden Moment gähnen und sich recken. Ich wünschte, sie würde es tun.

Abwechselnd packen wir ein Geschenk für sie aus und lesen ihr die Karte vor. Polly wickelt eines von Teds Kita-Bildern aus, das wir gerahmt haben. Dad packt die neuste Ausgabe ihrer Lieblingszeitschrift aus und erzählt ihr, dass sie ihr ein Jahresabonnement gekauft haben und ihr vorlesen wollen, wenn sie hier sind. Ted packt (mit ein wenig Hilfe von Polly) Pollys Geschenk aus, eine niedliche Laterne mit bunten Glasfenstern und einer kleinen Tür mit einem Teelichthalter darin. Ihre Mum hat sie bei einer ihrer letzten Shoppingtouren durch Bude darauf aufmerksam gemacht, erzählt Polly. Wir alle vermissen unsere Ausflüge mit Emmy. Ich kann mich zusammenreißen, bis ich einen weichen, hellblauen Morgenmantel mit weißen Wolken auspacke, ein Geschenk von Mum. Auf dem Anhänger steht: *Etwas Kuschliges, damit du dich zu Hause wieder eingewöhnst, wenn es dir besser geht. In Liebe, Mum.* Ich weiß nicht, warum mir gerade dieses Geschenk so zusetzt. Vielleicht weil Mum eine Karte an eine Tochter schreiben musste, die sie nicht lesen kann, oder weil ich ein Geschenk auf dem Schoß halte, in dem ich mir meine Schwester so gut vorstellen kann. Jedenfalls bin ich tieftraurig, während ich es vorlese. Als wir uns verabschieden, Emmy frohe Weihnachten wünschen und sie auf die Wange küssen, haben wir alle – mit der Ausnahme von Ted – Tränen in den Augen. Ted bemerkt davon nichts, weil Keisha ihn auf dem Gang abfängt und ihn drei Heroes und drei Quality Streets aussuchen lässt.

Auf dem Weg zum Parkplatz halten sich Mum und Dad aneinander fest. Ich sehe, wie sie einander Halt und Kraft geben. Ich denke an Emmy und Doug. Sie hätten auch zusammen alt werden, selbst Großeltern werden sollen. Und ich denke an mich, wo ich in dreißig Jahren sein werde – oder wenn ich im gleichen Alter bin wie Albert –, und frage mich, ob ich dann jemanden habe zum Anlehnen oder sogar jemanden zu betrauern habe und das Anlehnen vermisse. Eine Weile erschien mir das schwer vorstellbar, aber durch die jüngsten Entwicklungen und die Weihnachtsstimmung kommen mir solche Bilder wie von selbst. Ich greife in die Tasche nach dem Handy und lächle über die Nachricht auf dem Display.

»Was grinst du denn so?« Dad ist neben mir.

»Ich grinse nicht«, erwidere ich. Obwohl ich es tue.

In Emmys und Dougs Küche ist es von der Hitze aus dem Backofen und den Töpfen auf dem Herd wie in einem

Dampfbad, und sämtliche Fenster sind beschlagen. Ich öffne die Hintertür, damit frische Luft hereinkommt, und nehme die Flasche Prosecco, die Mum zum Kühlen auf die Terrasse gestellt hat. Wir haben sie damit geneckt, dass sie den Schnaps und die Dosen mit Sprudelgetränken nach draußen stellt, um Platz im Kühlschrank freizumachen, aber der Prosecco ist so kalt wie sonst auch. Mum führt ihr übliches strenges Regiment, und wir übrigen kommen ihr bei den Vorbereitungen mit unseren Angeboten, zu helfen, nur in die Quere. Dad spült Geschirr und trocknet es ab, um sie zu unterstützen, aber hin und wieder schreit sie: »Das benutze ich doch noch, Jim!«, und schlägt gereizt mit dem Geschirrtuch nach ihm. Deshalb hat er aufgegeben und baut stattdessen mit Ted etwas aus den neuen Duplos.

Mum ruft mir aus der Küche zu: »Kommt dein Gast denn noch, Beth?«

»Ja. Das habe ich dir doch schon gesagt. Drei Mal.«

Dad blickt von dem Duplo-Eisstand auf, den er baut. Das Bauen dauert länger, als es sollte, weil Ted ständig Steine wegnimmt, bevor es fertig ist. »Sie macht ein großes Geheimnis um ihre Verabredung, was?« Er zwinkert Polly zu.

Polly nickt. »Ich wette, es ist Coach Draper. Peinlicher geht's nicht.«

»Ich hatte eher gehofft, es wäre Jory.« Dad sucht in meinem Gesicht nach einem Hinweis.

»Jory ist über Weihnachten weg«, sage ich und kann meine Enttäuschung nicht verbergen. Er hatte eingewilligt, seine Mum zum Weihnachtsbesuch bei seiner Tante zu begleiten, als er noch darauf versessen war, aus St. Newth wegzukommen. Jetzt war er nicht so erpicht, aber er konnte seiner Mum nicht mehr absagen.

»Also, wer ist es? Wenn es Coach Draper ist …« Polly greift nach einem weiteren Stück Chocolate Orange.

»*Greg.* Solange du nicht schwimmst, kannst du ihn Greg nennen.«

»Meinetwegen. Wenn er es ist, will ich nicht neben ihm sitzen, weil er sonst mit mir übers Rückenschwimmen redet.«

»Es ist nicht Greg, du brauchst dir also keine Sorgen zu machen, dass du übers Schwimmen reden musst.« Ich habe Greg gesimst und frohe Weihnachten gewünscht, und er hat meine guten Wünsche erwidert. Wir werden uns bei Pollys Wettkämpfen sehen, und ich möchte, dass wir Freunde sind.

In der Küche wird es auf einmal wieder laut, weil Mum die Krise kriegt. Das heißt normalerweise, dass alles im Ofen ist und sie sich überlegt, was auf welche Platte kommt. Offenbar ist das Anrichten für sie der stressigste Teil. Ich kenne so etwas nicht, denn ich habe noch nie einen Braten gemacht oder etwas anderes gekocht, bei dem man alles perfekt timen muss, aber ich kann es ihr nachfühlen. Und wie immer kommen unsere Anweisungen gehetzt und barsch von der anderen Seite des Esstischs.

»Jim, würdest du bitte den Truthahn aufschneiden? Beth, du kannst den Tisch decken. *Sehr schön.* Schmeiß nicht einfach das Besteck in die Tischmitte wie sonst. Nimm die guten Gläser.«

»Jawohl, Frau Küchenchefin«, sagen wir unisono und lachen, als sie zur Antwort schimpft, ein sicheres Anzeichen, dass sie mitten im Kochstress steckt.

»Und er kommt definitiv, dein geheimnisvoller Gast? Denn ich würde mich ärgern, wenn ich zu viele Teller gewärmt hätte.«

»Ja, diese große Furcht vor dem überzähligen warmen Teller verstehe ich sehr gut.«

Ich habe gerade den Tisch fertig gedeckt, als es an der Tür klopft.

»Ich geh hin!« Polly schießt an mir vorbei, um zuerst dort zu sein.

»Du kleines Biest«, sage ich, und sie dreht sich um und streckt mir die Zunge heraus.

»Ist er das?« Dad steht auf und stellt den Duplo-Eisstand zur Seite, bevor Ted sich daraufsetzen oder drauftreten kann. »Oder sie vielleicht.«

Ich kann Polly ganz leise an der Tür hören. »Oh. Hi.«

Ich streiche mir das Kleid glatt. »Klingt ganz danach.«

Mum und Dad sind gleich hinter mir und schauen zur Wohnzimmertür. Wie sich zeigt, hat sich unser Gast mehr Mühe gegeben als wir alle zusammen, denn er trägt ein elegantes Hemd unter einem Strickpullunder mit einem Rentier und einem Schlitten darauf. Es ist der albernste und zugleich brillanteste Weihnachtspullover, den ich je gesehen habe.

»Ich bin nicht zu spät, oder? Ich hoffe, ich habe Ihre berühmten Bratkartoffeln nicht verpasst, Moira.«

Mum bemüht sich, ihre Überraschung zu verbergen, und trotz ihres Lächelns merke ich, dass sie ein wenig geknickt ist, weil mein heißes Date zum Weihnachtsessen dreiundachtzig ist. »Schön, Sie zu sehen, Albert. Bratkartoffeln haben wir genug, keine Sorge. Fühlen Sie sich wie zu Hause.«

Das Essen ist wunderbar, und ich bin dankbar, dass Albert dabei ist. Das sind wir alle. Er bringt eine andere Dynamik hinein, und in mancher Hinsicht macht es uns den Abend leichter, als wenn wir nur unter uns gewesen wären, ohne Emmy und Doug. Bevor wir ordentlich zulangen, stoßen wir auf die beiden an, und beim Essen erzählt uns Polly von dem Jahr, in dem Emmy für Doug eine teure Feuchtigkeitscreme gekauft hat, ohne zu merken, dass sie auch einen Gesichtsbräuner enthielt. Er benutzte sie großzügig, und bis Silvester war er so orange wie ein Oompa Loompa. Es ist lustig und zugleich traurig.

Als ich Albert nach Hause bringe (ich bestehe darauf, denn ich sorge mich, dass er nach vier Gläsern Sekt noch unsicherer auf den Beinen ist als sonst), legt er mir die Hand auf die Schulter. »Vielen Dank. Der Abend war wunderbar, ganz ehrlich.«

Ich überrasche ihn, indem ich ihn umarme. »Das Vergnügen war ganz auf meiner Seite. Ich konnte den Gedanken nicht ertragen, dass Sie allein sind, während wir nebenan unseren Festbraten verschlingen. Und Sie sind eine tolle Gesellschaft, also glauben Sie bloß nicht, es war ein Akt der Barmherzigkeit. Mit Ihnen war es für uns heute leichter. Sie haben uns wirklich einen Gefallen getan.«

Er nickt. »Normalerweise graut mir vor Weihnachten. Vergangenes Jahr habe ich mir den ganzen Tag lang Western angesehen und bin früh ins Bett gegangen, damit der Tag schneller vorbeigeht. Ihre Schwester lädt mich jedes Jahr ein, wussten Sie das?«

»Nein. Ich hatte keine Ahnung. Warum sind Sie denn dann nie …«

»Ich wollte nicht zugeben, dass ich einsam bin. Und isoliert. Und alles andere auch, was man in den Fernsehspots sieht, wo Freiwillige alte Leute ohne Familie anrufen. Ich wollte nie einer von diesen Leuten sein. Ich wollte nur, dass es nie Weihnachten wird. An allen anderen Tagen ist man nicht so einsam.«

»Nun, ich werde Emmy erzählen müssen, dass meine Weihnachtseinladung überzeugender war als ihre, nur dass Sie es wissen. Dass ich gegenüber meiner Schwester die Nase vorn habe, kommt so oft nicht vor, und deshalb genieße ich diese seltenen Gelegenheiten ganz besonders.«

Albert lacht. »Sie unterscheiden sich gar nicht so sehr von Ihrer Schwester, wussten Sie das? Sie sind lauter und ein bisschen …« – das nächste Wort wählt er sorgfältig – »*chaotischer*. Aber Sie haben ein gutes Herz, ganz genau wie sie. Und Sie sind zupackend. Sie glauben doch nicht, dass die Bücher, die ich für unseren Buchclub ausgesucht habe, nur zufällig alle von starken Frauen handelten, oder?«

Ich schüttle den Kopf. »Ich dachte, sie erinnerten Sie an Mavis.« Mir dämmert, dass er versucht hat, mir ein wenig Auftrieb zu geben. »Kann ich Ihnen etwas erzählen?« Ich trete ein Stück zurück, um mich zu vergewissern, dass Mum uns nicht nach draußen gefolgt ist.

»So lange es nicht noch eine Entschuldigung für den Restaurantabend ist.«

»Nein, gar nicht. Obwohl ich noch immer zerknirscht bin. Nein, es geht um Emmy.« Ich zögere und frage mich, ob ich es wirklich laut aussprechen soll. Alberts Nicken ermutigt mich, weiterzureden. »Ich mache mir ständig Sorgen, dass sie nicht mehr zu sich kommt. Dass es keine Genesung gibt. Ich weiß, dass es Mum und Dad genauso geht, und Polly auch. Seit langem ist das unsere größte Angst. Aber neulich gab es Anzeichen, dass sie die Kurve kriegen könnte, und manchmal liege ich jetzt vor dem Einschlafen da und sorge mich, was sie denken wird, *wenn* sie wieder da ist. Ob ich die Stellung gut genug gehalten habe. Ich weiß zwar, dass ich in diesem Jahr vieles vermasselt habe, aber ich weiß auch, dass sie wirklich gerührt wäre, wenn sie erfährt, dass wir uns angefreundet haben. Aber egal wie es kommt, ich hoffe, Sie kommen im nächsten Jahr wieder zum Weihnachtsessen. Und ich bestehe darauf, dass Sie an Silvester mit zu meinen Eltern kommen.«

»An dem Abend wollte ich mir schon die Haare waschen«, sagt er, und ich sehe es in seinen Augen funkeln. »Aber ich schaue mal, was ich da machen kann.«

»Gut. Jetzt schalten Sie einen Western ein und machen es sich gemütlich.«

»Zu Befehl.« Er tritt in seinen keksbeigen Flur, dreht sich um und sieht mich an. »Ich glaube, Ihre Schwester wäre beeindruckt, wie weit Sie es gebracht haben, Beth. Ich weiß, es war ein bemerkenswert schwieriges Jahr, aber – und ich hoffe sehr, dass es nicht unangemessen ist, wenn ich das sage –, ich denke auch, Sie sind dadurch über sich hinausgewachsen.«

Ich weiß nicht recht, wie ich darauf reagieren soll, daher nicke ich zum Abschied und gehe wieder hinüber ins Haus. Ted steht am Fenster, beleuchtet von den funkelnden Christbaumlichtern, und als er mich entdeckt, winkt er und zeigt mir aufgeregt seinen brandneuen Hubschrauber, für den sein Großvater endlich die nötigen Batterien gefunden hat. Er will ihn unbedingt ausprobieren. Ich mache ein *Wow!* mit dem Mund, und er strahlt mich an, dass mir warm ums Herz wird. Dass ich ein Kompliment oder Lob annehme, kommt nur selten vor, aber ich glaube, Albert könnte recht haben. Seit dem Tag des Unfalls *habe* ich mich ein gutes Stück weiterentwickelt. Die Beth von jenem Morgen wäre stolz auf die Beth von heute. Und ich glaube, meine Schwester und Doug wären ebenfalls stolz. Das hoffe ich jedenfalls.

34

Es fällt mir schwer zu entscheiden, was ich zu einer Silvesterparty anziehen soll, die eigentlich keine Party, sondern mehr ein geselliges Beisammensein ist. Ich sehe mir an, was zur Auswahl steht. Wir sind bei Mum zu Hause, und ich habe tatsächlich eine ganze Stunde Zeit – welch ein Luxus –, um mich allein fertigzumachen, weil Dad mit Ted *Paddington* guckt. Doch jetzt stehe ich schon seit zehn Minuten vor meinem offenen Schrank.

Ich habe eine merkwürdige Woche hinter mir. Die freien Tage zwischen Weihnachten und Neujahr sind selbst im besten Fall eigenartig, und am Tag nach Weihnachten hatte ich beinahe eine Panikattacke. Eine blöde Sache, aber plötzlich fand ich es beängstigend, dass wir ohne Doug ein Jahr hinter uns lassen und ein neues beginnen, während Emmy noch immer im Krankenhaus liegt. Ich weiß nicht, ob ich schon bereit bin, das Jahr hinter mir zu lassen, in dem Doug noch lebte. Von morgen an wird es der Unfall im vergangenen Jahr sein. Das vergrößert den Abstand zwischen dem Jetzt und dem Damals. Ich zweifle, ob ich für noch mehr Abstand bereit bin.

Denn ich weiß nicht, was daraus erwachsen wird. Gleichzeitig habe ich die Verheißungen eines neuen Jahres immer zu schätzen gewusst, und dieses Jahr kann ich auf vieles hoffen.

Meine glitzernden Kleider und Röcke habe ich bereits ausgeschlossen, weil sie zu schick sind für einen Abend, an dem ich das Haus meiner Eltern nicht verlassen werde. Ich entscheide mich für einen Minirock aus schwarzem Leder und ein smaragdgrünes schulterfreies Top, zu dem ich Strumpfhosen und goldene Creolen trage. Beim Make-up lege ich mich richtig ins Zeug, weil ich die Zeit dazu habe und weil es sich gut anfühlt, sich etwas Bronzer aufzutragen und die Fältchen um die Augen auszugleichen, die sich seit dem vergangenen Jahr ohne Zweifel vervielfältigt haben.

Ted wird heute bei mir übernachten, und ich nehme schon mal seinen Schlafanzug aus der Reisetasche. Polly schläft in dem alten Zimmer ihrer Mum. Bevor ich hinuntergehe, klopfe ich an ihre Tür. »Alles okay, Pol?«

»Ja, alles bestens. Rosie ist schon unterwegs. Dürfen wir heute Abend ein bisschen Wein trinken?«

Ich stemme die Hände in die Hüfte. »*Wein?* Mit vierzehn? Von wegen!«

Sie kneift die Augen zusammen. »Aber du hast gesagt, vielleicht …«

Ich hebe den Finger. »Wein bekommst du nicht, aber ich *habe* ein paar Alcopops für euch gekauft. Ich rufe gleich Suzy an und frage sie, ob es okay ist, wenn Rosie ein oder zwei davon bekommt. *Falls* sie einverstanden ist – und nur dann –, darfst du auch.«

»Musst du sie da echt anrufen?« Polly sieht mich mit ihrem besten Hundeblick an.

»Ja. Man nennt das verantwortungsbewusst. Für mich ist so was neu, das gebe ich zu, aber ich beginne das neue Jahr lieber richtig. Wir wollen nicht vergessen, was passiert ist, als du mir damals gesagt hast, ich soll lieber simsen als anrufen. Außerdem mag ich Suzy. Und deine Mum würde definitiv anrufen, um sich zu vergewissern.«

Polly grinst. »Nein, das würde sie nicht. Sie würde uns zur Feier des Tages einen schwachen Wodka Lemon geben, der zu neunundneunzig Prozent aus Lemon besteht. Auch wenn das im Grunde genauso stark ist wie der Dosenradler, den man ohne Ausweis kaufen kann.«

»Gott, du hast recht, so würde sie es machen.«

Polly mustert mein Outfit. »Du siehst hübsch aus. Kommt Albert wieder vorbei?«

»Ja, tatsächlich.«

»Ach wie schön. Aber im Ernst, du trägst Ohrringe *und* Parfüm? Da rechnest du doch noch mit jemand anderem. Wer kommt denn noch?«

»Ich bin mir noch nicht sicher.«

»Interessant.«

»Wir werden sehen, hm?«

Als Mum nicht hinsieht, ändere ich die Playlist von 80er-Oldies zu Party Starters, weil mit *Total Eclipse of the Heart* echt keine Partystimmung aufkommen kann.

»Noch etwas zu trinken, Mary?« Mum hat fast den ganzen Frauenverein eingeladen, und die vertragen wirklich einiges.

»Ooooh, nur noch ein kleines Glas, Liebes.« Ich schenke ein großes ein, und sie beschwert sich nicht.

Polly und Rosie sind im Wohnzimmer, trinken Smirnoff Ice und hören sich auf Rosies Handy Drake an. Suzy war sehr erfreut, als ich anrief, und sagte, ein bisschen Alcopop wäre okay. Mum hat mich bereits auf die Seite genommen und ihrer Sorge Ausdruck verliehen, dass Alcopops eine Einstiegsdroge sind, aber ich habe ihr erklärt, wenn die beiden heute Abend ein bisschen trinken, praktisch unter der Aufsicht einer Grandma, dann stürzen wir sie damit nicht gleich in die Alkoholabhängigkeit. Ich füge hinzu, dass Emmy und ich uns in Pollys Alter bereits auf den Bänken des Fußballplatzes mit den Jungs die Gesichter wundgeknutscht haben, und sie hält sich die Ohren zu und geht, um nach den Kanapees von M&S zu sehen. Dad passt die Vorstellung von Fingerfood noch immer nicht, und er sagt, er wird sein Essen auf dem Teller mit Messer und Gabel verzehren, wie es sich gehört.

Albert ist um halb neun gekommen und trägt eine Fliege. Ich frage mich, ob es die gleiche ist wie auf unserem Date, zu dem es nicht kam. Ich habe mir Sorgen gemacht, ob ich ihm vielleicht zu viel zugemutet habe, als ich ihn bat hierherzukommen, wo er sich nicht einfach nach nebenan zurückziehen kann, aber Mary und Co haben ihn mit Freuden unter ihre Fittiche genommen, und als ich ihn zuletzt sah, spielte er im Esszimmer Karten.

Der Abend läuft gut. Ted streift herum und bekommt viel Aufmerksamkeit. Im Moment beschäftigt er Kate und Leila. Mum und Dad wirken entspannt. Erst als ich rausgehe, um ein paar Gläser zu spülen, fühle ich mich plötzlich überwältigt und ein bisschen schuldig, weil Emmy allein im Krankenhaus liegt. Weil wir nicht bei ihr sind. Weil Doug ums Leben gekommen ist und wir auf das neue Jahr anstoßen, als gäbe es etwas zu feiern. Mir kommt das einfach nicht richtig vor. Als ich spüre, dass ich nicht mehr allein bin, wische ich mir mit einem Geschirrtuch die Tränen ab.

»Ich wusste, dieser Kylie-Song ist schlecht, aber nicht, dass er *so* schlecht ist.«

»Jory«, sage ich, aber es klingt mehr wie ein Schluchzen.

Er küsst mich flüchtig auf die Wange. »Alles okay mit dir?«

»Ich fasse es nicht.« Halb lache, halb weine ich. »Ich hatte Highlighter auf den Wangen und alles.«

Er nimmt einen Flaschenöffner und hebelt damit den Kronkorken von einem Bier. »Jetzt kapiere ich gar nichts mehr.«

»Ich habe mich schick angezogen.« Ich zeige auf mein Gesicht, das jetzt aufgedunsen ist und vermutlich von schwarzen Mascarastreifen überzogen. »Ich wollte exquisit aussehen, ausnahmsweise mal.«

Jory lacht. »Exquisit, ja?«

»Und als du auftauchst, sehe ich aus wie ein Hundenapf im Regen.«

»Mein Lieblings-Hundenapf«, sagt er.

»Beth, gibt's noch mehr von dem Rosé?« Mary platzt in die Küche. »Oh, hallo, Jory, ich wusste nicht, dass du hier bist.«

Ich reiche ihr eine ganze Flasche Rosé. »Die ist nur für dich. Mit Albert alles in Ordnung?«

»Er amüsiert sich königlich. Sie spielen Rommé, und Beryl hat Geld gesetzt. Alle gucken bei dem Spiel zu. Ich lass euch zwei mal allein.« Sie blinzelt uns zu und knallt bei dem Versuch, die Küche zu verlassen, gegen den Türrahmen.

Keiner von uns sagt einen Moment lang etwas. Wir haben jeden Tag, den er fort war, miteinander telefoniert und uns gesimst, aber jetzt sehen wir uns zum ersten Mal wieder, seit ich ihm von meinem Brief erzählt habe. Die Spannung ist unerträglich gewesen. »Hör zu, Jor …«

»Ted möchte etwas zu trinken.« Dad stürmt herein und füllt ein Glas. »Ich glaube, er hat zu viel Haribo gegessen. Ständig macht er Breakdancing. Es liegt am Haribo, oder? Soll ich ihm etwas anderes geben?«

»Er ist übermüdet«, antworte ich. »Ich hätte nicht gedacht, dass er bis Mitternacht durchhält, aber wir haben keine Chance, dass er jetzt noch einschläft, nicht nachdem er die aufregende Party hier unten gesehen hat. Aber er sollte keine Süßigkeiten mehr bekommen und vielleicht lieber ein Glas warme Milch, damit er sich etwas beruhigt. Soll ich mich um ihn kümmern?«

»Nein, überlass ihn nur mir. Er kann mit nach draußen kommen und mir bei der Musik helfen. Schön, dich zu sehen, mein Junge.« Er drückt Jory die Schulter.

»Gleichfalls. Das Hemd steht dir, Jim.« Jory wartet, bis er außer Hörweite ist. »Wie der Wind sich gedreht hat, was?«

»Wie meinst du das?«

»Dein Dad, der dich um Rat bittet, was er mit Ted tun soll.«

»Oh ja, stimmt schon.« Ich habe darüber noch gar nicht nachgedacht, aber er hat recht. »Das korrekte Mülltrennen trauen sie mir aber immer noch nicht zu. Oder etwas anderes zu kochen als die drei Gerichte in meinem Repertoire.«

»Du kannst jetzt schon *drei* Gerichte? Na los, wovon reden wir?«

»Na, auf jeden Fall Spaghetti mit Pesto. Dazu Chili, mit Soße aus dem Glas, aber davon weiß Mum nichts, und Fajitas.«

»Respekt. Hätte nie gedacht, dass ich diesen Tag erlebe.«

»Ja, ich auch nicht.« Wir lächeln uns an. »Ich bin wirklich froh, dass du heute wieder da bist.«

»Ich auch.« Jory knibbelt an dem Etikett seiner Bierflasche. »Beim Reinkommen habe ich Albert gesehen. Ich habe ihn gefragt, ob er glaubt, dass Du-weißt-schon-wer auch kommt.«

»Voldemort?«

»Sehr lustig. Mr Muscle.«

Ich lache. »Ach ja, verstehe. Nein, Greg kommt nicht. Und du hast gewusst, dass er nicht kommt, also sei nicht so ein Blödmann.«

»Ich glaube, Albert hat vielleicht überschätzt, was zwischen euch beiden läuft.«

»Tja, das ist immer das Risiko, wenn man jemanden über achtzig als Informanten engagiert. Hast du jemals eine SMS von ihm bekommen?«

Jory lacht und holt sein Handy heraus. Er öffnet einen Chat, unverkennbar Albert, lauter Großbuchstaben. »Legendär«, sagte er.

»Legendär«, wiederhole ich. Ich sehe aus dem Fenster. »Wollen wir ein wenig in den Garten gehen? Dad hat ein Feuer angemacht.«

Er runzelt die Stirn. »Ich habe keine Jacke dabei. Soll ich mal schnell über die Straße gehen und eine holen?«

»Nein, nicht nötig, mein Mantel ist noch bei Emmy und Doug, also borge ich mir eine Jack von Dad. Er hat jede Menge. Du bekommst auch eine.«

»Seit wann hast du einen *Mantel?*« Er folgt mir zur Garderobe.

»Ich habe mittlerweile viel mit Jacken und Mänteln zu tun. Erst gestern sagte ich zu Polly, sie soll im Auto den Mantel ausziehen, sonst ›nützt er dir nachher nichts‹.« Ich halte zwei von Dads Fleecejacken hoch. »Möchtest du die grüne, in der du aussiehst wie der Moderator von so einer Gartensendung, oder die braune, um mehr wie ein Vogelbeobachter zu wirken?«

Er nimmt die braune. Jory ist größer als Dad, darum sind ihm die Ärmel ein bisschen zu kurz. Ich ziehe die grüne Jacke an, die am Körper lang ist und bis zu meinem Rocksaum reicht, sodass ich aussehe, als hätte ich mich für Silvester mit Fleecejacke und Strumpfhose ausstaffiert. Ich stelle mich in Pose. »Die komplettiert mein Outfit ideal.«

»So schlimm ist es nicht.« Jory zieht seinen Reißverschluss hoch. »Ich bin ganz gespannt, für welche Schuhe du dich entscheidest.« Er zeigt auf Mums Garten-Clogs neben der Hintertür. »Wenn du die Crocs nimmst, muss ich mich verabschieden, fürchte ich.«

Ich lehne mich an ihm vorbei, um mir ein Paar Gummistiefel zu angeln. Ich merke, wie mir unter dem elastischen Futter der Fleecejacke der Rock hochrutscht, aber ich bücke mich trotzdem weiter, um an die Stiefel zu kommen.

»Himmel, Beth.«

»Was ist?«

»Das weißt du genau. Es fühlt sich völlig falsch an, wenn ich dich so ansehe und dabei in der Fleecejacke deines Vaters herumstehe.«

Ich ziehe die Brauen hoch, aber ich sage nichts. Wir haben fast zwei Jahrzehnte freundschaftliches Geplänkel hinter uns, das manchmal an einen Flirt grenzt, aber außer an jenem Abend damals ist es nie weitergegangen. Heute Abend, nach den Enthüllungen in den letzten beiden Wochen und allein miteinander in einem sehr engen Raum, fühlt es sich anders an. Vielleicht haben wir unsere gewohnte Grenze bereits überschritten.

Ich ziehe mir die Gummistiefel an, und wir gehen in den Garten hinaus. Polly und ich haben hier gut vorbereitet. Am Tag sieht er nicht nach etwas Besonderem aus, aber die Lichterketten, die wir über die Zäune drapiert und um die kahlen Äste von Mums Apfelbaum gewunden haben, bringen den Garten zum Leuchten. Dad hat in der Metalltonne, in der er sonst die Gartenabfälle verbrennt, ein Feuer angezündet. Auf der Terrasse steht ein Lautsprecher, den er an ein Verlängerungskabel angeschlossen hat, welches im Werkzeugschuppen verschwindet. Er weiß nicht, wie er die Musik abspielt, deshalb sitzen Polly und Rosie im Schneidersitz auf einer Decke und stellen auf Pollys Handy eine Playlist zusammen. Ted hilft ihnen dabei. Zu ihrem Unglück hat Ted eine sehr lange Liste von Musikwünschen, und daher wechseln sich Kinderlieder mit Teenagerfavoriten ab. Es ist ein schroffer Übergang, wenn ein Song von Billie Eilish in die Titelmelodie von *Hey Duggee* übergeht. Ich verrate Polly nicht, dass mir Letztere lieber ist.

Ted kommt zu mir gerannt und umschlingt meine Beine. »Tante Beth, mach den lustigen Tanz!«

»Auf keinen Fall.« Als Ted schmollt, sage ich: »Aber *später* auf jeden Fall.« Ich muss beten, dass er es vergisst.

Jory stößt mich sanft mit der Schulter an. »Fajitas, Wintermäntel, lustige Tänze … Allmählich glaube ich, ich kenne dich überhaupt nicht.«

»Ach, ich weiß nicht. Ich würde sagen, du kennst mich ziemlich gut.« Ich rufe zu Polly: »Pol, kannst du einen Augenblick lang auf Ted aufpassen?« Er geht zu seiner Schwester, setzt sich auf ihren Schoß und rasselt noch mehr Kinderlieder herunter, die er auf der Playlist haben will. Sie zeigt mir den gereckten Daumen, und ich höre, wie sie zu Ted sagt, dass er Hokey Cokey gleich nach Drake hören kann. Ich führe Jory am Apfelbaum vorbei, und wir lehnen uns an die Seite des Hauses, wo die Musik leiser ist.

»Verdammt. Wir hätten uns Wein mitnehmen sollen.«

»Möchtest du, dass ich uns welchen hole?« Er zeigt aufs Haus.

»Nein!«, sage ich, und meine Heftigkeit überrascht uns beide. »Tut mir leid, aber wenn du dort rübergehst, fängt dich Mary ab, oder Albert, oder Mum, oder der Hund von nebenan, oder Polly sagt mir, dass Ted aufs Klo muss. Irgendetwas wird verhindern, dass wir Zeit zum Reden finden. Vergessen wir den Wein. Wir holen uns gleich welchen.«

»Na gut, dann lass uns reden.« Er setzt sich auf den Rand des Hochbeets, das Dad aus alten Bahnschwellen gebaut hat, und ich mich neben ihn.

»Ich bin mir nicht ganz sicher, wo ich anfangen soll«, sage ich.

Jory blickt auf seine Schuhe. Converse, wie immer. »Ich habe deinen Brief gelesen. Sadie hat ihn in eine Tüte mit anderen Dingen gesteckt; sie hat ihn zurückgegeben, obwohl ich sie nie gefragt habe, ob sie ihn genommen hat.«

»Oh Mann. Ich habe ein schlechtes Gewissen, weil sie ihn zu Gesicht bekommen hat. Und weil er zu der Trennung beigetragen hat.«

»Da würde ich mir nicht so viele Gedanken machen. Wir hätten uns auf jeden Fall getrennt.«

»Hättet ihr?«

»Ach, Beth. *Beth, Beth, Beth, Beth, Beth.*« Bei jedem »Beth« schlägt er sich mit dem Handballen gegen die Stirn, dann schwenkt er die Knie zu mir und legt seine Hand an meine, sodass sich unsere kleinen Finger berühren. »Die Sache war von dem Moment an verloren, als ihr klar wurde, dass ich auf eine andere stehe.«

Ich lache. »Tut mir leid, ich weiß, das hier ist ein ernstes Gespräch, aber wenn du *auf jemanden stehen* sagst, erinnert mich das an die Zeit, als wir im Bus über jemanden redeten, in den wir gerade verknallt waren, und dabei deinen Walkman hörten.«

»*Du* hast darüber gesprochen, in wen *du* verknallt warst.« Jory sieht wieder zum Haus. »Ich habe es immer gehasst, wenn du mir das im Bus erzählt hast.«

»Was? Nein, das stimmt nicht. Du hast mir ja auch erzählt, auf wen du stehst. Diese Kimberley Williams zum Beispiel.«

Jory schüttelt den Kopf. »Hinter Kimberley Williams war ich nie her, nicht ernsthaft. Ich meine, sie war okay, aber ich war nicht scharf auf sie. Ich habe dir das nur erzählt, weil unsere Gespräche sonst einseitig gewesen wären. Du hattest eine ganz schöne Liste.«

»Ich war dreizehn oder so. Natürlich hatte ich eine ganz schöne Liste.«

»Na ja, ich nicht. Ich mochte nur dich.«

Plötzlich bin ich mir meines kleinen Fingers an seinem kleinen Finger hyperbewusst, als wären sie unterschiedlich geladen. »Das hast du nie gesagt.«

»Ich habe es versucht. Damals habe ich es mehrmals versucht. Aber für dich gehörte ich so sehr zur Gruppe Freunde, dass es mir sinnlos vorkam. Ich bin immer wieder davor zurückgeschreckt, dir zu sagen, was ich empfand, meistens, weil du gerade jemandem gesagt hattest, ich wäre für dich so was wie ein Bruder. Als wir älter wurden, dachte ich ein paar Mal, dass du vielleicht ähnliche Gefühle für mich entwickeln würdest, aber seien wir ehrlich, das kam nur vor, wenn du ein paar Gläser Wein intus oder dich gerade getrennt hattest. Ich weiß, wir machen Witze über den Winter 2015, aber hinterher haben wir beide betont, dass das, was geschehen war – oder beinahe geschehen wäre –, nicht hätte geschehen dürfen. Deshalb hatte ich furchtbare Angst, ehrlich zu sein. Ich wollte unsere Freundschaft nicht riskieren. Das war mir wichtiger als alles andere.«

»Ich wollte dich auch nicht verlieren.« Wir sitzen nun so dicht beisammen wie nur möglich, aber wir sehen uns noch immer nicht an. Ich starre stattdessen auf den Mond.

»Ich habe nie gewusst, was du empfindest.« Jory sagt das sehr leise. Der Satz ist eine Feststellung, keine Frage, aber ich finde trotzdem, dass er eine Antwort verdient.

»Dann frag mich jetzt. Frag mich jetzt, was ich empfinde.«

Er schüttelt den Kopf. »Das kann ich nicht.«

Ich lehne den Kopf an seine Schulter. »Na gut, dann gebe ich dir ein paar Hinweise. Was würdest du sagen, wenn du hörst, dass ich jeden Tag auf deinen Seiten in den sozialen Medien war und es sich anfühlte, als würde ich mich ritzen, wenn ich das Foto von Sadie in deiner Jacke sah?«

Er lehnt den Kopf an meinen. »Ich würde sagen, du hast sie nicht mehr alle.«

»Und was würdest du sagen, wenn ich dir erzähle, dass ich nach deinem Schweigen auf meinen Brief versucht habe, etwas für Greg zu empfinden, aber gar nichts gespürt habe, als er mir einen heißen Kakao reichte und sich unsere Finger berührten?«

»Ich würde sagen, ich verabscheue schon die Vorstellung, dass eure Finger sich berühren.«

Ich lache. »Vor dem Unfall hatte ich ja Dates, Jor. Ich habe mich schickgemacht, ich habe gelächelt, und manchmal war der Typ richtig charmant. Nicht immer allerdings, und schon gar nicht der Kerl, der sagte, er ist neunundzwanzig, obwohl er eindeutig auf die Fünfzig zuging.«

»Oder der, der dir ein Bild von seinem Penis geschickt hat, während ihr noch beim Essen wart.«

»Oder der. Aber selbst wenn alle Checkpunkte abgehakt werden konnten, fehlte mir trotzdem etwas. Und ich rede nicht von ihren Penissen.«

Jory hebt den Kopf. »Hast du das auch gehört?«

Ich höre ein Husten, und Mum steckt den Kopf um die Ecke. »Ach, Gott sei Dank, ich wusste nicht, dass ihr hier seid. Ich dachte schon, wir hätten ungebetene Gäste. Tut mir leid, wenn ich euch« – sie sieht zwischen uns hin und her – »unterbreche.«

»Warum sollte sich jemand auf unserer Silvester-Gartenparty einschleichen?«

»Na, du weißt ja, wie die Jugendlichen sind.«

Ted rennt um die Ecke und zieht sich auf meinen Schoß hoch. »Hab dich gefunden!«

»Ich habe mich nicht versteckt.«

»Grandad hat das aber gesagt.«

»Genau«, sage ich matt.

»Es ist beinahe Mitternacht!«, ruft Ted.

»Dann solltest du schon lange im Bett sein«, sage ich.

»Wir können bis zehn zählen. Polly hat ein Lied, das heißt *Old Man's Wine.*«

»*Auld Lang Syne.*« Mum streicht Ted übers Haar. »Er versteht noch nicht, was ein Countdown ist, weil die Zahlen in der falschen Reihenfolge kommen, und weil er glaubt, dass drei, zwei, eins nur für Raketen gilt und komischerweise für Schaukeln? Wie auch immer, ich denke, diesmal werden wir hochzählen. Kommt ihr beiden?«

»Ist es wirklich schon so spät?« Ich nehme das Handy aus der Tasche. Noch zehn Minuten. Ich stehe auf und folge Ted. Jory hauche ich ein »Tut mir leid« zu.

»Alles gut«, sagt er, während er aufsteht. Er folgt uns auf die Terrasse. Alle sind nach draußen gekommen, und ich lege den Arm um Polly. »Wollen wir wirklich von null bis zehn zählen?«

»Nan sagt, das müssen wir, wegen Ted. Und dann muss ich *Auld Lang Syne* spielen. Was für ein Stress.«

»Das schaffst du doch mit links. Du bist dieses Jahr ein Star gewesen. Deine Mum und dein Dad wären so stolz auf dich, und alles andere lasse ich nicht gelten. Ich bin auch auf dich stolz.« Ich warte keine Antwort ab und gehe zu Albert, der sich anscheinend ebenfalls eine Jacke von Dad geborgt hat.

»Ich dachte schon, Sie wären von Mary gekidnappt worden. Frohes neues Jahr, Albert.«

»Frohes neues Jahr, Beth. Ich hoffe, das nächste Jahr bringt Ihrer fabelhaften Familie ein wenig Freude. Sie hätten es verdient.«

»Danke. Ich danke Ihnen auch, dass Sie mir dieses Jahr solch ein guter Freund gewesen sind.«

Er nickt. Dad schlägt mit einem Löffel an sein Glas, und alle wenden sich ihm zu. Er wird keine Rede halten, sagt er, er möchte nur, dass wir uns einen Augenblick Zeit nehmen, um auf die anzustoßen, die wir vermissen. Im Garten bleibt kein Auge trocken, als wir Gläser heben und sagen: »Auf Emmy und Doug.«

Ich betrachte Freunde und Familie. Mum und Dad tanzen langsam mitten auf der Terrasse. Sie sind vom Wein sentimental und ein bisschen lustig. Polly und Rosie üben Tanzschritte aus einem viralen Online-Video, und Ted versucht, sie nachzuahmen. Albert steht mitten zwischen den drei Damen vom Frauenverein und zwinkert mir zu, als sich unsere Blicke begegnen.

Hier ist so viel Gutes. In unserem Leben klafft das riesige Loch, das Doug hinterlassen hat, und noch kommen wir um ein zweites Loch herum. Aber rings um die Trauer und den Kummer gibt es viel Leben, Freundschaft und Hoffnung. Ohne jeden Zweifel ist es das schlimmste Jahr gewesen, das ich je hatte, aber es hat mein Leben verändert, und nicht alles daran war schlimm und trostlos.

Ich spüre eine Hand in meinem Kreuz und lächele, als ich der braunen Fleecejacke gegenüberstehe. »Du wolltest, dass ich ehrlich bin«, sage ich zu ihm, »also, hier kommt's. Ich betrachtete dich nicht als einen Bruder. Vielleicht gab es einmal eine Zeit, wo ich das tat oder mir eingeredet habe, aber was ich gern mit dir machen möchte, wäre illegal, wenn du mein Bruder wärst.«

Jory lacht. »Wirklich?«

»Ich finde, du bist heiß – richtig heiß. Allerdings muss ich dir leider mitteilen, dass du mehrere Sexypunkte verloren hast, weil du dich anziehst wie mein Dad.«

Er fasst jetzt mit beiden Händen um meine Taille. Ich spüre, dass Mum und Dad uns beobachten, aber das ist mir egal. Jory neigt sich zu mir. »Ich verspreche, mich nie wieder als Wandervogel zu verkleiden. Und tatsächlich gibt es auch etwas, das ich dir sagen möchte. Nicht dass du gerade heiß aussiehst – obwohl die Fleece-Strumpfhosen-Kombi mich schon ein bisschen angeturnt hat –, aber das ist gar nicht das Wichtigste. Die Wichtigste ist: Du bist der beste Mensch, den ich je gekannt habe, ohne Ausnahme, und ich liebe dich. Das habe ich immer.«

Ein Lächeln bildet sich in meinen Mundwinkeln und breitet sich bis zu meinen Ohren aus. »Tut mir leid, was sagtest du gerade?«

Polly nickt Dad zu, und er ruft, dass es Zeit ist für den Countdown, und erinnert uns, dass wir dieses Jahr hochzählen und nicht runter. Er nimmt Ted auf den Arm und hebt die Hand.

Null.

Jory legt den Mund an mein Ohr, und jedes Härchen an meinem Körper stellt sich auf.

Eins.

»Ich *sagte,* ich liebe dich.«

Zwei.

»Das ist gut zu wissen, vielen Dank.«

Drei.

»Und ich dachte, vielleicht könnte ich dich mal ausführen.«

Vier.

»Als deine beste Freundin …?«

Fünf.

Er schüttelt den Kopf. »Auf ein Date. Wir werfen die Regeln über Bord. Wie im Winter 2015.«

Sechs.

Ich drücke mich enger an ihn. »Also definitiv nicht wie ein Bruder.«

Sieben.

»Definitiv nicht.«

Acht.

Ich nehme sein Gesicht in beide Hände, und ich kann nicht anders, ich muss kichern. Es fühlt sich verboten an, eine Grenze zu überschreiten, von der ich immer gesagt habe, dass wir sie niemals überschreiten würden, und es ist geradezu absurd, es hier zu tun, im Garten meiner Eltern, nach all der Zeit. Ich küsse ihn auf die Unterlippe. »Ich liebe dich auch.«

Neun.

Als Jory den Kuss erwidert, geht eine Welle durch meinen Körper.

Zehn.

»Frohes neues Jahr, Beth.«

Neben uns wird gejubelt. Ich weiß nicht, ob es sich an das neue Jahr richtet oder an uns. Vielleicht beides. Ich lege Jory die Arme um den Hals, als eine Dudelsackversion von *Auld Lang Syne* aus dem Lautsprecher schallt. Ted schreit, weil er wollte, dass alle bis siebenundvierzig zählen und ihm der Klang von *Old Man's Wine* nicht gefällt. Sein Grandad wirbelt ihn umher, bis sein Gejammer in Lachen und Quietschen übergeht. Die Sterne über uns funkeln wie Glitzer, und ich hebe das Gesicht zum Himmel und nicke. Ich hoffe, Doug weiß Bescheid, irgendwie und irgendwo, wie sehr wir ihn vermissen.

Ich kann die Hoffnung, die in meinem Herzen singt, wann immer ich an meine Schwester denke, nicht mehr unterdrücken. Nächstes Jahr, wenn wir unter dem Sternenhimmel stehen, wird Emmy auch dabei sein. Ich kann nicht *wissen,* dass es so sein wird – nicht mit Sicherheit –, aber die Hoffnung bahnt dem Glauben den Weg, und der Glaube wird mit jedem Tag stärker. Sie wird unerträglich sein mit ihrem Ich-habe-es-dir-ja-gesagt, wenn sie von Jory und mir erfährt, und ich bin mehr als bereit dafür.

Ich schaue Polly an, die in unsere Richtung lächelt. Als sie bemerkt, dass ich zu ihr sehe, steckt die den Finger in den Mund und tut so, als müsste sie würgen.

Ich lehne meine Stirn an Jorys Brust. »Frohes neues Jahr.«

Danksagungen

In erster Linie möchte ich meinen großartigen Redakteuren Frankie Gray und Imogen Nelson danken. Ihr Feedback war in jeder Phase immens wichtig, und ich bin sehr dankbar für all ihre Hilfe und harte Arbeit. Vielen Dank an meine Agentin Hannah Ferguson, die mir geholfen hat, überhaupt den Sprung zur Belletristik zu schaffen. Die Größe des Sprungs habe ich vielleicht unterschätzt, aber ich bin so froh, dass wir es getan haben. Ich möchte auch jedem Mitglied des Transworld-Teams danken, das an der Gestaltung und Vermarktung meines Buches beteiligt war (Carlsberg verlegt keine Bücher, aber falls doch …), und meiner Lektorin, Mari Roberts, dafür, dass sie das Manuskript auf Hochglanz poliert hat.

Meinem lieben Vater bin ich unglaublich dankbar für all seine Ermutigung und seine Ratschläge. Du warst immer der größte Fürsprecher, dass ich schreiben soll, und ich werde weder den Tag vergessen, an dem ich die gesamte Handlung mit dir durchgesprochen habe, noch den Tag, an dem dein Brief mit deinen handgeschriebenen Anmerkungen zum zweiten

Entwurf ankam. Ich habe immer gewusst, dass es für mich sehr praktisch sein würde, wenn du im Ruhestand bist. Tina, Ena und Andrew – vielen Dank für eure fortwährende Unterstützung, Liebe und das größte Geschenk von allen: Kinderbetreuung!

An alte und neue Freunde, von Müttern von Mitschülern meiner Kinder bis hin zu Autorenfreundinnen, danke für all eure Boosts auf dem langen Weg. Besonders erwähnen möchte ich Jayde, Beth (die echte Beth), Emma und meine MOB (du weißt, wen ich meine). Katie Marsh, vielen Dank, dass Sie mir genau im richtigen Moment WEITER-SO-Nachrichten gesendet und mir versichert haben, dass alles gut werde, auch als ich Ihnen mitteilte, dass ich unsägliches Gewäsch geschrieben hätte, das verbrannt werden müsse.

An meine Generator-Coworking-Office-Freunde – zu viele von euch, um sie aufzuzählen (aber Tom, Jon und Martin, ihr verdient eine Erwähnung, weil ihr mein schlimmstes Gejammer ertragen habt) – danke für die Blödeleien und die Chicken Wings. Ihr habt das Abenteuer Buchschreiben mit mir erlebt und jeden Arbeitstag aufgehellt.

Meine lieben Jungen – Henry, Jude und Wilf – danke, dass ihr es mit mir ausgehalten habt, auch wenn mein Laptop chirurgisch an meinem Gesicht befestigt zu sein schien. Es ist wirklich ein Wunder, dass ein Teil dieses Buches geschrieben werden konnte, als ihr während der Pandemie zu Hause unterrichtet werden musstet. Lasst uns diese Erinnerungen verdrängen und nie wieder darüber sprechen.

Vielen Dank an meinen Mann James für deinen unerschütterlichen Glauben und dafür, dass ich Prod and Tickle und deine Liebe zu *Rock 'n' Roll Star* klauen durfte. Ich liebe dich.

Und nicht zuletzt vielen Dank an Sie, die Leserinnen und Leser. Mir bedeutet es sehr viel, dass Sie sich entschieden haben, diesem Buch eine Chance zu geben. Ohne Sie wäre mein Traumjob immer noch ein Traum.